Ayumi und die Prinzessin der Meere

Hrsg. J. Walther

Ayumi
und die
Prinzessin der Meere

Märchen von der Liebe unter Frauen

Hrsg. J. Walther

Impressum
1. Auflage 2020
Hrsg. J. Walther, Lutherstr. 11, 02739 Kottmar
benjamins.gaerten@gmx.net

Lektorat: J. Walther
Korrektur: Bettina Barkhoven, E. Maruck
Illustration: Mo Kast
Coverbild: DarkmoonArt unter Verwendung von Motiven von thefairypath/DeeDee, pixabay
Trenner: rebeccaread, AnnaliseArt, freepik
Satz: J. Walther

ISBN: 9798588861342
Imprint: Independently published

INHALT

Anja Lehradt

Der Drache mit den Sternenaugen

Es war einmal vor langer Zeit, da lebte in einem weit entfernten Reich eine Königin. Sie war noch sehr jung und wurde von ihrem Volk geliebt. Ihr Königreich war reich an Fisch und Wild und auf den Äckern spross das Korn. Niemand aus ihrem Volk litt Hunger und selbst die Ärmsten unter ihnen hatten ein Dach über dem Kopf.

Die junge Königin hatte ein gutes und liebevolles Herz. Aber sie war auch ein wenig verzogen worden. Schon sehr früh hatte sie ihre Eltern verloren, sodass die Bürde des Reiches bereits als Kind auf ihren Schultern lastete. Der Hofstaat hatte Mitleid mit der Königin und so verwöhnten sie das Kind, wo sie nur konnten. So wuchs die Prinzessin mit der Annahme heran, dass alles nach ihrem Kopfe gehen musste.

Als die Königin einundzwanzig Jahre alt wurde, beschloss sie zu heiraten, um die Regierungsbürde nicht länger allein zu tragen. Sowohl eine weise Zauberin aus ihrem Reich, als auch ein armer Prinz aus dem Nachbarland hielten um ihre Hand an. Die Zauberin war beinahe doppelt so alt wie die Königin. Diese empörte sich über den Heiratsantrag der älteren Frau so sehr, dass sie ihn rundweg ablehnte und sich dem schönen jungen, aber armen, Prinzen zuwandte.

Diese Ablehnung schmerzte die Zauberin so sehr, dass sie sich einen Eisenring um ihr Herz legte und ihre Eifersucht einschloss. Den Schlüssel übergab sie ihrem Freund, dem

Fisch. Dieser brachte ihn zu der tiefsten Stelle des Meeres und versteckte ihn dort.

Die Königin indes bemerkte nichts von dem Leid der Zauberin und verliebte sich in den Prinzen. Nachdem er ihr ein Jahr lang den Hof gemacht hatte, heirateten beide mit einer großen Hochzeit. Das ganze Volk war eingeladen, bis auf die weise Zauberin. Diese liebte die Königin noch immer und wollte einen weiteren Versuch wagen, sie für sich zu gewinnen.

Noch bevor der Prinz und die Königin sich das Jawort geben konnten, schlich sich die Zauberin auf das Fest und unterbrach die Zeremonie. Sie bat die Königin inständig, sie zu heiraten, da sie sie liebte. Doch die Königin war erbost über die Unterbrechung und fand das Ansinnen der Zauberin so lächerlich, dass sie sie vor allen Anwesenden auslachte. Voller Wut rannte die Zauberin davon. Ihr Hass war so groß und fraß in ihren Eingeweiden, dass die Zauberin einen weiteren Eisenring um ihr Herz legte und den Hass darin einschloss. Sie nahm den Schlüssel und übergab ihn ihrem Freund, dem Bären. Dieser trug den Schlüssel tief in den Wald hinein und versteckte ihn dort.

Ein Jahr später brachte die Königin ein Mädchen zur Welt. Die kleine Theresa war herzallerliebst und das glücklichste Kind, das man sich vorstellen konnte. Anlässlich der Geburt hielt das königliche Paar ein rauschendes Fest, zu dem das ganze Volk eingeladen war. Alle, bis auf die weise Zauberin. Diese war einsam und traurig. Sie wünschte sich ein wenig Lebensfreude. So schlich sie sich auf das Fest und sprach die Königin an. Sie erzählte ihr von ihrer Einsamkeit und bat sie, ihr Theresa zu überlassen. Die Königin aber war so empört über das Anliegen der Zauberin, dass sie sie von ihren Wachen hinauswerfen ließ. Aber noch bevor sie sie ergreifen konnten, richtete sich die Zauberin auf und verfluchte das Kind.

»An ihrem achtzehnten Geburtstag wird das Unheil über sie hereinbrechen und ein Ungeheuer wird das Land heimsuchen. Nur die Blume, die in jedem Herzen wohnt, wird euch vor dem Untergang bewahren und die Prinzessin retten! Habt ihr die Blume am Tag ihres einundzwanzigsten Geburtstages nicht gefunden, so ist die Prinzessin für immer verloren.« Dann verschwand sie und war fortan nicht mehr gesehen.

Die Zauberin hatte sich tief in die Wälder zurückgezogen. Sie war so traurig, dass sie kaum noch leben wollte. Daher nahm sie einen dritten Eisenring, legte ihn sich um ihr Herz und schloss die Traurigkeit ein. Den Schlüssel übergab sie ihrem Freund, dem Adler, der den Schlüssel auf den höchsten Berg trug und ihn dort versteckte.

Die Jahre gingen ins Land, und Theresa wuchs heran. Sie hatte von dem Fluch keinen Schaden genommen und war ein gesundes Kind. Lediglich ihre Augen leuchteten von da an wie Sterne, sodass sie bald nur noch die ›Prinzessin mit den Sternenaugen‹ genannt wurde.

Etwa zur gleichen Zeit wie die Königin wurde dem Müller in einem Dorf unweit des Schlosses sein zweites Kind geboren, eine Tochter. Seine Frau überlebte die Geburt nicht. Fortan musste er seine Tochter und den älteren Sohn allein aufziehen. Es war ein hartes Leben und der Müller trauerte tief um seine verstorbene Frau. Seine Tochter Anna hatte das gleiche Antlitz wie ihre Mutter. So sah der Müller Tag um Tag was ihm genommen wurde und sein Herz wurde schwer. Er vermisste seine geliebte Frau und hatte immer weniger Lebensmut.

Anna war ein fleißiges Mädchen und half ihrem Vater, wo sie nur konnte. Sie arbeitete in der Mühle und kümmerte sich um den Hof. Ihr sechs Jahre älterer Bruder Johannes hingegen war faul und musste zu jeder Arbeit angehalten werden. Der Müller hatte seine Hoffnung längst aufgegeben, dass Johannes einmal die Mühle übernehmen würde. Er hatte einfach zu wenig Interesse am Handwerk und fühlte sich zu Höherem berufen. Johannes träumte davon, an den Hof der Königin zu gehen und dort als reicher Mann zu leben. Wer weiß, vielleicht würde er sogar eines Tages die Prinzessin heiraten und selber König werden? Solchen Träumereien hing er jeden Tag nach, sodass die Arbeit an Anna und ihrem Vater hängen blieb.

So vergingen die Jahre, und Anna wuchs zu einem wunderschönen Mädchen heran. Doch die Müllerstochter hatte es immer schwerer, genug Essen auf den Tisch zu bekommen. Der Müller hatte sich in seiner Trauer um Annas Mutter verloren und war krank und bettlägerig. Johannes war keine Hilfe. Er saß den ganzen Tag im Wirtshaus und vertrank das Wenige, was sie noch hatten. Auch das Land kränkelte. Vor der Hochzeit der Königin wurden die Flüsse und Bäche leer. Nirgends gab es noch einen Fisch, der gefangen werden konnte. Nach der Hochzeit der Königin verschwand das Wild aus den Wäldern. Die Jäger kehrten tagein und tagaus ohne Beute zurück. Am Schlimmsten wurde es aber nach der Geburt der Prinzessin. Der Regen blieb aus und das Korn auf den Feldern verdorrte. Die Ernten fielen immer häufiger aus. Und als die Jahre ins Land gingen, hatten die Menschen auch ihre letzten Reserven aufgebraucht. Nun, im zwanzigsten Jahr nach dem Fluch der Zauberin, begann das Volk zu hungern.

Die Königin erinnerte sich an den Fluch der weisen Zauberin und ließ nach ihr suchen. Doch sie wurde nicht gefunden. Erste Gerüchte über eine riesige, dunkle Gestalt am nächtlichen Himmel kamen auf, die das wenige Vieh von den Weiden der Bauern holte. Für Anna gab es kaum noch Arbeit in der Mühle. Die wenigen Körner, die die Bauern ernteten, wurden als Brei gegessen. Kaum mehr jemand hatte genug übrig, um es mahlen zu lassen und Brot zu backen.

Während sich Anna jeden Tag fragte, wie sie ihre Familie sattbekommen sollte, machte sie sich große Sorgen um ihren Vater. Der Müller hatte bereits aufgegeben und sich mit seinem Schicksal abgefunden. Die Traurigkeit hatte ihn krank gemacht. Anna versuchte alles, um ihren Vater zu helfen.

Die Heilerin des Dorfes schlug vor, ihm einen Tee aus Rabenwurz zu verabreichen. Aber das Kraut war selten und schwer zu finden. Nur tief im Wald und bei Mondschein gepflückt entfaltet es seine ganze Heilkraft. Doch im Wald war es gefährlich. Seitdem das Wild verschwunden war, spukte es in den dunklen Wäldern. Unheimliche Wesen, ja sogar Ungeheuer würden zwischen den Stämmen hausen, berichteten die Dorfbewohner.

Anna hatte Angst. Aber ihre Sorge um den Vater ließ sie abends, nach Sonnenuntergang, ihren Mantel umlegen und in den Wald gehen. Im fahlen Mondlicht wanderte Anna umher und suchte aufmerksam den Waldboden nach dem Kraut ab. Doch nirgends konnte sie es finden. Bald schon graute der Morgen und Anna musste unverrichteter Dinge wieder heimkehren. Am Abend würde sie es erneut versuchen.

So ging Anna jede Nacht tiefer und tiefer in den Wald hinein, immer auf der Suche nach dem rettenden Kraut für ihren

Vater. Jeden Morgen kehrte sie mit leeren Händen zurück. Doch Anna wollte nicht aufgeben. Ihrem Vater ging es immer schlechter und so beschloss sie, heute noch tiefer, direkt in das Herz des Waldes, zu gehen. Dort sollte ein Ungeheuer hausen, aber Anna hatte keine Wahl. Sie brauchte das Kraut.

Der volle Mond leuchtete bis auf den Waldboden herab und tauchte das Moos unter ihren Füßen in zartes Licht. Vorsichtig drang Anna immer tiefer in den Wald hinein. Längst hatte sie die letzten, vertrauten Bäume schon hinter sich gelassen, als sie plötzlich eine Lichtung zwischen den dunklen Stämmen entdeckte. Am Rand der Lichtung stand eine kleine, windschiefe Hütte. Zarter Rauch kräuselte sich aus dem Schornstein. Anna fragte sich, wer hier wohl wohnen mochte. So weit entfernt von jedem Dorf, hier inmitten des Waldes? Zögerlich näherte sich Anna der kleinen Hütte und klopfte an. Vielleicht konnten ihr die Bewohner bei ihrer Suche helfen und wussten, wo sie das Rabenwurz finden konnte.

Aufmerksam lauschte Anna, doch auf ihr Klopfen kam keine Antwort. Es musste aber jemand da sein! Irgendjemand hatte schließlich Feuer gemacht. Anna klopfte noch einmal, diesmal etwas kräftiger. Wieder keine Antwort. Vorsichtig streckte sie ihre Hand nach der Türklinke aus und drückte sie hinunter. Leise quietschend öffnete sich die Tür.

Anna sah sich in der kleinen, aber leeren Hütte um. Ein Tisch, ein Stuhl, ein alter Ofen und ein grobes, hölzernes Bett standen darin. Auf dem Tisch befand sich ein Teller und daneben lag ein umgekippter Becher aus Ton. Der Stuhl war hastig zurückgeschoben worden. Es sah so aus, als hätte jemand fluchtartig die Hütte verlassen. Das kleine Feuer spendete wohltuende Wärme und Anna legte ihren Mantel ab. Sie beschloss, auf die Person zu warten, die hier wohnte. Sie war ihre einzige Hoffnung. Anna hatte nun den ganzen Wald abgesucht und kein Rabenwurz gefunden. Wenn es in diesem Wald etwas Rabenwurz gab, dann wusste es vielleicht die Besitzerin dieser Hütte. Anna hatte sich kaum hingesetzt, als sie auch schon ein dumpfes Poltern vernahm, welches vom Dach zu kommen schien. Die kleine Behausung vibrierte und Staub fiel herab. Vor Schreck sprang Anna auf und rannte aus der Hütte. Panisch sah sie sich um. Doch sie konnte nichts entdecken. Der Mond war verschwunden und die kleine Lichtung vor ihr in Dunkelheit getaucht. Angestrengt lauschte Anna, als sie ein Geräusch vernahm, welches sie an Flügelschläge im Wind erinnerte. An große Flügelschläge. Ängstlich schaute sie nach oben, wo soeben einige Fetzen Mondlicht die Dunkelheit erhellten. Der Anblick, der sich ihr bot, ließ Anna entsetzt aufschreien. Über ihr, so groß wie die Lichtung selbst, schwebte ein gewaltiges Ungeheuer. Riesige Schwingen hielten es in der Luft. Die Schnauze war gespickt mit gewaltigen Zähnen, die Anna mühelos zermalmen konnten.

Immer noch schreiend rannte Anna so schnell sie konnte zurück in den schützenden Wald. Sie ruhte nicht eher, bis sie wieder zu Hause angekommen war. Schwer keuchend schob sie den schweren Riegel vor die Tür und atmete erleichtert auf. Sie war in Sicherheit! Immer noch zitternd legte sie sich in ihr Bett und schlief ein.

Der nächste Morgen brachte die ersten Schneeflocken. Mit Schrecken realisierte Anna, dass sie ihren einzigen Mantel in der Hütte gelassen hatte! Wie konnte das nur passieren? Sie hatte nicht genug Geld, um sich einen weiteren Mantel kaufen zu können. Das Wenige, was sie beiseite gepackt hatte, damit es Johannes nicht im Wirtshaus vertrank, brauchte sie, um Lebensmittel für sich und ihren Vater zu kaufen. Fröstelnd machte sich Anna an die Hofarbeit. Auch heute gab es keine Aufträge für die

Mühle. Anna würde wohl oder übel zu der Hütte zurückkehren müssen. Der Weg war weit und sie hatte große Angst, dass das Ungeheuer immer noch da war. Anna nahm sich daher vor, noch vor dem Sonnenuntergang aufzubrechen. So würde sie, möglichst im Hellen, die Hütte erreichen. Entschlossen machte sich Anna an ihr Tagwerk. Als Anna den Hof und ihren Vater versorgt hatte, war der Tag beinahe schon zur Neige gegangen. Nicht mehr lange und die Sonne wäre vom abendlichen Himmel verschwunden. Schnell machte sich Anna auf den Weg. Wenn sie sich beeilte, könnte sie die Hütte zusammen mit den letzten Sonnenstrahlen erreichen. Vielleicht war ja das schreckliche Biest verschwunden und die Bewohnerin wieder zu ihrer Behausung zurückgekehrt? Anna hoffte inständig, dass das Ungeheuer nicht wieder käme.

Ihr Herz pochte wild, als sie die kleine Lichtung betrat. Es war ein kleines Wunder, dass sie sie überhaupt gefunden hatte. Sah doch der Wald am Tage ganz anders aus.

Bevor Anna die Lichtung betrat, schaute sie sich aufmerksam um. Weit und breit kein Ungeheuer zu sehen. Das Biest war verschwunden!

Erleichtert atmete sie auf und ging hinüber zu der kleinen Hütte. Diesmal kam kein Rauch aus dem Schornstein. Ob überhaupt jemand da war? Die Sonne begann bereits unterzugehen und Anna musste sich beeilen. Sie klopfte an die Tür und lauschte. Doch nichts als Stille antwortete ihr. Langsam öffnete Anna die Tür. Die Hütte war diesmal aufgeräumt. Der Teller und Becher abgewaschen. Es war also jemand hier gewesen! Anna sah ihren Mantel an einem Haken hinter der Tür hängen. Wer hatte ihn dort hingehängt?

»Ist hier jemand?«

Annas Stimme hallte laut in der Hütte, die mit dem zunehmenden Dämmerlicht immer dunkler wurde. Als niemand antwortete, seufzte Anna resigniert. Hier war niemand. Sie würde keine Hilfe bekommen. Enttäuscht nahm sie ihren Mantel vom Haken und trat vor die Hütte. Sorgsam schloss sie die Tür und blickte, im Licht der letzten Sonnenstrahlen, über die Lichtung. Während sie ihren Blick schweifen ließ, entdeckte sie neben der Hütte einen kleinen weißen Flecken auf dem Boden. Unzählige kleine Pflanzen blühten dort, wo Moos sonst den gesamten Waldboden bedeckte. Ihre weißen Blüten zur gerade untergegangenen Sonne gerichtet, um auch noch die letzten warmen Strahlen einzufangen. Mit offenem Mund starrte Anna auf die kleinen Pflänzchen. Das war Rabenwurz! Endlich. Sie hatte es gefunden. Mit einem kleinen Aufschrei rannte Anna los, als plötzlich der Boden unter ihren Füßen zu beben begann und sie umwarf. Ein tiefes Grollen hallte über die Lichtung und ließ sie erstarren. Mit vor Schreck geweiteten Augen sah sie, wie sich ein gewaltiger Drachen in die Luft schwang. Anna hatte noch nie einen Drachen so nah gesehen. Eigentlich hatte sie überhaupt noch keinen Drachen gesehen. Bis jetzt!

Es gab unzählige Geschichten über Drachen und Anna hatte jedes Mal fasziniert gelauscht, wenn Theo, der Geschichtenerzähler des Dorfes, diese erzählte. Doch niemals hätte sie daran geglaubt, einem Drachen leibhaftig zu begegnen.

Jetzt, im Dämmerlicht zwischen Tag und Nacht, konnte Anna ihn erst richtig erkennen. Die ledrigen Schwingen waren schwarz und ausgebreitet, bedeckten fast die gesamte Lichtung. Der gewaltige Körper des Drachen schimmerte dunkelgrün im Dämmerlicht. Sein riesiger Kopf endete in einer großen Schnauze, dicht gespickt mit Zähnen, von denen jeder mindestens genauso lang wie Annas Arm war. Kluge Augen, die wie zwei helle Sterne leuchteten, musterten Anna eindringlich.

Unter dem aufmerksamen Blick erwachte Anna aus ihrer Starre. Schnell sprang sie auf und hielt die Hände abwehrend vor sich. Langsam, den Drachen fixierend, zog sie sich Schritt für Schritt rückwärts zum Waldrand zurück. Als sie zwischen die Bäume trat, drehte sie sich um und hastete nach Hause. Ihre Gedanken kreisten immer nur um das Eine. Sie hatte einen Drachen gesehen! Einen echten Drachen! Und er hatte sie nicht verschlungen! Anna konnte es kaum glauben. Wenn das ein Ungeheuer war, warum hatte es sie dann nicht verschlungen? Stattdessen hatte es Anna eher … interessiert gemustert.

Als sie schwer atmend nach Hause kam, wartete Johannes auf sie.

»Wo bist du gewesen? Vater hat nach dir gerufen!«

»Ich … ich …« Anna wollte ihm nichts von ihrer Begegnung mit dem Drachen erzählen. »Ich war im Wald um Rabenwurz für Vater zu suchen. Die Heilerin hat …«

Doch ihr Bruder fiel ihr ungehalten ins Wort. »Ich würde auch gern im Wald herumtollen, doch es gibt hier Arbeit zu tun. Vater hatte einen Anfall und du warst nicht da. Ich musste mich um ihn kümmern! Sieh zu, dass das nicht noch einmal passiert. Ich habe wirklich besseres zu tun, als hier bei Vater zu sitzen. Es sollen heute Kundschafter der königlichen Armee gekommen sein. Ich muss ins Dorf.«

Mit diesen Worten ließ er Anna stehen und eilte von dannen. Anna hatte sich schon längst an die schroffe Art ihres Bruders gewöhnt, sodass sie ihm nicht weiter Beachtung schenkte. Eines jedoch hatte ihre Aufmerksamkeit geweckt. Kundschafter? Hier, in ihrem Dorf? Warum? Doch die Fragen mussten warten. Sie würde morgen Johannes fragen. Anna eilte zu ihrem Vater.

»Die Königin hat Kundschafter in alle Himmelsrichtungen entsandt. Der Fluch ist wahr geworden! Ein großes Unheil ist über unser Land gekommen. Es heißt, ein gewaltiges Ungeheuer treibt sein Unwesen in unserem Land, stiehlt das bisschen Vieh und verbrennt die dürren Ernten. Die Kundschafter erkundigen sich überall danach, wo das Ungeheuer gesehen wurde. Jeder, der etwas weiß, soll sich bei ihnen melden.«

Aufgeregt berichtete Johannes die Neuigkeit seinem Vater, der ihn mit großen Augen von seiner Bettstatt aus anstarrte.

»Vater, das ist die Möglichkeit für mich! Zusammen mit ein paar Burschen wollen wir ins Nachbardorf. Dort finden wir vielleicht noch ein paar Männer und durchkämmen dann die Wälder nach dem Biest. Falls ich es erlegen kann, ist mir ein Platz im Schloss sicher gewiss!«

Anna, die aufmerksam ihrem Bruder gelauscht hatte, fragte sich, ob das Ungeheuer ihr Drache war. Ihr Drache? Sie schüttelte leicht den Kopf.

»Ich muss los Vater. Anna ist hier und kümmert sich um alles. Lebewohl.«

Ihr Vater, zu schwach um etwas zu entgegnen, nickte nur und schloss die Augen. Als sich Johannes umdrehte, erblickte er seine Schwester, die ihn mit großen Augen anstarrte. Unwirsch fuhr er sie an. »Was stehst du da herum und glotzt mich an? Ich habe eine wichtige Aufgabe zu erfüllen. Ich werde ein reicher Mann! Du kümmerst dich um Vater und den Hof. Bald bin ich zurück.«

Johannes nahm sich das letzte Stück Brot und den letzten Weinschlauch aus dem Schrank und verließ den Hof.

Anna war entsetzt! Er war einfach gegangen und hatte sie mit Allem allein gelassen. Es war nicht so, dass er in den letzten Jahren je Hand angelegt hatte. Aber er war hin und wieder da gewesen, sodass Anna das Gefühl hatte, nicht ganz allein mit dem Hof und ihrem kranken Vater dazustehen. Nun war er weg und sie war wirklich auf sich allein gestellt. Und ihrem Vater ging es immer schlechter. Sie fürchtete, wenn sie nicht das Kraut besorgte, würde er bald sterben. Anna musste zurück zur Drachenlichtung. Als Anna diese Nacht die Lichtung betrat, fand sie den Drachen zusammengerollt auf dem Boden liegend. Atemlos und mit vor Angst klopfendem Herzen betrachtete Anna die riesige Gestalt vor ihr, deren Augen geschlossen waren.

»Na, du bist nicht so leicht einzuschüchtern, was?«

Erschrocken wich Anna zurück in den Wald. Wer hatte da gesprochen? Anna vernahm ein leises Rumpeln, was beinahe wie ein tiefes Lachen klang.

»Anscheinend habe ich mich doch getäuscht.« Der Drache öffnete ein Auge und starrte Anna an, die sich hinter einem Baum versteckt hielt. Fasziniert beobachtete Anna, wie sich das Sternenlicht in dem Auge des Drachen zu fangen schien. Obwohl die Angst ihr fast den Atem raubte, fasste sie sich ein Herz und trat hervor.

»Guten Abend. Bitte friss mich nicht. Ich … ich wollte dich nicht stören.«

»Und doch tust du es.«

»Ich … es tut mir leid. Die Sache ist die … mein – mein Vater ist krank. Und die Heilerin sagte, das Einzige, was ihm jetzt noch helfen könne, ist Rabenwurz.«

»Rabenwurz?«

»Ja, R… Rabenwurz. Die … die kleine Blume, die hier auf deiner Lichtung wächst.«

Mit offenem Mund beobachtete Anna, wie sich der Drache aufrichtete und umsah. Seine Augen suchten aufmerksam den Waldboden ab. Und tatsächlich, dort, gleich neben der kleinen Hütte, schimmerte der Waldboden in leuchtend weißen Farben.

»Das da?«

Anna, die sich immer noch fragte, ob sie nur träumte, dass sie mit einem Drachen sprach, antwortete nicht gleich. Fasziniert starrte sie in die wunderschönen Augen des Drachen. Sein großer Kopf schwebte genau vor ihr. Während sie ihn so betrachtete, fühlte sie ihre Angst schwinden. Anna spürte, dass er ihr nichts Böses wollte.

»Menschlein? Ist es das Kraut dort drüben?« Der Drache schnaubte leise und kleine Rauchwolken schwebten aus seinen großen Nüstern und umhüllten Anna vollständig. Hustend wedelte Anna mit den Armen, bis sich die Rauchwolke verzog.

»Ja, genau die.«

»Was hat dein Vater?«

Das Interesse des Drachen schien ehrlich und so fand sich Anna bald darauf, gemeinsam mit dem Drachen, auf dem Waldboden sitzend und ihm ihre Lebensgeschichte erzählend, wieder. Zwischendurch, wenn es Anna zu kalt wurde, hauchte der Drache seinen Feueratem auf den Waldboden, der sich daraufhin wunderbar erwärmte.

Anna bemerkte gar nicht, wie die Zeit verflog. Als die Dämmerung einsetzte, wurde der Drache unruhig.

»Du musst gehen, Anna, es wird Zeit.«

»Oh!«

Anna gähnte und blickte überrascht auf. Tatsächlich. Bald schon würde der Morgen hereinbrechen. Schnell und mit dem Versprechen, sich heute Abend wiederzusehen, machte sich Anna auf den Weg. Nicht jedoch ohne vorher eine Handvoll Rabenwurz zu pflücken.

Erst zu Hause fiel ihr ein, dass sie gar nicht gefragt hatte, wer in der kleinen Hütte wohnte.

Die Wochen vergingen und Anna besuchte jede Nacht ihren Drachen. Stets traf sie ihn auf der Lichtung liegend an. Die kleine Hütte war immer leer. Als Anna danach fragte, zuckte der Drache nur mit seinen Schultern. Außer ihm und Anna hatte er hier noch niemanden weiter gesehen. Die meisten Nächte unterhielten sie sich und lachten bis weit nach Mitternacht, nur um dann, eng aneinander gekuschelt, einzuschlafen. Noch nie war Anna so glücklich gewesen. Jeden Tag fieberte sie dem Abend entgegen, wenn sie sich auf den Weg zur Waldlichtung machen konnte.

Auch ihrem Vater ging es mit jedem Tag besser und bald schon bedurfte es keines Tees mehr. Er konnte das Bett verlassen und kam langsam wieder zu Kräften.

Doch ihr Glück wurde jäh unterbrochen, als Johannes zurückkehrte. Überrascht erblickte er seinen Vater, der den Hof kehrte.

»Vater! Du bist wieder gesund! Das ist ja wunderbar!«

Erfreut umarmte er seinen Vater. Lachend klopfte er ihm auf die Schulter und sah sich im Hof um. Seine Augen suchten Anna, konnten sie aber nirgends entdecken. Er hatte viel zu erzählen und platzte beinahe vor Aufregung.

»Anna! Komm her, ich habe große Neuigkeiten.«

Als seine Schwester um die Ecke bog, zog er überrascht die Augenbrauen in die Höhe. Noch nie hatte er sie so glücklich gesehen. Sie schien von innen heraus zu leuchten. Argwöhnisch runzelte er die Stirn. Was ging hier vor?

Anna, die sah, wie Johannes sie aufmerksam musterte, fragte sich, ob ihr Bruder in ihr Herz schauen konnte.

»Johannes! Du bist zurück.«

»Wie du siehst. Aber nun kommt, lasst uns hineingehen.« Während sie um den Essenstisch saßen, berichtete ihr Bruder von seinen Erlebnissen. Gemeinsam mit drei anderen jungen Männern war er ins Nachbardorf gezogen, um Neuigkeiten über das Ungeheuer zu erfahren. Wie sich herausstellte, wusste der junge Köhler von einer Begegnung zu berichten, die sich eines Nachts zugetragen hatte. Eines Abends hatte er, wie immer, seinen Kohlemeiler aufgebaut und darauf gewartet, dass er langsam herunterbrannte. Dabei musste er eingeschlafen sein, denn als er wieder erwachte, schwebte ein großes Biest über dem Meiler, das nach wenigen Augenblicken einen Feuerstoß ausstieß und dem Holzkohlemeiler den Garaus machte. Der Köhler hatte all seinen Mut zusammengenommen und war davongerannt. Er war froh, mit dem Leben davongekommen zu sein.

Zusammen mit dem Köhler und ein paar Männern war Johannes zum Schloss geritten, um der Königin mitzuteilen, dass das Ungeheuer in ihren Wäldern lebte. In ein paar Tagen würde die Armee hier eintreffen und sie würden jeden Stein umdrehen, bis das Biest gefangen worden war.

Als Anna dies hörte, bekam sie einen großen Schreck. Ihr Drache war in Gefahr! Sie konnte sich nicht vorstellen, dass dieses sanftmütige Wesen, das sie immer zum Lachen brachte, ein blutrünstiges Ungeheuer sein sollte. Sie musste ihn warnen!

Schnell sprang Anna auf und stieß dabei beinahe den Stuhl um.

»Wo willst du hin Anna?« Ihr Bruder hatte sie aufmerksam beobachtet. Ihm war die innere Unruhe Annas nicht entgangen. Wusste sie etwa, wo sich das Biest befand, und wollte den Ruhm für sich beanspruchen? Er würde sie im Auge behalten.

»Ich … ich … muss noch einmal los. Vaters Kräuter gehen zur Neige.«

»Kräuter? Was für Kräuter? Es ist bald Zeit für das Abendbrot und ich habe Hunger. Kräuter kannst du auch später pflücken! Oder gibt es da sonst noch etwas, was du mir verraten willst?«

»Was? Wie? Nein, was denn?«

Anna zwang sich zur Ruhe. Es fehlte noch, dass ihr Bruder noch mehr Argwohn schöpfte und sie ihn geradewegs zu ihrem Drachen führte.

Eilig ging Anna in den Garten und holte alles, was sie für ihr karges Abendmahl, eine Gemüsesuppe, benötigte. Ihre Hände arbeiteten wie von selbst, während ihre Gedanken bei ihrem Drachen weilten. Hoffentlich kam sie nicht zu spät. Er musste sich in Sicherheit bringen, bevor die Armee der Königin hier eintraf.

Unruhig wartete Anna darauf, dass ihr Vater und Johannes zu Bett gingen und schließlich Ruhe einkehrte. Erleichter stand sie auf, schlich sich leise aus dem Haus und rannte in den Wald. In ihrer Hast bemerkte Anna ihren Bruder nicht, der ihr mit etwas Abstand folgte.

Als Anna schließlich die Lichtung erreichte, sah sie ihren Drachen auf dem Boden liegen. Schnell eilte sie auf ihn zu und lehnte sich an den Kopf des Tieres. Ihre Arme umfassten so gut es ging die große Schnauze. Sanft presste sie ihre Stirn an die warme Haut des Drachens und blickte auf. Besorgt schaute sie in die leuchtenden Sternenaugen des Drachens. Sie seufzte tief.

»Was bedrückt dich, Anna?«

»Du musst mir gut zuhören, Drache. Die Armee der Königin ist auf dem Weg hierher. Sie wollen dich gefangen nehmen. In nur wenigen Tagen durchkämmen sie die Wälder! Du musst dich in Sicherheit bringen, schnell.«

»Nur ruhig Anna. Ich bin so tief im Wald, dass keine Menschenseele mich hier finden kann. Die Lichtung ist gut versteckt.«

»Aber …«

»Habe keine Angst Anna, mir wird nichts geschehen. Sie werden mich hier nicht finden.«

Anna ließ sich von ihrem Drachen beruhigen. Bald schon schmiegte sie sich an seine Seite und gemeinsam verloren sie sich in ihren Geschichten.

Johannes aber hatte, aus der Ferne, mit offenem Mund seine Schwester beobachtet, die sich offenbar mit diesem Biest angefreundet hatte. In aller Hast drehte er sich um und eilte zurück zum Dorf. Dort hämmerte er laut mit seiner Faust an das Tor des Schmieds.

»Hans, mach auf! Ich brauche dein Pferd!«

Der verschlafene Schmied zögerte nicht lange. Es war einfacher dem Hannes seinen Wunsch zu erfüllen, als lange darüber zu reden. Der Johannes war keiner, dem er gern widersprach. Also gab er Johannes sein einziges Pferd und ging, lauthals gähnend, zurück in sein Bett. Johannes aber schwang sich auf das Pferd und galoppierte die Straße in Richtung Schloss davon. Das Glück war mit ihm, denn es war noch nicht einmal Mitternacht, als er auf das Lager der königlichen Armee stieß.

Als Johannes erklärte, dass er wisse, wo sich das Ungeheuer aufhielt, wurde er schnell zum General vorgelassen. Nur kurze Zeit später machte sich die gesamte Armee auf den Weg, angeführt von Johannes.

Der Morgen war nicht mehr fern und Anna hatte sich eng an ihren Drachen geschmiegt. Seine große Schwinge deckte sie wärmend zu. Ihr Gespräch war nach Mitternacht eingelullt und beide schliefen friedlich beieinander. Plötzlich erwachte Anna. Sie spürte eine innere Unruhe und stand auf. Aufmerksam schaute sie über die kleine Lichtung, konnte aber nichts Ungewöhnliches entdecken. Plötzlich surrte ein Pfeil an ihr vorbei und verhakte sich in der ledrigen Schwinge. Entsetzt schrie Anna auf und rannte in die Richtung, aus der der Pfeil kam.

»Anna, nicht!«

Mit einem tiefen Gebrüll richtete sich der Drache auf und schwang sich in die Lüfte. Von allen Seiten hagelte es Pfeile auf den imposanten Körper des Drachens. Den dicken Schuppen konnten die Pfeile nichts anhaben, doch seine weichen Schwingen hatten den Widerhaken nichts entgegenzusetzen. Schmerzerfüllt brüllte der Drache auf. Er zögerte, seinen Feueratem einzusetzen, aus Angst, Anna zu verletzen. Diese schrie unaufhörlich.

»Hört auf! Hört auf. Ihr tut ihm weh! Hört doch endlich auf!«

Anna rannte wie von Sinnen zwischen den Bäumen hin und her. Überall sah sie bewaffnete Soldaten, die mit Armbrüsten auf ihren Drachen zielten. Und mittendrin stand ihr Bruder, mit einem selbstgefälligen Grinsen auf den Lippen.

Als Anna ihn entdeckte, rannte sie wütend auf ihn zu. »Johannes, wie kannst du es wagen …«

Aber Johannes unterbrach sie, indem er ihr eine schallende Ohrfeige versetzte, die sie für einen Moment taumeln ließ. Schnell fing sich Anna wieder. Mit einem Aufschrei warf sie sich auf ihren Bruder, der ihren Angriff milde lächelnd abwehrte.

Der Drache, der die Auseinandersetzung beobachtet hatte, senkte sich trotz des andauernden Pfeilhagels drohend zu Johannes hinab. Als der den Drachen auf sich zufliegen sah, ergriff er schnell seinen Dolch und hielt ihn Anna an die Kehle. »Halt! Wenn du mir auch nur ein Haar krümmst, wird sie sterben.«

»Anna!« Verzweifelt blickte der Drache auf den Boden, wo seine Anna in den Händen ihres Bruders hing. Der kalte Stahl an ihrer Kehle blinkte im ersten Dämmerlicht.

»Flieg weg, bring dich in Sicherheit!«

Doch der Drache schüttelte seinen großen Kopf. Mit Tränen in den Augen beobachtete Anna, wie schwere Netze über ihn geworfen und er weggeschleift wurde.

Wütend riss sie sich von ihrem Bruder los, der sich gemeinsam mit der Armee auf den Weg zurück ins Schloss machte. Den Drachen, mit schweren Ketten gefesselt und in eine gewaltige Kiste gesperrt, zogen zehn Ochsen.

In den Strahlen der Morgensonne stand Anna allein auf ihrer Lichtung, die wenige Momente zuvor noch voller Kampfgetümmel gewesen war. Mit gesenktem Kopf trottete Anna wieder nach Hause. Ungehindert ließ sie ihre Tränen fließen. Sie hatte ihr größtes Glück verloren. Sie hatte ihren Drachen verloren.

Als sie wieder zu Hause eintraf, wartete ihr Vater schon auf sie. Er hatte Annas Veränderung in den letzten Monaten bemerkt. Er wusste nicht, wohin sie jede Nacht verschwand, nur, dass es sie glücklich machte.

Als sie nun weinend nach Hause kam, nahm er sie still in die Arme. Geduldig wartete er darauf, bis sie sich beruhigt hatte. Es dauerte lange, bis sich Anna soweit wieder gefangen hatte, dass sie ihrem Vater die ganze Geschichte erzählen konnte. Aufmerksam hörte er ihr zu. Als sie schließlich geendet hatte, blickte sie ihn so hilflos an, dass sein Herz brach.

Er nahm ihre Hände und schaute ihr aufmunternd in das Gesicht.

»Verzweifele nicht, mein Kind. Wenn uns diese Geschichte etwas lehrt, dann, dass nicht alles Böse ist, was auf den ersten Blick so erscheint. Und das nicht alles Gut ist, was auf den ersten Blick so vermuten ließe. Dein Drache ist nicht das böse Ungeheuer, für das es alle halten. Gehe zur Königin und versuche, mit ihr zu reden. Vielleicht kannst du sie davon überzeugen!«

»Meinst du wirklich Vater?«

Annas Vater nickte zustimmend. »Wenn es jemanden gelingt, die Königin zu überzeugen, dann dir.«

Mit diesen Worten machte sich Anna auf den Weg ins Schloss. Hoffentlich kam sie nicht zu spät.

Der schwere Karren mit dem Drachen wurde in das dunkle Verlies gezogen. Dorthin drang kein Geräusch, nicht der Duft des Waldes oder das Licht der Sonne. Nur wenige Fackeln erhellten den Kerker. Hier, in dem größten Verlies, wurde der Drachen angekettet. So sehr er auch zog und sich aufbäumte, er konnte die Ketten nicht brechen. Morgen, bei Sonnenuntergang, würde die Königin ihn töten lassen. Resigniert legte sich der Drache auf den Boden. Das Leuchten seiner Augen dimmte sich und verschwand schließlich ganz. So hatte sich Theresa das nicht vorgestellt. Bisher war es ihr gelungen, ihr Geheimnis für sich zu bewahren. Selbst ihre Mutter hatte keine Ahnung von dem dunklen Drachen, in den sich ihre Tochter jede Nacht bei Sonnenuntergang verwandelte, nur um sich bei Sonnenaufgang wieder zurück in ihre menschliche Gestalt zu verwandeln. Wenn Theresa ein Drache war, hatte sie ganz andere Gelüste. Es dürstete sie nach Fleisch und Vernichtung. Um niemanden Schaden zuzufügen, hatte sie sich die kleine Hütte im Wald gebaut. Dorthin begab sie sich jeden Abend und kehrte mit den ersten Sonnenstrahlen wieder zurück. Es war ein einsames Leben, das Theresa seit ihrem achtzehnten Lebensjahr führte. Immer auf der Hut, rechtzeitig im Wald zu sein, bevor die Verwandlung einsetzte. Sie ging auf keine Bälle, verreiste nicht und freundete sich mit niemandem an, aus Angst ihr Geheimnis zu verraten.

Erst Anna hatte ihre Einsamkeit beendet. Sie hatte sie mit ihrer freundlichen Art gefangengenommen. Theresa hatte sich immer öfter dabei ertappt, dass sie den Abend herbeisehnte, damit sie Anna wieder sehen konnte. Ihre süße Anna! Die keine Ahnung hatte, wer sie in Wirklichkeit war. Würde sie sie überhaupt wollen, wenn sie wüsste, wer sie war? Sie hatten über alles reden können. Noch nie hatte sich Theresa einem anderen Menschen so nahe gefühlt.

Aber nun war alles vorbei. Ohne Sonnenlicht konnte sich Theresa nicht zurückverwandeln. Entweder sie ließ sich morgen Abend töten, oder aber ihr Geheimnis würde aufgedeckt. Was sollte sie nur tun? Wenn die Menschen wüssten, dass ihre Prinzessin dafür verantwortlich war, dass ihr Vieh starb, wie würden sie reagieren? Was würde ihre Mutter dazu sagen?

Als Anna am nächsten Tag das Schloss erreichte, war die Sonne bereits untergegangen. Der Schlosshof war dicht gefüllt mit Menschen. Alle wollten das Biest sehen, das so viel Unheil über ihr Land gebracht hatte. Anna drängte sich durch die Menschenmassen, bis sie schließlich ganz vorn stand. Sie bekam gerade noch mit, wie der General der königlichen Armee ihrem Bruder einen Orden an die Brust heftete. Dieser strahlte über das ganze Gesicht und blickte triumphierend in die Menge. Als sein Blick auf Anna fiel, wurde sein Lachen sauer. Sie würde ihm alles verderben und jedem erzählen, dass sie den Drachen gefunden hatte! Wütend starrte er sie an.

Die Königin indes hob ihre Hand und augenblicklich trat Stille ein.

»Mein Volk, diesem jungen Mann hier ist es zu verdanken, dass meine Armee endlich das Ungeheuer gefangen nehmen konnte. In Anerkennung seiner Leistung erhält er den Titel ›Königlicher Kundschafter‹ und darüber hinaus jährlich zwei Goldstücke.«

Johannes hatte es also geschafft. Er war ein reicher Mann geworden. Allerdings hatte er dafür seine eigene Schwester verraten. Das konnte und würde ihm Anna nie verzeihen. Sie hatte immer darauf gehofft, dass er sie tief in seinem Herzen liebte, egal wie widerlich er ihr gegenüber war. Aber da hatte sie sich wohl getäuscht.

»Mein Volk. Nun ist an der Zeit, dass wir uns ein für alle Mal von diesem Biest befreien. Henker! Bringt das Ungeheuer!«

Erst jetzt bemerkte Anna die schweren Eisenringe, die tief in den Boden gelassen worden waren. Mehr als fünfzig Wachen hielten die Eisenketten straff, mit denen sie den Drachen auf den Schlosshof zerrten. Dann befestigten sie die Ketten an den Eisenringen im Boden und zogen die Ketten straff, sodass der Drache, den Hals langgestreckt, am Boden lag. Entsetzt starrten die Menschen auf das große Biest, das ihr Vieh geraubt hatte. Es sollte auch dafür verantwortlich sein, dass es keine Fische in den Flüssen und kein Wild mehr in den Wäldern gab. Hier endlich sahen sie das große Unheil, welches ihnen die Zauberin vor mehr als zwanzig Jahren prophezeit hatte. Ein lautes Raunen ging durch die Menschenmenge. Dann begannen die ersten Rufe, die immer lauter wurden und schließlich über den gesamten Schlosshof hallten.

»Tötet es!«

»Schlagt ihm den Kopf ab!«

»Es soll büßen!«

»Befreit uns.«

Die Königin hob ihre Hand und die Rufe verstummten.

»Henker! Walte deines Amtes. Zu lange leiden wir schon unter diesem Unheil. Es wird Zeit, dass der Wohlstand in unser Reich zurückkehrt.«

Der Henker nickte seiner Königin zu und stellte sich vor den Hals des Drachen. Dieser hatte seine Augen geschlossen. Der Henker hob sein riesiges Beil und holte weit aus.

»Nein!« Anna stürmte nach vorn und fiel dem Henker in die Arme.

»Nein, bitte nicht. Er ist nicht für das Unheil verantwortlich. Es ist nicht so, wie es scheint. Bitte, lasst ihn leben!«

Annas tränengefüllte Augen blickten verzweifelt die Königin an. Verwundert starrte sie auf das junge Mädchen, welches sich über den Hals des Drachen geworfen hatte, um ihn vor dem Beil des Henkers zu bewahren. Doch noch ehe sie dazu kam, etwas zu sagen, stürmte ihr kürzlich ernannter ›Königlicher Kundschafter‹ vor und ergriff grob den Oberarm der jungen Frau. Mit einem Ruck versuchte er sie von dem Drachen wegzuziehen. Doch die wehrte sich energisch gegen die grobe Behandlung. Soeben holte der Mann aus, um die junge Frau zu schlagen, als plötzlich eine tiefe Stimme weit über den Schlosshof hallte. »Genug! Mutter, gebietet dem Einhalt.«

Entsetzt schwiegen alle und blickten auf den Drachen, der sie nun aus sternenleuchtenden Augen anstarrte. Alle Blicke wanderten zwischen der Königin, dem Drachen und der jungen Frau, die sich immer noch über den Hals des Drachens beugte, hin und her. Johannes hatte vor Schreck Anna losgelassen und war mehrere Schritte zurückgewichen. Der Drache konnte sprechen?

Die Königin starrte mit großen Augen auf das gewaltige Biest, welches angekettet in ihrem Schlosshof lag. Sie wusste nicht, was sie davon halten sollte. Und wieso nannte das Biest sie Mutter?

»Wachen, lasst den Schlosshof räumen und bringt mir das Mädchen.«

Die Wachen beeilten sich, der Aufforderung ihrer Königin nachzukommen und bald schon lag der Schlosshof verwaist im fahlen Mondlicht.

Die Königin erhob sich von ihrem Thron und begab sich zu Anna, die sich immer noch weigerte, ihren Drachen loszulassen. Sie hatte keine Ahnung, warum er zu der Königin Mutter gesagt hatte, aber sie fürchtete, wenn sie losließe, würde der Henker sein Werk vollenden. Verzweifelt krallte sie sich an die kleinen Schuppen am Hals. Sie würde nicht loslassen.

»Anna.«

Sie durften ihn nicht töten. Anna würde alles tun, um dies zu verhindern.

»Anna!«

Endlich drang die tiefe Stimme in ihr Bewusstsein.

»Anna, es ist gut, du kannst mich loslassen.«

»Nein ich … sie wollen dich töten. Ich kann das nicht zulassen! Ich darf dich nicht verlieren!«

Verzweifelt begann Anna zu weinen. Sie bemerkte die Königin erst, als sie sich zu ihr herunterbeugte und langsam ihre Hände vom Hals des Drachens löste.

»Ich nehme an, du bist mit dem Biest vertraut?« Fragend blickte die Königin in Annas Gesicht. Die nickte stumm. Dann ergriff sie die Hände der Königin und flehte sie mit tränenerstickter Stimme an. »Bitte eure Majestät, der Drache ist nicht böse. Er bedeutet mir Alles auf dieser Welt. Bitte lasst ihn nicht töten.«

Die Königin war gerührt von so viel Loyalität und Liebe. Interessiert betrachtete sie die junge Frau, die sie aus tiefblauen Augen anstarrte. »Wie heißt du, mein Kind?«

»Anna, königliche Hoheit.«

»Woher kommst du Anna? Und woher kennst du dieses Ungeheuer?«

Die Königin lauschte gespannt, als Anna von ihrem Leben und ihrem Treffen mit dem Drachen erzählte. Als Anna schließlich geendet hatte, war die Sonne bereits aufgegangen. Erste Strahlen fanden ihren Weg in die Dunkelheit des Schlosshofes.

Die Geschichte, die ihr diese wunderschöne junge Frau erzählt hatte, klang abenteuerlich. Und doch hatte sie, genau wie alle anderen, die Stimme des Drachens vernommen. Noch ehe sie ihre Gedanken weiter verfolgen konnte, durchbrach ein leises Stöhnen die Stille.

Mit offenem Mund sahen Anna und die Königin, wie sich der Drache aufbäumte und langsam schrumpfte. Einen Lidschlag später lag dort, wo sich soeben noch der schuppige Körper des Drachens befunden hatte, die nackte Gestalt einer Frau. Aber nicht irgendeiner Frau. Der Prinzessin!

»Tochter?«

»Wa...?«

Anna konnte es nicht fassen. Ihr Drache war die Prinzessin!

Theresa stand auf und streifte die letzten Fesseln ab. Hastig eilte sie zu ihrer Mutter. »Es tut mir leid, Mutter.«

Dann blickte sie zu Anna und senkte beschämt den Blick. »Verzeih mir, bitte!«

Mit Entsetzen lauschten die Königin und Anna der Geschichte von Theresa. Annas Herz fühlte mit Theresa, als sie von deren Einsamkeit erzählte. Wie schlimm musste es für sie gewesen sein? Wie allein musste sie sich gefühlt haben, bis Anna auf sie traf?

Auch die Königin war schockiert, dass Theresa solange ihr Geheimnis für sich behalten hatte. Wertvolle Zeit war verstrichen. Sie bedauerte zutiefst ihr Verhalten von damals, dass zu dem Fluch ihrer Tochter geführt hatte. Sie war klüger und weiser geworden. Lange hatte sie nach der weisen Zauberin suchen lassen. Doch immer kehrten ihre Kundschafter unverrichteter Dinge wieder zurück. Und nun blieb ihr nur noch weniger als ein Jahr, um den Fluch zu brechen, oder aber ihre Tochter würde für immer ein Drache bleiben und das Reich untergehen.

Theresa hatte ihren Blick gesenkt, die wunderschönen Augen geschlossen. Als Anna sie so sah, ergriff sie Theresas Hände, die sie darauf hin anblickte, und schaute ihr tief in die Sternenaugen.

»Oh Theresa, das tut mir so unendlich leid. Aber verzage nicht. Ich werde die Welt durchwandern und nicht eher ruhen, bis ich die ›Blume, die in jeden Herzen wohnt‹ gefunden habe. Ich darf dich nicht verlieren! Ich verspreche dir, dass ich einen Weg finden werde! Und wenn ich dafür jeden Stein umdrehen muss.«

Noch einmal umarmte sie ihre Prinzessin, verbeugte sich vor der Königin und machte sich auf den Weg.

Auch die Königin blieb nicht untätig. Sie entsandte Kundschafter in alle Himmelsrichtungen, die nach der Blume, die in jedem Herzen wohnt, suchen sollten. Und sie lud die mächtigsten Zauberer des Landes ein. Aber keiner der Zauberer konnte einen Gegenzauber erschaffen, der stark genug war, den Fluch zu brechen. Als schließlich auch die Kundschafter ohne Blume zurückkehrten, sah sich die Königin zu einer verzweifelten Maßnahme gezwungen.

Sie versprach die Hand ihrer Tochter der Person, die mit der Blume zurückkehrte und ihre Tochter und das Reich rettete.

Viele machten sich auf den Weg, doch niemand kehrte zurück. Auch Annas Bruder erklärte großspurig seine Absicht, die Prinzessin zu retten. Doch er kam nicht viel weiter, als bis zum nächsten Wirtshaus. Dort trank er tagein tagaus und ersann sich immer verrücktere Ideen, wie er die Prinzessin retten würde. Anna hingegen war gleich nachdem Theresa ihre Geschichte beendet hatte aufgebrochen. Sie wollte ihren Drachen, ihre Prinzessin, nicht länger leiden sehen. Sie wanderte über unzählige Felder, durch weite Flüsse und über hohe Berge. Und jeden, dem sie begegnete, fragte sie nach der ›Blume, die in jedem Herzen wohnt‹. Doch niemand konnte ihr weiterhelfen. Anna war nun schon fast ein halbes Jahr lang unterwegs. Sie vermisste ihre Prinzessin schrecklich. Noch immer hatte sie nicht die gesuchte Blume gefunden. Ihre Schritte führten sie am Ufer eines großen Meeres entlang, als in ihr tiefe Verzweiflung emporstieg. Mit Tränen in den Augen wandte sie sich an die tosenden Wellen vor ihr.

»Meer, liebes Meer! Bitte sage mir, wo ich die ›Blume, die in jedem Herzen wohnt‹ finden kann. Die Zeit läuft mir davon und meiner Liebsten droht gar großes Unheil!«

Gespannt lauschte Anna, doch das Meer blieb stumm. Stattdessen vernahm sie ein klatschendes Geräusch. Als sie sich umsah, entdeckte sie einen großen Fisch, in dessen Maul ein riesiger Angelhaken steckte. Die Schnur hatte sich im seichten Wasser verfangen und so den Fisch an Land gezogen. Hilflos zappelte er auf dem Trockenen. Als Anna das Elend sah, dauerte sie der Fisch. Schnell eilte sie zu ihm.

»Hab keine Angst, lieber Fisch, ich werde dir helfen!«

Behutsam löste sie den Haken aus dem Maul des Fisches und trug ihn ins Wasser zurück. Als der Fisch wieder in seinem Element war, katapultierte er sich vor Freude aus dem Wasser und schlug einen Purzelbaum. Als Anna zu lachen begann, blickte er sie aus runden Fischaugen an. »Hab Dank, mein Kind. Ohne dich, wäre ich sicher gestorben.«

Anna wehrte freundlich ab. »Nichts zu danken lieber Fisch, ich habe gern geholfen.«

Gerade als Anna ihren Weg fortsetzen wollte, sprach der Fisch weiter. »Ich habe deine Frage an das Meer gehört. Und auch wenn ich darauf keine Antwort weiß, möchte ich dir diesen gläsernen Schlüssel geben. Er soll dich für immer an unsere Begegnung erinnern.«

Und aus dem Wasser kam ein kleiner, gläserner Schlüssel geradewegs in Annas Hand geflogen. Silbern funkelte er im Sonnenlicht. Noch ehe sie sich für das Geschenk bedanken konnte, war der Fisch in der Tiefe des Meeres verschwunden.

Annas Weg führte sie weiter am Ufer des Meeres entlang, bis sie zu einem großen Wald kam. Endlose Tage durchstreifte Anna den Wald auf der Suche nach der einen Blume. Wieder drohte eine tiefe Verzweiflung sie zu überwältigen. Mit Tränen in den Augen wandte sie sich an die großen Bäume vor ihr.

»Bäume, liebe Bäume! Ihr seid schon so lange auf dieser Welt. Bitte sagt mir, wo ich die ›Blume, die in jedem Herzen wohnt‹ finden kann. Die Zeit eilt mir davon und meiner Liebsten droht gar großes Unheil!«

Gespannt lauschte Anna, doch die Bäume blieben stumm. Stattdessen hörte sie ein Tier leise jammern. Anna ging neugierig in Richtung des Geräusches. Auf dem Boden vor ihr lag ein großer, brauner Bär, der sich hin und her rollte. Seine Hinterpfote steckte in einer verrosteten Falle. Als Anna den Bären so leiden sah, hatte sie Mitleid mit ihm.

»Hab keine Angst, lieber Bär, ich helfe Dir.«

Vorsichtig ging Anna auf den Bären zu, der sie aus dunklen Augen aufmerksam musterte. Behutsam, aber mit aller Kraft, stemmte Anne die Falle auf, sodass der Bär seine Pfote herausziehen konnte. Vorsichtig nahm sie die verletzte Pfote in ihre Hände. Als sie sah, dass die rostigen Zähne der Falle tiefe Wunden hinterlassen hatten, riss sie ein Stück Stoff aus ihrem Gewand, säuberte die Wunden und verband anschließend die Pfote. Dann richtete sie sich wieder auf und lächelte dem Bären zu.

»Bitte lieber Bär. So gut wie neu!«

»Hab Dank, mein Kind!«

»Ach, das war nicht der Rede wert. Gern geschehen.«

Als Anna sich soeben umdrehen wollte, um ihren Weg fortzusetzen, sprach der Bär. »Ich habe deine Frage an den Wald gehört. Und auch wenn ich darauf keine Antwort weiß, möchte ich dir diesen gläsernen Schlüssel geben. Er soll dich für immer an unsere Begegnung erinnern.«

Aus seinem Fell zog er einen kleinen, gläsernen Schlüssel und legte ihn in Annas Hand. Aufmerksam betrachtete sie den zarten Schlüssel, der grün im Sonnenlicht funkelte. Noch ehe sie sich für das Geschenk bedanken konnte, war der Bär im Dunkel des Waldes verschwunden.

Anna wanderte weiter durch den Wald, bis sie an eine Wüste kam. Noch immer hatte sie die Blume nicht gefunden, die ihre Liebste retten würde. Und so zog sie durch die sengende Wüste, immer in der Hoffnung, hinter der nächsten Düne die Blume zu finden. Tagelang wanderte Anna durch die Hitze, bis sie schließlich am Fuße eines gewaltigen Gebirges stand. Verzweifelt blickte sie auf die hohen Berge. Sie war am Ende der Welt angekommen. Wenn sie die Blume hier nicht fand, würde sie sie nirgends finden.

Entschlossen machte sich Anna an den Aufstieg. Tagein tagaus erklomm sie die hohen Berge und hoffte, in einem Tal die Blume zu finden. Doch sie fand sie nicht. Große Verzweiflung durchdrang sie. Mit tränenerstickter Stimme wandte sie sich an die steilen Felsen vor ihr.

»Berge, liebe Berge! Ihr steht hier schon seit Anbeginn der Zeit. Bitte sagt mir, wo ich die ›Blume, die in jedem Herzen wohnt‹ finden kann. Die Zeit läuft mir davon und meiner Liebsten droht gar großes Unheil!«

Gespannt lauschte Anna, doch nichts als der Wind rauschte durch die tiefen Täler und Schluchten. Plötzlich vernahm sie ein flatterndes Geräusch. Schnell eilte Anna darauf zu. In einer Felsspalte eingeklemmt, den einen Flügel unter Geröll begraben, versuchte sich verzweifelt ein stattlicher Adler zu befreien. Immer wieder öffnete er seine Schwinge und versuchte in die Luft zu steigen, um sich zu befreien. Anna, die die vergeblichen Mühen sah, hatte Mitgefühl.

»Hab keine Angst, lieber Adler, ich helfe dir!«

Vorsichtig erklomm sie die Felsspalte und näherte sich dem Adler, der sie aufmerksam musterte. Sanft entfernte sie das Geröll, sodass der Adler seine Schwinge herausziehen konnte. Dann hüpfte er ein wenig zur Seite und breitete probehalber seine Schwingen aus. Ein paar kräftige Schläge und er schwebte über ihr in der Luft.

»Hab Dank, mein Kind!«

Anna winkte lächelnd ab. Sie war nur froh, dass der Adler nicht verletzt war. »Ich habe gern geholfen.«

Als Anna sich soeben umdrehen wollte, um ihren Weg fortzusetzen, wandte sich der Adler an sie. »Ich habe deine Frage an die Berge gehört. Und auch wenn ich darauf keine Antwort weiß, möchte ich dir diesen gläsernen Schlüssel geben. Er soll dich für immer an unsere Begegnung erinnern.«

Und aus seinen Krallen ließ er einen kleinen, gläsernen Schlüssel in Annas Hände fallen. Im hellen Sonnenlicht funkelte der kleine Schlüssel azurblau. Noch ehe sie sich für das Geschenk bedanken konnte, war der Adler am weiten Himmel verschwunden.

Auch nach tagelangem Suchen im höchsten Gebirge am Ende der Welt hatte Anna die Blume nicht gefunden. Resigniert machte sie sich auf den Heimweg, um wenigstens in den letzten Momenten bei ihrer Liebsten zu sein.

Als Anna schließlich nur noch einen Tagesmarsch vom Schloss entfernt war, stand der einundzwanzigste Geburtstag der Prinzessin unmittelbar bevor. Morgen würde sich ihr Schicksal entscheiden. Anna hoffte nur, dass die Königin einen Gegenzauber gefunden hatte. Erschöpft nächtigte Anna in einem Gasthaus.

Was Anna nicht wusste, war, dass auch Johannes sich hier aufhielt. Er hatte sein gesamtes Vermögen vertrunken und war nicht einen Schritt vor die Tür gekommen. Als er seine Schwester in die Wirtsstube kommen sah, versteckte er sich. Bestimmt hatte seine Schwester die Blume gefunden. Doch sie würde die Prinzessin ganz gewiss nicht bekommen. Dies stand ihm zu. Ihm ganz allein. Er war dazu bestimmt, König zu werden. Als die Wirtin nicht hinsah, mischte er Schlafpulver unter die Suppe, die sich Anna zum Abendbrot bestellt hatte und beobachtete voller Genugtuung, wie sie diese bis auf den letzten Tropfen verzehrte.

Als Anna am nächsten Tag erwachte, dröhnte ihr der Kopf. Ein Blick zum Himmel verriet ihr, dass es schon beinahe Mittagszeit war. Theresa! Schnell machte sie sich auf den Weg ins Schloss. Anna hastete die engen Gassen entlang, die sie hinauf ins Schloss führten. Als sie den Marktplatz passierte, sah sie eine alte Frau, deren kleiner Holzwagen, mit denen sie ihre Blumen transportierte, umgekippt war. Sie selber war gestürzt, bei dem verzweifelten Versuch ihn aufzurichten. Es war ihr nicht gelungen. Die Menschen um sie herum schenkten ihr keine Beachtung, sondern strömten achtlos an ihr vorbei. Anna hatte Mitleid mit der armen alten Frau und eilte schnell zu ihr.

»Warte Mütterchen, ich helfe dir.« Anna nahm die alte Frau an die Hand und half ihr auf. Dann stemmte sie sich mit aller Kraft unter den Wagen und richtete ihn, Stück um Stück, wieder auf. Die Blumen der Frau lagen verstreut auf dem Pflaster. Emsig sammelte Anna die Blumen wieder ein und überreichte sie der alten Frau, die sie aus trüben Augen anblickte.

»Ich habe das Meiste retten können, Mütterchen, doch leider nicht alles.«

»Hab Dank, mein Kind für deine Freundlichkeit.«

Verlegen winkte Anna an.

»Nichts zu danken, Mütterchen. Ich habe gern geholfen. Doch nun muss ich eilen, meiner Liebsten droht gar großes Unheil.«

»Warte mein Kind, hier nimm diese Rose als Zeichen meiner Dankbarkeit.«

Anna betrachtete die schönen, blutroten Blätter und die spitzen Dornen. Als sie sich bei der alten Frau bedanken wollte, war diese bereits verschwunden.

Schnell hastete Anna weiter. Und während die letzten Sonnenstrahlen die Dächer des Schlosses vergoldeten, erreichte Anna den Schlosshof.

Hunderte Menschen drängten sich dicht an dicht, um die Rettung der Prinzessin zu bewundern. Der ›Königliche Kundschafter‹ hatte verkündet, die ›Blume, die in jedem Herzen wohnt‹ gefunden zu haben und eine sofortige Hochzeit mit der Prinzessin gefordert. Erst nach der Hochzeit wollte er sie von dem Fluch befreien.

Anna, die von alledem nichts wusste, versuchte verzweifelt, sich durch die Menschenmassen zu drängen, als sie plötzlich am Arm gepackt und in eine Ecke gezerrt wurde. Erschrocken blickte sie in Johannes Gesicht, der sie wütend anstarrte.

»Wo hast du sie?«

»Was?« Anna, die keine Ahnung hatte, wovon ihr Bruder sprach, starrte ihn verärgert an.

»Spiele keine Spielchen mit mir Anna, das zieht schon lange nicht mehr. Ich weiß, dass du die Blume gefunden hast. Gib sie mir.«

»Johannes, ich habe die Blume nicht gefunden, das musst du mir glauben.«

»Ach ja, genauso wenig wie den Kram hier?!«

Verärgert hielt er Annas kleines Stoffbändchen hoch, an dem die drei kleinen, gläsernen Schlüssel hingen.

»Woher …«

Erschrocken tastete Anna ihren Gürtel ab, an dem das Schlüsselbändchen fehlte. Das waren tatsächlich ihre Schlüssel, die Johannes da hochhielt! Woher hatte er sie? Gestern Abend noch hatte sie sie vor dem Zubettgehen betrachtet und die feine Arbeit bewundert. Aber nun hielt Johannes sie in seinen Händen. Langsam dämmerte es ihr. Er hatte sie bestohlen! Mit einem Aufschrei warf sie sich auf ihren Bruder.

»Gib sie mir zurück. Das waren Geschenke! Sie gehören dir nicht.«

Doch ihr Bruder war größer als sie und so wehrte er sie mit Leichtigkeit ab. Dabei sah er die Rose in Annas Hand aufblitzen. Natürlich, das war es! Die Rose galt als Zeichen der Liebe. Er würde doch noch König werden. Entschlossen entriss er Anna die zarte Blume und warf ihr die Schlüssel zu.

»Hier, den Plunder kannst du haben. Ich werde gleich in Gold schwimmen.«

Damit drehte er sich um und verschwand in der Menschenmenge.

Fassungslos starrte Anna ihrem Bruder hinterher. Ihr war es gelungen, die Schlüssel aufzufangen. Entsetzt betrachtete sie ihre blutende Hand. Die spitzen Dornen hatte ihre Haut verletzt, als Johannes ihr die Blume entrissen hatte. Laute Fanfarenklänge rissen sie aus ihrer Starre.

Theresa! Sie durfte auf keinen Fall Johannes heirateten. Energisch bahnte sich Anna einen Weg durch die Menschenmassen, bis sie schließlich vor dem Thron der Königin stand.

Vor ihr standen Theresa und Johannes. Anna musste mit ansehen, wie ihr Bruder grob nach Theresas Hand griff. Seine Stimme hallte laut über den Schlosshof. »Nun beeilt euch Hoheit, oder eure Tochter ist für immer verloren. Ihr wollt doch sicher nicht, dass sie auf ewig ein Ungeheuer bleibt.« Dabei hielt er siegessicher die Rose in die Luft. »Ich habe die ›Blume, die in jedem Herzen wohnt‹ gefunden. Es ist eine einfache Rose. Ich werde sie ihr als Hochzeitsgeschenk überreichen, sobald sie meine Frau ist.«

Die Königin beugte verzweifelt den Kopf und seufzte tief. Was sollte sie auch machen? Sie hatte ihr Wort gegeben. Es ging um so vieles mehr, als nur das Leben ihrer Tochter. Das Überleben ihres Volkes hing von dieser Hochzeit ab. Sie hatte keine Wahl. Ein Blick in die untergehende Sonne verriet ihr, dass ihre Zeit abgelaufen war. Mit einem letzten, mitfühlenden Blick auf ihre Tochter hob die Königin an. »Mein Volk, wieder sind wir hier versammelt, um die große Tat dieses Mannes zu feiern. Erneut hat er unser Königreich vor Unheil bewahrt. Durch seine mutige Tat hat er sich die Hand meiner Tochter verdient. Sie …«

»Nein!« Mit einem Aufschrei stürzte Anna nach vorn und nahm Theresas Hand. »Theresa, du darfst ihn nicht heiraten! Königliche Hoheit, das ist nicht die gesuchte Blume. Er hat mir die Rose gerade gestohlen. Ich bekam sie vorhin von einer alten Frau …«

»Hoheit, hört nicht auf sie. Meine Schwester weiß nicht, wovon sie redet. Dies ist die Blume, nach der alle suchten. Es ist allgemein bekannt, dass sie als Zeichen der Liebe gilt.«

Die Königin beobachtete die Geschwister. Mit ganzem Herzen glaubte sie den Worten Annas. Während sie von Anna einen guten Eindruck und sie als hilfsbereit und ehrlich erlebt hatte, konnte sie derartiges über den ›Königlichen Kundschafter‹ nicht sagen. Alles, was ihr zugetragen worden war, sprach von Faulheit und Trunksucht. Während die Königin ihren Gedanken nachhing, verschwanden die letzten Sonnenstrahlen hinter dem Horizont.

Ein leises Stöhnen ging durch Theresa, die immer noch Annas Hand hielt. Sie wusste, ihre Zeit war abgelaufen. Mit Tränen in den Augen wandte sie sich an Anna, während ihre Füße anfingen, sich zu Klauen zu verformen. »Ich liebe dich Anna! Nur zu gern hätte ich mein Leben mit dir verbracht. Es tut mir leid.«

Anna blickte in die Augen, die sie ein letztes Mal wie leuchtende Sterne anschauten.

»Ich liebe dich Theresa! Es ist mir egal, ob du ein Drache bist oder nicht. Ich ...«

Theresa begann am ganzen Körper zu zucken. Schon waren die ersten grünen Drachenschuppen zu sehen.

»Das Vieh heirate ich nicht.« Ihr Bruder warf die Rose zu Boden und versuchte sich davon zu stehlen. Ein Wink der Königin und die Wachen ergriffen ihn.

Annas Arme schlangen sich um Theresas Nacken. Verzweifelt versuchte sich Anna festzuhalten, während Theresas Körper immer weiter wuchs. Sie blickte in Theresas Augen und presste sich an sie. Sie bemerkte gar nicht, wie sie dabei die drei gläsernen Schlüssel zerbrach, die sie wieder an ihren Gürtel gebunden hatte. In der Nähe erklangen drei Geräusche, als würde Eisen brechen. Doch Anna schenkte dem keine Beachtung. Für sie zählte nur noch Theresa, die sich bis auf den Kopf bereits vollständig verwandelt hatte.

Theresa beugte sich zu Anna hinab, die sie immer noch fest umklammerte. Als sich ihre Lippen trafen, ging ein Beben durch den großen Drachenkörper. Ein starker Wind fegte plötzlich über den Schlossplatz und wirbelte Staub auf, der sich wie eine große Wolke über die Menschen legte.

Als sich die Wolke wieder legte, stand Anna immer noch an ihrem Platz. In ihren Armen eine nackte Theresa, die Anna anlächelte.

»Du hast es geschafft. Du hast den Fluch gebrochen!«

Voller Glück begann Anna zu lachen und alle stimmten mit ein. Die Königin eilte zu ihrer Tochter, bedeckte sie mit ihrem Umhang und umarmte sie voller Freude. Dann legte sie ihre Arme auch um Anna und wandte sich an ihr Volk. »Der Fluch ist gebrochen! Lasst uns Hochzeit feiern.«

Das versammelte Volk schrie und jubilierte. Der Fluch war gebrochen!

Als sich die Königin umdrehte, stand vor ihr eine alte Frau. Anna, die sie wiedererkannte, löste sich aus der Umarmung und rannte auf sie zu. »Mütterchen!«

Auch die Königin erkannte die alte Frau. Tief verbeugte sie sich. »Weise Zauberin. Ich habe dir großes Unrecht angetan. Und auch, wenn ich damals noch jung und unwissend war, soll dies keine Entschuldigung für mein Verhalten sein. Bitte nimm meine Entschuldigung aus tiefstem Herzen an. Nicht ein Tag ist vergangen, an dem ich meine harschen Worte und mein Verhalten dir gegenüber nicht bereut hätte. Bitte, verzeihe mir.«

Die weise Zauberin lächelte milde. Die Eisenringe, die ihr Herz verschlossen hatten, waren zerbrochen. »Ich verzeihe dir gern. Die Liebe ist unsere größte Stärke, wenn sie unseren Herzen wohnt. Und so ist auch das Verzeihen. Nun lasst uns Hochzeit feiern. Ich hoffe, dieses Mal darf ich bleiben.«

Sie zwinkerte der Königin zu, die daraufhin laut loslachte. Dann zwinkerte sie zurück. »Ihr dürft bleiben, solange Ihr wollt.«

Drei Tage und drei Nächte lang feierten die Menschen die Hochzeit von Anna und Theresa.

Die Fische kehrten in die Flüsse und Bäche zurück, in den Wäldern tummelte sich das Wild und auf den Äckern wuchs das Korn.

Annas Vater hatte so viel zu tun, dass er sich nie wieder Sorgen um sein Auskommen machen musste.

Johannes aber, der wurde davon gejagt. Als die Königin und ihr Gemahl im hohen Alter abdankten, regierten Theresa und Anna gemeinsam ihr Reich und lebten glücklich und zufrieden. Und wenn sie nicht gestorben sind, dann leben sie noch heute.

Mercy Cunningham

Die gestiefelte Katze

Es war einmal, in einem Land jenseits der dunklen, tiefen Wälder. An einem Ort, an dem die Macht der Magie selten und kostbar war. Dort lebte ein finsterer Zauberer. Er war ein Mann von hoher Bildung und weit größerem Geltungsdrang. Ein Drang, der sich mit der Zeit in eine unbezähmbare Gier verwandelte. So griff er, wenn schon nicht nach der Krone, dann wenigstens nach der Macht im Lande.

Um mehr an Bedeutung zu erlangen, studierte er pausenlos die alten Schriften. Und eines Nachts war es soweit. Er rief die Kreaturen aus den Reichen der Schatten an seine Seite. Sie stiegen aus den Tiefen der Unterwelt auf, ihre durchdringenden Schreie hallten von den Bergen wider. Die Menschen in den umliegenden Dörfern, die dies hörten, verriegelten ihre Türen und verkrochen sich zitternd unter ihren Bettdecken.

Mit der Hilfe dieser mächtigen Wesen beschwor er eine nie gekannte, dunkle Gewalt herauf. Der Zauberer war sich bewusst, dass ihm sein Wunsch um den Preis seiner Seele erfüllt würde. Er zauderte nur einen Moment, dann sprach er ihn aus.

Tiefschwarze Gewitterwolken türmten sich am Horizont auf. Höher und immer größer wurden sie. Sie wuchsen weiter, bis die Wolkendecke das letzte Bisschen des Himmels einnahm. Kein Sonnenstrahl fand seinen Weg zum Boden. Eine unnatürliche Stille setzte ein, denn der Zauberer hatte beschlossen, das Land zu verheeren.

Auf sein Geheiß hin grollte der Donner. Blitze zuckten grell über den Himmel. Ein schwarzer Regen brach aus ihnen hervor. Und die schweren Tropfen fielen von da an unablässig auf die fruchtbare Erde.

Sie verdarben die grünen Wiesen, die goldenen Felder und die dichten Wälder.

Die Bewohner des Landes aber versteckten sich in ihren Hütten und Häusern. Gelähmt von Furcht waren sie dem Fluch des Zauberers hilflos ausgeliefert. Von da an dauerte es nicht lange, bis der Hunger das Reich regierte. Erst als Chaos und Verzweiflung ihren Höhepunkt erreichten, trat der Zauberer vor sie und bot seine Hilfe an.

Das Volk war bereit, alles zu opfern, damit die schwarzen Wolken verschwanden. Sie erfüllten die Bedingungen des Zauberkundigen bereitwillig und machten ihn zu ihrem Herrscher.

So zogen die Jahre ins Land und die Menschen führten ihr Leben weiter, so gut es ihnen unter den gegebenen Umständen möglich war. Da begab es sich im Nachbarland, dass einem Müller und seiner Frau nach zwei Söhnen die lange ersehnte Tochter geboren wurde. Die Eltern strahlten sich an und hießen die älteren Brüder, das Schwesterlein gebührend zu bewundern. Die Hebamme aber überkam eine Vision, sobald sie die kleine Lorenza auf die Welt geholt hatte. Dieses Kind würde Herrin über das Schloss werden, in dem der böse Zauberer lebte. Ganz gewiss würde er kommen, um sie zu holen.

Die Eltern wurden, als sie das hörten, von einem namenlosen Grauen erfasst. Stundenlang berieten sie, was zu tun sei.

So sehr sorgte sich die Müllerin, dass sie sich nie mehr vom Kindbett erholte. Wenige Monde später verstarb sie an Gram und Schwäche.

Der Müller trauerte um seine Frau und vergoss viele Tränen. Er sorgte sich ebenfalls um sein kleines Mädchen. Ohne die Mutter der Kinder war nicht mehr daran zu denken, die Mühle zu verlassen. Wie sollte er nun eine Möglichkeit finden, dieses Schicksal von seiner Tochter abzuwenden oder dem bösen Zauberer gar das Handwerk zu legen? Der Vater grübelte lange, bis er sich entschloss, all seinen Mut zusammenzukratzen. Er würde die weise Hexe des Königreichs um Rat fragen. Die Alte würde wissen, wie er seine Tochter vor diesem Schicksal bewahren konnte. Kaum hatte er den Entschluss gefasst, machte er sich auf, um nach der klugen Frau zu suchen.

Die Alte lächelte ihn aus ihrem faltigen Gesicht an, als er zögerlich durch ihre Tür trat. »Komm nur herein. Ich hatte dich vor einem halben Jahr erwartet«, sagte sie vergnügt mit einer Stimme, die klang wie der Wind, der durch im Herbst gefallene Blätter fegt. »Das Raunen des Waldes hat mir von deiner Tochter erzählt, oder waren es die Raben? Geschwätziges Volk, das schwarze Federvieh!«

Der Müller schluckte und machte einen ungeschickten Kratzfuß. Dicke Schweißperlen standen auf seiner Stirn. »Wenn ihr's schon wisst, was soll ich machen?«

Da lachte die Hexe. »Das war nicht der glücklichste Einfall, den die Therese je hatte, was? Dass sie ihre Vision unbedingt gleich erzählen musste.« Sie legte den Kopf schief. »Das Beste wird es sein, wenn der Zauberer nie von deinem Töchterchen erfährt. Kleide sie wie einen der Jungen und behandle sie, wie du deine Söhne behandelst. Alles andere wird sich finden.«

Der Müller überlegte hin und her. Der Vorschlag der alten Frau war so abwegig, dass er mit ein wenig Mühe von Erfolg gekrönt sein könnte. Es würde ihm auch die zusätzlichen Kosten für Mädchenkleidung ersparen und die Mühle musste er ebenfalls nicht verlassen. Je mehr er darüber nachdachte, desto besser gefiel ihm die Idee.

So kam es dazu, dass in jenem fernen Land vor langer Zeit ein Müller lebte, der drei Söhne hatte. Thomas, der Älteste, hatte Schultern wie ein Ochse vom Schleppen der schweren, prall mit Korn gefüllten Säcke hin zum Mahlwerk der Mühle. Sein Gesicht war grau vom Staub des Getreides, doch die harte Arbeit raubte ihm sein Lachen nicht. Hans, der Mittlere, hatte Muskeln wie ein Schlachtross vom Tragen der Mehlsäcke hin zu den Fuhrwerken der Bauern. Auch er hatte für jeden der ihm begegnete ein Lächeln übrig, obwohl seine Kleidung weiß vom Mehlstaub war. Der dritte Sohn des Müllers wurde Lorenz genannt. Verglichen mit seinen älteren Brüdern war er schlank wie eine Weidengerte. Man durfte sich jedoch nicht täuschen lassen. Lenz vermochte zuzupacken, wenn Not am Manne war, nur seine Finger waren schwarz von Tinte. Denn es war der Jüngste, der die Bücher des Vaters führte und sich um die Belange des Haushalts kümmerte, während die anderen in der Mühle schufteten. Die Dorfbewohner aber schüttelten den Kopf über den Müller und wunderten sich über sein Verhalten. Jeder wusste doch, dass man seinem Schicksal nicht entgehen kann. Doch er tat ihnen leid und so schwiegen sie zuerst aus Mitgefühl und dann aus Gewohnheit.

So folgten die Jahreszeiten aufeinander, unablässig, gerade so wie sich das Mühlrad drehte. Der Müller wurde alt und das Unvermeidliche geschah. Eines Nachts verstarb er im Kreise seiner Kinder.

Thomas, als Ältester, bekam die Mühle und war damit ein gemachter Mann. Hans erhielt ein Eselchen und würde als Geselle auf die Walz gehen, sobald das Wetter es erlaubte. Für den Lorenz blieb ein Säcklein mit den kümmerlichen Ersparnissen, die sein Vater für diesen Moment zur Seite gelegt hatte, übrig. Seine Brüder drängten ihm zum Trost die getigerte Katze auf, die im Kornspeicher nach Mäusen jagte. Um bei der Wahrheit zu bleiben, wusste niemand recht, woher sie kam oder wohin sie verschwand. Dem jüngsten der Müllerssöhne aber schien ihr ganzes Herz zu gehören, seit er sie eines Tages aus dem Mühlbach geangelt hatte. Ihm strich sie seither ständig um die Beine und verlangte nach seiner Aufmerksamkeit.

Nachdem der Vater begraben war, setzte sich Lenz auf einen Stein am Bach und weinte bitterlich. Die Katze ließ sich neben ihn nieder und rieb tröstend ihren Kopf an seinem Arm.

»Wie soll es denn weiter gehen mit mir«, fragte er sie. »Ich habe zwar ein paar Heller in der Tasche, mein Bruder aber will heiraten. Er braucht dann niemanden mehr für den Haushalt.«

»Du hast doch mich«, sagte die Katze mit einem schelmischen Glitzern in den grünen Augen.

»Was ist das für eine Zauberei«, keuchte Lenz entsetzt und wich zurück.

»Ja, es ist Zauberwerk, da hast du recht«, erwiderte die braun getigerte Hauskatze. »Aber nicht so, wie du denkst. Verlasse ich mein Zuhause, verwandle ich mich in eine Katze. Dafür hat der böse Zauberer gesorgt.«

»Dann hat es dich härter getroffen als mich, ich bin ja wenigstens ein Mensch«, murmelte der Müllerssohn.

»So schlimm ist es nicht, verwandelt zu sein, meine ich. Du gibst mir Sahne, wenn keiner hinsieht, und kraulst mich unter dem Kinn.« Sie sah den Menschen mit großen Augen an. »Und auch du bist nicht, was du zu sein scheinst.«

»Das ist ebenfalls die Schuld eines Zauberers«, sagte Lenz und kraulte die Katze. Denn er verstand eine Aufforderung, wenn er sie hörte.

Diese schnurrte zufrieden. »Du darfst mich Prinzessin Mina nennen und wie heißt du?«

»Lorenza«, antwortete der jüngste Müllersohn, der eine Müllerstochter war, mit einem Seufzen. »Und was tun wir jetzt?«

»Ach Lenzi, lass mich nur machen. Ich habe einen Plan. Dafür brauche ich nur ein Paar Stiefel und einen Hut. Keine Dame sollte ohne angemessene Kopfbedeckung aus dem Haus gehen!«

So geschah es, wie Mina es verlangte. Lenzi gab das Gewünschte in Auftrag. Die Leute im Dorf dachten bei sich, dass der Lorenz ein wenig den Verstand verloren hatte. Wo hatte man davon gehört, dass jemand für seine Katze glänzende Stiefel und ein hübsches Hütchen mit Federn anfertigen lassen wollte?

Da sie gutes Geld dafür bekamen, wurde das Gewünschte in wenigen Tagen angefertigt. Und mit einem flauen Gefühl im Magen bezahlte es die Müllerstochter von ihrer geringen Erbschaft.

Die Katze schlüpfte sofort in die glänzenden schwarzen Stiefel und setzte das kecke Hütchen auf, kaum das ihr Lenzi diese überreicht hatte.

»Nachdem du mir Gutes getan hast, will ich es dir vergelten. Ich werde sehen, was ich tun kann, um dich in gehobenere Umstände zu bringen«, sagte die getigerte Katze mit einem Zwinkern und erhob sich auf die Hinterbeine.

»Wie willst du das denn machen, Minchen?« Die Müllerstochter sah die Katze ungläubig an. Träumte sie etwa, dass diese auf zwei Beinen stand, ganz wie ein Mensch?

»Minchen? Minchen, also wirklich!« Die Katze warf Lenzi einen missbilligenden Blick zu. »Ich bin Prinzessin Mina mit dem Pelz aus Seide. Jägerin der größten Vögel und der schnellsten Mäuse! Eine Tigerkatze vom edelsten Geblüt, die auf leisen Pfoten über die Dächer streicht. Kriegerin mit scharfen Krallen, Sängerin in der tiefsten Nacht. Dank dir, meine Hübsche, bin ich eine gestiefelte Katze!« Mina machte eine artige Verbeugung. »Hab ein wenig Vertrauen.«

Die Müllerstochter starrte die Samtpfote, die vor ihren Augen zu wachsen schien, fassungslos an. »Entschuldige, das wusste ich nicht«, flüsterte sie verlegen.

»Ach, wie solltest du das wissen«, antwortete die Katze besänftigt. »Mein Krönchen trage ich doch nur im Schloss! Im Augenblick musst du mir einfach dein Vertrauen schenken. Wenn ich alles erledigt habe und du ein Auskommen hast, dann wollen wir sehen, ob du mich Minchen nennen darfst.«

»Gut, wenn du meinst. Nur bringe dich nicht in Gefahr«, stimmte die junge Müllerstochter unglücklich zu.

Die Katze aber hatte bereits einen Plan gefasst. Sie wusste nur zu gut, dass ihrem Vater, dem König des Landes, ein erlesenes Mahl über alles galt. Von den unzähligen Gerichten, unter denen sich seine Tafel bog, liebte er Rebhühner am meisten. So sehr, dass die Vögel in seinem Reich ausgerottet waren.

Sie hatte in Erfahrung gebracht, wo sie die kleinen Feldhühnchen finden würde. Gleich in den Wiesen hinter der Grenze. Das Beste daran war, sie würde sich nur ein winziges Stückchen in das Land des Zauberers wagen müssen.

So kam es, dass sich die gestiefelte Katze auf leisen Sohlen des Nachts in die fremden Weiden und Felder schlich, um Rebhühner zu fangen. Sie hatte eine solche Freude daran die Vögel zu jagen, dass sie es erst zufrieden war, als ein ganzer Sack voll mit ihnen war.

Mit einiger Mühe schleppte sie diesen dann zum Schloss des Monarchen. Keck sprach sie die Wachen am Tor, das zu den Küchen führte, an: »Mein Herr, der Graf von Dreimühlen, schickt dem König eine kleine Aufmerksamkeit für seine Tafel.«

»Ei, schau an«, sagte einer der Wächter, »jetzt habe ich alles gesehen. Eine Katze in Stiefeln und Hut.«

»Sag, was schickt denn der Herr Graf zum König«, fragte der Zweite.

»Rebhühner, frisch von seinen Ländereien«, antwortete Mina mit einem Augenzwinkern.

»Das wird unseren Herrn aber freuen«, sagte der Wachsoldat. »Gib den Sack ruhig her.«

Da überreichte die Katze ihre Beute mit einer Verbeugung und ging ihres Weges.

An diesem Mittag speiste der König ausgiebig, wie es ihm am besten gefiel. Man trug ihm gebratenes Rebhuhn auf und reichlich vom herben Wein. Vergnügt biss er in die knusprige, braune Haut eines der kleinen Vögel, als sich seine Tochter zu ihm gesellte. »Nanu, Vater«, sagte die Prinzessin. »Rebhühner? Ich dachte, es wäre kein Einziges mehr in deinem Reich zu finden?«

»Ah, Mina, da bist du ja. Ein Graf hat ein paar fangen können und sie mir geschickt«, erwiderte der Herrscher. »Prächtiger Bursche, wenn du mich fragst.«

»Und wer ist dieser Adelige?«, wollte die Prinzessin nun wissen.

»Dreieichen, Dreiflüsse, was auch immer«, meinte der König abwesend, während er weiter aß.

»Dreimühlen meinst du wohl«, neckte ihn seine Tochter fröhlich. »Das ist einer der Herren unseres Nachbarlandes, falls dir das entfallen ist.«

»Wie auch immer, ganz prächtiger Bursche«, erwiderte der König.

»Ach Vater«, sagte die junge Frau, »benimm dich. Du willst ihm doch wohl nichts schuldig bleiben?«

»Du meinst, ich sollte mich erkenntlich zeigen? Nun, ich habe noch nicht darüber nachgedacht. Da er keiner meiner Getreuen ist, was wäre wohl angemessen?« Der König sah die Prinzessin an. »Lass ihm schicken, was du für einen gerechten Ausgleich hältst. Es sieht nicht so aus, als würdest du bald heiraten. Dann kannst du genauso gut lernen, was es heißt, eine Königin zu sein.«

»Da wird mir wohl etwas einfallen.«

Seine Tochter lachte, stibitzte sich eines der Rebhühner und aß es mit Genuss.

Am späten Nachmittag fand die Katze Lenzi an ihrem Lieblingsplatz am Bach sitzend. Diese zerrupfte eine Blume nach der anderen und starrte bekümmert ins Wasser.

Mit einem Lächeln, das ihre Reißzähne gut zur Geltung brachte, schlich sich Mina an. »Sorgst du dich deinetwegen oder meinetwegen?«, fragte sie vergnügt. Mit einer übertriebenen Verbeugung überreichte sie der Freundin einen Beutel, prall gefüllt mit Gold. »Da hast du etwas Geld. Ich habe es vom König, der dich grüßen lässt und sich für die Rebhühner bei dir bedankt.«

Die Müllerstochter war froh über den Reichtum, ohne dass sie recht begreifen konnte, wie es zugegangen war. Dennoch hinterfragte sie die Herkunft der unerwarteten Gabe. »Aber Mina, woher hattest du die Hühner? Du hast sie doch niemanden vom Hof stibitzt? Und wie kommst du zum König?«

Da erzählte ihr die Katze, wie sie die Vögel gefangen und zum Königsschloss gebracht hatte.

Lenzi schüttelte unglücklich den Kopf. »Meinetwegen hättest du kein Risiko eingehen müssen.« Die gestiefelte Katze lachte leise und rieb das Köpfchen an der Schulter der Müllerstochter. »Habe ich dir nicht gesagt, dass ich jeden noch so großen Vogel fangen kann? Das war kein Prahlen! Hat uns der Zauberer nicht beiden übel mitgespielt? Da schuldet er uns mehr als ein bisschen wildes Federvieh! Ich werde weiter in seinen Wäldern jagen, um dich zu einer reichen Frau zu machen.«

»Wenn du das so ausdrückst, macht es Sinn«, murmelte des Müllers Tochter. Ganz wohl war ihr jedoch nicht bei der Sache. »Pass nur auf, dass dir nichts geschieht.«

»Natürlich mache ich das«, sagte die Tigerkatze mit einem frechen Grinsen. »Bevor ich es vergesse, dem König habe ich erzählt, dass du ein Graf bist.«

Von diesem Tage an machte sich die Katze jeden Morgen auf zur Jagd. Jeden Abend aber brachte sie ein Geschenk für die Freundin mit nach Hause. Die Tochter des Müllers freute sich über die reichen Gaben, doch sorgte sie sich um Mina. Daher verwöhnte sie die erfolgreiche Jägerin. Der gestiefelten Katze war das nur recht. Wäre es nach ihr gegangen, hätte das Leben so weiter gehen können. Doch natürlich tat es das nicht.

Eines Tages entschloss sich der König, mit seiner Kutsche auszufahren, um dem Grafen von Dreimühlen einen Besuch abzustatten.

Trotz aller Mühe und Schmeichelei konnte Mina ihrem Vater diese Grille nicht ausreden.

»Du wirst ohne mich fahren müssen, Papa«, sagte sie und tat gelangweilt. »Ein Mann, der nichts anderes als die Jagd im Kopf hat, der ist nicht der Rechte für mich.«

Kaum hatte die Kutsche den Schlosshof verlassen, da schlüpfte die Prinzessin aus einer geheimen Seitentüre hinaus aus dem Schloss. Es dauerte keinen Lidschlag, da verwandelte sie sich schon in die getigerte Katze. So schnell ihre vier Beine sie tragen konnten, eilte sie zu ihrer Freundin.

»Wenn du ein Graf oder viel mehr eine Gräfin werden willst, so komm mit mir hinaus in den Wald«, keuchte sie, kaum dass sie zur Türe herein war. Die Müllerstochter wusste nicht, was sie dazu sagen sollte. Trotzdem folgte sie der Katze zu einem Gebüsch mitten im Forst. Zögerlich entledigte sie sich ihrer Kleidung bis zum Untergewand. »Schnell, mach es schmutzig«, rief Mina ungeduldig, »und versuch ganz jämmerlich auszusehen! Du willst doch nicht, dass man sofort erkennt, dass du nicht überfallen worden bist!« Mit einem Seufzer gehorchte Lenzi, mit einigen Handgriffen zerzauste sie sich die Haare und rieb sich Schmutz ins Gesicht. Sie wusste genau, wann sie besser nicht mit der pelzigen Freundin diskutieren sollte.

Die Katze nahm die Kleider sofort an sich, trug sie fort und versteckte sie. Kaum war sie damit fertig, da kam der Monarch auch schon angefahren.

Sogleich fing die Katze an, ganz elend zu jammern: »Allergnädigster Herr König! Mein Herr Graf, er hat sich hier an den See zum Baden begeben. Kaum war er angekommen, da hat sich ein Dieb angeschlichen, ein richtiger Haderlump! Er hat seine Kleider gestohlen! Stelle sich das Seine Majestät nur vor! Mein Herr, der Graf, er kann nun nicht mehr aus dem

Gebüsch heraus. Himmel hilf, wenn er sich noch länger darin aufhält, wird er sich erkälten und sterben!«

Als der Monarch dies hörte, ließ er anhalten. Einer seiner Leute musste in Windeseile zurück zum Schloss jagen und von den Kleidern des Königs holen. Sehr darum bemüht, den Anstand zu wahren, schlüpfte der frisch gebackene Graf in die prächtigen Kleidungsstücke, die man ihm anreichte.

Die gestiefelte Katze aber eilte geschwind voraus. Es dauerte nicht lange, bis sie zu einer großen Wiese kam, wo über hundert Leute fleißig das Heu machten.

Neugierig geworden sprach sie die Menschen an: »Gott zum Gruße! Wem gehört die schöne Wiese, ihr braven Leute?«

»Unserem Herrn, dem finsteren Zauberer«, rief ihr einer der Männer zu. »Und nun halte uns nicht länger auf, wenn heute Abend das Heu nicht fertig ist, wird es uns schlecht ergehen!«

»Hört, gleich wird der König in seiner prächtigen Kutsche vorbeifahren. Will er wissen, wem die Wiese gehört, so antwortet: Dem Grafen von Dreimühlen. Es wird nicht euer Schaden sein, so wahr ich die gestiefelte Katze bin«, wies Mina sie mit befehlsgewohnter Stimme an. Mit Mienen voller Unglauben sahen ihr die Knechte nach.

Sie eilte ein gutes Stück weiter und kam an ein Feld voll mit goldenem Korn, so groß, dass es niemand übersehen konnte. Darauf standen mehr als zweihundert Leute in abgerissenen Kleidern und schnitten die reifen Ähren.

»Gott zum Gruße, sagt, wem gehört das Korn, ihr guten Leute?«, fragte die Katze mit herrischer Stimme.

»Dem schwarzen Zauberer«, antwortete eine Magd mit eingefallen Wangen ihr müde. »Und jetzt zieh weiter. Sind die Ähren am Abend nicht eingebracht, wird es uns allen schlecht ergehen!«

Da sagte die Katze nachdrücklich: »Hört zu, bald wird der König mit seinem Gefolge vorbeifahren, wenn er wissen will, wem das Korn gehört, so antwortet: Dem Grafen von Dreimühlen. Tut es und es wird nicht euer Schaden sein, so wahr ich die gestiefelte Katze bin!«

Kaum war sie hinter der nächsten Wegbiegung verschwunden, begannen die Leute über dieses seltsame Geschöpf zu tuscheln.

Nun aber musste die Katzenprinzessin lange laufen, doch endlich kam sie an den Rand eines prächtigen Waldes. Dort standen mehr als dreihundert Männer. Sie fällten die großen Eichen im Schweiße ihres Angesichts und machten Holz.

Abermals rief die gestiefelte Katze sie an: »Gott zum Gruße, ihr starken Männer, wollt ihr mir nicht verraten, wem dieser schöne Wald gehört?«

»Dem mächtigen Zauberer«, sagte einer der Holzfäller gehetzt, »und nun lass uns arbeiten. Stehen zu viele Bäume, wenn die Sonne untergeht, dann wird es uns schlecht ergehen.«

Da nickte Mina zufrieden und sprach: »In wenigen Augenblicken wird der König vorbeifahren, wenn er wissen will, wem der Wald gehört, so antwortet ihm: Dem Grafen von Dreimühlen. Tut das, und es wird nicht euer Schaden sein, so wahr ich die gestiefelte Katze bin!«

Die Prinzessin aber eilte weiter, die Leute sahen ihr allesamt besorgt nach. Weil sie wie ein Mensch in Stiefeln ging und wie eine Adelige befahl, hielten sie die Tigerkatze für ein Geschöpf des Meisters der dunklen Künste.

Bald darauf erreichte die gestiefelte Katze das Schloss des Zauberers und huschte hinein. Der jedoch bemerkte sie sogleich und sah sie verächtlich an. Denn Minas Anwesenheit entging ihm keineswegs.

»Wenn das nicht die Prinzessin mit den Pfoten aus Samt ist«, spottete er. »Bist du etwa hier, um mich zu bitten, den Fluch von dir zu nehmen?«

Die Katze knickste übertrieben und sagte: »Nein, das liegt bestimmt nicht in deiner Macht. Ich habe gehört, dass du dich angeblich in jedes Tier auf Erden verwandeln kannst. Was einen Falken, einen Fuchs oder auch ein Pferd betrifft, da will ich es glauben. Aber wirst du auch zu etwas so Riesigem wie einem Elefanten? Das scheint mir ganz unmöglich! Deshalb bin ich gekommen, um selbst zu sehen, dass du das auch wirklich kannst. Es wäre sehr peinlich für eine Prinzessin wie mich, von einem zweitklassigen Zauberer verflucht worden zu sein.«

Der Zaubermeister lachte und sagte stolz: »Du bist ziemlich von dir eingenommen, was? Ein Elefant, ein Rüsseltier? Das ist für mich doch eine Kleinigkeit!« Und schon, mit einem Fingerschnippen, hatte er sich in einen Elefanten verwandelt.

»Das ist gar nicht einmal so übel«, sagte Mina. »Aber kannst du auch zu einem Tiger werden?«

»Das ist nicht schwer«, prahlte der Zauberer und plötzlich stand der mächtige König des Dschungels vor ihr und brüllte furchteinflößend. Die Katze tat verschreckt und rief: »Das ist unglaublich, nein fantastisch! Dergleichen hätt' ich nicht zu träumen gewagt. Aber noch kunstfertiger wäre es, wenn du dich in ein kleines Wesen verwandeln könntest. Ein Tier so winzig wie einen Maikäfer oder einen Spatzen. Du kannst gewiss mehr als irgendein Zauberkundiger auf der Welt, das aber schaffst auch du nicht!«

Der Zauberer wurde ganz freundlich ob der Schmeichelei. »Liebes Kätzchen, das kann ich ebenfalls«, brüstete er sich und schon flatterte er als Spatz im Zimmer herum. Die Katze aber klatschte in die Pfoten und lachte begeistert. Dann machte sie einen schnellen Satz, fing den kleinen Vogel mir nichts dir nichts ein und fraß ihn genüsslich mitsamt den Federn auf.

Der König indes war mit dem Grafen weitergefahren und kam zu der großen Wiese. »Wem gehört das viele Heu?«, fragte der Herrscher.

»Unseren Herrn, dem Grafen zu Dreimühlen«, riefen die Feldarbeiter wie aus einem Munde.

»Ihr habt da ein schönes Stück Land, Herr Graf«, sagte der Monarch zur Tochter des Müllers, die verlegen nickte. Eine Weile danach kamen sie an das große Kornfeld.

»Wem gehört das Korn, ihr fleißigen Leute?«, wollte der König wissen.

»Dem guten Grafen zu Dreimühlen«, antworteten ihm die Feldarbeiter.

»Herr Graf! Das sind außerordentlich große Ländereien!« Der König sah seinen Gast begeistert an, der darauf nichts zu sagen wusste und nur bescheiden lächelte.

Die Fahrt ging weiter zu dem großen Forst mit seinen mächtigen Bäumen. Wieder fragte der König: »Wem gehört das Holz, ihr Leute?«

»Dem Grafen von Dreimühlen, unserem Herrn«, erhielt er zur Antwort.

Der König strahlte und sagte: »Ihr seid ein sehr reicher Mann, Herr Graf. Ich glaube nicht, dass ich je einen so prächtigen Wald gesehen habe.«

Die verkleidete Müllerstochter lächelte nur verlegen und winkte ab.

Endlich kamen sie an das schöne Schloss, das ehemals dem bösen Zauberer gehört hatte. Die Katze stand bereits oben an der Treppe und erwartete den König und den frisch gebackenen Grafen. Als der Wagen unten hielt, sprang sie herab, machte die Türe auf und sagte: »Herr König, bitte folgt mir ins Schloss.«

Der König stieg aus und bewunderte das prächtige Gebäude. Die als Graf verkleidete Müllerstochter aber nahm die Katze auf den Arm. Sie kraulte sie an den Ohren und trug sie die Treppe hinauf in den Saal, der ganz von Gold und Edelsteinen flimmerte.

»Mein Problem hast du gelöst«, sagte Lenzi an diesen Abend zu ihrer Katze und kraulte sie unter dem Kinn. »Ich habe nun mehr, als ich mir je hätte träumen lassen. Doch warum hast du dich nicht zurückverwandelt, wenn der Zauberer nun tot ist?«

»Wer weiß das schon«, schnurrte die Katze. »Mach weiter. Vielleicht liegt es daran, dass du von offizieller Seite her noch ein Graf und keine Gräfin bist. Dieses Problem werde ich auch lösen, Lenzi. Das wäre doch gelacht! Morgen will ich dich jedenfalls in Samt und Seide sehen!«

Einige Tage zogen ins Land und mit Minas Hilfe und der einer geschickten Schneiderin verwandelte sich der schmucke Graf in eine schöne junge Gräfin.

Der König indes war auf die Idee verfallen, dass seine Tochter den Grafen von Dreimühlen heiraten sollte. Oh ja, denn dessen Reichtum hatte es ihm mehr noch als sein Jagdglück angetan.

»Du wirst ihn mögen, Töchterlein«, sagte er zu Mina, als sich diese sehen ließ. »Sieh ihn dir wenigstens an. Und wenn nicht er, so werden dir seine Ländereien und sein Palast wohl gefallen!«

»Aber Vater, wenn ich das Schloss verlasse, verwandle ich mich in eine Katze! Ein so reicher und mächtiger Mann wird mich wohl kaum wollen«, erwiderte Mina gelassen.

»Für die Möglichkeit, König zu werden, nimmt ein kluger Mann einiges in Kauf«, tat ihr Vater ihre Bedenken ab.

»Gut«, sagte die Prinzessin, »dann wetten wir. Ich werde eine Prüfung ersinnen, und wer immer diese erfolgreich absolviert, den will ich heiraten! Eine Bedingung stelle ich allerdings, denn sonst wäre es keine Wette. Besteht sie ein anderer als der Graf, den du dir als Schwiegersohn einbildest, wirst du sicher nichts dagegen haben, wenn ich diese andere Person heirate.«

»Wie du willst mein Kind«, sagte der König. Er war überzeugt, dass ein Mann wie der Graf die Prüfung nur bestehen konnte. Da war es egal, was seine Tochter ersann.

Am nächsten Tag machte sich der König mit großem Gefolge zum Schloss des Grafen auf. Seine goldene Kutsche glitzerte in der Sonne mit den prächtigen Geschmeiden seines Hofstaates um die Wette. Er staunte nicht schlecht, als er statt von einem schneidigen Grafen von einer schönen Gräfin begrüßt wurde.

»Aber Majestät, welche Überraschung«, sagte diese und machte einen Knicks. »Mein Bruder ist ausgeritten, auf die Jagd. Er wird wohl mehrere Tage unterwegs sein. Doch erzählt mir, was euch herführt, vielleicht kann auch ich euch helfen?«

Da berichtete der König der charmanten Frau von seinem Plan, die Prinzessin mit ihrem Bruder zu verheiraten. Auch wie sehr seine sture Tochter auf einer Prüfung bestand, verschwieg er ihr nicht.

Die Gräfin lachte herzlich. »Das ist schlecht, mein Bruder ist nicht gut darin, Rätsel zu lösen. Vielleicht sollte ich ihm einen Hinweis geben, nur um sicherzugehen. Um welche Aufgabe handelt es sich denn?«

Da ließ der König, dem es nur recht war, dass die junge Frau dem Grafen einen Vorteil verschaffen wollte, drei prächtig gekleidete Damen rufen. Denn was schadete es, die Regeln ein wenig zu seinen Gunsten auszulegen?

»Der Graf muss herausfinden, welche der drei Schönen meine Tochter ist, ohne ein Wort mit ihnen zu wechseln«, erklärte der König. »Die Dame, die er auswählt, soll die seine sein. Eine ist eine Prinzessin, die andere eine Freifrau und die dritte ist ein Dienstmädchen.«

Die Müllerstochter lächelte, denn sie entdeckte eine Katze mit einem ihr wohlbekannten Hütchen auf dem Kopf auf dem Arm einer der Frauen. »Wenn ich wählen müsste, ich zöge die Katze den Damen vor«, sagte sie neckend.

Da verwandelte sich Mina vor den Augen des Hofstaats zurück in eine Prinzessin des Menschenvolks. Strahlend schloss sie ihre Gräfin mit einem Lächeln in die Arme und flüsterte ihr ins Ohr: »Jetzt darfst du mich Minchen nennen.«

Eva Andersson

Ayumi und die Prinzessin der Meere

Ein japanisches Märchen

Vor langer Zeit lebte in einem Fischerdorf im fernen Japan auf einer kleinen Insel ein junges Ehepaar. Im oberen Teil des Dorfes, hinter dem sich steile Berge erhoben, bewohnten die beiden, Tokuji und Hanae mit Namen, zusammen mit den Großeltern ein schlichtes Holzhaus. Sie bearbeiteten ein Stück Land, auf dem sie Reis und Gemüse anbauten. Tokuji aber war Fischer, der schon im Morgengrauen ins untere Dorf hinunterstieg, um zusammen mit den anderen Fischern hinaus aufs Meer zu fahren. Da sie beide fleißig waren und auch die Großeltern mithalfen, litten sie keine Not.

Aber dennoch hatten die beiden einen großen Kummer. Denn ihr erstes Kind, ein kleines Mädchen, war kurz nach der Geburt gestorben. Dabei hatten sie so oft im nahe gelegenen Tempel oberhalb ihrer Hütte um eine glückliche Geburt gebetet. Bei der Bestattung war das halbe Dorf gekommen. Der Mönch hatte alle Riten vorschriftsmäßig vollzogen, sodass sie hoffen durften, dass ihre Kleine auf dem Weg ins Jenseits nichts zu leiden hatte, aber der Kummer nagte doch weiterhin an ihnen. Sie konnten ihr kleines Mädchen nicht vergessen.

Nun sollte man meinen, dass die Freude groß war, als Hanae bald wieder ein Kind erwartete, aber dem war nicht so. Nur halbherzig stiegen sie wieder zum Tempel hinauf, um zu beten und den Göttern kleine Reisklößchen zu opfern. Nur der herrliche Blick von dort hinunter auf die Bucht mit all den Fischerbooten und dem silbrig glitzernden Wasser tröstete sie ein wenig. Wenn sie die gegenüberliegenden Bergketten betrachteten, die von geheimnisvollen Nebeln umhüllt waren, dann fragten sie sich, ob die Seele ihrer Kleinen dort wohl Zuflucht und Ruhe gefunden hatte.

So kam es, dass die beiden, nachdem Hanae einen kleinen Jungen geboren hatte, diesem nicht die ganze Liebe und Fürsorge schenkten, die ihm zugestanden hätte. Nicht dass sie den kleinen Ryutaro vernachlässigten, aber immer wieder schlich sich die Trauer um das verlorene Töchterchen ein, und so vergoss vor allem die junge Mutter so manche Träne. Wenn sie wenigstens wieder ein Mädchen gehabt hätten, so dachte sie heimlich, das wäre vielleicht ein Trost gewesen.

Doch über eine Weile wurde Hanae wieder schwanger. Wie wünschte sie sich, dass es ein Mädchen werden würde. Und tatsächlich, Ryutaro war inzwischen fast drei Jahre alt, gebar die junge Mutter ein kleines Mädchen, und die Eltern waren überglücklich. Sie nannten die Kleine Ayumi und liebten und hätschelten sie, wie man ein Kind nur hätscheln und verwöhnen kann. Und da sich nun allmählich die Trauer aus ihrem Leben zurückzog, kümmerten sie sich auch mehr um Ryutaro. Da er aber die Liebe und Zuwendung, die ihm nun endlich zuteil wurde, mit seiner kleinen Schwester teilen musste, wurde er unzufrieden und quengelig. Und je mehr seine Eltern die Kleine hätschelten, desto wütender wurde der Junge. Sowie er sich unbeaufsichtigt glaubte, begann er die Kleine heimlich zu zwicken, sodass sie laut aufschrie. Doch da dann immer schnell jemand herbeigeeilt kam, um das Schwesterchen zu trösten, merkte er, dass er damit nur erreichte, dass die Kleine noch mehr im Mittelpunkt stand. Da verhärtete sich sein Herz, so jung er noch war, und er begann sein Schwesterchen aus tiefster Seele zu hassen. Zwar lernte er mit der Zeit, seinen Groll zu verbergen, aber das machte einen verschlossenen finsteren Jungen aus ihm. Als es an der Zeit war, dass er hier und da auf dem Feld mithelfen sollte, stellte er sich stur, quengelte und stellte lieber den Eidechsen und anderen kleinen Tieren nach, als etwas Nützliches zu tun. Darum baten Tokuji und Hanae den Großvater, Ryutaro unter seine Obhut zu nehmen, damit er nicht gar zu viel anstellte. Der versuchte, dem Jungen ein paar Schriftzeichen beizubringen, weil er hoffte, dass ihn das von seinen Streichen abbringen würde. Aber Ryutaro war faul und verspürte auch dazu wenig Lust.

Die kleine Ayumi war das ganze Gegenteil. Sie half schon früh mit, ob in der Küche oder auf dem Feld. Und wenn der Großvater den Bruder zu unterrichten versuchte, passte sie auf, malte die Zeichen in den Sand und fragte den Großvater, ob sie es richtig gemacht hätte. So kam es, dass Ayumi bald besser lesen und schreiben konnte als Ryutaro. Da der ihr gegenüber immer nur kurz angebunden war, Ayumi sich aber nach einem Spielgefährten sehnte, beobachtete sie so manches Mal den kleinen Nachbarjungen. Hiroshi war ein Einzelkind und ein wenig sonderbar. Wenn er auf dem Feld half, so sprach er mit den Pflanzen. »Hochgeehrte Frau Rübe«, so sprach er zum Beispiel, »erlauben Sie mir bitte, dass ich Sie jetzt aus der Erde herausziehe und in meinen Korb lege.« Oder wenn er auf einen Regenwurm traf, so redete er ihn mit »Verehrter Herr Wurm« an, »bitte tun Sie weiterhin Ihre verantwortungsvolle Arbeit« und legte ihn vorsichtig zurück in die Erde. Er redete auch mit dem Wind und den Bäumen, am liebsten aber mit der alten Kastanie, die frei auf der Wiese stand, und erzählte ihr von seinen Erlebnissen. In seiner Phantasiewelt aber war die kleine Ayumi eine Prinzessin. Lange Zeit hatte er das liebliche Mädchen nur heimlich beobachtet. Wie glänzten ihre schwarzen seidigen Haare im Sonnenlicht, wie liebevoll spielte sie mit ihrer kleinen Puppe. Am meisten jedoch beeindruckten ihn ihre wunderschönen mandelförmigen Augen. Wurde er gewahr, dass sie zu ihm herübersah, blickte er aus lauter Verlegenheit schnell woanders hin, als merkte er es nicht. Eines Tages war die Neugier des kleinen Mädchens so groß, dass sie zu ihm hinüberging. Sie stellte sich direkt vor ihn. »Ich bin Ayumi und wohne da drüben«, und sie lächelte ihn an und zeigte zum Haus ihrer Eltern. Nun konnte er ihr nicht mehr ausweichen, und so verbeugte er sich höflich und sprach: »Ich weiß es wohl, kleine Ayumi-chan. Ich bin Hiroshi und wohne auf unserem armseligen Hof.«

Auch Ayumi verbeugte sich und sagte, dass sie sich sehr darüber freue, seine Bekanntschaft zu machen.

»Warte«, meinte Hiroshi, »ich möchte dir etwas schenken. Ich habe etwas Wunderschönes gefunden.« Und er lief zurück und als er wiederkam, hielt er ein großes schillerndes Schneckenhaus in der Hand. Er gab es Ayumi, und die war entzückt, so ein schönes Schneckenhaus hatte sie noch nie gesehen. »Das muss aber eine große Schnecke gewesen sein«, meinte sie nachdenklich, und sie stellte sich vor, wie die Schnecke mit ihren Fühlerchen wohl früher einmal den Gartenweg entlang gekrochen war. Nun aber konnte Hiroshi nicht mehr an sich halten. »Was glaubst du, was ich noch alles habe! Wenn ich mit meinem Vater fischen bin, dann finde ich unten am Strand ganz oft Muscheln, so große und schöne hast du bestimmt noch nie gesehen! Und sie alle erzählen mir eine Geschichte«, setzte er leise hinzu, denn wegen seiner Geschichten war er schon oft ausgelacht worden. Ayumi aber lachte nicht. »Du fährst mit deinem Vater aufs Meer hinaus?«, fragte sie erstaunt, »bist du dafür nicht noch viel zu klein?«

»Aber nein, ich kann doch schwimmen, und mein Vater nimmt mich sowieso nur mit, wenn das Meer ganz ruhig ist.«

Ayumi beneidete den Jungen, dass er aufs Meer hinaus durfte, und beschloss, ihren Vater auch einmal darum zu bitten. Wenn Hiroshi das durfte, warum nicht auch sie? Höflich verabschiedete sie sich von ihrem neuen Freund. »Ich freue mich sehr, dich kennengelernt zu haben. Aber nun muss ich wieder zurück. Ich hoffe, wir sehen uns bald wieder.« Und nach einer kleinen Verbeugung eilte sie von dannen.

»Sie ist eine Prinzessin«, murmelte Hiroshi in sich hinein, »ich wusste es doch.« Und voller Freude machte er sich wieder an die Arbeit und erzählte den Rüben und Rettichen, dass er um diese Prinzessin mit vielen bösen Geistern kämpfen und sie alle besiegen müsste, um Ayumi eines fernen Tages zur Frau nehmen zu können.

Die beiden wurden gute Freunde und verbrachten bald jede freie Minute miteinander. Die Eltern freuten sich darüber, denn so hatte ihre kleine Ayumi einen Spielgefährten, da doch Ryutaro so verschlossen und missmutig geblieben war.

Nun sollte man meinen, dass er froh darüber sein konnte, dass Ayumi jemanden hatte und nicht ihm am Rockzipfel hing. Doch wenn er sie fröhlich lachen sah, machte ihn das nur noch wütender, und mit der Zeit wurde sein Hass immer größer. Als er zwölf Jahre alt war, fasste er einen Entschluss. »Sie muss aus meinem Leben verschwinden«, sagte er sich, »nur dann kann ich Ruhe finden.« Und so dachte er darüber nach, wie er sie sich endgültig aus den Augen schaffen konnte.

Als er eines Tages hörte, wie Ayumi den Vater bat, sie einmal zum Fischen mitzunehmen, kam ihm eine Idee. Zufrieden hörte er, wie der Vater ihr Ansinnen ablehnte. »Du bist noch viel zu jung, und schwimmen kannst du auch nicht. Außerdem bist du ein Mädchen!«

»Und die Perlentaucherinnen?«, hakte Ayumi nach, denn weit oben an der Bucht sprangen Frauen ins Wasser, um tief hinunterzutauchen und erst Minuten später wieder hochzukommen. Dann keuchten sie, nass und sich schüttelnd wie junge Hunde, ruhten sich im Boot kurz aus und sprangen erneut ins Wasser.

»Die lernen es von klein auf, das Schwimmen und Tauchen, aber es ist eine harte und gefährliche Arbeit, viel zu gefährlich für dich, meine Kleine. Geh du nur der Mutter zur Hand, in der Küche und auf dem Feld – dann ist es gut.«

»Und warum darf ich dir nicht zur Hand gehen, lieber Vater, wo ich doch so gern aufs Meer möchte?«

Tokuji legte liebevoll seine Hand auf ihre Schulter. »Ich überlege es mir. Aber ein bisschen größer musst du noch werden, und zuerst einmal musst du schwimmen lernen.«

»Oh ja. Dann will ich es gleich lernen. Hilfst du mir dabei?«

Tokuji lächelte. »Gut, wenn ich einmal Zeit dafür habe. Aber du musst dich noch ein bisschen gedulden. Sagen wir, im nächsten Jahr.«

Ayumi gab sich damit zufrieden. Wenn der Vater keine Zeit hatte, sah sie es ein, auch wenn ihr ein Jahr wie eine Ewigkeit erschien. Der Vater aber schob den Gedanken von sich, denn er wusste, wie viele Gefahren das Meer barg, gerade für Kinder, die sich schnell überschätzten. Er wollte Ayumi nicht auch noch verlieren.

Nun war Ryutaros Stunde gekommen. Ganz freundlich näherte er sich seiner Schwester und bot ihr an, sie schwimmen zu lehren. Er hätte zufällig das Gespräch mitangehört. »Wir müssen den Eltern ja nichts davon sagen. Schwimmen ist ganz einfach, du wirst sehen. Ich habe es an einem einzigen Tag gelernt.«

»Ja, wenn das dein Ernst ist …« Ayumi spürte trotz aller Freude ein leichtes Unbehagen. Sie war zwar glücklich, weil der Bruder ihr das Schwimmen beibringen wollte, doch behagte ihr nicht, dass sie es vor den Eltern verheimlichen sollte.

Schon am nächsten Tag, als der Vater auf dem Meer und die Mutter auf dem Feld arbeitete, nahm Ryutaro seine Schwester mit zum Meer hinunter. Es war ein wunderschöner warmer Sonnentag, die alte Kastanie bildete einen hohen dunkelgrünen Schirm, und Hiroshi, der gerade mit dem Ausrupfen von allerlei Unkraut beschäftigt war, winkte den Geschwistern fröhlich zu. Bald stand Ayumi am Meer, das sich kaum bewegte, nur ein paar Wellen kräuselten sich in Ufernähe. Und wie herrlich waren heute die Bergketten auf der anderen Seite der Bucht. Ayumi war so glücklich wie noch nie in ihrem Leben. Schnell zog sie sich aus und lief übermütig ins Wasser. »Komm nur, Ryu, und zeig es mir.«

»Kannst es wohl gar nicht erwarten«, knurrte ihr Bruder, der, nur noch mit einem Lendenschurz bekleidet, zu ihr ins Wasser stapfte. »Leg dich auf meinen Rücken, ich schwimm ein Stückchen raus. Im tiefen Wasser lernt man das Schwimmen am besten.« Ayumi klammerte sich fest an ihren Bruder, und der entfernte sich mit weit ausgreifenden Stößen immer weiter vom Ufer. Kurz blickte er sich noch einmal um, ob irgendjemand am Strand war, von dem sie gesehen werden konnten, aber die Fischer waren längst hinausgefahren, der Strand war menschenleer. Und so packte er Ayumi hart an den Armen, riss sie von seinem Rücken und warf sie ins tiefe Wasser, sodass sie vor Schreck laut aufschrie und versuchte, sich wieder an ihm festzuhalten. Aber er dachte an all die heruntergeschluckte ohnmächtige Wut, wenn sie ihm vorgezogen wurde, und so drehte er sich um und schwamm, so schnell er konnte, zum Strand zurück.

Laut pfeifend stieg er ins Dorf hinauf, aber so sehr er auch versuchte, sich darüber zu freuen, Ayumi endlich los zu sein, so sehr klopfte und hämmerte doch sein Herz. »Sie hat es nicht anders verdient«, murmelte er vor sich hin, aber sein Herz wollte sich immer noch nicht beruhigen, sodass er, zu Hause angekommen, zur Axt griff, um einen riesigen alten Holzstamm in kleine Scheite zu spalten.

Ayumi aber, als ihr Bruder sie so mir nichts, dir nichts ins Meer warf, hielt es im ersten Moment für einen bösen Scherz. Sie glaubte, dass er alsbald umdrehen und zu ihr zurückkommen würde. Doch plötzlich begriff sie, dass er sie mit Absicht hergelockt hatte, um sie ertrinken zu lassen. Sie bekam einen furchtbaren Schrecken und rief laut um Hilfe. Doch niemand war in der Nähe, der sie hätte hören können. Da ergab sie sich in ihr Schicksal. Sie legte ihre Arme vor die Brust, schloss die Augen und ließ sich untergehen. Doch als sich das Wasser über ihr schloss, hörte sie einen wundersamen Gesang. Es war wie ein silbernes Klingen in ganz zarten sanften Tönen. Und da sah Ayumi dicht vor sich ein Paar Augen, große dunkelgrüne Augen, wie sie sie noch nie in ihrem Leben gesehen hatte. Und ein paar kühle Arme legten sich zart um sie und hielten sie fest. Doch im selben Augenblick verlor sie das Bewusstsein.

Als Hanae vom Feld kam, war sie überrascht darüber, Ryotaro so fleißig Holz hacken zu sehen. Doch noch mehr wunderte sie sich, dass sie Ayumi nirgends entdecken konnte, die um diese Zeit immer schon in der Küche auf ihre Mutter wartete. »Ryotaro, weißt du, wo Ayumi ist?«, fragte sie ihn, doch der zuckte nur mit den Schultern.

»Keine Ahnung, kann ja nicht immerzu auf sie aufpassen. Vielleicht ist sie ja zu dem Dummkopf Hiroshi gelaufen.« In dem Moment biss er sich auf die Lippen. Hiroshi würde ihn sicher verraten, denn er hatte sie ja beide vorbeilaufen sehen. Und genauso kam es. Kaum hatte Hanae mit Hiroshi gesprochen, eilte sie zurück und schüttelte Ryutaro, dass der es mit der Angst bekam. »Wo ist Ayumi, wohin bist du mit ihr gegangen? Was hast du angestellt?«

»Nichts habe ich gemacht, lass mich los«, schrie Ryutaro, »sie wollte unbedingt schwimmen lernen, und da bin ich mit ihr zum Wasser gegangen. Aber sie hat sich ganz dumm angestellt, da hab ich es aufgegeben. «

Hanae aber schlug ihn ins Gesicht. »Sag mir sofort, was geschehen ist! Ist sie unten am Meer geblieben?«

»Hm, kann sein«, brummte Ryotaro.

Jetzt war Hanae klar, dass etwas Schlimmes passiert sein musste. Sie ließ von Ryutaro ab und rannte, so schnell sie konnte, zu Hiroshi hinüber. »Ich suche den Strand ab. Hilfst du mir?« Auch Hiroshis Mutter ließ alles stehen und liegen und lief mit den beiden mit. Es dämmerte schon, sie mussten sich beeilen, denn in der Dunkelheit würde die Suche umso schwieriger werden. Am Strand fanden sie bald Ayumis Sachen, doch von dem Kind keine Spur. Sie fragten alle Leute, die sie trafen, aber niemand hatte Ayumi gesehen. Da sahen sie in der Dämmerung die Fischerboote zurückkehren, und weinend lief Hanae ihnen entgegen, um Tokuji vom Verschwinden ihres Lieblings zu berichten. Doch wie erstaunt war sie, als sie ihren Gatten entdeckte. Er hielt Ayumi in den Armen, in seine grobe Fischerjacke gehüllt. Sie klammerte sich eng an ihren Vater, zitterte vor Aufregung und Kälte, schien aber unversehrt zu sein.

»Mein Liebling, was ist denn nur passiert«, rief sie und nahm Tokuji die Kleine ab, um eine Decke um sie zu breiten, die jemand ihr gereicht hatte. »Wo hast du sie gefunden?«

»Auf dem Meer hab ich sie gefunden, ob du es glaubst oder nicht«, rief Tokuji und seine Stimme zitterte. »Ich wollte gerade das Netz einholen, da hörte ich im Wasser ein seltsam klingendes Geräusch. Eine Stimme sagte zu mir: ›Lass das Netz los und nimm dein Töchterchen.‹ Ich war so erschrocken, dass ich tatsächlich das Netz losließ, und da sah ich, wie sich zwei Arme aus dem Wasser streckten und mir Ayumi entgegenhielten.« Tokuji versagte die Stimme für einen Moment, es drängten sich aber die Leute um sie herum, denn alle nahmen Anteil an dem, was dem Fischer und seinem Töchterchen zugestoßen war.

»Im ersten Moment dachte ich, sie sei tot, aber bald öffnete sie ihre Augen. Doch sie konnte mir nicht sagen, wie sie ins Wasser gekommen war und wer sie gerettet hatte.«

Die Leute schüttelten den Kopf, niemand konnte sich einen Reim darauf machen. »Aber nun lasst uns schnell heimgehen, Ayumi muss etwas Heißes zu trinken bekommen und dann muss sie sich ausschlafen!«

Zu Hause kümmerten sie sich liebevoll um die Kleine, die mit großen Augen alles mit sich geschehen ließ, aber kein Wort redete. »Schlaf dich nur erstmal richtig aus, morgen kannst du uns dann alles erzählen!«

Ryutaro saß finster und schweigend in der Ecke und redete kein Wort. Nun würde es ihm an den Kragen gehen, soviel wusste er. Wahrscheinlich hatte Ayumi schon alles erzählt. So wunderte er sich nicht, dass Tokuji ihn heftig schüttelte und ihm Vorhaltungen machte. Als der Junge aber merkte, dass die Eltern nicht wussten, was wirklich passiert war, war er erleichtert und schwieg beharrlich.

Der Vater holte einen festen Bambusstock und nun bekam Ryotaro zehn heftige Stockschläge, dass sein Hinterteil brannte wie Feuer.

»So, es reicht mir mit dir. Wir werden dich als Lehrjungen weggeben, damit du richtig arbeiten lernst. Gleich morgen kümmere ich mich darum.«

Ryotaro schwieg finster, aber er wusste, dass ihm nichts anderes übrig blieb, als sich in sein Schicksal zu fügen.

Nun lebte schon seit einiger Zeit ein reicher Geschäftsmann mit Namen Nakamura auf der Insel. Er kaufte den Taucherinnen ihre Perlen ab und verkaufte sie mit gutem Gewinn auf dem Festland weiter. Er wollte, dass sein Sohn Kazuo, bevor er einmal die Geschäfte seines Vaters übernehmen würde, etwas Ordentliches lernte und nicht in der Stadt von den vielen Ablenkungen zum Müßiggang verführt wurde. Darum gab er ihn einem Schreiner, der in seinen Diensten stand, in die Lehre. Das alles hatte sich natürlich längst auf der ganzen Insel herumgesprochen, zumal der Schreiner wegen seiner Hilfsbereitschaft allgemein beliebt war und auch Herr Nakamura hohes Ansehen genoss, galt er doch als redlicher Geschäftsmann, der die Perlentaucherinnen anständig behandelte.

Zu diesem Schreiner machte sich Tokuji auf, weil er gehört hatte, dass er noch einen zweiten Lehrburschen brauchen konnte. Die beiden kamen bald überein, Tokuji aber schärfte dem Alten ein, streng mit seinem Sohn zu sein, damit er das Arbeiten lernte.

Nun musste Ryutaro jeden Morgen bei Tagesanbruch losmarschieren, denn die Werkstatt des Schreiners lag am anderen Ende der Insel, fast zwei Fußstunden entfernt. Bis in den Abend hinein musste er arbeiten, und nach dem langen Rückweg war er so müde, dass er nur noch seine Abendmahlzeit herunterschlang und sich sogleich schlafen legte. Bald dachte Ryotaro nur noch daran fortzulaufen. Doch wovon sollte er dann leben?

Nun freundete der finstere Junge sich aber bald mit Kazuo an, insbesondere, als der ihm offenbarte, dass er ebenfalls ans Weglaufen dachte. In der Stadt aufgewachsen, gefiel ihm das Inselleben überhaupt nicht. Und so wurden die beiden sich bald einig: Eines Tages würden sie einen Weg finden, um zu Geld zu kommen, und dann würden sie sich davonmachen, um in der Stadt ihr Leben zu genießen.

Inzwischen hatte sich Ayumi wieder vollständig erholt, aber sie hatte sich verändert. Niemals sprach sie von jenem schrecklichen Tag, konnte sich an nichts mehr erinnern. Nur etwas war ihr im Gedächtnis geblieben: Der wundersame Gesang, die schönen großen Augen und die kühle zarte Umarmung eines Wesens, das sie zu ihrem Vater gebracht haben musste, denn in seinen Armen war sie wieder aufgewacht. Wer aber war dieses Wesen? Ein Meeresgeist, die Seele eines armen Verstorbenen, der ertrunken war und nun nicht zur Ruhe kommen konnte? Aber das Wesen hatte nichts Ruheloses und schon gar nichts Böses an sich gehabt. Diese Gedanken konnte Ayumi mit niemandem teilen, denn sowie sie darüber sprechen wollte, lösten sie sich auf, sie konnte sie einfach nicht in Worte fassen. Aber Ayumi fühlte eine tiefe Sehnsucht nach jenem seltsamen Wesen. Wie gerne wäre sie wieder ans Wasser gelaufen, doch das hatten ihr die Eltern strengstens verboten. So wurde aus der fröhlichen unbeschwerten Ayumi ein stilles, in sich gekehrtes Mädchen. Ihrem Bruder, wenn er spätabends heimkam, ging sie nun aus dem Weg. Auch er tat so, als bemerkte er sie nicht, aber in ihm loderte ein glühender Hass, schlimmer als je zuvor, gab er ihr doch die Schuld an seinem unglückseligen Leben.

Nachdem nun einige Jahre ins Land gegangen waren, war Ayumi zu einem schönen jungen Mädchen erblüht. Wenn sie zum O-Bon-Fest ihr Papierschiffchen mit dem Reiskloß und der kleinen Laterne ins Meer stieß, damit die Seele ihres verstorbenen Schwesterchens sicher ins Jenseits geleitet werde, dann stießen sich die Leute heimlich an. Und so manche Heiratsvermittlerin machte einen Besuch bei ihren Eltern, freilich vergebens. »Unsere Ayumi denkt noch nicht ans Heiraten, aber habt Dank für eure aufopferungsvolle Mühe«, so hieß es dann wohl, denn sie waren schon längst mit ihren Nachbarn übereingekommen, dass Hiroshi und Ayumi später einmal heiraten würden. Tokuji und Hanae konnten sich keinen liebevolleren Freund und Ehemann als den Nachbarssohn für ihren Liebling vorstellen. Der war inzwischen zu einem großen kräftigen Burschen herangewachsen, längst war er ein genauso guter Fischer wie sein Vater, und darüber hinaus zeigte er auch Geschick auf dem Feld. Ayumi war mehr denn je seine Prinzessin. Er liebte sie von ganzem Herzen, aber dennoch spürte er, dass sich seit jenem vergangenen Tag etwas verändert hatte. So liebreizend sie auch zu ihm war, die frühere Unbefangenheit zwischen ihnen gab es nicht mehr. Was war nur damals geschehen? Heimlich gab er Ryutaro, dem Drachenjungen, die Schuld, denn nichts anderes bedeutete dessen Name. Aber nicht mit ihm oder mit bösen Geistern hätte Hiroshi um Ayumi kämpfen können. Es war etwas in ihr selbst, das trotz aller Freundschaft zwischen ihnen stand. Der empfindsame Hiroshi spürte im Grunde seines Herzens, dass sie niemals seine Frau werden würde. Aber er blieb ihr von Herzen zugetan und war froh, sie täglich sehen zu können.

Inzwischen aber hatten die bösen Pläne Ryotaros und seines Freundes Kazuo Gestalt angenommen. Dessen Vater hatte seinen Sohn einmal mit aufs Festland genommen, als er ein Freudenviertel besuchte, und das hatte den Burschen auf eine Idee gebracht. Er wusste, dass Ryotaro eine Schwester hatte, auf die er nicht gut zu sprechen war, und so schlug er ihm eines Tages vor, Ayumi zu verkaufen. Kazuos Vater hatte ihn einer gewissen Frau Okazaki vorgestellt, und die hatte verlauten lassen, dass sie für ein hübsches Mädchen ein ordentliches Sümmchen würde springen lassen. Damit würden die beiden ganz sicher eine Weile auskommen, konnten vielleicht sogar ein kleines Geschäft eröffnen. Kazuo, der des Lesens und Schreibens kundig war, würde seinem Vater ein Stück des guten Reispapiers entwenden, auf dem er seine Kaufurkunden zu schreiben pflegte, und würde einen Kaufvertrag aufsetzen. Die Unterschrift von Ayumis Vater würde sich leicht fälschen lassen. Das einzige Problem war, Ayumi aufs Festland zu locken, um sie zu Frau Okazaki zu bringen.

Ryotaro war sofort Feuer und Flamme. Endlich, endlich würde die Gerechtigkeit siegen. Nicht nur würden sein Freund Kazuo und er ein herrliches Leben führen, sondern Ayumi bekäme auch ihre gerechte Strafe. Und alsbald begann er, sich ihr gegenüber liebenswürdig zu benehmen, um sich ihr Vertrauen zu erschleichen. Und so überwand sie in der Tat allmählich ihr Unbehagen, ja sie war froh, weil er endlich seinen Groll ihr gegenüber aufgegeben hatte.

Eines Tages begann Ryotaro ihr vorzuschwärmen, wie schön es doch auf dem Festland wäre, was ihm sein Freund Kazuo alles von der großen Stadt erzählt hätte, und wie gern er ihr das alles einmal zeigen würde. Als nun eines Tages Herr Nakamura wieder eine Reise plante, bestürmte Kazuo seinen Vater, er möge doch ihn sowie seinen Freund und dessen Schwester mitnehmen. Er sparte nicht mit Andeutungen von der Schönheit Ayumis, und da Herr Nakamura eine Schwäche für junge Mädchen hatte, willigte er bald ein. Ryotaro gelang es, Ayumi zu dem Ausflug zu überreden und auch seinen Eltern ihre Einwilligung abzuringen. Als sie hörten, dass es der ehrenwerte Herr Nakamura war, der die Geschwister einlud, mit ihm aufs Festland zu reisen, waren sie beruhigt. Die Mutter holte sogar ihren einzigen Kimono hervor – einen leichten Sommerkimono, den sie einst als junges Mädchen getragen hatte –, damit Ayumi fein genug für das Festland gekleidet war.

So zogen nun eines frühen Morgens – der Sommer ging schon allmählich zur Neige – die beiden Geschwister los, um ans andere Ende der Insel zu laufen, wo Herr Nakamura mit Kazuo auf sie wartete. Ayumi redete ununterbrochen vor lauter Begeisterung, was Ryotaro ungemein störte, denn er war mit seinen Gedanken schon ein weites Stück voraus. Aber er musste es aushalten, dass seine Schwester vor Freude über die schöne Landschaft jubelte: »Schau nur, wie über den Bergen jenseits des Meeres die Sonne aufgeht!«

»Ja ja«, murmelte Ryotaro verdrossen, »das sehe ich oft genug, aber wir haben noch einen langen Weg vor uns, also red nicht so viel, sondern spar lieber deine Kraft, sonst kommen wir nicht rechtzeitig an und Herr Nakamura fährt ohne uns los.«

Ayumi schwieg also still, denn sie wollte den Bruder nicht verärgern. Sie genoss es aber, so viel Neues zu sehen, denn sie war noch nie am anderen Ende der Insel gewesen. Als sie dort ankamen, betrachtete Herr Nakamura das hübsche Mädchen mit Wohlgefallen. ›Das wäre wohl auch etwas für unseren Kazuo‹, dachte er bei sich, ›allerdings ist sie arm und aus einfachsten Verhältnissen. Aber dann käme sie in unser Haus und ich hätte sie immer um mich. So schön, wie sie ist, wäre es das reinste Vergnügen für mich.‹

Erst einmal ging es nun aber zu seiner Barke, und der Bootsführer brachte sie kundig über das ruhige Meer ans Ufer des Festlandes. Dort angekommen, verabschiedete sich

Herr Nakamura von den Dreien. Vor seinem Besuch im Freudenviertel wollte er noch einigen Geschäften nachgehen, und er schärfte seinem Sohn ein, gut auf die beiden achtzugeben und sich nur ja zur verabredeten Zeit am Boot einzufinden. »Und nun zeigt der schönen Ayumi recht viel von der Stadt, und vergesst auch den Tempel nicht«, und dabei steckte er gutgelaunt seinem Sohn ein paar Sen zu. Der bedankte sich angemessen und verbeugte sich vor seinem Vater.

Kaum aber, dass dieser um die nächste Straßenbiegung verschwunden war, schlug er den Weg zum Freudenviertel ein, das sich ganz in der Nähe des Hafens befand. »Na, dann auf zum Tempel, eine Gebetsrolle haben wir ja schon«, sagte Kazuo lachend und übergab Ryotaro augenzwinkernd die von ihm heimlich vorbereitete Kaufurkunde. Als Ayumi die Rolle sehen wollte, wurde Ryutaro wütend. »Lass ja die Finger davon«, schrie er seine Schwester an, »das ist meine Gebetsrolle und wenn jemand anderes sie in die Hand nimmt, geht der Wunsch nicht in Erfüllung!«

So ließ Ayumi davon ab und fragte nur: »Wo ist denn nun der Tempel, und ist er sehr groß?«

Die beiden Burschen lachten laut auf, und Kazuo meinte, sie seien gleich da, aber vorher wolle Ryotaro noch schnell in einem der kleinen Häuser etwas erledigen. »Geh nur mit, liebe Ayumi, ich warte solange hier draußen auf euch.«

Ayumi war erstaunt, was Ryotaro denn wohl in dem Haus wollte, und hatte kein gutes Gefühl dabei »Ich warte lieber hier draußen, Ryu«, meinte sie, »Kazuo passt ja auf mich auf.«

Doch Ryutaro packte sie hart am Arm und riss sie mit sich. »Du kommst mit, und damit basta«, sagte er kurz angebunden, »schließlich bin ich dein älterer Bruder, und du hast mir zu gehorchen.« Dabei hatte er einen so bösen Gesichtsausdruck, dass Ayumi nicht wagte zu widersprechen.

»Ist ja schon gut, aber schimpf nicht mit mir«, bat sie kleinlaut und trat nun hinter ihrem Bruder durch einen Muschelvorhang in einen kleinen Vorraum ein.

»Ist hier jemand?«, rief Ryutaro, und alsbald erschien eine ältere Frau in einem schlichten Kimono, die nun Ryutaro sehr freundlich und umständlich begrüßte. Der fühlte sich geschmeichelt, doch auch unbehaglich, denn eine so förmliche Begrüßung war er nicht gewohnt. Es war aber besagte Frau Okazaki, die durch Kazuo schon auf den Besuch vorbereitet war und nun voller Entzücken Ayumi betrachtete. »Das ist ja eine richtige Schönheit, da hat der junge Herr Nakamura wirklich nicht übertrieben!«, und sie tätschelte dem Mädchen die Wange. »Und nun lach doch mal, damit ich sehe, ob deine Zähne auch in Ordnung sind«. Ayumi errötete und lächelte verlegen, konnte sie sich doch keinen Reim darauf machen.

»Seien Sie nur unbesorgt«, sagte Ryutaro, »an ihren Zähnen ist nichts auszusetzen, und auch sonst ist noch alles in Ordnung, dafür verbürge ich mich. Verwöhnt und verhätschelt ist sie seit frühester Kindheit, sonst wäre aus ihr wohl kaum so ein Schmuckstück geworden.«

»Und dann will der geehrte Herr Vater sie verkaufen?«, wunderte sich Frau Okazaki. »Aber ja, wenn die Not so groß ist, und das Mädchen den Wunsch hat, bei uns einzutreten …«

Ungeduldig hielt Ryutaro der Frau die Kaufurkunde hin. »Bitte, lesen Sie selbst, was der geehrte Herr Vater aufgesetzt hat. Wenn der Preis stimmt, will er sie verkaufen. Das ist sein Wunsch und Wille, hätte er sonst seine Unterschrift gegeben und der ehrenwerte Herr Nakamura sein Siegel darunter gesetzt?«

»Ja, wenn das so ist«, murmelte Frau Okazaki, aber Ryutaros ungestümes Auftreten gefiel ihr nicht und machte sie misstrauisch. Er spürte ihre Vorsicht und bekräftigte seine

Worte: »Mein Vater bat Herrn Nakamura, die Kaufurkunde für ihn aufzusetzen, und der war so freundlich, ihm zu helfen.«

Nun endlich begriff Ayumi, was ihr Bruder mit ihr vorhatte. Der Schreck stieg ihr in alle Glieder. Sie zitterte vor Angst. »Geehrte Frau Okazaki, bitte glauben Sie mir. Mein Vater würde mich niemals verkaufen! Er ist auch nie bei Herrn Nakamura gewesen.«

»So, so«, murmelte Frau Okazaki, deren Bedenken keineswegs moralischer Natur waren. Schon oft hatte sie erlebt, wie verzweifelt sich kleine Mädchen gegen den Verkauf gewehrt hatten, das war störend, aber durchaus normal. Jedoch als gute Geschäftsfrau musste sie auf der Hut sein. Ein Betrug konnte auch für sie sehr unangenehme Folgen haben. Ayumi spürte ihre Bedenken und bat darum, die Urkunde einmal selber lesen zu dürfen.

»Du kannst lesen?«, fragte die Dame Okazaki keinesfalls erfreut, denn kluge Mädchen machten leicht Scherereien, Schönheit hin oder her.

»Unsinn«, widersprach Ryotaro, »woher denn, sie hat doch nie eine Schule besucht. Sie macht sich nur wichtig und will das Geschäft verderben.«

Mit dem Mut der Verzweiflung griff Ayumi nach der Urkunde und presste sie an sich. »Großvater hat es mich gelehrt, seit er es dir damals beibringen wollte, du aber keine Lust dazu hattest, weißt du es nicht mehr?«

»Na, da bin ich aber gespannt«, höhnte Ryutaro.

Doch Ayumi war fleißig gewesen, und so konnte sie dem Inhalt folgen und das meiste laut vorlesen. Und auf einmal kam ihr die rettende Idee. »Es ist nicht Vaters Unterschrift«, sagte sie fest, »er schreibt sich mit einem anderen Schriftzeichen, das weiß ich genau!«

Und so schnell sie konnte, zerriss sie die Urkunde in zwei große Teile. »Die Urkunde ist ungültig, wenn die Unterschrift falsch ist!«

Nun wurde es der Dame Okazaki vollends unbehaglich. Irgendetwas stimmte hier nicht. Der Junge war nur wenige Jahre älter als das Mädchen, und es war nicht üblich, dass ein Vater eine so bedeutende Angelegenheit seinem jungen Sohn anvertraute. Noch unverzeihlicher aber war das Verhalten des Mädchens. Nicht nur, dass sie lesen konnte, nein, sie widersprach in einer Heftigkeit ihrem älteren Bruder, wie das keineswegs zu dulden war. Wie würde sie später einmal mit Kunden umgehen? Und dann einfach die Urkunde zu zerreißen! Nein, ein solches Mädchen wollte sie nicht in ihrem Haus haben, selbst wenn die Urkunde echt gewesen sein sollte.

Höflich verbeugte sie sich gegenüber Ryutaro und bedeutete ihm mit gewundenen Sätzen, dass sie sich vielmals für alle seine Mühen und Unannehmlichkeiten bedanke, dass aber nun, da doch die Urkunde zerrissen sei, es derzeit zu keinem Geschäftsabschluss kommen könne. Sollte jedoch der geehrte Herr Vater sich höchstselbst noch einmal herbemühen wollen, würde sie sich selbstverständlich außerordentlich geehrt fühlen.

Dass dies nun eine klare Absage war, begriff auch Ryutaro. »Wie Sie meinen, Frau Okazaki, aber ich denke nicht, dass er sich in dieser Angelegenheit noch einmal ausgerechnet an Sie wenden wird«, sagte er mit finsterer Miene und verbeugte sich nur kurz. Dann griff er Ayumi grob am Arm und schleifte sie hinaus. »Du freches, nutzloses Ding«, schrie er sie an, »du hast alles verdorben. Mach, dass du fortkommst, ich will dich niemals wiedersehen!« Und er schlug sie wütend ins Gesicht und trat mit dem Fuß nach ihr.

Kazuo hatte auf der gegenüberliegenden Straßenseite auf die beiden gewartet. Als er nun sah, wie Ryutaro auf Ayumi losging, war ihm klar, dass die Sache schiefgelaufen war. Ihm behagte die hässliche Szene keineswegs, denn er war sich sicher, dass sein Vater von der Angelegenheit erfahren würde. Da es offensichtlich nicht zum Geschäftsabschluss gekommen war, sah er alle seine Fluchtpläne davonschwimmen, und so wollte er keinesfalls Ärger mit seinem Vater riskieren. Er eilte zu den beiden und riss Ryutaro von seiner Schwester weg. »Wirst du wohl aufhören, Ryu? Alle Welt wird von dem Skandal erfahren.«

»Na und? Was geht's uns an? Wir sind dann ja auf und davon.«

»Hast du denn Geld?«, fragte Kazuo.

»Nein, das unverschämte Ding hat uns ja das ganze Geschäft verdorben«, rief Ryutaro laut und trat noch einmal nach seiner Schwester.

»Nicht so laut, wirst du dich wohl zügeln! Wenn wir kein Geld haben, können wir nicht weglaufen, so viel ist klar.« Kazuo dachte nicht im Traum daran, sich mit Arbeit durchzuschlagen. Dann blieb er lieber bei seinen Eltern. Er würde schon irgendwann wieder zurück aufs Festland kommen.

»Feigling, dann eben nicht. Dann trennen sich hier unsere Wege. Ich gehe niemals mehr zurück!« Ryutaro drehte sich abrupt von seinem Kumpan weg, ging die Straße hinab und riss seine Schwester mit sich. Ayumi folgte ihm weinend. Wohin führte er sie? Wie sollte sie jemals die Stelle, an der Herrn Nakamuras Barke lag, wiederfinden? Und musste sie nicht sogar befürchten, dass er eingeweiht war und sie zu der Dame Okazaki zurückbringen würde?

Ryutaro rannte mit dem Mädchen die Straße hinunter, dort ließ er sie los. »Ich komme nicht zurück, sag das den Eltern, falls du sie jemals wiedersiehst.« Er drehte sich um, rannte weg und ließ seine Schwester einfach so stehen.

Ayumi stand da wie betäubt. Niemals hätte sie sich vorstellen können, dass ihr so etwas widerfahren könnte. Was hatte sie nur getan, dass ihr Bruder sie so sehr hasste? Und wie sollte sie je wieder nach Hause finden? Ihr schwindelte, und plötzlich begann sich alles um sie zu drehen, sie fiel in den Straßenstaub und verlor das Bewusstsein.

Als sie wieder zu sich kam, flößte eine junge Frau ihr etwas Wasser ein. »Du bist wohl weggelaufen«, sagte sie mitleidig und musterte das Mädchen neugierig. Doch Ayumi schüttelte den Kopf. »Weiß nicht, wie ich hierhergekommen bin.« Hilflos sah sie die junge Frau an. Die gab ihr noch einen Schluck zu trinken. »Ruh dich nur aus«, meinte sie freundlich, »ich komme gleich nochmal zurück, vielleicht fällt dir ja inzwischen alles wieder ein.«

Ayumi kauerte neben dem Haus, in dem die Frau verschwunden war, und versuchte sich zu erinnern. Und als ihr allmählich alles wieder einfiel, was in den letzten Stunden geschehen war, blitzten auf einmal ganz alte Erinnerungen in ihr auf, Bilder die viele Jahre tief in ihrem Gedächtnis vergraben waren. Sie sah Ryutaro vor sich, wie er sie voller Wut ins Meer schleuderte und dann rasch davonschwamm. »Schon damals wollte er mich loswerden«, erkannte sie voller Entsetzen, »schon vor so vielen Jahren. Aber ich bin nicht gestorben. Bin in Vaters Armen aufgewacht. Doch wer hat mich gerettet?« Und da sah sie plötzlich wieder die großen Augen vor sich, die sie damals angesehen hatten, und da waren die Arme, die sie so sanft umschlungen hatten …

»Ich muss ans Meer!« Es war eine Gewissheit, die Ayumi in ihrer Not ganz erfüllte. Nur dort würde ihr Hilfe zuteil werden. Und wenn nicht – dann würde sie ins Wasser gehen, um zu sterben. Das war nicht schlimm. Vielleicht würde sie ja auch wieder das silbrige Singen und Klingen hören. Wie schön war ihr das erschienen. Und als die junge Frau wieder aus dem Haus trat, bat sie sie, ihr den Weg zum Meer zu erklären. »Jetzt weiß ich alles wieder. Am Wasser wartet eine Barke auf mich, die bringt mich zu meinen Eltern zurück.«

»Arme Kleine.« Die junge Frau war keineswegs von Ayumis Worten überzeugt, aber sie erklärte ihr den Weg zum Strand und steckte dem Mädchen ein Reisklößchen zu. Sanft strich sie Ayumi über ihr langes schwarzes Haar. »Mögen die Götter mit dir sein«, flüsterte sie, bevor sie rasch wieder zurück ins Haus ging. Ayumi aß den Reiskloß, er war süß und klebrig und schmeckte ihr wunderbar.

Die Freundlichkeit der jungen Frau hatte in ihr die Hoffnung geweckt, dass doch noch alles gut werden könnte, und so lief sie gestärkt die Straße hinunter und war schon wenig später am Meer. Die Luft an diesem Tag war ganz klar, und sie konnte in der Ferne die kleine Insel liegen sehen, auf der sie zu Hause war. ›Ach, könnte ich doch schwimmen‹, dachte Ayumi bei sich, ›dann könnte ich jetzt hinüberschwimmen, so weit sieht es doch gar nicht aus. Ob ich es einfach mal versuche?‹ Zögernd machte sie ein paar Schritte ins Wasser hinein. Einen Augenblick schrak sie vor der Kälte zurück. Sie warf ihren Kimono ab und sprang mutig in die Wellen. Nach einem Moment, in dem ihr die Kälte fast den Atem nahm, spürte sie, wie ihr Untergewand sich an sie schmiegte und das Wasser sie wie eine zweite Haut umgab, und ihr war, als streichle und liebkoste es sie am ganzen Körper. Sie versuchte sich daran zu erinnern, wie ihr Bruder damals mit weit ausholenden Zügen geschwommen war, und bemühte sich, sich so zu bewegen wie er, und zu ihrem Erstaunen trug das Wasser sie. »Ich kann schwimmen«, jauchzte sie, »ich kann tatsächlich schwimmen!« Sie hielt auf die Insel zu, aber soviel sie auch schwamm, hatte sie doch das Gefühl, dass sie der Insel kein Stück näher gekommen war. Da verlor sie allen Mut. ›Ich schaffe es nicht‹, dachte sie, ›was werden wohl meine lieben Eltern denken, wenn ich nicht zurückkomme?‹ Leise begann sie zu weinen. Sie rief um Hilfe, aber ohne große Hoffnung, denn nirgends war ein Boot zu sehen. Wie müde sie war! Da beschloss sie aufzugeben. ›Es ist ja gar nicht schlimm‹, dachte sie, schloss die Augen, und legte die Hände auf die Brust, wie sie es damals auch getan hatte. Jetzt also würde sie sterben. Wie erstaunt aber war sie, als plötzlich wieder das wundersame Klingen ertönte, fast hörte es sich an wie ein leises silberhelles Lachen. Als sie die Augen wieder öffnete, sah sie in ein wunderschönes Gesicht mit den großen dunklen Augen, an die sie sich immer wieder erinnert hatte, und es lächelte sie liebevoll an. »Ich wusste es, kleine Ayumi, dass wir uns eines Tages wiedersehen werden«, und die Stimme klang, als würden einem wundersamen Instrument silbrige Töne entlockt.

»Wer bist du, und woher kennst du mich?«, hauchte Ayumi.

»Ich bin Mizuna, die Tochter des Königs der Meere, und ich kenne dich schon lange, liebe Ayumi. Damals, vor vielen Jahren, als du ins Wasser gefallen warst, habe ich dich zu deinem Vater gebracht. Du warst so ein süßes kleines Mädchen, ich konnte dich nie mehr vergessen.«

»Ja, ich erkenne dich wieder«, sagte Ayumi. »Auch ich habe dich nicht vergessen.« Doch sie war sehr schwach, weil sie schon zu lange unter Wasser war. Mizuna nahm das Mädchen wieder in ihre kühlen sanften Arme und brachte sie an die Wasseroberfläche, wo Ayumi sich bald erholte. Jetzt, über Wasser, sah sie Mizunas wunderschönes weißes Gesicht mit den großen mandelförmigen Augen, die aber waren, wie auch die langen glänzenden Haare von tiefgrüner Farbe, wie sie das Meer an warmen windstillen Tagen gelegentlich annimmt.

»Ich habe so sehr gehofft, dich wiederzusehen, aber du bist nie mehr gekommen.« Mizunas Stimme klang traurig.

»Ich wollte ja, aber mein Vater hat es mir verboten seit jenem Tag. Wie sehr habe ich mich nach dem Meer gesehnt.«

Mizuna zog das Mädchen an sich. »Komm, lass uns dort vorne zur Sandbank schwimmen, da kannst du dich ein wenig ausruhen. Leg dich nur auf meinen Rücken und halte dich fest.«

Ayumi tat, wie ihr die schöne Wasserprinzessin geheißen, und bald erreichten sie die Sandbank. Erschöpft legte sich Ayumi in den warmen Sand. Mizuna half ihr, sich auszuziehen. Ayumi betrachtete sie aus dem Augenwinkel. Um den Hals trug sie eine lange Kette aus geflochtenem Seetang, an dem zahlreiche Muscheln und Perlen befestigt waren. Ihre nackten weißen Brüste waren rund und fest, doch ihre Spitzen so meergrün wie ihre Augen. Um die Hüften hatte sie einen Gürtel geschlungen, dessen Perlen im Sonnenlicht funkelten. Am Seltsamsten aber war, dass sie keine Beine hatte, sondern ihre Hüfte in eine silbrig schimmernde Fischflosse überging. Mizuna hatte sich nun neben Ayumi niedergelassen. »Schlaf nur ein bisschen, kleine Ayumi«, und wieder klang es, als sänge sie, »ruh dich aus. Später dann bringe ich dich nach Hause.«

Ayumi aber nahm die Worte kaum noch wahr, so müde war sie, und bald schlief sie tief und fest.

Als sie wieder erwachte, stand die Sonne schon tief am Himmel. Ayumi erschrak. Wo war sie nur? Allmählich fiel ihr alles wieder ein. Doch wo war Mizuna? Sie konnte sie nirgends entdecken. Ängstlich rief sie nach ihr, da plätscherte es ganz in ihrer Nähe, und Mizuna tauchte aus dem Wasser auf.

»Na, hast du ausgeschlafen?« Liebevoll betrachtete sie die nackte Ayumi, die sich halb aufgerichtet hatte. »Wie schön du bist!«

Ayumis Herz begann zu klopfen. Auch sie fand ihre neue Freundin wunderschön, und sie fühlte sich so zu ihr hingezogen, dass sie alles andere vergaß. Mizuna hatte wegen ihrer Flosse Mühe, zu ihr zu kommen, und am liebsten wäre Ayumi ihr entgegengeeilt. Aber sie blieb ganz still und wartete, dass Mizuna sich zu ihr setzte. »Wo warst du?«, fragte sie leise, aber Mizuna legte ihr einen Finger auf den Mund. »Später«, hauchte sie, und dann begann sie mit ihren sanften kühlen Händen Ayumi zu streicheln, ihr Gesicht, ihren Hals, und dann glitten sie weiter hinunter, umfassten Ayumis kleine feste Brüste und begannen mit ihnen zu spielen. Ayumis Herz klopfte, kaum wagte sie zu atmen, so aufgeregt war sie, nie hatte sie etwas Schöneres erlebt. Nun begann auch sie, die kühlen weißen Brüste des Meermädchens zu berühren, und dann begannen die beiden, einander zu küssen und zu liebkosen, und es gab nichts anderes mehr auf der Welt. Die Stunden vergingen, und die beiden konnten nicht voneinander lassen, bis sie völlig erschöpft, Arm in Arm, im Sand lagen. Inzwischen war es dunkel geworden, aber das Wasser glitzerte im Licht der Mondsichel. »Nie mehr möchte ich mich von dir trennen«, flüsterte Mizuna, und Ayumi nickte. »Wie gern würde auch ich für immer bei dir bleiben.« Doch sie dachte an ihre Eltern, die sich sicher um sie sorgten.

»Ich muss nach Hause, bringst du mich hin?« Tränen liefen ihr über die Wangen, denn schon in diesem Augenblick wurde ihr bewusst, wie sehr sie Mizuna vermissen würde. Aber niemals konnte sie ihre Eltern im Stich lassen!

Mizuna fühlte, was in Ayumi vor sich ging. »Ich wusste es«, sagte sie leise. »Wir können nicht beieinander bleiben. Und das verstehe ich, denn auch ich könnte meinen Vater niemals einsam und traurig zurücklassen.«

»Aber ich kann dich doch besuchen«, schlug Ayumi vor, »ich bitte meinen Vater, mich hinauszunehmen, wenn er zum Fischen aufs Meer fährt, und du holst mich ab und ich bleibe eine Weile bei euch.«

Mizuna strich Ayumi sanft über ihre weichen Haare, die im Mondlicht glänzten. »Du weißt nicht, was du dir wünschst. Hast du nie von dem Fischerjungen Urashimataro gehört, der sich vor langer langer Zeit in meine Schwester, die Prinzessin Otohime verliebte? Er blieb eine Weile bei ihr, dann aber bekam er Sehnsucht nach seinen Eltern, doch als er wieder in sein Dorf zurückkehrte, hatte sich alles verändert. Seine Eltern und alle, die er kannte, waren längst gestorben. Bei uns unten im Meer vergeht die Zeit viel langsamer als bei den Menschen. Ein Monat bei uns sind hundert Menschenjahre. So gerne ich dich auch immer bei mir hätte …« Sie legte sanft ihren Arm um Ayumi. »Du könntest deine Eltern nie wiedersehen.«

»Oh nein«, sagte Ayumi erschrocken, »das will ich nicht. Gibt es denn gar keinen Ausweg? Ich werde dich schrecklich vermissen.«

Sie saßen, eng aneinander gelehnt da und hielten sich bei der Hand. Als der Morgen graute und die Mondsichel allmählich verblasste, sprang Ayumi auf. »Es hilft nichts, ich muss jetzt zurück zu meinen Eltern.«

Mizuna nickte. »Gut, brechen wir auf.« Ungelenk mit ihrer Flosse bewegte sie sich zum Wasser und ließ sich hineingleiten, Ayumi folgte ihr und legte sich auf ihren Rücken. Wie schnell sie vorankamen! Wie geschickt sich Mizuna im Wasser bewegte! Schon nach wenigen Minuten waren sie an der Küste vor Ayumis Heimatdorf. Da sah sie ihren Vater kommen, gebeugt vor Kummer ging er zu seinem Boot.

»Oh, ich muss zu ihm«, rief Ayumi, »liebste Mizuna, von ganzem Herzen hab Dank, aber nun muss ich schnell zu meinem Vater, damit er weiß, dass ich lebe!«

Rasch nahm Mizuna ihre Kette vom Hals und hängte sie Ayumi um den Hals. »Wenn du die Perlen und Muscheln ansiehst, dann denke an mich«, flüsterte sie, küsste sie ein letztes Mal und ließ sich ins Meer gleiten. Ayumi aber lief aus dem Wasser zum Strand und rief laut nach ihrem Vater. Wie staunte Tokuji, als er seine Tochter, nur in ihr Untergewand gehüllt, durchnässt, aber unversehrt auf sich zukommen sah! »Ayumi, mein Liebling! Was ist passiert, und wo ist Ryutaro?«

»Ach Vater!« Mehr brachte Ayumi nicht heraus. Der Vater wiegte sie in seinen Armen – wie glücklich war er, dass seine Tochter lebte! »Komm, ich bring dich nach Hause, mein Kind. Da haben die Fische heute mal Glück«, und dabei lachte und weinte er gleichzeitig und hielt Ayumi an der Hand. »Wir müssen uns beeilen, damit Mutter und die Großeltern Bescheid wissen, und dann erzählst du uns alles, ja?«

Bald knieten alle um das Kohlebecken herum, denn Ayumi sollte sich erst einmal richtig wärmen. Die Mutter fütterte sie mit süßen Reisklößen, als wäre es ein hoher Feiertag. Und nun musste Ayumi alles erzählen. Von dem schändlichen Plan Ryutaros und ihrer wundersamen Errettung durch Mizuna, die Meeresprinzessin. »Daher also hast du diese wunderschöne Halskette«, sagte bewundernd die Mutter und fuhr mit dem Finger über die kostbaren Perlen. Der Vater aber war blass vor Zorn. »Dein Bruder braucht sich hier nicht mehr sehen zu lassen. Und diesen feinen Herrn Kazuo knöpf ich mir auch noch vor!«

»Aber erstmal ruht sich Ayumi aus«, sagte begütigend die Mutter. »Komm mein Kind, nun leg dich hin und schlaf dich richtig aus. Und hab gut acht auf deine Kette, sie ist sicher sehr kostbar.« Ayumi nahm ihre Kette und legte sie neben sich hin. Bald fiel sie in einen tiefen Schlaf, einen Tag und eine Nacht. Doch kurz, bevor sie erwachte, hatte sie einen wundersamen Traum. Die Kette lag auf dem Wasser, und die Muscheln und Perlen glänzten und funkelten im Mondlicht. Es sprangen aber lauter Mädchen und Frauen auf dem Wasser, und sie lachten und riefen, gib mir die Kette, gib mir die Kette, dann ließen sie sich ins Wasser gleiten, um nach Perlen zu tauchen. Und als sie wieder hochkamen, tanzten sie wieder auf dem Wasser und schüttelten sich wie junge Hunde, dass das Wasser nach allen Seiten spritzte.

Perlentaucherin! Wollte sie das nicht schon als Kind werden? War das nicht eine Möglichkeit, Mizuna zu treffen? Mit einem Mal war Ayumi hellwach. Nun wusste sie, was sie wollte!

Noch am selben Abend erzählte sie von ihrem Entschluss. »Bitte, lieber Vater, erlaube es mir! Du musst jetzt keine Angst mehr um mich haben. Schwimmen kann ich schon, und das Tauchen lerne ich auch. Und Mizuna wird immer da sein, wenn ich in Gefahr bin!« Sie errötete, denn natürlich hatte sie nichts von ihrer Liebesnacht erzählt. Das würde ihr Geheimnis bleiben. Der Vater seufzte. »Da bleibt mir wohl nichts anderes übrig, als meine Einwilligung zu geben, nicht wahr, Hanae?«

Die lächelte liebevoll und sagte: »Ayumi bedeutet, ›sie geht ihren eigenen Weg‹, nicht wahr? Da haben wir ihr wohl den richtigen Namen gegeben!« Und nach kurzem Nachdenken: »Wenn du vorhast, mit Herrn Nakamura wegen Kazuo ein Wörtchen zu sprechen, meinst du nicht, dass er unter diesen Umständen bereit wäre, Ayumi zur Perlentaucherin auszubilden?«

Und so machte sich Tokuji gleich am nächsten Tag auf den Weg. Herr Nakamura war entsetzt, als er hörte, was geschehen war. Er bestellte umgehend seinen Sohn zu sich und der bekam es mit der Angst zu tun, gestand alles und gelobte Besserung. Gerne kam Herr Nakamura dem Wunsch Ayumis nach, sie als Perlentaucherin ausbilden zu lassen, hatte sie ihm doch sehr gefallen. Und er versprach, sich gelegentlich bei der Dame Okazaki umzuhören, ob sie vielleicht etwas über Ryutaros Verbleib erfahren hätte.

So kam es, dass Ayumi nun bald zusammen mit den anderen Frauen als Perlentaucherin arbeitete. Ihrem Freund Hiroshi aber hatte sie als einzigem von ihrer Liebe zu Mizuna erzählt. »Sei nicht traurig, lieber Hiroshi. Wir sind doch wie Bruder und Schwester, nichts wird uns je auseinanderbringen.«

Hiroshi hatte schon lange begriffen, dass Ayumi ihren eigenen Weg gehen würde. »Du bist eine Prinzessin, und da muss es wohl so sein, dass du dich mit der Prinzessin der Meere vermählst.«

»Wie wäre es denn, wenn du dich auch nach einer Braut umschaust? Du solltest nicht allein bleiben, Hiroshi, hast eine gute Frau verdient!«

Aber Hiroshi schüttelte heftig den Kopf. »Wenn man eine Prinzessin als Schwester hat, wie sollte man da ans Heiraten denken? Man möchte der Prinzessin jeden Wunsch von den Augen ablesen!«

Ayumi hatte Tränen in den Augen, aber insgeheim hoffte sie, dass Hiroshi es sich mit der Zeit noch einmal anders überlegen würde.

Jeden Tag, den Ayumi nun ihrer neuen Arbeit nachging, dachte sie an Mizuna. Wie hoffte sie, ihr eines Tages im Wasser zu begegnen! Wie es ihr wohl ging, wo sie wohl war, und ob sie noch an ihre gemeinsame Nacht dachte?

Eines Tages fasste sie sich ein Herz und schwamm weit ins Meer hinaus. Sie hatte sich ihre Kette umgelegt, weil sie hoffte, dass ihr das helfen würde, Mizuna zu finden. Sie schwamm und schwamm, bis ihr fast die Luft ausging. »Mizuna«, rief sie laut, »Liebste, wo bist du? Komm mir zu Hilfe, bevor die Kraft mich verlässt!«

Mit einem Mal, als sie schon fast die Hoffnung aufgegeben hatte, hörte sie den Gesang, erst ganz leise, und dann war das silbrige Klingen ganz nah, und da tauchte Mizuna aus dem Wasser auf, ihre dunkelgrünen Augen glänzten. »Ayumi, wie bin ich froh, dass du mich gerufen hast! Als ich dich hörte, bin ich sogleich gekommen.« Und sie nahm ihre Liebste ganz sanft in ihre kühlen Arme und wiegte sie im Rhythmus der Wellen hin und her. »Komm lass uns wieder zu jener Sandbank schwimmen, dann kannst du mir erzählen, wie es dir ergangen ist.« Und schon schwamm sie los, Ayumi in ihren Armen. Bald waren sie dort angelangt, und Ayumi berichtete, was in der Zwischenzeit geschehen war. Mizuma hörte aufmerksam zu, ihre Augen leuchteten. »Das ist ja wunderbar! Dann kann ich dich ja ganz oft besuchen kommen!«

Ayumi nickte. »Das habe ich gehofft! Jeden Tag habe ich auf dich gewartet!«

»Wenn du nach mir gerufen hättest, dann hätte ich dich gefunden. Auch ich habe gewartet!«

Zärtlich streichelte sie Ayumi, und bald herzten und küssten sie sich wie beim ersten Mal. Doch als es zu dämmern anfing, erschrak Ayumi. »Die anderen werden mich suchen, bestimmt denken sie, ich sei ertrunken! Und Perlen habe ich auch keine. Wenn nur Herr Nakamura nicht böse mit mir wird.«

Mizuna überlegte nicht lange. »Ich bringe dich sogleich zurück. Erzähle nur allen, dass dir ein Wassergeist erschienen ist, der dir die herrlichsten Perlen versprochen hat, wenn du ihm folgst. Und dann hast du nicht gleich wieder zurückgefunden.« Und mir diesen Worten riss sie die schönsten und größten Perlen von der Kette, die um ihre Hüften geschlungen war und legte sie Ayumi auf die Brust. Die nahm die Perlen in die Hand und betrachtete sie mir großen Augen. »So schöne Perlen habe ich noch nie gesehen!«

»Siehst du, da wird sich dein Herr Nakamura freuen! Jedes Mal, wenn wir uns treffen, bringe ich dir neue mit. Viel wertvollere, als alle anderen zusammen, die ihr so mühsam aus dem Wasser holen müsst.«

Ayumi wusste nicht, was sie sagen sollte. Sie war glücklich, dass sich nun alles so fügte, wie sie es sich heimlich erhofft hatte. »Danke, Mizuna, danke für alles!«

Die aber legte wieder einen Finger auf Ayumis Lippen, wie sie es schon einmal getan hatte. »Sag nichts, du süßes Menschenmädchen. Ich habe schon so lange gehofft, einmal die Liebe zu finden. Nun habe ich dich gefunden. Wir wollen es auskosten, denn da du weiter bei den Menschen leben willst, haben wir nicht viel Zeit. Schon bald wirst du immer älter werden, und eines Tages wirst du sterben, und dann bin ich wieder alleine. Aber niemals werde ich dich vergessen!«

Ayumi war ganz still, als Mizuna sie wieder zurück zur Insel brachte. Deren Worte hallten noch lange in ihr nach. Mizuna würde in hundert oder zweihundert Jahren immer noch so aussehen wie jetzt, und würde weiterleben, wenn sie, Ayumi, längst gestorben war. Was für ein seltsamer, trauriger Gedanke!

»Du bist das Liebste, was ich habe«, flüsterte sie Mizuna beim Abschied zu, »aber ich muss hier bei den Menschen bleiben. So wie ich dir gehöre, so gehöre ich auch zu ihnen!«

»Das weiß ich doch, Ayumi. Vielleicht liebe ich dich gerade deshalb so sehr, weil uns nur eine kurze Zeit vergönnt ist.« Sie küsste sie zärtlich, dann ließ sie sich ins Wasser gleiten und das silberne Klingen wurde leiser und leiser …

Es kam aber alles so, wie es Mizuna vorausgesagt hatte. Herr Nakamura war mehr als zufrieden über die wunderschönen Perlen, die Ayumi jedes Mal mitbrachte, wenn sie sich mit Mizuna getroffen hatte, und ohne ihr Wissen legte er einen guten Betrag davon für Ayumi zurück. Das Geld wollte er ihr später einmal geben, damit sie im Alter keine Not zu leiden hatte.

Eines Tages aber rief er sie zu sich, denn er hatte von der Dame Okazaki etwas über Ryutaro erfahren. »Deinen Bruder hat man auf eine Gefängnisinsel gebracht, wo er im Steinbruch arbeitet, bei Wasser und Brot. Er hat noch am selben Tag, als er dich verkaufen wollte, einen Mann überfallen und ausgeraubt, doch man hat ihn bald gefunden. Nun ist er zu lebenslänglicher Strafarbeit verurteilt worden. So hat er seine gerechte Strafe bekommen.«

Im ersten Moment war Ayumi froh, musste sie doch keine Angst mehr vor ihrem Bruder haben. Aber schon, als sie es bald darauf Mizuna erzählte, fühlte sie Mitleid mit ihm. »Wenn ich ihm doch helfen könnte, nur dürfte er nie wieder etwas Böses tun.« Mizuna seufzte. »Anstatt erleichtert zu sein, willst du ihm auch noch helfen!« Doch bald fiel ihr etwas ein. »Mein Vater besitzt eine Zaubernuss, die kann sein Diener, der Weise Kormoran, deinem Bruder bringen. Wenn er von der Nuss etwas isst, verwandelt er sich in eine Gestalt nach meines Vaters Willen. Überlege es dir, damit ich meinen Vater darum bitten kann.«

Ayumi dachte eine Weile nach, dann fiel ihr Blick auf die alten vom Wind zerzausten Kiefern. »Was denkst du, könnte dein Vater ihn auch in eine Kiefer verwandeln? Dann wäre er ganz in der Nähe, ich könnte hin und wieder nach ihm sehen, und er könnte mir nichts mehr tun.«

Mizuna versprach, alsbald mit ihrem Vater zu sprechen, und so flog schon am nächsten Tag der Weise Kormoran zu der Gefängnisinsel und ließ flügelschlagend die Nuss vor Ryutaro auf den Boden fallen. Der griff sogleich nach ihr, denn er litt großen Hunger, kaum aber hatte er einen Bissen genommen, da verwandelte er sich in ein winziges Samenkorn. Der Weise Kormoran packte es mit seinem Schnabel und flog auf kürzestem Weg zu Ayumi. Sie brachte den Samen noch am gleichen Tag in die Erde und gab ihm von da an täglich ein wenig Wasser. Schon bald trieb das Samenkorn aus, und der Trieb wuchs unter Ayumis Pflege schnell zu einer kräftigen kleinen Kiefer heran, denn in ihr steckte Ryutaros ganze Kraft. Die Stürme rissen und zerrten an dem kleinen Pflänzchen, doch es bildete bald eine tiefe Wurzel aus und konnte so dem Sturm widerstehen. Auch als Kiefer spürte Ryutaro immer noch Zorn auf seine Schwester, aber der Überlebenskampf forderte seine ganze Energie. Doch als er ein großer, wenn auch vom Wind gezeichneter Baum war und Ayumi immer noch zu ihm kam, ihn streichelte und leise mit ihm sprach, da wandelte sich allmählich sein Sinn und mit der Zeit freute er sich auf ihr Kommen. Unter ihrer Freundlichkeit begann er sich seiner bösen Taten zu schämen und sie schmerzlich zu bereuen. Ayumi aber hatte ihm längst vergeben, hätte sie doch ohne ihn vielleicht niemals Mizuna kennengelernt.

So lebte Ayumi glücklich und zufrieden, alles hatte sich zum Guten gewendet. Doch die Zeit forderte auch in Ayumis Leben ihren Tribut. Zuerst starben die Großeltern, und dann, kurz hintereinander, auch die Eltern. Und allmählich verließen auch sie die Kräfte, sodass sie zunehmend Mühe hatte, ihr Feld zu bearbeiten. Doch es half ihr der treue Hiroshi. Zur Bucht ging sie nur noch, um ihren Bruder hin und wieder zu besuchen, denn tauchen musste sie schon lange nicht mehr, hatte sie doch Geld genug, um sorgenfrei leben zu können. Nur ans Meer ging sie noch jeden Tag, um ihre Liebste zu treffen. Als aber die Zeit gekommen war und sie fühlte, dass sie bald sterben würde, verabschiedete sie sich von der Kiefer und ihrem treuen Freund Hiroshi.

»Du gehst zu ihr, nicht wahr? Soll ich dich begleiten?« Aber Ayumi schüttelte den Kopf. Diesen Gang musste sie alleine machen. So nahmen sie sich zum Abschied in die Arme und Hiroshi flüsterte: »Leb wohl, meine Prinzessin. Mögen dir die Götter auf dem Weg ins Jenseits wohlgesonnen sein.«

Nun ging die alte Ayumi hinunter ins Wasser, denn sie wollte in Mizunas Armen sterben. Die wartete schon auf ihre Freundin und trug sie weit weit fort. Und während sie schwamm und schwamm, verlor Ayumi allmählich das Bewusstsein. Sie spürte nur die sanften kühlen Arme, die sie hielten, und ganz leise wie aus weiter Ferne hörte sie das silberne Klingen, dann wurde es still um sie. Mizuna brachte ihren leblosen Körper zu einer Höhle und bedeckte ihn mit tausend Perlen und Muscheln, bis nichts mehr von ihrer Freundin zu sehen war. Um den Hals aber trug sie eine lange weiße Haarsträhne, die Ayumi ihr zum Abschied geschenkt hatte, mit einer zarten perlmuttfarbenen Muschel. So war nun alles gekommen, wie Mizuna es vorausgesagt hatte. Ayumi war gealtert und gestorben, sie, Mizuna aber, würde immer und immer weiterleben. Doch niemals würde sie ihre Liebste vergessen, und die Erinnerungen an sie waren kostbarer als alle Perlen und Muscheln zusammen. Oft schwamm sie zur Bucht der Perlentaucherinnen, weil sie sich dann Ayumi nahe fühlte. Und sie sah, wie die Kiefer sich immer tiefer dem Sturm beugte und allmählich an Kraft verlor. Ryutaro vermisste seine Schwester, und er fühlte, dass nun auch seine Zeit bald gekommen war. Doch wenn die Perlentaucherinnen unter seinen schattenspendenden Zweigen Zuflucht suchten, dann freute er sich. So konnte er doch zu guter Letzt noch zu etwas nütze sein.

An manchen Tagen aber, wenn der Wind günstig stand, hörte Mizuna, wie es in seinen Zweigen leise wisperte, und es klang wie »Ayumi-chan, kleine Schwester, wo magst du jetzt sein?«

Und Mizuna flüsterte: »Wo du auch bist, Ayumi, mein Herz, du wirst immer von meiner Liebe umgeben sein.« Und über dem Wasser ertönte ein zarter sanfter Gesang, der sich anhörte wie silbernes Klingen …

Nikki Reva

Sich mit dem Herzen

Es war einmal vor langer Zeit ein fernes Königreich, in dem zwei Mädchen heranwuchsen. Sie waren die besten Freundinnen und spielten jeden Tag gemeinsam im Hofe des Schlosses. Arabella, die Tochter des Königs, war wunderschön und so zart und lieblich wie eine junge Rose. Sie liebte ihre Kleider und achtete darauf, dass diese nie schmutzig wurden. Ihre langen goldenen Haare fielen ihr wie Seide über den Rücken, und in ihren Augen funkelten seit dem Tag ihrer Geburt tausend Sterne. Jeder, der sie ansah, war augenblicklich verzückt von diesem wunderbaren Geschöpf.

Majena war ebenso schön wie Arabella. Auch sie hatte ein sanftes Gemüt und wurde von allen geliebt. Doch statt in schönen Kleidern fühlte sie sich in Hosen am wohlsten. Die größte Freude bescherte es ihr, im Wald zu spielen, auf Bäume zu klettern oder mit den Jungen um die Wette zu reiten. Dabei band sie ihre braunen Haare stets zu einem langen Zopf, der ihr über die Schulter fiel.

Obwohl Arabella und Majena so unterschiedlich waren, liebten sie sich von ganzem Herzen. Sie liebten sich wie Schwestern, auch wenn Majena nur die Tochter des Koches war. An jedem Morgen fütterten sie gemeinsam die Gänse und Pferde und an jeden Abend lasen sie am Brunnen gemeinsam in ihrem Lieblingsbuch.

Dem König jedoch war diese Freundschaft ein Dorn im Auge. Einzig seiner Frau war es zu verdanken, dass er den beiden nicht verbot, miteinander zu spielen. Eines Nachts jedoch klangen leidensgeplagte Rufe durch das gesamte Schloss. Diener eilten umher. Hektik brach aus.

Arabella lag in ihrem Bett und hörte mit geweiteten Augen dem Treiben auf dem Gang vor ihrem Zimmer zu. Um das Zittern zu bekämpfen, zog sie ihre Decke bis über ihren Kopf. Nur ganz vorsichtig lugte sie darunter hervor und wartete darauf, dass jemand zu ihr kam. Irgendjemand musste ihr doch erklären, was vor sich ging. Doch nichts geschah. Stunde um Stunde verging, bis der Morgen anbrach. Die sanften Strahlen der aufgehenden Sonne bahnten sich ihren Weg durch die Baumwipfel und tauchten alles in ein orange-rotes Licht.

Zögernd erhob Arabella sich und schlich zur Tür. Lugte hinaus auf den Gang. Alles war ruhig. Nichts deutete mehr auf den Trubel hin, der sie die halbe Nacht wach gehalten hatte. So schnell sie konnte, zog Arabella sich an. Sie wusste, dass es sich für eine Prinzessin nicht schickte, in ihrem Nachtgewand aus dem Zimmer zu treten.

Auch Majena hatte die Aufregung mitbekommen. Wild wie sie war, rannte sie bei den ersten Sonnenstrahlen hinaus und über den Hof. Sie wollte zu ihrer Freundin und wissen, was geschehen war. Doch wie sie ihren Fuß auf den gepflasterten Hof setzte, spürte sie die Stille.

Es war, als wäre alles Leben aus dem Schloss entwichen. Die Diener gingen mit gesenkten Köpfen, die Wachen blickten ins Leere. Eine Schwermut lag in der Luft, wie Majena sie noch nie erlebt hatte.

An diesem Tag geschah es zum ersten Mal, dass ihr der Zutritt zum Schloss verweigert wurde. Verwundert rannte sie zurück zu ihrem Vater.

»Es ist etwas Schreckliches geschehen, mein Kind«, sagte dieser und fuhr ihr mit einer Hand durch die Haare. »Vergangene Nacht ist die Königin verstorben. Plötzlich und ohne, dass jemand geahnt hätte, dass sie krank war.«

Majena schlug sich die Hände vor den Mund. Ihre Gedanken waren sofort bei ihrer geliebten Freundin. Wie ging es ihr jetzt? Sie wünschte sich nichts sehnlicher, als zu ihr zu eilen und ihr Trost zu spenden. Allerdings wusste sie, dass das nicht möglich war. Niemand außer der Königsfamilie und deren Diener durften nun das Schloss betreten. Da die Küche in einem separaten Anbau vor dem Schloss lag, zählten auch die Köche zu denjenigen, denen der Zutritt verweigert wurde. Lediglich die Bediensteten, die die Speisen durch einen Nebeneingang direkt in den Speisesaal trugen, wurden hindurchgelassen.

Seit diesem Tag war nichts mehr, wie zuvor. Arabella wurde ruhig und leise. Nur bei Majena fühlte sie sich noch wohl. So oft es ging, suchte sie die Nähe ihrer Freundin. Sie tauschte ihre Kleider gegen Hosen und bat Majena, ihr das Reiten beizubringen. Ihre Mutter hatte die Pferde geliebt und nur so konnte sie sich ihr wirklich nahe fühlen. Der König verfolgte den Tatendrang seiner Tochter mit Widerwillen. Immer öfter stand er am Fenster und beobachtete sie.

»Bringt mir den Koch!«, befahl er seinem Diener eines Tages.

Dieser verbeugte sich und eilte davon. Es dauerte nicht lange und Majenas Vater kniete vor seinem König. Wartete darauf, seine Befehle anzunehmen.

»Ihr habt mir stets gute Dienste geleistet«, begann dieser. »Doch nun ist die Zeit gekommen, dass Ihr uns verlassen werdet.«

Entsetzt über diese Offenbarung sah der Koch auf. Er hatte sich doch nie etwas zuschulden kommen lassen. »Verzeiht mir, aber habe ich etwas getan, das Euch verärgert hat, Eure Hoheit? Ich bitte vielmals um Verzeihung.«

»Ein Freund, der König unseres Nachbarlandes, hat mich um Hilfe gebeten und ich habe sie ihm zugesichert. Für die Hochzeit seines Sohnes benötigt er den besten Koch, den es gibt, und das seid ihr! Ihr brecht morgen früh auf.« Tatsächlich gab es diesen Freund. Auch hatte er um Hilfe gebeten, da sein eigener Koch verstorben war und er nun niemanden hatte, dem er diese große Aufgabe anvertrauen konnte. Doch dass Majena und ihr Vater nach der Hochzeit nicht zurückkehren würden, verschwieg der König dem knienden Mann.

Weinend lagen sich die Freundinnen zum Abschied in den Armen. »Wir sehen uns bald wieder«, versprach Majena. »Wie lange kann so eine Hochzeit schon dauern?«

Nachdem mehrere Wochen vergangen waren, lief Arabella zu ihrem Vater. »Vater, wann wird der Koch mit seiner Tochter wieder hier sein? Sie sind schon so lange fort. Ich vermisse sie schrecklich.«

»Sie kommen nicht wieder.« Ihr Vater sah aus dem Fenster und betrachtete das Treiben auf dem Hof.

»Was? Warum? Aber du hast es doch gesagt! Du hast gesagt, dass sie nur bei der Hochzeit helfen sollen!« Arabella konnte nicht fassen, was ihr Vater eben erzählte.

»Das Mädchen ist eine vorlaute, freche Göre, die einen schlechten Einfluss auf dich ausgeübt hat!« Zornig wandte er sich um. »Glaubst du, ich lasse das zu?«

»Wie kannst du mir nur so etwas antun?« Mit Tränen in den Augen lief Arabella aus dem Thronsaal. So schnell ihre Füße sie trugen, rannte sie die Treppen hinunter, durch den Hof und in den Wald.

Immer weiter rannte sie. Dornen zerkratzten ihre Haut, Äste verfingen sich in ihren Haaren. Doch das hielt sie nicht auf. Entschlossen setzte sie einen Fuß vor den anderen. Sie würde nicht stehen bleiben, solange ihre Beine sie noch trugen.

Tränen verschleierten ihre Sicht. Immer wieder wischte Arabella sich die Tropfen aus den Augen und von ihren Wangen. Ihr Herz zog sich bei jedem Atemzug schmerzhaft zusammen. Nie hätte sie geglaubt, dass ihr nach dem Tod ihrer Mutter noch einmal etwas solchen Kummer bereiten könnte. Und doch fühlte es sich so an, als wäre ihr ein Teil ihrer Seele geraubt worden. Ein Teil, ohne den sie nicht weiterleben konnte.

Ihr wurde bewusst, was ihr Vater ihr geraubt hatte, und dass ihr Kummer ihm dabei vollkommen egal gewesen war. Mit diesem Gedanken blieb sie an einem Baum stehen. Ein lauter Schluchzer entwich ihrer Kehle und sie brach zusammen. Ihre Füße wollten sie nicht weiter tragen. Ihre Beine versagten ihr den Dienst. Sie schlang ihre Arme um die Knie und bettete ihren Kopf darauf. So blieb sie sitzen, bis es dunkel ward.

In Gedanken war sie bei Majena. Sie hörte den hellen Klang ihres Lachens. Sah die feinen Sommersprossen, die sich über ihre Nase und Wangen zogen, und beinahe spürte sie die Wärme, die zu jeder Zeit von ihr ausging.

»Was hat sie denn?«

»Warum weint sie?«

»Was macht sie hier?«

»Genau, was macht sie hier?«

»Alleine?«

»Ganz alleine?«

Dutzende Stimmen erfüllten den Wald um Arabella herum. Vorsichtig hob sie den Kopf. Wessen Stimmen waren das? Sie klangen wie die von kleinen Kindern. Zart und leicht. Jünger noch als sie selbst. Doch es war niemand zu sehen. Der Wald blieb undurchdringlich, schluckte alles Licht um sie herum und ließ Arabella im Halbdunkel sitzen.

»Hallo?«, rief sie zaghaft, wischte sich mit dem Handrücken die Tränen aus dem Gesicht.

»Hallo!«

»Hallo!«

»Hallo!«, erklang es von überall her. Arabella wurde eingeschlossen von dem Singsang, den die Stimmen erklingen ließen. Er umschmeichelte sie, nahm sie mit sich und trug sie wie auf Wolken davon. Arabella fühlte sich leicht. Sie hatte keine Angst, wusste sie doch, dass sie den Stimmen vertrauen konnte.

»Wer seid ihr?«, fragte sie neugierig.

»Wir sind die Geister des Waldes«, erklang es aus verschiedenen Richtungen. »Was ist mit dir? Warum weinst du?« Die einzelnen Worte wurden immer wiederholt und überlagerten sich ständig. Arabella hatte Schwierigkeiten, sie zu verstehen.

»I-ich bin Arabella, die Tochter des Königs.«

»Warum weinst du?«

»Warum weinst du?«

»Warum weinst du?«

»Mein Vater hat meine beste Freundin ganz weit fortgeschickt und ich werde sie nie wieder sehen! Dabei liebe ich sie doch so sehr.« Ohne nachzudenken klagte sie den Stimmen ihr Leid. Wieder füllten Tränen ihre Augen und liefen ihr heiß über die Wangen.

»Lieben?«

»Liebe!«

»Was für ein starkes Wort!«

»Weißt du überhaupt, was es bedeutet?«

»Bist du nicht noch zu jung, um zu lieben?«

»Ja, ich weiß, was Liebe bedeutet und nein, ich bin nicht zu jung«, schrie Arabella in die Dunkelheit. »Es ist mir egal, was ihr darüber denkt! Ich will sie zurückhaben. Ich will nicht ohne sie leben müssen. Sie ist es doch, die mich immer zum Lachen gebracht hat, die mir zugehört und mich aufgemuntert hat. Die immer für mich da war, egal wie schlecht es mir auch ging! Ich würde alles dafür geben, sie wiederzubekommen!«

»Vielleicht können wir helfen«, ertönten die Stimmchen »Doch bedenke, nichts im Leben ist umsonst und alles hat seinen Preis. Bist du bereit ihn zu zahlen?«

»Ja! Ja, das bin ich«, rief Arabella entschlossen. »Egal was es kostet, nur gebt mir meine Majena zurück!«

»Sollen wir ihr helfen?«

»Ja, sollen wir ihr helfen?«

»Ich flehe euch an! Wenn ihr irgendetwas tun könnt, dann macht es. Bitte!« Arabella kniete im Dreck und wurde beinahe von ihrer Verzweiflung übermannt. Wie konnte sie die Geister nur dazu bringen, ihr zu helfen?

»In Ordnung! Doch du musst lernen, nur noch mit dem Herzen zu sehen. Das allein wird sie dir zurückbringen!«

»Was soll das heißen? Ich weiß nicht, was das bedeutet!«

»Sieh mit deinem Herzen!«

Arabella rief abermals, dass sie nicht wusste, was das bedeuten sollte. Immer wieder schrie sie in die Dunkelheit, doch alles um sie herum blieb ruhig. Sie bekam keine Antwort mehr. Die Geister waren verschwunden.

Schweren Herzen machte Arabella sich auf den Rückweg. Oft blieb sie dabei an Wurzeln hängen oder stolperte über Steine. Um sie herum wurde alles schwarz. War es wirklich schon so spät? War sie wirklich so lange im Wald gewesen? Vorsichtig tastete sie sich vor, nutzte jedes bisschen Licht, das sie sah und erreichte schließlich wieder den Palast.

Sie sah nicht, dass im Schatten der Bäume der König stand und sich zufrieden ins Fäustchen lachte. Niemals würde es seiner Tochter möglich sein, diesen Fluch zu brechen. Er war nämlich ein mächtiger Zauberer, der das Land auf dem Leid und der Unterwerfung Schwächerer gegründet hatte. Nach dem Tod seiner Frau hatte das Böse in ihm die Oberhand gewonnen und er schreckte nicht davor zurück, seine eigene Tochter zu verfluchen. Wie konnte sie es nur wagen, sich in ein Mädchen zu verlieben? Sie war viel zu jung und naiv, um überhaupt zu wissen, was wahre Liebe war.

Wenn die Zeit reif war, würde er dafür sorgen, dass sie einen Mann heiratete, dessen Reichtum an den seinen heranreichte. Nur so wäre es möglich, seine Macht und seinen Einfluss noch zu vergrößern.

In den darauffolgenden Tagen wurde Arabellas Sehvermögen stets schlechter. Waren es anfangs nur Schatten, die den Rand ihres Sichtfeldes einschränkten, breiteten sich diese schnell aus, bis sie außer einer weißen Nebelwand nichts mehr sehen konnte. Das Funkeln in ihren Augen erlosch.

Zum Schein ließ der König die besten Ärzte des Landes kommen und seine Tochter untersuchen, doch niemand konnte ihr helfen. Kein einziger fand eine Erklärung für die plötzliche Blindheit. Mit dem Verlust ihres Augenlichts verlor Arabella auch die letzte Hoffnung darauf, ihre geliebte Majena jemals wiederzutreffen. Jetzt würde sie diese nicht einmal erkennen, wenn sie direkt vor ihr stehen würde. Die Geister hatten sie betrogen.

Wochen vergingen, bald wurden aus den Wochen Monate und aus den Monaten Jahre. Jeden Herbst verwandelten sich die Bäume in bunte Kunstwerke. Das ganze Schloss roch nach warmen Tee mit Zitrone. Jeden Winter fiel der Schnee glänzend weiß auf die Erde. Sein Geruch erinnerte an die

Schneeballschlachten aus Kindertagen. Jedes Frühjahr blühten die schönsten Blumen auf den Wiesen und verströmten einen lieblichen Duft. Jeden Sommer wärmten die Strahlen der Sonne Arabellas Haut.

Doch hatte die Königstochter allen Mut verloren. Sie war nicht mehr empfänglich für die Schönheit, die ihr die Welt trotz ihrer Blindheit zu bieten hatte.

Täglich ging sie ihrem Vater aus dem Weg, so gut sie konnte. Sie schritt über die Wiese zum Stall, in dem noch immer Majenas Lieblingspferd stand. Arabella hatte sich beigebracht, es zu versorgen, obwohl sie nichts sah. Sie wusste, wo der Putzeimer aufbewahrt wurde, und fand ohne Probleme die Futtervorräte. An guten Tagen ritt sie eine Runde mit Rhedo und verließ sich dabei ganz auf den Instinkt des Pferdes. In diesen Momenten war sie am fröhlichsten. Fühlte sie sich dadurch ihrer Geliebten doch verbunden.

Der König akzeptierte es. Anfangs wollte er das Pferd töten lassen, jedoch hätte dies die Stimmung seiner Tochter nur noch weiter verschlechtert. Er war der Meinung, dass sie Majena irgendwann vergessen würde. Ihre Strafe, ohne Augenlicht auszukommen, hatte sie immerhin auch überwunden und fand sich damit gut zurecht. An ihrem achtzehnten Geburtstag, so beschloss er, würde er alle Prinzen der benachbarten Königreiche einladen und sie mit einem von ihnen vermählen. Zumindest darüber sollte sie selbst entscheiden. Er würde ihr die Freiheit der Wahl überlassen.

Kurz vor ihrem Geburtstag erfuhr Arabella von den Plänen ihres Vaters. Nächtelang weinte sie, wusste sie doch, dass dann alles verloren war. Niemals würde sie wieder glücklich werden. Allerdings war ihr ebenso bewusst, dass sie keine andere Wahl hatte. Sie war das einzige Kind des Königs und würde nach ihm den Thron besteigen. Was würde das Volk zu einer unverheirateten, kinderlosen Königin sagen? Es war unmöglich, sich nicht in ihr Schicksal zu ergeben.

Ihre Zofen kümmerten sich um ihre Kleidung und ihre Haare. Arabella waren die teuren und aufwendigen Kleider schon lange egal. Wusste sie doch gar nicht, wie sie an ihr aussahen. Sie vertraute auf den erlesenen Geschmack des Hofschneiders.

»Kopf hoch, Arabella«, versuchte ihre Zofe seit Kindheitstagen, sie aufzumuntern. Sie war beinahe zu einer Freundin geworden. »Ihr werdet einen wundervollen Mann finden.«

»Mag sein«, antwortete Arabella stumpf.

»Ich weiß, dass immer noch sie allein in Eurem Herzen ist. Euer Vater war zu streng, als er sie weggeschickt hat.«

Arabella sah erstaunt auf.

»Dennoch müsst Ihr stark sein heute. Für das Wohl Eures Landes.«

Arabella nickte. Ihre Zofe hatte recht. Ihre Untertanen vertrauten auf sie. Sie würde sie nicht enttäuschen. Entschlossen erhob sie sich von dem kleinen Stuhl und durchschritt stolz die langen Gänge des Schlosses zum Thronsaal, in dem das Fest bereits begonnen hatte.

Eine ehrfürchtige Stille legte sich über den Saal, als Arabella ihn betrat. Alle Augen waren auf sie gerichtet. Die blinde Prinzessin. Sie spürte es. Fühlte jeden einzelnen Blick auf ihrer Haut. Wie winzige Nadelstiche bohrten sie sich tief in Arabella hinein. Dennoch ließ sie es nicht zu, dass die anderen ihren Schmerz erkannten. Mit erhobenem Haupt durchquerte sie den Saal. Hörte das Flüstern der Edelleute und Prinzen, das Rascheln ihrer Umhänge.

Auf halbem Wege zu ihrem Vater und dem goldenen Thron strich ein sanfter Hauch über ihre Wangen. Nicht mehr als der Flügelschlag eines Schmetterlings. Zart und unendlich leicht. Kaum spürbar. Und doch so präsent, dass Arabellas Sinne ihn sofort wahrnahmen.

Hatte ihr Vater nicht gesagt, sie könne sich jeden in diesem Thronsaal aussuchen, den sie mochte? Hatte er ihr nicht die Freiheit gegeben, selbst zu entscheiden, wen sie sich zum Manne nahm? Arabella wusste, dass nur die reichsten und mächtigsten Persönlichkeiten anwesend waren. Bisher hatte sie sich nie für jemanden ihres Standes interessiert. Woher also kam dieses Gefühl? Sie musste es einfach herausfinden und ließ sich davon leiten.

Mit vorsichtigen Schritten bahnte sie sich ihren Weg durch den langen Saal. Sie nahm alles um sich herum wahr. Jedes noch so leise geflüsterte Wort, jeden Geruch und jeden Blick. Auch war sie sich darüber bewusst, dass ihr Vater sie beobachtete, gespannt, auf wen ihre Wahl fiel. Bereitwillig wurde ihr Platz gemacht, sodass sie ungehindert dorthin gelangte. Ein junger Prinz mit kurzen braunen Haaren und tiefseeblauen Augen stand in der Nähe der Tische, auf denen das Essen angerichtet wurde. Arabella hielt geradewegs auf ihn zu.

Würde er es sein? Der König erkannte den jungen Prinzen als Thronfolger seines Nachbarlandes. Keine schlechte Wahl! Zufrieden lehnte er sich zurück. Nur, um im nächsten Moment aufzuspringen, denn seine Tochter sprach die Person an, die knapp neben dem Prinzen stand.

»Ihr seid es«, sagte Arabella so laut und deutlich, dass jeder im Saal sie hören konnte. »Möchtet Ihr der Meine sein?«

Einige der Gäste zogen erschrocken die Luft ein. Gemurmel wurde laut, Unruhe breitete sich aus. Arabella ignorierte alles. Sie interessierte nur die Antwort des Angesprochenen.

»Ihr sagt ja nichts. Gefalle ich Euch denn nicht?«, fragte sie zaghaft.

»Doch«, war die leise Antwort, die ihr Herz augenblicklich schneller schlagen ließ.

»Liebt Ihr mich denn nicht?«, stellte sie die Frage, auf die sie sich schon so lange eine Antwort ersehnte.

»Doch«, erwiderte ihr Gegenüber, ohne zu zögern. »Ich habe Euch immer geliebt.«

Der Saal geriet in Aufruhr. Aus dem Gemurmel wurden zornige Stimmen. Arabella hörte ihren Vater vor Wut aufschreien, doch auch das interessierte sie längst nicht mehr.

»Mein Herz! Du bist es! Endlich habe ich dich wieder.« Sie ergriff die Hände ihres Gegenübers und zog sie an sich. »So lange habe ich gewartet. So viele Nächte wach gelegen. So viele Stunden geweint. Doch heute wurden meine Gebete erhört.«

In dem Kuss, den sie Majena gab, steckten Sehnsucht und Verzweiflung, Hoffnung und Bangen. Doch vor allem steckte in ihm all die Liebe, die sie für ihre Freundin aus Kindertagen noch immer empfand. Vor Freude zog sich ihr Herz zusammen, als auch sie den Kuss erwiderte.

Arabella öffnete ihre Augen. Langsam lichtete sich der Nebel. Anfangs sah sie leichte Umrisse, doch schnell wurden sie deutlicher und bald sah sie Majena, die vor Glück strahlte. Je länger sie beide sich ansahen, desto mehr Sterne fanden ihren Weg zurück in Arabellas Augen.

Sowie der Fluch gebrochen war, krümmte sich der König vor Schmerz. Er konnte es nicht ertragen, dass seine Tochter so unrein und verdorben war. In seinen Schmerzensschrei mischten sich Dutzende Stimmchen.

»Das ist nicht richtig!«

»Nicht richtig!«

»Wie konnte sie es nur wagen?«

Die Stimmen der Geister hallten durch den Thronsaal. Immer wieder erklangen ihre zornigen Rufe. Laut und durcheinander. Mit geweiteten Augen blickte Arabella zu ihrem Vater. In diesem Moment wusste sie, dass er es war, der ihr das Augenlicht genommen hatte. Er hatte die Geister heraufbeschworen und sie mit diesem Fluch gestraft. Und nun musste er den Preis dafür bezahlen.

Sich vor Qualen windend, taumelte er auf Arabella zu. Noch nie hatte es irgendwer gewagt, seinen Zauber zu brechen. Er verstand nicht, wie das möglich war. Hatte seine Tochter Majena doch nicht sehen können! Es sollte doch nur eine weitere Strafe sein, dass auch sie heute anwesend war, um ihrem Vater bei den Vorbereitungen der Speisen zu helfen. Sie sollte leiden und dabei zusehen, wie ihre Arabella einen Mann erwählte und diesen heiratete.

Die Wut und der Zorn darüber, dass seine Tochter eine Frau liebte, fraßen den König auf. Vor den Augen der Anwesenden zerfiel er nach und nach zu Staub, bis nichts mehr von ihm übrig war.

Arabella und Majena jedoch überwanden alle Hindernisse und regierten das Land gütiger und gerechter als je ein Königspaar vor ihnen. Von ihrem Volk geliebt lebten sie viele Jahre glücklich und gemeinsam. Sie sorgten sich um jeden, der nicht für sich selbst Sorgen konnte, und brachten dem Land Ansehen und Reichtum. Und wenn sie nicht gestorben sind, dann leben sie noch heute.

J. Walther

Die königlichen Geschwister

Im Königreich Perepentula regierten ein junger König und eine Königin zusammen. Sie waren Geschwister und hatten ihre Eltern früh verloren. Die Geschwister waren einander sehr zugetan und gedachten oft gemeinsam ihrer lieben Eltern. Die Menschen hielten den Atem an, wenn sie vorbeiritten, denn sie waren beide schön und liebreizend. Und da sie auch klug und einträchtig regierten, jubelten die Menschen ihnen ehrlichen Herzens zu und nicht nur, wenn sie dazu angehalten wurden. Die Königin und der König sorgten für Frieden im Land, sodass alle in Wohlstand leben konnten.

Nur eins störte die Leute – sie fanden es an der Zeit für eine große königliche Hochzeit. Sie hatten Lust auf ein prächtiges, zwei Wochen dauerndes Fest. Doch die Geschwister zeigten kein Interesse, sich Heiratskandidaten zu suchen. Besonders die Schwester wollten die Leute vermählt sehen, bevor sie vom Baume fiele wie eine überreife Frucht. Auch sollte sie doch langsam genug haben vom Männergeschäft des Regierens.

Schließlich richteten die königlichen Geschwister doch einmal ein großes Fest aus. Sie luden alle Edelleute des Landes und alle Prinzen und Prinzessinnen der umliegenden Königreiche ein. Vielleicht fände sich ja doch ein Kandidat.

Das Fest bestand aus Jagden, Bällen und Konzerten. Alle nur denkbaren Köstlichkeiten wurden aufgefahren. Die besten Musiker und Künstler wetteiferten miteinander, das königliche Schloss erstrahlte von früh bis spät in farbenfroher Pracht und alles Volk rannte aufgeregt herum.

Nur die Königin und der König amüsierten sich nicht. Die Prinzen und Prinzessinnen langweilten sie mit ihren blasierten Reden. Sie ritten alle wie die Pferdekutscher und schossen schlechter als vierjährige Knaben. Sie tanzten alle gleich steif und waren alle von ihrer eigenen Vornehmheit überzeugt.

Am letzten Tag fanden die Feierlichkeiten im königlichen Park statt. Blumengirlanden schmückten die Bäume und in Zelten waren Speisen und Erfrischungen aufgebaut, sodass sich die Tische bogen. Die Königin und der König langweilten sich jedoch. Da sprengte ein Reiter heran und alle Köpfe drehten sich nach dem strahlenden Recken um. Er zügelte seinen prächtigen Rappen genau vor dem königlichen Paar, sodass er sich aufbäumte. König und Königin blickten bewundernd zu dem stolzen Reiter hinauf, ja der ganze Hofstaat und alle Gäste schauten wie erstarrt ob der schönen Erscheinung in einem glänzenden Harnisch, das edle Gesicht von langen Locken umrahmt.

»Majestät, Königin, erlaubt mir, Euch meine Dienste als tapferer Recke anzutragen.«

Die schöne und kluge Königin löste sich als Erste aus der Erstarrung. »Leider haben wir keinen Bedarf an Recken – alle Ungeheuer sind längst besiegt, alle Jungfrauen befreit und es herrscht Frieden. Jedoch könnten wir auf unserem Fest etwas Ablenkung gebrauchen. Zeigt darum, was Ihr könnt.«

Der Recke sah wohl das herausfordernde und spöttische Blitzen in den Augen der Königin. Jedoch es gefiel ihm trefflich. »Nennt mir eine Aufgabe, edle Königin.«

»Nun gut. Keiner der hier Anwesenden konnte sich mit dem Bogen oder auf dem Pferd mit mir messen.« Unter den Gästen hörte man entrüstetes Gemurmel ob dieser offenen

Worte. »Sei es darum, dass wir um die Wette reiten und dabei einige Ziele mit dem Bogen beschießen.«

»Es wird mir eine Ehre sein, Majestät, auch wenn ich es bedauere, eine so mutige Dame zu besiegen.«

Die ganze Versammlung lachte über die überheblichen Worte. Die Königin jedoch lachte nicht. Sie spürte, dass es nicht Überheblichkeit war, die den Recken so sprechen ließ. Der König hielt immer noch die Luft an, er hatte noch kein Wort gesprochen, sondern starrte den Recken auf seinem Pferd an.

»Alsdann«, sprach die Königin, »ich werde als Erste reiten. Unser treuer alter Gelehrter, seines Zeichens Magister und Bewohner des wackeligsten Schlossturmes, wird mit einem seiner erstaunlichen Geräte die Zeit messen. Danach seid Ihr an der Reihe.«

Der Magister holte unter seinem langen Umhang ein zierliches, von silbernen Ringen umfangenes Gerät hervor, welches er in gleichmäßige Schwingungen versetzte. Die Königin raffte ihre Röcke aus glänzender dunkelblauer Seide und bestieg ihr Ross, einen feurigen, schlanken Fuchs. Sie preschte davon, den Köcher auf dem Rücken, den Bogen in der Hand. Sie ritt einmal um den ganzen Festplatz, in ein Wäldchen hinein und einen schroffen Felsen hinauf. Von oben schoss sie einen Pfeil direkt in die Mitte eines Apfelkuchens.

Dann ritt sie wieder hinunter, flog über eine Wiese wie der Wind, schoss im Vorbeireiten eine Kastanie vom Baum und setzte mit lautem Schrei über das Flüsschen. Vor dem Schlossgraben wendete sie hart, sprang im Galopp über eine Mauer und schoss einen Pfeil über die Schulter genau ins Wappen über dem Schlosstor.

Darauf jagte sie zurück und zügelte ihr Pferd vor dem Magister, der ohne mit der Wimper zu zucken sein wunderliches Gerät zum Halten brachte. »Fünf 7/8 Striche«, verkündete er. Alles applaudierte und man war sich einig, dass die furiose Leistung der Königin keinesfalls übertroffen werden könnte.

Der Recke, der während des Rittes vom Pferd gestiegen war, verbeugte sich leicht vor der Königin und lächelte undeutbar. Dann gab er dem Magister ein Zeichen, schwang sich auf den Rappen und umrundete den Festplatz. Noch während das Pferd den Felsen erklomm, legte der Recke einen Pfeil an. Kaum hatte er die Felsspitze erreicht, surrte der Pfeil von der Sehne und traf eine Kirsche, die auf einem Törtchen saß. Dann zügelte der Recke seinen Rappen und ließ ihn vom Felsen auf die Wiese springen. Dort legte er wieder an und holte drei Eicheln mit einem Pfeil vom Baum. Die Königin konnte ihre Bewunderung nicht verbergen, während der König die Luft anhielt. Jedoch bezweifelte die Königin, dass der Recke ihren Schuss in das Wappen übertreffen könne. Der Rappe stieg am Schlossgraben, der Recke legte an, schoss und spaltete den Pfeil der Königin in der Mitte.

Applaus brandete auf. Der Recke galoppierte zum Ausgangspunkt zurück und der Magister stoppte seinen Zeitmesser. »Fünf 6/8 Striche«, verkündete er mit klarer Stimme.

Der Recke schwang sich vom Pferd und beugte das Knie vor dem königlichen Paar. Die Königin reichte ihm huldvoll eine Rose zum Zeichen ihrer Gunst. Und diese, immer noch erhitzt vom Ritt, Haarsträhnen hatten sich gelöst, lachte gar. »Wohlan, du hast uns trefflich unterhalten, so sei unser Ehrengast.«

Ein Knappe übernahm das Ross und der Recke setzte sich. Er nahm eine Erfrischung an und ließ sich von der Königin zu den Reit- und Schießkünsten befragen. Dann wandte er sich dem immer noch schweigenden König zu und fragte ihn nach der Anlage des Schlosses. Bald erörterte ihm der junge, oft etwas unbeholfene Königssohn mit leuchtenden Augen die Historie des Schlosses und sie begaben sich auf einen Spaziergang um dieses. Als die Nacht herniederfiel, hatte der Recke seine Rüstung gegen ein schön besticktes Wams getauscht. Er tanzte mit der Königin, die sich wieder und wieder im Kreis drehte. Der König kam mit einer Hofdame hinzu und sie tanzten eine Quadrille, bei der der König sich auch immer wieder in der Mitte mit dem Recken traf und seine Hand fasste.

Der Abend endete mit einem prächtigen Feuerwerk und man sah König und Königin lachen und scherzen wie selten. Es erhob sich ein Munkeln, dass ein dahergelaufener Recke, wie stolz und gewandt auch immer, wohl kaum ein geeigneter Heiratskandidat für eine Königin sei. Wenn er das Land von einer großen Plage oder einem Ungeheuer befreit hätte, dann sei es wohl etwas anderes.

Spät am Abend suchte der König, in einen königsblauen Morgenmantel gehüllt, noch seine Schwester auf. Sie sprachen angeregt über das rauschende Fest und den überraschenden Gast.

Als die Uhr des höchsten Schlossturmes Mitternacht schlug, sagte die Königin jedoch: »Ich glaube, unser Gast ist eine Frau.«

»Was? Niemals!«

»Warum nicht? Weil sie überragend reitet und schießt?«

»Nein, gewiss nicht deswegen, weiß ich doch, dass du mich in diesen Künsten übertriffst. Jedoch … es ist … Was gab dir dies ein?«, fragte der König.

»Ein Gefühl. Sie ist zu fein und geschickt für einen Mann.«

Der König zog nur die Brauen hoch. »So? Ich meine wohl, dass ich so manches Mal geschickter …« Er schüttelte den

Kopf. »Ich glaube es nicht, doch ich werde in den nächsten Tagen die Augen offen halten.«

Am nächsten Tag begab sich der König mit dem Gast in die Bibliothek, zeigte ihm die kostbarsten Folianten, von denen er einige selbst ausgesucht hatte. Doch auch kleine, unscheinbare Bücher holte er aus den dunklen Ecken hervor – es waren seine liebsten. Der Recke zeigte sich höchst interessiert und gelehrig. Sicherlich konnte nur ein Mann so tiefes geistiges Verständnis aufbringen. Natürlich waren Frauen nicht dumm, jedoch ihr Verstand eher auf die alltäglichen Dinge des Lebens gerichtet. Dies würde der König aber gewiss nicht bei seiner Schwester zur Sprache bringen.

Der junge Recke stand an einem Pult, in ein Buch vertieft, und ein Sonnenstrahl brachte seine schöne Gestalt zum Leuchten. Der König hielt den Atem an und beobachtete ihn verstohlen. Die dunklen Locken umrahmten weiche Gesichtszüge, grüne Augen, einen vollen Mund, ein schmales Kinn. Jedoch waren es die Züge eines jungen Mannes. Der König trat näher. Der Recke hatte lange Finger, doch schmale Hände. Der König seufzte. Schöne Hände. Der Recke blickte auf und ihm in die Augen. »Ihr müsst mir noch mehr vom Schloss zeigen, Majestät.«

»Gewiss.«

Sie streiften durch alle Gänge, besichtigten das Schloss vom Weinkeller bis zum höchsten Turm. Am Nachmittag spazierten sie durch die Schlossgründe und bis zum nächsten Berg, von dessen Gipfel sich eine herrliche Aussicht auf das Schloss und die Ländereien bot.

Die Stunden verflogen wie im Traum und der König konnte nicht genug von der Gesellschaft bekommen. Seine

Schwester hatte Unrecht, denn noch nie hatte er sich mit einer Frau so gut verstanden – noch nicht einmal mit ihr.

Für den nächsten Tag hatte die Königin den Gast zu einem Austritt eingeladen. Dafür trug sie ein Kleid aus einfachem dunkelgrünem Stoff, welcher mit Pelz verbrämt war. Die Reckin trug ein einfaches Wams aus honigfarbenem Samt und strahlte, als sie auf die Königin zutrat. Ihren Rappen hielt sie am Halfter. »Darf ich Majestät mein Pferd für diesen Ritt anbieten?«

Erfreut trat die Königin auf sie zu. »Es ist mir eine Ehre. Und ihr werdet Freude an meinem Fuchs haben.«

Die Reckin nickte zustimmend. Sie tauschten die Pferde, die Königin schwang sich auf den prächtigen Rappen. Sie verließen den Schlosshof und schon auf der Wiese trieben sie ihre Rösser an und galoppierten davon. Einmal führte die Königin mit wildem Schrei, dann preschte ihr die Reckin fast davon. Sie drehte sich im Sattel halb um, ihre schwarzen Locken flogen um ihr lachendes Gesicht. Das Herz der Königin wurde leicht, als sie ihr folgte. Bewundernd betrachtete sie die starke und doch elegante Gestalt ihres Gastes. Wie sie sich bewegte! Sie war sich sicher, recht zu haben und würde es ihrem Bruder beweisen.

Nach einem herrlichen Ritt rasteten sie an einem munteren Bach. Ihre Pferde tranken einhellig beieinander, während sie sich an köstlichen Weintrauben labten. Die Reckin erzählte von Menschen, die sie auf ihren Reisen getroffen hatte und die Königin genoss jedes Wort. Von ihrem Bruder abgesehen, konnte gewiss kein Mann sie so geistreich unterhalten!

Am Abend eilte die Königin ins Gemach ihres Bruders. »Ich hatte recht!«, rief sie ihm zu, ihre Wangen gerötet.

»Dasselbe wollte ich gerade sagen«, meinte der König verwundert.

Sie tauschten sich über ihre Erlebnisse und Eindrücke aus. Jedoch konnten sich die Geschwister nicht einig werden – ein jedes beharrte auf seiner Überzeugung.

»Wir müssen ihn auf die Probe stellen«, sagte der König schließlich. »Dies wird uns völlige Klarheit bringen.«

»Davon bin ich nicht überzeugt. Doch drei Prüfungen sollten jeden Zweifel ausräumen.« So beratschlagten die Geschwister die ganze Nacht über geeignete Aufgaben, wobei sie sich darüber stritten, was ein wirklicher Beweis wäre.

Am nächsten Abend lud der König in seine Gemächer ein. Am Fenster war ein Schachspiel aus Ebenholz und Elfenbein aufgebaut. Der Recke ließ sich begeistert nieder. »Das Spiel der Könige, mein König.« Er blickte auf und dem jungen Herrscher in die Augen.

Dieser erstarrte und vergaß, was er hatte tun wollen. Mit Mühe rang er nach Atem und setzte sich seinem Gast gegenüber. Der Recke eröffnete die Partie.

Nach einiger Zeit ließ der König süßen Wein und Gebäck auftragen. Doch seinen Gast konnte er damit nicht ablenken. Schon bald war dem König klar, dass er verlieren würde. Sie spielten die ganze Nacht, dem König gelang es Siege zu erringen, doch musste er es auch mehrmals hinnehmen, dass sein weißer König fiel.

Und am Morgen musste er der Königin gegenüber zugeben, nichts herausgefunden zu haben. Diese lachte. Ihr Plan war besser. Sie führte die Reckin in die Schatzkammer, tief in den Gewölben des Schlosses. Keine Frau würde den Schmuckstücken widerstehen können. Wirklich bewunderte die Reckin einen mit Edelsteinen besetzten Gürtel, wandte sich dann jedoch einem prächtig verzierten Säbel zu.

»Ihr dürft ein Stück für Euch auswählen, was immer es ist.«

Die Reckin sah die Königin an. »Es gibt nichts, womit ich das verdient habe.«

»Ihr habt beim Fest den Sieg über mich errungen!«

»Eine Ehre, Majestät, kein Verdienst.« Die Reckin verneigte sich leicht. Schließlich, da die Königin nicht aufhörte zu drängen, wählte sie einen einfachen Ring mit einem Smaragd. »Der wird mich immer an euch erinnern.« Sie sahen sich in die Augen und die Königin steckte der Reckin den Ring auf den Finger.

Am Abend musste die Königin zugeben, keinen Beweis erbracht zu haben. Der König lachte und war sich seiner Sache gewiss.

Am nächsten Abend luden die königlichen Geschwister ihren Gast zum Abendessen ein. Der König ließ scharf gewürzte Gerichte auftragen, die einer Frau gewiss bald zu viel würden, dazu Krüge voll Bier und leichtem, moussierendem Wein. Mit Sicherheit würde ein Mann ersterem den Vorzug geben. Die Königin hingegen hatte lieblichen Konfekt herstellen lassen, aus Marzipan und Schokolade, bestreut mit Rosenblättern und kandierten Nüssen. Gewiss konnte die Reckin den Leckereien nicht widerstehen.

So tafelten sie, unterhielten sich höchst angeregt und die königlichen Geschwister lachten des Öfteren. Ihr Gast jedoch verzehrte die scharfen Speisen, spülte sie mit einem Krug Bier hinunter und naschte dann vom Konfekt, um mit dem schäumenden Wein abzuschließen.

Vor allem der König war am Ende des Abends enttäuscht. Die Königin beschloss, die Sache endgültig in die Hand zu nehmen. »Nach diesem herrlichen Abend lasse ich euch ein Bad bereiten«, sprach sie. Die Reckin wollte ablehnen, doch die Königin bestand darauf.

Später schlich sie, in einen einfachen dunklen Umhang gehüllt, durch die Gänge des Schlosses bis zum maurischen Bad. Hinter einer Säule verborgen sah sie dort schließlich, was sie hatte wissen wollen. Sogleich – nachdem sie noch beobachtet hatte, wie die nackte Gestalt ins Wasser stieg – eilte die Königin zu ihrem Bruder. Der war erst ungläubig, dann fassungslos und schließlich wurde er traurig. Seine Schwester legte die Arme um ihn, ohne zu wissen, was sie sagen sollte.

Erst am nächsten Nachmittag war der König bereit, die Reckin zu empfangen, er bat sie in den Rosengarten. Sie nahmen in einem Pavillon Platz und der König enthüllte die Entdeckung seiner Schwester. »Warum habt Ihr nichts gesagt?«, wollte er wissen.

»Warum habt Ihr nicht einfach gefragt?«

Darauf wusste der König nichts zu antworten.

»Ich wollte euch nicht täuschen, Majestät. Ich nahm an, Eure Schwester und Ihr fandet an mir Gefallen, wie ich bin.«

»Nun, auf meine Schwester trifft das wohl zu«, sagte der König nachdenklich. »Ich habe nachgedacht«, sagte er nach langem Schweigen. Er sank von der Bank auf ein Knie.

»Majestät, ni…«

»Wollt Ihr meine Gemahlin werden?«

»Erhebt euch, ich bitte euch.« Die Reckin sah den König bedauernd an. »Mein König, ich denke …«

Der König nahm ihre Hand. Die Reckin zog sie langsam zurück. »… ist es nicht nur Verzweiflung, die Euch so sprechen lässt?«

»Ich … noch nie war eine Frau eine so angenehme Gesellschaft für mich!«

Die Reckin neigte den Kopf. »Ihr ehrt mich. Aber ihr solltet den Mut haben, nach dem zu suchen, was Ihr Euch wirklich wünscht. Nicht nur nach etwas, welches Euch als einfachere Lösung erscheint.«

Der König wurde rot und wusste nichts mehr zu sagen. Er verabschiedete die Reckin mit einem schwachen Heben seiner Hand.

Am Abend fand die Königin die Reckin an der Grotte im Park. Ein kleiner künstlicher Wasserfall plätscherte reizend.

»Seid Ihr mir böse?«, fragte die Königin.

Die Reckin schüttelte den Kopf.

»Ich habe noch nie eine Frau wie euch getroffen.«

»Mir geht es ebenso, meine Königin.«

Diese griff nach der Hand der Reckin, und die entzog sie ihr nicht. »Werdet ihr bei mir bleiben?«

»Wieso wünscht Ihr das?«

Die Königin rückte näher. »Ich würde Euch vermissen.«

»Ich weiß nicht, ob das reicht.«

»Ich habe mich mit noch niemandem so wohlgefühlt, wie mit Euch.«

Die Reckin schüttelte nachdenklich den Kopf. »Ihr seid eine schöne Frau, der jedes Vergnügen zur Verfügung steht. Und Ihr habt Euren Bruder. Kümmert Euch um ihn!«

»Das tue ich. Geht nicht«, bat die Königin mit leiser Stimme.

»Gewiss will ich nicht leugnen, auch Gefallen an Euch gefunden zu haben. Jedoch …« Die Reckin zögerte. »… Aufgaben warten noch auf mich. Und wir sollten unsere Herzen prüfen. Übers Jahr werde ich wiederkommen.«

Die Königin umfasste mit beiden Händen die der Reckin. »So werde ich warten.«

Im Morgengrauen schwang sich die Reckin auf ihren Rappen. Der König hatte sich bereits verabschiedet, und blickte ihr nun vom Balkon aus nach. Die Königin hielt ihre Hand und küsste den Smaragdring, dann preschte die Reckin davon. Bevor sie hinter den Bäumen verschwand, schaute sie noch einmal zurück.

Jan Jürgenson

Das Herz einer Löwin

Vor vielen Jahren lebte im alten Griechenland ein Mädchen namens Apollina alleine mit ihrem Vater zusammen, denn ihre Mutter war von ihnen gegangen. So erzählte er es seiner kleinen Prinzessin später zumindest, als sie alt genug dafür war und nach ihr fragte. Währenddessen wuchs das Mädchen bei ihrem Vater auf, der sich gut um sie kümmerte, sie vor dem Rest der Welt beschützte und ihr oft von ihrer Mutter erzählte, die eine schöne und stolze Frau gewesen war. Deshalb hatte er sich in sie verliebt und trauerte ihr lange nach. Wenigstens hatte sie ihm Apollina gelassen, damit er sich immer an sie erinnern würde, denn liebreizend und anmutig wie die Mutter war auch ihre Tochter und erfreute ihn mit ihren Liedern, Gedichten oder wenn sie für ihn tanzte. Eine Tochter des Apollon und der Aphrodite oder eine Schwester der Musen hätte sie sein können. Das tröstete ihren Vater über viele Jahre hinweg, in denen er sich keine neue Frau nahm. Das verstanden seine Nachbarn und Freunde jedoch nicht und drängten ihn dazu, sich ein neues Weib zu suchen.

So wuchs Apollina in der alleinigen Obhut ihres Vaters heran und war oft die größte und einzige Freude in seinem Leben, während er als Schmied in ihrem Dorf arbeitete. Das war eine harte und anstrengende Arbeit, und ein Sohn wäre ihm dabei sicherlich lieber gewesen. Dennoch half ihm seine Tochter so gut sie konnte. Sie verrichtete ihre Aufgaben, wie

Holz und Kohle fürs Schmiedefeuer nachlegen, Wasser holen oder den Blasebalg treten, um das blaue Feuer zu schüren sehr gewissenhaft.

Sie kümmerte sich auch um die Pferde der Kunden, gab ihnen Futter und führte sie zur Tränke. Sie liebte Pferde, und die schienen auch sie zu mögen. Selbst die störrischsten Gäule ließen sich, zur Verwunderung ihrer Besitzer, von ihr streicheln. Nicht selten passierte es, dass Apollina ihr Gesicht in der Mähne eines der Pferde vergrub und davon träumte, auf ihm über Wiesen und Steppen zu reiten. Warum sie jedoch oft davon träumte, wusste sie selbst nicht. Weder besaßen sie ein eigenes Pferd, noch hatte sie jemals auf einem gesessen und konnte folglich auch nicht reiten.

Ihr Vater lobte sie für ihren Fleiß, während ihre Nachbarn nur den Kopf über die beiden schüttelten. Was war sie bloß für ein Mädchen, oder war sie vielleicht doch ein Junge? So tuschelten die Leute hinter ihrem Rücken, ohne dass Vater oder Tochter etwas davon mitbekamen.

Mit Freude brachte ihr Vater Apollina sein Handwerk bei, auch wenn sie nie die Schmiede übernehmen würde. Vielleicht fand sie aber einen netten Mann, der das tat, und sie würde ihm dann bei der Arbeit helfen können, so zumindest seine Gedanken. Bis dahin arbeiteten die beiden jedoch Seite an Seite zusammen. Apollina lernte dabei stetig dazu, denn viel brachte er ihr bei, all sein Wissen über die richtige Hitze fürs Feuer, das Schmelzen und Vermengen der Erze und wie man allerlei schmiedete – Pflugscharen, aber auch Schwerter, wobei letztere nur allzu oft in jenen Tagen nachgefragt wurden. Ares schien nämlich überall zu sein und zu wüten – im Großen wie im Kleinen. Und wenn er mal nicht eine Polis, einen Stadtstaat gegen den anderen aufhetzte, fand er sogar Zeit, einen Jungen aus der Nachbarschaft von Apollina anzustacheln, um mit ihr zu raufen. Sie sollte schließlich merken, wo ihr Platz als Mädchen in der Welt war. Dieser Versuch scheiterte jedoch kläglich, denn obwohl er stets einen kräftigen Jungen dafür ausgewählt hatte, der lange in der Rangelei mit Apollina die Oberhand zu haben schien, sie zu Boden streckte und in Dreck und Staub hüllte, gelang es ihr am Ende doch, durch Geschick, aber auch durch ihre Kraft, das Ruder herumzureißen und so am Ende zu triumphieren. Die Jungen waren stets fuchsteufelswild darüber. Was für eine Schande, von einem Mädchen besiegt zu werden. Da konnte doch etwas nicht mit rechten Dingen zugehen. Aber auch Ares zürnte und hätte am liebsten Apollinas Dorf oder irgendeine andere Polis dem Erdboden gleichgemacht.

Die Kunden von Apollinas Vaters waren hingegen mehr als nur zufrieden mit ihm. Sie priesen seine Arbeit und fragte ihn mitunter, ob er vielleicht ein Sohn des Hephaistos sei. Natürlich war er das nicht. Seine Eltern waren beide Sterbliche. Dennoch verbreitete sich sein guter Ruf weit über die Grenzen ihres Dorfes und der Gegend hinaus, sodass seine Kunden selbst von weiter her zu ihm kamen. Mit seinem Ansehen verbreitete sich auch die Kunde, dass er allein lebte und eine schöne Tochter hatte, die allmählich zur Frau heranreifte.

Mit zwölf war Apollina das erste Mal verliebt, wenn auch nicht in einen Jungen, sondern in ein Mädchen aus ihrer Nachbarschaft. Sie wünschte sich so sehr, ihre Freundin sein zu können, und wusste doch, dass sie eigentlich mehr von ihr wollte. Sie wusste allerdings noch nicht, was dieses Mehr sein könnte. Das besagte Mädchen hatte jedoch Angst vor ihr und wich ihr aus, wechselte sogar die Straßenseite, wenn sie die Tochter des Schmiedes sah. Da wurde Apollinas Herz schwer, und sie ahnte wohl, dass es Liebeskummer war. Aber wenn dem so war, was hatte das bloß zu bedeuten? Erlaubte sich

Aphrodite da einen Scherz mit ihr, oder stimmte etwas mit ihr nicht? Dass nichts von dem zutraf, wusste sie natürlich nicht.

Die Göttin der Liebe stellte sie erst ein paar Jahre später das erste Mal auf die Probe, als sie ihr einen Jüngling vor die Nase setzte. Er war ein ansehnlicher Junge, und er gab Apollina ihren ersten Kuss, aber ihr Herz vermochte er nicht schneller schlagen zu lassen. Außerdem hatte er wohl ebenfalls etwas Angst vor ihr, auch wenn er das nie laut vor seinen Freunden zugegeben hätte. Die anderen trauten sich aber nicht mal in Apollinas Nähe und meinten frech, dass sie gar kein Mädchen sei. Als sie davon hörte, tat ihr das sehr weh. Sie konzentrierte sich daher wieder auf die Arbeit bei ihrem Vater in der Schmiede und vergaß den einen, aber auch alle anderen Jungen. Stattdessen begann sie Schmuck zu fertigen, sehr feine Stücke, glänzend und wunderschön, sodass selbst ihr Vater ins Staunen geriet. Er selbst konnte solche Kunstwerke nicht schaffen, und er fragte seine Tochter im Scherz, wo sie das nur gelernt hätte. Zusammen mehrten sie den Ruf und das Ansehen der Schmiede und konnten gut von ihrer Hände Arbeit leben. Der eine oder andere Kunde ihres Vaters machte ferner Andeutungen, ob er seine Tochter nicht verheiraten wolle. Ein paar Jünglinge von weiter her fragten sie sogar ganz direkt, was Apollina doch sehr verwunderte. Ihr Vater hielt sich dabei jedoch heraus und meinte, seine Tochter wäre eine stolze und starke Frau, wie ihre Mutter, sodass er ihr nichts aufzwingen konnte, was sie nicht wolle – weder eine Arbeit noch einen Mann.

Er war sich trotzdem nicht sicher, wie lange sie noch bei ihm bleiben würde. Immer mehr erinnerte sie ihn an ihre Mutter. Er suchte sich daher nun doch eine Frau, denn er wollte nicht alleine sein, und schnell wurde er fündig. Ob es nun Liebe war oder sein Geld, welches die jüngere Frau lockte, war schwer zu sagen. Dennoch liebte er sie und heiratete sie bereits nach kurzer Zeit. So bekam Apollina doch noch eine Stiefmutter, mit der sie sich aber eher schlecht als recht verstand. Nichts konnte das Mädchen ihr recht machen, und wie war sie überhaupt geraten? Aber was konnte man schon erwarten, wenn ein Mädchen ohne Mutter aufwuchs.

In der ersten Zeit versuchte Apollina noch, der neuen Frau ihres Vaters zu gefallen. Sie merkte aber schnell, dass ihr das nicht gelang. Vielleicht wollte ihre Stiefmutter es auch gar nicht. Stattdessen meinte sie, Apollina wäre doch allmählich alt genug, um zu heiraten und eine eigene Familie zu gründen. War es nicht das, was sie wollte, und was sich ihr Gatte für sie wünschte? Apollinas Vater wünschte sich das wohl für seine Tochter, sie selbst war sich da nicht so sicher.

Mit siebzehn verliebte sie sich erneut – in die Tochter eines Kunden, die ihren Vater auf seiner Reise begleitete. Aus Liebe zu ihr und zu ihrem Wohlgefallen erschuf Apollina einen Ring mit drei Perlen, einer großen und jeweils einer kleineren daneben, da die Haut ihrer Angebeteten so hell und so schön wie Perlmutt glänzte. Das Schmuckstück gefiel selbst Aphrodite, und das sollte schon etwas heißen. Ein paar Tage später, als Apollinas Angebetete erneut zu ihnen kam, wollte sie ihr den Ring schenken, zeigte ihn ihr und erklärte, wofür die Perlen standen: die große für die Gegenwart und die anderen für Vergangenheit und Zukunft. Ganz entzückt war die junge Frau da von dem Ring, aber sie ahnte wohl Apollinas Gefühle, die sie nicht erwidern konnte. Vorsichtig versuchte sie ihr das zu erklären: eine Frau konnte eine andere Frau doch nicht so lieben wie einen Mann. Sie wollte daher, dass ihr Vater Apollina den Ring abkaufte, aber zu kaufen war er nicht, für kein Geld der Welt. Fast wären Apollina und ihr eigener Vater dabei in Streit geraten, aber am Ende setzte sie sich durch, und der Kunde zog mit seiner Tochter von dannen.

Nach diesem Vorfall hatte sich jedoch etwas verändert in der Schmiede, auch wenn ihr Vater nicht genau wusste, was zwischen den beiden Mädchen vorgefallen war. Vielleicht war es auch die neue Frau des Hauses, die ihrem Mann immer mehr zusetzte. Und so nahm Apollinas Vater seine Tochter zur Seite, um mit ihr zu reden. Sie spürte bereits, dass es wichtig war, was er ihr zu sagen hatte, und wollte sich entschuldigen. Es war dumm von ihr gewesen, den Ring nicht zu verkaufen, aber ihr Herz hatte gesprochen. Was konnte oder sollte sie dagegen tun? Ihr Vater sah sie hingegen nur an. In seinen Augen sah man weder Groll noch Enttäuschung, eher Angst und ein schlechtes Gewissen wegen des Geheimnisses, dass er viele Jahre vor ihr verborgen hatte. Er zögerte daher, machte ein paar Versuche anzufangen. Am Ende beichtete er es seiner Tochter: Thaleia, ihre Mutter war gar nicht tot und hatte sie nur verlassen, als sie noch ein kleines Kind war. Sie war so lange geblieben, wie sie konnte und wie ihre kleine Tochter sie gebraucht hatte. Dann war sie auf ihr Pferd gestiegen und davon geritten. Er hatte sie nie wieder gesehen.

Das konnte und wollte Apollina zuerst nicht glauben – zum einen, weil das bedeutete, dass ihr geliebter Vater sie all die Jahre belogen hatte, in dem Glauben gelassen hatte, ihre Mutter wäre tot. Zum anderen, weil ihre Mutter sie dann im Stich gelassen hätte, weil sie Apollina wohl nicht geliebt hatte. Eine Welt brach in diesem Moment für die junge Frau zusammen, und sie wusste nicht, was sie noch glauben konnte. Zu tief war der Schmerz und die Wunde, welche ihre beiden Eltern gerissen hatten. Und wieso erzählte er ihr das nun? Weil er fand, dass sie ein Recht hatte es zu erfahren. Er hatte es ihr schon oft sagen wollen, aber er hatte nicht gewusst, wann und wie. Außerdem wollte er Apollina nicht verlieren, denn er war sich sicher, dass sie ausziehen würde, um ihre Mutter zu suchen, und diesen Tag hatte er so lange er konnte hinauszögern wollen.

Er hatte aber nun eingesehen, dass dies ein Fehler war und er entschuldigte sich bei ihr dafür. Zudem erklärte er seiner Tochter, dass ihre Mutter sie nur schweren Herzens verlassen hatte, warum und wieso, das wusste er allerdings nicht. Aber er erzählte ihr, wie sehr ihre Mutter beim Abschied geweint hatte. Unendlich viele Tränen hatte sie an jenem Tage vergossen, sodass sie damit einen See hätte salzig werden lassen können. Thaleias Herz war an jenem Tage zerrissen worden, denn ein Teil davon würde immer bei ihrer Tochter bleiben und ein weiterer Teil bei ihrem Mann, auch wenn sie damit gegen alle Regeln ihres Volkes verstieß. Wie sie das allerdings gemeint hatte, wusste Apollinas Vater nicht, denn sie war eine Fremde gewesen und danach wieder spurlos verschwunden. Er konnte sie nirgendwo in den Nachbardörfern finden, in denen er nach ihr gefragt hatte. Sie war jedoch nicht nur schön, sondern auch klug, denn sie sagte voraus, dass ihre Tochter irgendwann, wenn sie alt genug sein würde und zur Frau herangewachsen war, aufbrechen würde, um nach ihr zu suchen. Und wenn Apollina wahrlich ihre Tochter sei, Ares, Artemis oder Athene ihr wohl gesonnen wären, dann würde sie ihre Mutter auch finden.

Apollina hatte vernommen, was ihr Vater ihr da alles offenbarte, nachdem er so viele Jahre geschwiegen hatte. Ein wenig konnte sie ihn sogar verstehen. Groß war jedoch in der Tat der Wunsch in ihr, sich auf die Suche nach ihrer Mutter zu machen. Aber wo sollte sie damit anfangen? Lebte sie überhaupt noch? Hatte sie wieder geheiratet und weitere Kinder bekommen? Das alles waren Fragen, die Apollina im Kopf herumschwirrten und die ihr nur ihre Mutter beantworten konnte. Ihr Vater war ihr hingegen keine große Hilfe dabei. Er wusste nicht viel über ihre Mutter, nur ihren Namen und dass sie aus dem Osten gekommen war. Er hatte jedoch bisher ein, zwei Dinge vor Apollina verborgen, die ihre Mutter ihm geschenkt oder ihm für ihre Tochter dagelassen hatte: eine Halskette mit einem Amulett, auf dem ein Pferd zu sehen war und dann noch eine komische, spitze Mütze. Das Amulett war schon ein kleiner Schatz für sich, aber bei der Mütze war sich Apollina nicht ganz sicher, ob ihr Vater diese ihrer Mutter nicht heimlich entwendet hatte, denn nur sehr zögerlich gab er diese her. Am Ende sah er es jedoch ein, dass sie nicht ihm, sondern ihrer Tochter gehörte und er kein Anrecht darauf hatte. Viel wichtiger waren ihm die vielen Jahre mit ihrer Tochter samt den schönen Erinnerungen daran. Die Sachen von Thaleia bedeuteten Apollina hingegen sehr viel. Das waren ihre einzigen Anhaltspunkte und das Vermächtnis ihrer Mutter.

Sie zögerte jedoch mit ihrem Aufbruch und war sich nicht sicher, ob sie wirklich losziehen sollte. Alleine und zudem als Frau waren das keine sicheren Zeiten. Banditen und Wegelagerer gab es überall, die ihr sicherlich nicht nur den Schmuck rauben wollten. Aber dieses Wagnis musste Apollina eingehen, in der Hoffnung ihre Mutter zu finden. Dennoch zögerte auch ihr Vater, sie einfach ziehen zu lassen. Er schmiedete ihr daher ein kurzes Stichschwert, ein Meisterstück, wie sie fand. An dessen Knauf hatte er ebenfalls drei Perlen eingefasst, passend zu ihrem Ring, den sie nicht hatte hergeben wollen. Darüber freute sich Apollina und fiel ihrem Vater um den Hals. Gleichzeitig vergoss sie fast genauso viele Tränen wie ihre Mutter bei ihrem Abschied. Es gab nun aber nichts mehr, was sie davon abhielt aufzubrechen, und so zog sie mit dem Segen ihres Vaters und hoffentlich auch dem einiger Götter los. Sie wartete keinen Tag länger, denn dieser Tag war genauso gut wie jeder andere.

So zog sie aus in die große weite Welt, in der Hoffnung ihre Mutter zu finden. Auch auf die Gefahr hin, sie nicht zu finden, verloren zu gehen oder Schlimmeres. Auf den Schutz oder die Hilfe aller Götter konnte sie jedoch nicht bauen. Ares zürnte ihr und ihrer Mutter nämlich immer noch, weil letztere ihm ihre Tochter vorenthalten hatte, und Aphrodite war auch noch nicht restlos davon überzeugt, dass sie eine echte Tochter von Thaleia war. Apollina hatte schließlich ihr ganzes bisheriges Leben bei ihrem Vater verbracht. Artemis und Athene hatte sie jedoch auf ihrer Seite. Insgesamt recht viele Götter, die sich da für das Leben und das Schicksal einer einfachen Sterblichen interessierten. Vielleicht war es aber auch nur Zeitvertreib für sie.

Von Hellas Küste im Westen brach Apollina auf, zuerst Richtung Süden entlang des Meeressaumes, weiter nach Osten in den Golf von Korinth, in dem auch das Orakel von Delphi lag. Dort herrschte jedoch ein emsiges Treiben, und Apollina sah schnell ein, dass sie nicht genug Gold besaß, um sich eine Prophezeiung der Pythia leisten zu können. Sie hatte diese aber wenigstens bei einer Prozession auf den Straßen der Stadt gesehen. Das war ihr fast genauso viel wert und gab ihr neuen Mut, denn niemand, den sie bisher nach ihrer Mutter oder den hinterlassenen Gegenständen gefragt hatte, konnte ihr weiterhelfen. Andere vermeintliche Hilfe wollte sie jedoch von keinem Mann.

Für ihr Essen und neue Sandalen fragte sie daher nach Arbeit in den Schmieden der Städte und Dörfer, durch die sie kam. Komisch wurde sie jedes Mal angesehen von den Herren der Feuer oder Meister der Erze, ein paarmal sogar ausgelacht und weggeschickt. Die meisten wollten jedoch sehen, wie eine Frau diese harte Arbeit verrichtete, und nicht wenige waren später erstaunt über Apollinas Geschick. Wahrlich eine Tochter des Feuers war sie, einer Priesterin nicht ganz unähnlich. Da sollte sich so mancher Lehrling oder Sohn eines Schmieds ein Beispiel an ihr nehmen. Mit Freude boten die Kollegen ihres Vaters ihr dann stets Obdach an und brachten ihr zudem ihr eigenes Wissen bei, welches Apollina gerne annahm.

Der Sohn eines ihrer Gastgeber bat sie sogar um ihre Hand, kniete vor ihr und bettelte um ihre Gunst, nachdem er von ihrem Können überzeugt war. Er selbst verstand das Handwerk eher schlecht als recht, sehr zum Zorn seines Vaters. Aber wer sollte denn sonst seine Schmiede übernehmen? Schließlich hatte er nur einen Sohn. Dieser versprach Apollina sogar, ihr freie Hand bei der Arbeit zu lassen und sie so gut er konnte dabei zu unterstützen. Ein verlockendes Angebot war dies zwar, aber Apollina musste ablehnen, da sie weder diesen Jungen, der vor ihr stand, liebte noch sonst jemals einen lieben würde. Das überzeugte Aphrodite restlos, und selbst Eros oder Adonis hätte die Tochter des Schmiedes einen Korb gegeben. Das beeindruckte die Göttin der Liebe, und sie schwor, ihr fortan beizustehen, ohne dass Apollina jedoch etwas davon ahnte.

So zog die junge Frau weiter, in Richtung Athen, in der Hoffnung, dort etwas über ihre Mutter zu erfahren und nicht noch weiter nach Süden zu müssen, nach Sparta oder in die Nähe davon, denn so sehr die Bewohner dort Kampf und Krieg verehrten, hielten sie von Frauen an den Waffen doch nur im Notfall etwas. So leicht wollte sich Ares jedoch nicht geschlagen geben, und er sorgte dafür, dass gleich ein ganzes

Heer gegen die junge Frau losmarschierte, offiziell natürlich, um gegen eine andere Stadt zu kämpfen. Wenn sie auf dem Weg dorthin jedoch durch Zufall Apollina habhaft wurden, um so besser. Auch scheute er keine Skrupel, das Mädchen mit ein paar veränderten Wegweisern direkt in die Arme seiner Kämpfer zu führen. Da hatte er aber die Rechnung ohne Athene gemacht. Schon wieder Krieg, womöglich noch gegen ihre geliebte Stadt? Das ging zu weit, und die Göttin entfachte einen Sandsturm, der die Spartaner zum Rückzug zwang. Apollina führte er zudem wieder auf den rechten Weg, direkt in ihre Arme.

Auf dem Weg dorthin hatte sie hier und da eine Liebschaft mit einem Mädchen oder auch mal einer reiferen Frau, einer Witwe, die in einem der Kriege unter den Stadtstaaten ihren Mann verloren hatte. Keine von ihnen konnte jedoch Apollina zum Bleiben bewegen. Zu groß war der Wunsch ihre Mutter zu finden, auch wenn hier und da nicht nur ein Herz brach, wenn sie weiter zog. Ein paar der jüngeren Mädchen reichte es mitunter jedoch schon, wenn sie das Bettlager eine Nacht miteinander teilten, bevor sie mit einem Nachbarjungen oder einem Freund ihres Vaters verheiratet wurden. Auch dies waren Lektionen, die Apollina auf ihrer Reise lernte und mit ein paar Tränen oder einem Stich ins Herz bezahlte.

Je näher sie Athen kam, desto wärmer wurde es. Längst war der Frühling dem Sommer gewichen. Die Sonne stand tagsüber hoch und brannte unaufhörlich auf die Erde herab. Sie spendete Licht und Wärme, brachte die Pflanzen zum Wachsen, Getreide, Oliven und auch den Wein. Apollina brachte sie jedoch ins Schwitzen, während sie auf ihrem Marsch Staub vom austrocknenden Boden aufwirbelte. Sie setzte daher die Haube ihrer Mutter auf, um sich vor der sengenden Sonne zu schützen, was eine Wohltat war. Bereits ein

Stück vor der großen Stadt wurde das Treiben um sie herum mehr, und so brauchte sie auch nicht mehr nach dem Weg fragen, sondern nur noch den Karren und Lastenträgern zu folgen, die sie um ihre Arbeit nicht beneidete. In der Schmiede ihres Vaters war es zwar auch anstrengend und heiß gewesen, aber das Dach hatte sie vor der Sonne beschützt.

Bei dem Gedanken an ihren Vater wurde Apollina das Herz schwer, und sie fragte sich, ob sie wirklich das Richtige getan hatte, ihn zu verlassen. Die merkwürdigen Blicke der Leute um sie herum brachten ihre Gedanken jedoch zurück. Ein paar sahen sie grimmig an, die meisten aber eher ängstlich. Apollina wusste jedoch nicht wieso. Sie kannte diese Leute doch gar nicht, noch hatte sie ihnen ein Haar gekrümmt. Einige machten dennoch einen großen Bogen um sie. So kam sie wenigstens unbehelligt nach Athen. Selbst die Stadtwachen ließen sie durchs Tor, hinter dem eine mächtige, wehrhafte Stadt lag. So etwas hatte Apollina noch nicht gesehen. So viele Häuser, Straßen, Geschäfte, aber auch Tempel und … Menschen.

Kaum hatte sie jedoch die Stadt betreten, als ihr ein Langfinger die Kette ihrer Mutter entreißen wollte, weil sie vom Staunen und Umschauen ganz abgelenkt war. Da hatte er sich aber die Falsche ausgesucht, und statt fette Beute zu machen, bekam der Knabe erst einmal eine satte Lektion von der Tochter eines Schmieds, die er nicht so schnell vergessen würde. So hoffte Apollina jedenfalls, als er auf dem Boden unter ihr lag, um Gnade bettelte und sich bei ihr entschuldigte. Das war ja auch das Mindeste. Sie ließ daher wieder von ihm ab und hätte ihn schon fast, sehr zu seiner Freude, losgelassen. Im letzten Moment packte sie ihn jedoch noch am Arm und wollte von ihm wissen, warum sie auch in der Stadt von vielen Leuten komisch angesehen wurde.

»Weil du die Mütze einer Amazone trägst. Eigentlich hätte ich es also wissen können. Oder bist du etwa keine? Mir scheint es aber so, denn ein normales Mädchen bist du nicht. Keine hätte mich so niederstrecken können.«

Der Bursche schien sich einen Spaß mit ihr zu machen. Sie und eine Amazone? Sie hatte schon von diesen Frauen gehört, aber noch nie eine gesehen. Gab es sie überhaupt, oder waren das nur Geschichten, ein Mythos? Und was das andere anging, sollte er Mädchen wirklich mit etwas mehr Respekt behandeln, sonst würden sie sich wiedersehen, und dann wäre sie nicht so nett zu ihm. Das machte Apollina ihm mehr als deutlich, und vielleicht blieb die Nachricht diesmal zwischen seinen Ohren hängen. Männer wollten doch schließlich so viel klüger als Frauen sein. Der Gedanke an die Amazonen ließ sie hingegen nicht wieder los, und sie bat den Langfinger, ihr mehr über diese kämpferischen Frauen zu erzählen, wenn er sie doch offenbar erkannte oder etwas über sie zu wissen schien. Viel war es jedoch nicht, was er zu berichten hatte. Bloß die Geschichten, die man sich erzählte und die alle in der Stadt kannten.

Ihm fiel jedoch etwas anderes ein, etwas viel Besseres, und so bat er Apollina, sie möge ihm folgen. Wohin denn? Wollte er sie etwa in einen Hinterhalt locken und dann doch noch ausrauben? Womöglich mit seinen Freunden? Nein, nein, versicherte er ihr glaubhaft und schwor dies auf Hermes, seinen Gott. Ob sie jedoch viel darauf geben konnte, wusste sie nicht, aber wenn er schon auf einen Gott schwor, würde ihn hoffentlich dessen Zorn treffen, wenn er sie belogen hatte. Apollina folgte ihm daher, ließ sich von ihm durch belebte Straßen führen, immer weiter ins Zentrum dieser Metropole, immer näher an die Akropolis mit ihren reich verzierten Tempeln, bunten Fahnen, die im Wind wehten, und wunderschönen Statuen. Alle Göttinnen und Götter waren da verewigt, allen voran die Schutzherrin der Stadt in Rüstung, Helm und mit einer Eule auf der Schulter. Apollina kam aus dem Staunen nicht heraus, aber das wollte ihr Stadtführer ihr eigentlich gar nicht zeigen. An einer Seite des Athene-Tempels blieb er stehen und zeigte hinauf auf den Fries, der von einem Ende des Baus zum anderen führte und dabei einige Szenen aus der Geschichte der Stadt darstellte. Zum Glück lag die Seite im Schatten, und so konnte Apollina ihre Kappe absetzen. Dennoch machte der Blick nach oben sie fast schwindelig. Schnell entdeckte sie jedoch die Bilder, welche der Jüngling gemeint hatte. Da waren einige Frauen zu Pferde zu sehen, mit Bogen oder Speeren bewaffnet, angriffsbereit oder bereits mit den Verteidigern der Stadt beschäftigt, gut zu erkennen an den Schilden mit Athenes Eule. Und diese Frauen trugen tatsächlich so eine Mütze wie die ihre. Aber das konnte doch nicht stimmen! War ihre Mutter etwa wirklich eine …? Würde das nicht vieles erklären? Auf der anderen Seite warf es aber nur noch mehr Fragen auf. Was wusste man in Athen über die Amazonen? Wo lebten sie? Wie konnte sie zu ihnen gelangen? Kannte vielleicht sogar jemand ihre Mutter, Thaleia? Ihr Begleiter tat es jedenfalls nicht und riet ihr stattdessen, die Gelehrten der Stadt zu fragen. Vielleicht konnte ihr einer von diesen weiterhelfen. Er selbst sah seine Schuld ihr gegenüber nun abgegolten und verschwand daraufhin im Gewusel der Menschen, die in die Oberstadt strömten, um die Götter anzurufen und ihren Rat oder ihre Gunst zu erbitten. Sicherlich genug Beute für den Langfinger. Er würde es sich aber hoffentlich überlegen, ob er so schnell wieder ein Mädchen oder eine Frau beraubte.

Apollina blieb hingegen am Tempel sitzen und sah noch immer auf den Fries und verglich dabei die Darstellungen mit dem Amulett ihrer Mutter. Ein paar fliegende Händler versuchten ferner ihr etwas zu trinken, frisches Obst oder auch ein kleines Andenken aufzuschwatzen, das Meiste Plunder oder nutzloser Tand. Davon brauchte sie jedoch nichts, und nachdem sie eine lange Zeit dort gesessen hatte, küsste sie irgendwann die Sonne wieder, die weiter ihre Bahn am Himmel zog. Unbedacht setzte sie ihre Kappe wieder auf und zog damit erneut die Blicke der anderen auf sich. Ein kleines Mädchen kam jedoch mutig auf sie zu und fragte, wo man denn so eine Mütze herbekam. Sie gefiel ihr offenbar, ihrer Mutter hingegen nicht so sehr und dem Vater des Mädchens ganz und gar nicht. Schnell zerrte er seine Tochter von dieser fremden Frau fort. Das fand Apollina fast witzig, wenn es nicht so traurig wäre. Sie hatte weder ihm noch seiner Familie etwas getan. Sie war doch nur eine junge Frau, eine und nicht viele. Die vorsichtigen Blicke der anderen blieben ihr aber nicht verborgen, und schnell war sie offenbar zu einer kleinen Attraktion auf dem Burg- und Tempelberg geworden.

Sie machte sich daher auf, um den anderen zu entkommen und stieß dabei auf ihrem Weg hinunter mit einem älteren Mann zusammen, der sich doch tatsächlich als Gelehrter herausstellte. Dieser Mann erkannte sie als Amazone, und bereitwillig erzählte er ihr alles, was er über diese Frauen wusste – von Hippolyte und Theseus sowie von dem Angriff der Amazonen auf seine Stadt, um die vermeintlich geraubte Königin zu befreien und zurück nach Hause zu bringen. Wo dieses Zuhause jedoch genau lag, darum rankten sich viele Geschichten und Sagen. Weiter im Osten hieß es, an der Küste von Kleinasien oder des Schwarzen Meeres, so sagte man. Das war wenigstens ein Anhaltspunkt für Apollina. Den Namen ihrer Mutter hatte der Gelehrte hingegen noch nie gehört und wusste daher nichts von ihr zu berichten. Dennoch war sie ihm für seine Hinweise dankbar und gab ihm dafür eine Drachme, auch wenn er diese zuerst nicht annehmen wollte. Sie bestand jedoch darauf, denn von Wissen alleine konnte schließlich keiner leben.

Zum Hafen machte sich die junge Frau danach auf und wurde dabei zwar von einigen bestaunt, aber niemand hielt sie auf. Zu groß war offenbar die Angst, sie könne wirklich eine Amazone sein, oder aber der Respekt vor diesen. So kam sie unbehelligt bei den Schiffen an und erkundigte sich unter den Kapitänen, wer Richtung Osten segeln und sie mitnehmen würde, gegen Bezahlung natürlich, denn sie hatte Angst, den langen Weg über Land zurückzulegen. Sie wollte ihr Glück oder die Gunst der Götter nicht überstrapazieren, auch wenn ihr die Aussicht auf eine Fahrt über das tückische Meer nicht sehr behagte. Was wenn sie seekrank würde oder das Schiff in einen Sturm geriet? Piraten gab es ebenfalls viele. Wie zu Land war auch eine Reise zu Wasser nicht ganz ungefährlich. Die Hoffnung ihre Mutter zu finden, trieb Apollina jedoch voran, und auch wenn sie die ersten Kaufleute abwimmelten, ließ sie nicht locker und konnte am Ende doch einen überreden, sie auf seinem Schiff mitzunehmen.

Über die Kykladen, fast bis nach Kreta, führte sie der Weg des Schiffes, bevor der Kurs wieder Richtung Osten ging, durchs Ikarische Meer bis nach Lesbos, wo sie von Bord ging, nicht weil sie wollte oder am Ziel ihrer Reise war, sondern weil der Kapitän danach zurück nach Athen segelte, und das war für sie die falsche Richtung. Lesbos hatte zudem seinen Reiz für sie, kannte sie doch Verse der Sappho, die durchaus auch von der Liebe unter Schwestern handelten. Eine Gedichtzeile mochte sie von ihr besonders und sie war ihr im Gedächtnis geblieben: *Zwar der Schöne, solange man ihn sieht, ist als Schöner da; doch der Gute, auch unversehn, wird er ein Schöner sein.*[1] Dasselbe traf natürlich auch auf Frauen zu, wie Apollina fand, und wahre Schönheit kam doch stets von innen. So sagte sie sich zumindest oft, wenn sie ihr Abbild im Wasser ansah.

Auf Lesbos besaßen Frauen ein etwas höheres Ansehen, wie die Tochter des Schmiedes bemerkte, und schön waren einige noch dazu. Zudem freigiebig in der Liebe, aber auch das konnte Apollina nicht von ihrem Ziel abbringen, und so brach sie, wenn auch schweren Herzens, nach einiger Zeit bereits wieder auf und ließ die Insel der schönen und klugen Frauen hinter sich. Vorbei an den Küsten des einstigen Troja ging ihre Reise, nachdem sie den Verlockungen der Sirenen standgehalten hatte, weiter zum Hellespont, einer Meerenge, welche die Ägäis und das Schwarze Meer verband, vorbei an Kallipolis – und dann? Unterschiedliche Geschichten hatte Apollina über die Amazonen mittlerweile gehört. Wenn man einigen glauben wollte, lag deren Land am Fluss Thermodon an der Südseite des Meeres. Andere meinten, es würde weiter im Osten oder auf der Nordseite liegen und Tauris würde dazugehören. Daher suchte Apollina diese Gegenden auf, doch wo sie auch hinfuhr und wen sie auch immer fragte, konnte ihr doch keiner weiterhelfen. Fast alle hatten zwar von Amazonen gehört, aber den wenigsten Männern schien dieser Gedanke zu behagen – starke Reiterinnen, kluge Kämpferinnen, manngleich, und dann noch mit Schönheit gesegnet – das war dann doch zu viel des Guten. Eine Frau gehörte doch besser hinter den Herd oder gebar ihrem Mann Kinder, am besten Söhne, und wo war eigentlich Apollinas Mann? Reiste sie etwa alleine? Ungeheuerlich. Ein Beweis mehr für viele, dass Frauen nicht so klug waren wie Männer.

---

[1] Aus: Sappho. Strophen und Verse. Übersetzt und herausgegeben von Joachim Schinkel. Insel Taschenbuch. Erste Auflage 1978.

Apollina konnte darüber jedoch nur lachen und tat dies auch. Mehr aber noch, sie lud die Herren gerne ein, sich mit ihr zu messen. Diese Aufforderung nahm jedoch keiner an. ›Was für Feiglinge‹, dachte Apollina dann und reizte einige damit fast bis zum Äußersten. Keiner wagte es jedoch Hand an sie zu legen, und sie meinten nur, dass ihr Zukünftiger sie früher oder später schon zur Vernunft bringen würde. Apollina konnte es kaum erwarten, scherzte sie daraufhin, denn sie glaubte nicht mehr, dass ihr ein ebenbürtiger Mann jemals begegnen würde. So mutig und tapfer, stolz und frech Apollina nach außen hin aber auch war, in ihrem Inneren sah es ganz anders aus. Da war ihr eher zum Heulen zumute, und jegliche Hoffnung hatte sie verlassen. In so manchen einsamen Nächten klagte sie daher den Göttern ihr Leid, ihren Kummer und ihren Schmerz. Wieso hatten sie ihr die Mutter genommen oder warum ließen sie es nicht zu, dass sie diese wiederfand? War es eine Strafe für sie oder ihre Mutter?

Sieben lange Jahre dauerte nun schon ihre Odyssee, welche sie durch die halbe Welt geführt hatte. Abgesehen von ein paar Hinweisen und Geschichten hatte sie jedoch nicht viel in der Hand – eigentlich nicht mehr als zu Beginn ihrer Reise. Am Ufer des Meeres, weit im Osten, schlug sie eines Nachts ihr Lager auf und entzündete ein Feuer, um sich zu wärmen. Überall war sie gewesen und wusste nicht, wohin sie noch gehen sollte. Sie hatte keine Hoffnung mehr und fragte sich daher, ob es nicht klüger wäre, den Weg zurück zu ihrem Vater anzutreten. Der Entschluss war schnell gefasst, und notfalls würde sie sich auch irgendwie in ein Leben fügen, das womöglich für sie bestimmt war, doch da vernahm sie ein Rascheln in den trockenen Gräsern nicht weit von ihr entfernt. Es näherte sich ihr, und sie befürchtete schon einen nächtlichen Überfall. Würde sie jemand einfach einfangen und versklaven? Kampflos würde sie sich jedoch nicht ergeben. Stattdessen lief ein Hirsch an ihrem Lager vorbei. In seinen Augen spiegelte sich ihr Lagerfeuer, aber auch pure Angst, da er um sein Leben fürchtete. Wer war denn hinter ihm her? Kurz nur sah sie den Hirsch, der sich erschreckt vom Feuer in eine andere Richtung aufmachte. Und wenig später tauchte eine junge Frau vor ihr auf. Offenbar eine Jägerin, die dem Hirsch nachstellte. Apollina war so überrascht, dass sie in die Richtung zeigte, in der der Hirsch geflohen war. Seine Verfolgerin blieb jedoch vor ihr stehen und musterte sie genau. Apollina grüßte sie daraufhin und bot ihr einen Platz an ihrem Feuer an, was die junge Jägerin still annahm, ohne dabei den Blick von ihr zu lassen. Etwas zu trinken oder zu essen wollte sie nicht von Apollina. Dabei hatte diese selbst kaum noch etwas, aber sie war bereit, das wenige mit ihrer Besucherin zu teilen. Um den Hirsch und das Jagdglück der anderen tat es ihr fast leid, aber das musste es nicht, versicherte ihr die Jägerin, die doch noch ihre Sprache wiederfand und zudem ihre Neugierde, denn nun wollte sie von der Fremden wissen, wer sie war und was sie in diese Gegend verschlagen hatte. So erzählte Apollina ihre Geschichte von der Suche nach ihrer Mutter und den Amazonen und fragte diese ebenfalls, ob sie etwas über sie wisse. Eine direkte Antwort bekam sie jedoch nicht darauf. Stattdessen versuchte die Jägerin sie aufzumuntern und verglich ihre Suche mit einer Jagd. Sie durfte ihr Ziel nie aus den Augen verlieren und musste daran glauben, dass sie es am Ende erreichte. Mit diesen Worten verabschiedete sich der Gast von Apollina und verschwand zurück ins Dunkel der Nacht, aus dem sie gekommen war. Dass es Artemis selbst war, ahnte die Tochter des Schmiedes nicht. Und wer konnte schon eine Göttin von einem Menschen unterschieden?

Tiefe Müdigkeit überkam Apollina nach diesem Schreck, und sie erwachte erst spät am nächsten Morgen von Donnergrollen, wie ihr schien. Dabei war es das Geräusch von einer Pferdeschar, die auf sie zusteuerte. Auf den Rössern saßen Frauen, mit Schild und Speer, Doppelaxt oder Pfeil und Bogen, und sie alle hatten eine spitze Kappe auf, wie jene, die Apollina bei sich trug. Sie erhob sich daher und trat den Reiterinnen entgegen. Ihr Herz pochte wie wild, und auch ein bisschen Furcht stand ihr ins Gesicht geschrieben. Sie wagte daher nicht, die Mütze aufzusetzen, um sich nicht für jemanden auszugeben, der sie nicht war. Dennoch richtete sie das Wort an die Frauen und begrüßte sie. Schweigend nahmen die Reiterinnen das zur Kenntnis. Vielleicht sprachen sie aber auch bloß nicht ihre Sprache. Auf Apollinas Frage hin, ob sie Amazonen seien und ob sie endlich das Land gefunden hatte, in denen sie lebten, sagten die Frauen lachend. Offenbar verstanden sie Apollina doch recht gut. Vielleicht, vielleicht auch nicht, war ihre Antwort. Es kam darauf an, wer das wissen wollte.

Apollina stellte sich ihnen daraufhin vor und erwähnte dabei auch den Namen ihrer Mutter, nach der sie schon so lange suchte. Da ging ein Raunen durch die Schar der Frauen. Thaleia hätte keine Tochter, warf man ihr entgegen, doch zum Beweis zeigte Apollina ihnen die Sachen ihrer Mutter, und damit war jeder Zweifel ausgeräumt. So kam heraus, dass die ehemalige Amazonenprinzessin, die mittlerweile eine ihrer beiden Königinnen war, doch eine Tochter geboren hatte. Sogleich pfiff die Anführerin der Gruppe ein Pferd ohne Reiterin herbei, das man für die Beute der Jagd mitgeführt hatte, und bat Apollina aufzusitzen. Sie konnte doch reiten, oder etwa nicht? Andernfalls würde sie eine der anderen bei sich mitreiten lassen. Apollina war jedoch zu stolz, um sich diese

Blöße zu geben, da einige der Reiterinnen sie bereits amüsiert ansahen. Also schwang sie sich so gut sie konnte auf den Rücken des Pferdes, wie es wahrlich nur eine Amazone ohne Sattel konnte. Zusammen ritten sie weiter landeinwärts, in die Stadt von Thaleia, in deren Nähe Apollina genächtigt hatte, ohne es zu wissen.

Dort wurde nach ihrer Mutter gerufen – ihre Tochter sei angekommen und wolle sie sehen. Bis die Königin jedoch erschien, hatten sich immer mehr Frauen und Mädchen um Apollina versammelt, da sich die Kunde von ihrer Ankunft sowie ihrer Abstammung rasch verbreitete. Es dauerte jedoch eine Weile, bis endlich eine Frau mit goldenem Haarreif aus dem Gebäude heraustrat und ihren Blick über die Menge schweifen ließ. Sie suchte nach Apollina und stürmte auf sie zu, kaum dass sie diese entdeckt hatte. Groß war die Wiedersehensfreude zwischen Mutter und Tochter, die sich schluchzend in die Arme fielen. So lange hatte Thaleia gehofft, ihre Tochter zu sehen und dass diese einen Weg zu ihr fand. Dass sie gegen einige wichtige Gesetze der Frauengemeinschaft verstoßen hatte, war ihr in dem Moment darum egal. Sie würde sich diesen Anklagen stellen und ihre Strafe akzeptieren, wobei sie die schlimmste Strafe von allen bereits all die Jahre ertragen hatte: von ihrem Kind getrennt zu sein und es nicht aufwachsen zu sehen. Dass sie ansonsten all die Jahre über eine gute Königin gewesen war, würde hingegen nicht bestritten werden, und dass sie ihr Volk nun noch um eine weitere Tochter bereichert hatte.

So vieles wollte ihre Tochter von ihr wissen und nicht weniger wollte ihre Mutter über sie erfahren, aber dafür hatten sie noch alle Zeit der Welt, wenn Apollina bei ihr bleiben würde, unter ihresgleichen, da wo sie hingehörte. Das Mädchen war sich nicht sicher, ob das wirklich stimmte, aber in dem Augenblick dachte sie nicht daran, was sie alles konnte oder nicht konnte. Zu groß war die Freude darüber, endlich ihre Mutter gefunden zu haben, und so wurde zu einem großen Fest in der Stadt ausgerufen, zu dem alle Frauen von nah und viele auch von fern kamen, um Apollina zu sehen. Sie saß zuerst neben ihrer Mutter und die neben ihrer liebsten Sibylla, ihrer Gefährtin, die das Mädchen sofort ins Herz schloss. Es gab viel zu essen, zu trinken aber auch Musik und Tanz.

Apollina beobachtete das Treiben und die Reigen der Frauen und älteren Mädchen, und nicht wenige gefielen ihr oder machten ihr schöne Augen, bis sie sich zu ihnen gesellte und ausgelassen mitfeierte. Es wurde gelacht, getanzt und hier und da auch einander schöne Augen gemacht, und noch ehe der neue Tag anbrach, war Apollina glücklich, endlich am Ziel ihrer langen Reise angekommen zu sein. Sie hatte nicht nur ihre Mutter gefunden, sondern sich selbst und so viel mehr noch. Und wenn sie nicht gestorben ist, tanzt sie noch immer, liegt nachts in den Armen ihrer Liebsten, oder ihre Töchter bewahren ihr Andenken.

DasTenna

Von der Nixe und dem Menschsein

Einst trug es sich zu, in einem fernen Land, dass eine Nixe ihr Herz an eine Menschenfrau verschenkte.

Es war der Nixe liebster Zeitvertreib, einmal am Tag, wenn die Sonne am höchsten stand, auf einem Felsen unweit der Küste Licht und Wärme und Wind und das Glitzern ihrer Schuppen in der Sonne zu genießen und von dort aus die Menschen zu beobachten, wenn sie von ihren Füßen und Beinen über Felsen und Sand getragen wurden und entlang der zerklüfteten Küste lustwandelten oder einander im Spiel hinterherjagten und sich fingen. Durch den Felsen vor den neugierigen Augen der Menschen verborgen, betrachtete und bewunderte die Nixe von dort aus die Vielfalt der Formen und Farben, die es unter diesen zweibeinigen Wesen gab.

Sie sah kleine Menschen und große, solche mit und ohne Haare im Gesicht und solche, die nicht einmal welche auf dem Kopf trugen, solche mit flacher Brust und breiten Schultern und solche, deren Körper ähnlich wie die der Nixen geformt waren, mit Brüsten und breiten Hüften, wenn sich auch Farbe und Beschaffenheit von Haut und Haaren sowie die Form der Gliedmaßen unterschied. Die Haut der Menschen, so erzählte man sich, war nicht von Schuppen bedeckt und schillerte nicht in den unterschiedlichsten Nuancen von Blau. Zwischen ihren Fingern spannten sich keine Schwimmhäute, noch vermochten sie unter Wasser zu atmen. Außerdem verbargen sie ihre Haut zumeist, wenn auch auf unterschiedlichste Weise und in mannigfaltigsten Farben. Dafür erfreuten sie sich eines sicherlich aufregenden und bunten Lebens an Land.

Und sie waren des Singens mächtig, wie die Nixe eines Tages feststellte, da sie wieder einmal, im Licht der Sonne glitzernd, auf ihrem Felsen die Küste in Augenschein nahm. Es begann mit dem sanften Wiegen heller Töne, die über die Wasseroberfläche zu ihr herüberschwebten und denen ein Lied folgte, von dem das Herz der Nixe so tief bewegt wurde, dass es schneller schlug als jemals zuvor. Die Nixe reckte ihren Kopf weiter über den Felsen als bisher und suchte mit Blicken die Küste nach der Quelle des Liedes ab. In einem Farbenmeer sah die Nixe jene wogen, deren Stimme bis zu ihr trug: Eine Menschenfrau, gehüllt in weite, flatternde Röcke, drehte sich tänzelnd, umgeben von schimmerndem Lila und glänzendem Grün, von funkelndem Rot und leuchtendem Blau. So schön fand die Nixe die wogenden Farben anzuschauen, so herrlich den Gesang, dass sie am liebsten den ganzen Tag damit verbracht hätte, sie zu betrachten und ihr zu lauschen.

Das Beobachten der anderen Menschen bereitete ihr weiter Freude, dennoch bemerkte die Nixe, dass an Tagen, an denen die Menschenfrau nicht erschien, eine bislang unbekannte Schwermut sich über ihr Herz legte wie ein trüber Schleier, so groß war ihr Sehnen danach, jeden Tag in Gesellschaft dieses wunderbaren Geschöpfes zu verbringen.

So kam es, dass die Nixe von diesem Tage an, so oft sie der Menschenfrau ansichtig wurde, immer länger auf dem Felsen verweilte, manches Mal sogar bis in die tiefe Nacht hinein, um jeden Moment auszukosten und jeden Ton in sich aufzunehmen. Denn sie wusste nicht, wann sie die Menschenfrau das nächste Mal zu erblicken das Vergnügen haben würde. Und mit jedem Tag wuchs der Drang, in das Lied der Menschenfrau einzustimmen, ihm eigene Töne hinzuzufügen und mit ihr gemeinsam zur Freude aller Geschöpfe zu singen.

Eines Tages, die Sonne stand bereits tief am nachmittäglichen Himmel, als die Menschenfrau endlich den Strand betrat, stimmte diese ein trauriges Lied an. Darin lag so viel Trauer, dass es schmerzte. Es war der Nixe, als wolle die Menschenfrau ihren Schmerz mit den Klippen und dem Meer teilen und mit allem, was darin lebte. Im Bestreben, der von ihr Bewunderten zu zeigen, dass jemand in ihrem Schmerz für sie da war, erklomm die Nixe tapfer die Spitze des Felsens und sang. Im glühenden Schein der untergehenden Sonne glänzten ihre Schuppen wie Gold und ihre Stimme trug weit über das Meer bis zur Küste hin.

Die Menschenfrau hielt inne und lauschte auf die unbekannten Klänge, die so fremdartig klangen und so gar nicht nach einem Menschen. Dann erblickte sie den goldenen Glanz auf dem Felsen und während sie erneut zu singen begann und ihre Stimme sich mit der der Nixe zu einem gewaltigen Duett verband, weinte sie vor Glück darüber, eines solchen Wunders teilhaftig geworden zu sein.

Von jenem Tag an wusste die Nixe, dass sie weitere Augenblicke wie diesen erleben wollte, aber nicht mehr Tag um Tag darauf hoffen, dass die Menschenfrau auftauchte, und enttäuscht darüber sein, wenn diese es nicht tat. Doch solange sie eine Nixe war, würde ihr nichts bleiben als das tägliche Warten und Hoffen. Die anderen Nixen bemerkten ihr Sehnen und bemühten sich nach Kräften, sie davon abzubringen.

»Die Menschen lieben nicht wie wir«, erklärten sie. »In ihnen lodert Begehren, heißer als die unterirdischen Vulkane. Es wird dich verzehren.«

Was dieses Begehren sein sollte, vermochten sie ihr nicht zu erklären, fühlten sie es doch so wenig wie sie. Und weil die Nixe glaubte, dass es nicht gab, was man nicht erklären konnte, begab sie sich schließlich auf eine Reise in den Tiefen Schlund, wo die Meerhexen zu Hause waren. Nicht einmal die schimmernden Schuppen durchdrangen die Schwärze dieser eisigen Welt, doch weckten sie ringsum die Aufmerksamkeit der bizarrsten Kreaturen. Von einem mulmigen Gefühl begleitet, fragte die Nixe nach der ältesten aller Meereshexen und man führte sie zu einer von innen heraus leuchtenden Höhle.

»Komm herein, Kind«, bedeutete eine Stimme aus dem von weichem grünlichem Schimmer erfüllten Innern.

Am Ende eines langen Ganges lag auf einem Bett aus Kaltwasserkorallen die älteste aller Meerhexen. Ihre kräftigen und zahlreichen Tentakel bewegten sich unablässig an den Wänden ihrer Höhle entlang, die von demselben grünlichen Schimmer erhellt wurde wie schon der Gang.

»Du trägst ein starkes Sehnen in deinem Herzen, Kind«, sprach die Meerhexe. »Meinesgleichen kann so etwas sehen. Und nun bist du hier, um mich um Hilfe zu bitten, nicht wahr?«

Die Nixe nickte und brachte ihre Bitte vor, in einen Menschen verwandelt zu werden, um für immer mit der von ihr Bewunderten zusammen sein zu können. Nachdem die Älteste sie lange schweigend angeschaut hatte, bat sie die Nixe schließlich näherzukommen. Diese kam der Bitte nach, woraufhin die Älteste das Gesicht der Nixe mit ihren Händen umfasste und ihr tief in die Augen sah.

»Was genau begehrst du?«, fragte die älteste aller Meerhexen und ihre Augen glühten rot.

Die Nixe hielt ihrem Blick stand und antwortete: »Mit der Menschenfrau gemeinsam zu singen und unsere Stimmen zu verweben für die Ewigkeit.«

Milde lächelte die Meerhexe, doch in ihren Augen schwamm Kummer.

»Ich kenne jene, der deine Liebe gilt«, sagte sie und senkte ihre Tentakel. »Du liebst, wie ihr Nixen nun einmal liebt. Sie jedoch kennt noch eine andere Form der Liebe, die euch Nixen fremd ist.«

»Weil sie ein Mensch ist?«

»Mitnichten.« Die Meerhexe lachte ein perlendes Lachen. »Auch unter den Menschen gibt es jene, die lieben wie Deinesgleichen und das brennende Begehren nicht kennen, das auch mich bisweilen umtreibt. Es gibt schon keine Garantie, dass das, was Liebende miteinander verbindet, Bestand hat, wenn ihre Art zu lieben die gleiche ist. Doch wenn die Unterschiede so groß sind wie im Falle der Menschenfrau und dir … Nein, Kind. Ich werde dir deinen Herzenswunsch nicht erfüllen. Zu ungut ist mein Gefühl dabei.«

Bekümmert verließ die Nixe wenig später die Höhle der ältesten aller Meerhexen. Ihre Schuppen hatten merklich an Glanz verloren und die Dunkelheit war nun noch undurchdringlicher als zuvor schon. Vom Kummer getrübt, wollte die Nixe gerade zu den Ihren zurückkehren, als irgendwo unter ihr eine glattseidige Stimme erklang: »Du möchtest ein Mensch werden?«

Tief unter ihr drang aus einer weiteren Höhle purpurnes Licht nach draußen und davor schwamm eine jüngere Meerhexe, die der Nixe mit ihren Tentakeln zuwinkte.

»Komm«, sagte die Meerhexe. »Lass mich dir helfen.«

Und die Nixe folgte, denn ihr Wunsch war größer als die Vorsicht. In der Höhle der jüngeren Meerhexe glühte Hitze feuerrot und Purpur pulsierte in den Wänden. Kaum waren Meerhexe und Nixe im Innern angekommen, umspielten die Tentakel der Meerhexe die Arme der Nixe und glitten über ihre Schuppen. Die Nixe fühlte sich unbehaglich, doch in ihr glomm noch immer die Hoffnung, ihr Wunsch möge sich erfüllen.

Die Meerhexe schwamm nahe an die Nixe heran und raunte ihr ins Ohr: »Die Älteste hat nicht ganz Unrecht, wenn sie sagt, dass es schwer ist.«

Es wunderte die Nixe, dass die Meerhexe so genau darüber Bescheid zu wissen schien, worüber sie mit der Ältesten gesprochen hatte. Ihr blieb jedoch keine Zeit zu fragen, denn die Meerhexe sprach einfach weiter.

»Ich kann und ich werde einen Menschen aus dir machen, kleine Nixe«, versprach sie lächelnd und breitete die Arme aus. Dankbar ließ sich die Nixe hineinsinken und vergaß ihre Vorsicht nun vollkommen.

»Allerdings«, warf die Meerhexe ein, »ist dieser Zauber an eine Bedingung geknüpft, wenn er von Dauer sein soll.«

»Alles«, hauchte die Nixe. »Jede Bedingung ist mir recht, wenn mir nur mein Herzenswunsch erfüllt wird.«

»Binnen Jahresfrist muss die Menschenfrau dich lieben, wie du sie liebst. Deine Art zu lieben muss ihr genug sein und muss sie erfüllen wie sonst die ihre. Gelingt dir dies nicht, ehe die Frist abgelaufen ist, wirst du zu dem, woraus du einst warst geboren.«

Zu Meeresschaum zu werden fürchtete die Nixe mehr als alles andere, bedeutete es für Ihresgleichen doch ein schlimmeres Schicksal als der Tod es war. Andererseits war ein Jahr eine lange Zeit. Also willigte die Nixe ein, ohne weiter darüber nachzudenken.

Daraufhin reichte die Meerhexe ihr einen blutroten Stein, der an einem Band aus geflochtenen Haaren hing.

»Begib dich zu deinem Felsen und warte, bis die Sonne am Horizont versinkt«, wies die Meerhexe sie an. »Erst dann legst du die Kette an.«

»Und dann werde ich zum Menschen?«

»Dann wirst du zum Menschen«, entgegnete die Meerhexe lächelnd, hob dann aber warnend einen Finger. »Legst du die Kette vor der Zeit ab, wirst du wieder zu der, die du jetzt bist. Bedenke, dass auch dann die Bedingung nicht erfüllt ist und du bei Ablauf der Frist zu Meerschaum wirst.«

Die Nixe schwor, dies niemals zu vergessen, bedankte sich und begab sich zu ihrem Felsen, so schnell sie es vermochte. Dort tat sie, wie die Meerhexe sie geheißen, und wartete auf den Sonnenuntergang.

Noch ehe die Sonne den Horizont berührte, tauchte die Menschenfrau an der Küste auf und blickte zum Felsen hinüber. Aber sie sang nicht, worüber die Nixe traurig wurde. Sie sann lange über den Grund nach und vergaß dabei beinahe, die Kette anzulegen, dabei versank die Sonne bereits glutrot am Horizont.

Das Licht des Abendrots fing sich in dem blutroten Stein und ein ebenso rotes Licht umfing die Nixe. Es strahlte so hell, dass man es sicher von der Küste aus sehen konnte. Bald schon wurde die Nixe in die Luft gehoben und sah, wie ihr Unterleib sich veränderte und ihre Flossen verschwanden. Ihre Schuppen wichen menschlicher Haut und ihr wuchsen Beine. Das Licht trug sie über die Wasseroberfläche bis zur Küste, wo es sie unweit der Menschenfrau sanft auf die Füße stellte.

Staunend trat die Menschenfrau auf die nun menschliche Nixe zu, musterte sie und fragte, wer sie sei. Zur Antwort stimmte die Nixe die ersten Töne jenes Liedes an, das sie schon vor einigen Tagen gemeinsam gesungen hatten. Mit Tränen in den Augen stimmte die Menschenfrau mit ein. Kaum hatte das Lied geendet, schloss die Menschenfrau die Nixe in ihre Arme, küsste und liebkoste sie.

»Endlich habe ich dich bei mir«, seufzte sie.

Die Nixe weinte vor Glück und dankte im Stillen der Meerhexe, wäre dies doch ohne sie nicht möglich gewesen.

Die folgende Zeit war eine glückliche Zeit für die Nixe. Die Menschenfrau kleidete sie ein, zeigte ihr die Welt an Land und in den Abendstunden sangen und tanzten sie gemeinsam. Gelegentlich küssten und liebkosten sie einander, doch auf ebenso zärtliche Weise, wie das Nixen untereinander taten. Daher tat die Nixe die Behauptungen über dieses angebliche Begehren der Menschen irgendwann als Aberglaube ab. In all der Zeit gedachte die Nixe der Worte der Meerhexe und legte die Kette mit dem blutroten Stein niemals ab.

So gingen elf Monate und mehr als ein halber ins Land und die Nixe zweifelte nicht daran, dass sie das Herz der Menschenfrau gewonnen hatte und für immer an ihrer Seite bleiben konnte. Eines Abends jedoch kehrte ihre Angebetete nicht nach Hause zurück. Und auch am folgenden Tag nicht.

Sieben Tage lang blieb die Menschenfrau verschwunden, und als sie schließlich am späten Abend des letzten Tages vor Ablauf der Jahresfrist durch die Tür trat, wirkte sie betrübt. Aus Freude über ihre Rückkehr und zum Trost wollte die Nixe sie umarmen, doch die Menschenfrau wich zurück und schüttelte den Kopf.

»Was fehlt dir?«, fragte die Nixe, nun ebenfalls betrübt.

»Die Liebe«, antwortete die Menschenfrau.

»Aber ich liebe dich doch«, warf die Nixe ein. »Ich zeige es dir jeden Tag.«

In der Tat zeigte die Nixe ihrer Angebeteten, wie sehr sie diese liebte, indem sie aufmerksam und liebevoll war, ihr half, wo sie konnte, und beinahe alles mit der Menschenfrau gemeinsam tat. Dieser jedoch genügte das nicht.

In all den gemeinsamen Monaten hatte der Menschenfrau etwas gefehlt und darum war sie ausgezogen, es zu finden. Und so war sie in einem Wirtshaus nahe der Küste einer Frau begegnet, wie sie noch keine bislang gesehen hatte. Ihre Gestalt verzauberte sie und entfachte jenes Feuer in ihr, von dem sie fürchtete, es sei längst erloschen. Sie verbrachte viele Nächte und Tage in den Armen dieser wundervollen Frau und erkannte, dass ihr die Liebe der Nixe, so schön sie sein mochte, nicht genug war.

»In ihren Armen habe ich erkannt, dass unsere Liebe mich nicht erfüllt.«

Kaum waren diese Worte gesprochen, da vernahmen beide ein Knacken. Es kam von dem blutroten Stein, der gesprungen war.

Gesenkten Hauptes und ohne ein Wort verließ die Nixe das gemeinsame Haus und begab sich schweigend und unter Tränen zur Küste, gegen die ein aufgewühltes Meer brauste. Die Menschenfrau folgte ihr, denn ihr tat die Nixe leid und sie hatte sie durchaus liebgewonnen. Kaum vernahm die Nixe die Schritte ihrer Angebeteten hinter sich, keimte Hoffnung in ihr auf.

Sie drehte sich zu der Menschenfrau um und fragte: »Liebst du mich?«

Diese antwortete: »Ja.«

Sie fragte weiter: »Bin ich dir genug?«

Nun senkte die Menschenfrau den Kopf und antwortete: »Nein.«

Da streifte die Nixe weinend die Kette ab. Hinter ihr brauste zischend und tosend das Meer heran und prallte gegen ihren Leib, der als weißschäumende Gischt zerstob. Während sie verging und zum Meer zurückkehrte, ruhte ihr Blick auf der Menschenfrau und sie dankte still dem Schicksal für das Geschenk dieses einen Jahres.

Diese Dankbarkeit trug sie in ihrem Herzen, als sie starb, um sie an die weiterzugeben, als welche sie dereinst aus dem Meerschaum wiedergeboren würde. Sie selbst jedoch war von nun an dazu verdammt, bei stürmischem Wetter gegen die Küste geworfen zu werden, das Land aber niemals mehr betreten zu dürfen.

Mo Kast

O Hexenkind, mein Hexenkind

Es war einmal ein Mädchen. Sie hatte kohlrabenschwarzes Haar und ihre Augen waren schwarz wie die dunkelste Nacht und funkelten wie die Sterne am Himmel. Es war also keine Überraschung, dass ein Stern sie bemerkte: Meissa. Ein heller, freundlicher Stern.

Meissa verbrachte ihre Zeit am liebsten damit, die Menschen von oben herab zu beobachten. Ihre seltsamen Eigenheiten, sich von Gefühlen leiten zu lassen, nie das große Ganze zu sehen und immer nur auf sich bedacht zu sein. Der Stern fand es unterhaltsam. Bis sie an einer sternenklaren Nacht in die Augen des Mädchens geblickt hatte. In ihrer ganzen Existenz hatte Meissa noch nie etwas Schöneres gesehen. Von diesem Moment an war der Stern regelrecht besessen von diesem Menschenwesen. Jede Nacht suchte sie nach ihr. Verdeckten Wolken ihr die Sicht, schimpfte und verfluchte sie diese ungnädigen Gestalten, bis diese ihr Platz machten, und sie wieder diese wundervollen Augen sehen konnte. Die anderen Gestirne verspotteten Meissa dafür. Menschen waren so unwichtig, so kurzlebig, kosmisch unbedeutend. Aber der Stern ließ sich nicht beirren. Dieses Mädchen war etwas Besonderes, da war sie sich sicher.

Dass das Mädchen mit den Sternenaugen nicht wie die anderen war, blieb auch ihren Mitmenschen nicht verborgen. Bereits bei ihrer Geburt in tiefster Nacht entkam der Hebamme ein erschrockenes ›Hexenkind!‹, als sie das Kind holte. In der Familie des Wachhauptmanns hatten sie alle helle, blaue Augen, blonde Haare und feiste, rote Backen. Es konnte also nur ein Hexenwerk sein, dass dieses Mädchen so fremd aussah. So kam es, dass sie alle nur ›das Hexenkind‹ nannten. Sollte sie einmal einen anderen Namen gehabt haben, so konnte sich niemand mehr daran erinnern.

Dem Hexenkind war es nicht erlaubt, mit ihren Geschwistern im Haus zu essen oder zu schlafen. Genau genommen durfte sie es nicht einmal betreten. Ihre Familie fürchtete, dass sonst großes Unheil über sie kommen würde. Sie lebte stattdessen bei den Bediensteten im Nebenhaus, nahm gemeinsam mit ihnen die Speisen ein, half ihnen bei ihren Arbeiten um das Haus herum und schlief im Heuschober direkt beim Scheunenfenster. Dort hatte sie den besten Blick auf den Nachthimmel, um den Sternen ihr Leid zu klagen. Das Leuchten der Sterne gab ihr Trost, wo sie sonst keinen fand. Das Hexenkind hatte nämlich niemanden, mit dem sie sonst hätte reden können. Die Bediensteten hatten Angst vor ihr und sprachen nur, was nötig war. Dafür machten sich die Kinder des Wachhauptmanns einen Spaß daraus, ihr heimlich aufzulauern und sie mit Steinen und Stöcken zu bewerfen. Sobald das Hexenkind auf sie zustürmte, stoben sie aber davon wie eine Schar Hühner. Die Berührung einer Hexe brachte nämlich Unglück, so hieß es. Deshalb mieden auch die anderen Stadtbewohner sie. Irgendwann hatte das Hexenkind es aufgegeben, nach Liebe zu suchen. Sie freute sich dafür immer auf die Nacht, wenn sie in den Himmel blicken konnte und es nur sie und die Sterne gab.

Auch in dieser Nacht hatte sie sich in ihr Lager im Heu zurückgezogen und sehnte das Leuchten der Gestirne entgegen. Ihr Körper schmerzte, wo die Steine ihrer Brüder sie getroffen hatten. Als sie am Fluss die Kleidung der Familie gewaschen hatte, hatten sie ihr aufgelauert. Mit Schleudern, spitzen Steinen und hämischem Gelächter, wann immer ein Geschoss sie getroffen hatte. Ihr war nichts anderes übrig geblieben, als die Wäsche im Fluss zu lassen und sich in das Dickicht des Waldes zu flüchten. Dort hatte sie ausgeharrt, bis ihre Geschwister verschwunden waren. Als sie zu den Bediensteten zurückkehrte, wurde sie gescholten, dass sie die guten Kleidungsstücke verloren hatte und nicht rechtzeitig zurück war, um bei der Zubereitung des Mittagessens für die Herrschaften zu helfen. All das erzählte sie, sobald sie das Leuchten ihres Lieblingssterns ausmachen konnte. Das Hexenkind wusste nämlich nicht, wie sie sonst mit ihrem Kummer umgehen sollte.

Meissa hörte dem Hexenkind wie in jeder Nacht zu und wünschte sich nichts mehr, als ihr helfen zu können. Es tat so weh, mit anhören zu müssen, wie das Mädchen mit den wunderschönen Sternenaugen Tag für Tag litt. Aber Meissa war ein Stern, gebunden an den Himmel. Und die Menschen verstanden ihre Sprache nicht. Trotzdem rief sie zu diesem wunderschönen Geschöpf hinab:

»O Hexenkind, mein Hexenkind,
Der Hass der Menschen ist so blind,
Erkennen nicht dein wahres Ich,
Verzage nicht und wehre dich!«

Meissa hoffte inständig, das Mädchen würde sie verstehen, auf sie hören. Mutter Morgenstern schüttelte über ihr törichtes Verhalten nur den Kopf. Ein Stern sollte sich nicht mit dem Leid der Menschen belasten. Diese waren schon von Anbeginn ihrer Existenz dazu verdammt, unglücklich zu sein. So haben es die Sterne geschrieben. Das war ihre Bestimmung. Meissa wusste das, aber ihr Herz schmerzte so sehr, wenn sie die wunderschön strahlenden Augen mit Tränen gefüllt sah.

Kurz hielt das Hexenkind mit dem Weinen inne, schien in die Nacht zu lauschen. Meissa rief ihr wieder zu, doch die Worte gingen in einem Schluchzen unter. Mit Kummer konnte Meissa lediglich beobachten, wie das arme Mädchen nach langer Zeit einschlief. Ohne Trost. Ohne Liebe. Wüsste sie nur von Meissa … und könnte sie verstehen! Meissa fiel es unendlich schwer, dem Tag wieder Platz am Himmel zu machen. Aber auch Sterne hatten ihre Bestimmung, und diese lag im Dunkeln.

So ungehört wie Meissa dachte, blieb sie jedoch nicht. Das Hexenkind hatte ein leises Flüstern aus den Tiefen der Nacht gehört, fremde Laute, die aber so vertraut wirkten. In ihrem Traum von einem lieblichen Stern formten sie sich langsam zu Worten.

›… und wehre dich!‹, hallte es noch nach, als sie am nächsten Morgen erwachte. Diese Worte begleiteten das Hexenkind den ganzen Tag über. Wer hatte sie zu ihr gesprochen? Sie wusste, dass sie nicht aus ihrem Herzen kamen, hatte sie davor nie darüber nachgedacht, sich zur Wehr zu setzen. Dinge waren, wie sie waren und würden so bleiben. Ihr Schicksal als Hexenkind war bereits bei ihrer Geburt besiegelt gewesen. Warum also dagegen kämpfen?

Ihr wurde wieder ein Korb voll dreckiger Laken gegeben, die sie im Fluss reinigen sollte. Eine unliebsame Arbeit, die die Mägde gerne an sie abgaben. Der Korb war schwer und drückte beim Tragen unangenehm auf die blauen Flecke des Vortags. Eine schmerzhafte Erinnerung, zu denen sich so viele mehr gesellten.

›… und wehre dich!‹, schoss es dem Hexenkind wieder durch den Kopf. Sich wehren, aber wie? Ihre Brüder waren größer und stärker als sie. Niemand würde ihr beistehen. Aber sollte das ihr Leben sein? Sie war noch ein Kind, aber mit jedem Jahr wurde es schlimmer mit den Hänseleien. Sie konnte langsam ihr Schicksal nicht mehr ertragen. Am liebsten würde sie aufgeben, an die Stelle des Flusses gehen, an der sie nicht mehr stehen konnte und sich vom Wasser davon reißen lassen. Niemand würde sie vermissen. Gewiss würde sie ihrer Familie sogar einen Dienst damit erweisen! Aber dann würde sie nie wieder das Leuchten der Sterne sehen. Ihr einziger Lichtblick. Das würde ihr fehlen.

Bei diesem Gedanken traf sie ein Stein direkt am Kopf, verfehlte nur knapp ihr linkes Sternenauge, hinterließ aber einen blutigen Kratzer. Erschrocken blickte sie auf. Da lauerten sie wieder im Gebüsch, lachten aber so laut, dass sie sich das Versteck hätten ersparen können. Das Hexenkind bemerkte, wie ihr ältester Bruder Kasimir einen neuen Stein in seine Schleuder nachlegte. Scharfkantig sah er aus. Genau wie der, der sie gerade getroffen hatte und nun vor ihr auf dem Boden lag. Ihr Blut schimmerte rot an einer der spitzen Ecken.

›Wehre dich!‹, flüsterte es in ihrem Kopf. Der zweite Stein sauste pfeifend an ihr vorbei, verfehlte sie zum Glück. Ein weiterer fand seinen Weg in die Schleuder. Sie sah, wie ihr Bruder die Schleuder wirbelte. Gleich würde sie der nächste Stein treffen.

›Wehre dich!‹, schrie es nun ohrenbetäubend laut in ihren Gedanken. Das Hexenkind duckte sich, bevor der Stein sie treffen konnte. Ein verärgerter Aufschrei war aus dem Gebüsch zu hören, darauf vernahm sie das Surren der Schleuder. Sie griff nach dem Stein mit ihrem Blut und rannte auf ihre Geschwister zu.

›Wehre dich! Wehre dich! Wehre dich!‹ Die Worte hämmerten so schnell wie ihr Herz, gaben ihr Kraft und Mut. Sie hatte nichts mehr zu verlieren, nur den Anblick der Sterne! Ihre Brüder, die nicht damit gerechnet hatten, dass das Hexenkind sich tatsächlich einmal aufbäumen würde, waren zu überrascht von ihrem Angriff, um zu reagieren. Mühelos rang sie Kasimir nieder und schlug den spitzen Stein in sein Gesicht, während die anderen Geschwister davonstoben. Zu groß war die Angst vor der Berührung des verfluchten Kindes. Das Blut des Hexenkindes vermischte sich mit dem ihres Bruders, dort wo der Stein in sein Auge eingedrungen war. Sein gequälter Schrei überschallte die Worte des Sterns. Das Hexenkind ließ verschreckt von ihm ab, besah sich das Unheil, das sie angerichtet hatte. Ihr Bruder wand sich brüllend auf dem Boden, drückte die Hände auf die Stelle, an der einst sein Auge gewesen war. Nun war es nur noch eine blutige Höhle. So viel Blut. Was hatte sie nur angerichtet?

Verärgerte Rufe aus der Richtung des Hauses wurden laut. Und das Hexenkind tat das, was sie am besten konnte: Sie rannte, so schnell sie konnte.

Wie von selbst trugen ihre Beine sie zu ihrem gewohnten Versteck am Waldrand. Verborgen vom dichten Dickicht konnte sie beobachten, wie das Gesinde des Wachhauptmanns auf der Suche nach ihr immer wieder an ihrem Versteck vorbeizog. Jedes Mal hielt sie den Atem an, in der bangen Hoffnung nicht entdeckt zu werden. Sie wären nicht gnädig mit ihr. Ganz und gar nicht.

Doch langsam zog die Nacht heran und damit wurden die Rufe leiser und die Schritte entfernten sich. Eine wundersame Ruhe macht sich bei dem Hexenkind breit. In der Dunkelheit fühlte sie sich geborgen.

»Ihr lieben Sterne, helft mir«, flüsterte sie leise zu dem Nachthimmel.

Meissa brauchte einen Augenblick, um das Hexenkind zu entdecken und zu verstehen, was sich im Tageslicht zugespielt hatte. Im Haus des Wachhauptmanns war helle Aufregung ausgebrochen. Der älteste Sohn war schwer verletzt. Wachmänner hatten Fackeln angezündet und schwärmten wieder hinaus auf der Suche nach … ihrem Hexenkind! Was war passiert? Und dann hörte sie das Flüstern des Mädchens.

»Ich habe mich gewehrt …«, offenbarte sie.

O weh! So hatte sich Meissa das nicht vorgestellt. Hatte Mutter Morgenstern recht gehabt? Mischte man sich deshalb nicht in die Belange der Menschen ein? Aber sie musste das wieder gerade richten, das Hexenkind in Sicherheit bringen! Plötzlich erinnerte sie sich an eine Höhle. Sie lag tief verborgen im Wald. Fast unmöglich zu finden, wenn man den Weg nicht kannte. Dort hauste eine gefürchtete Räuberbande. Meissa konnte sich noch gut daran erinnern, wie sie die Tochter des Räuberoberhaupts vor einigen Wintern in einer sehr kalten Nacht auf ihrem letzten Weg begleitet hatte. Nachtschwarzes Haar und braune Augen hatte sie gehabt, fast so schön wie das Hexenkind und das Ebenbild ihres Vaters. Er würde dem Mädchen mit den Sternenaugen bestimmt Schutz bieten! Da war sich Meissa sicher.

»O Hexenkind, mein Hexenkind,
die Räuber sind dir wohl gesinnt,
komme mit mir durch den Wald,
und finde deine Freunde bald!«

Der Stern rief die Worte, so laut sie konnte. Gebannt beobachtete sie, ob das Hexenkind sie verstand. Und tatsächlich: Das Mädchen blickte auf, schien nach der Stimme zu suchen. Meissa wiederholte ihre Worte und leuchtete, so hell sie konnte. Am Rande nahm sie wahr, wie sich der Suchtrupp am Waldrand zusammenrottete. Sie hatten nicht viel Zeit. Noch einmal rief Meissa, beschien den Weg für ihr Hexenkind. Flehte darum, gehört zu werden.

Das Hexenkind zögerte noch einen Moment. Konnte es wirklich sein, dass die Sterne zu ihr sprachen? Waren all das Leid und die Sorgen, die sie dem Nachthimmel gebeichtet hatte, erhört worden? Sie sah, wie sich Fackelschein ihrem Versteck näherte. Noch einmal atmete sie tief durch, schlich sich leise aus dem Dickicht und entdeckte nun, wie sich im Sternenlicht ein Weg im Wald abzeichnete. So hell und klar, als hätte man ihn aufgezeichnet. Rufe hinter ihr wurden wieder laut. Hatten die Wächter sie entdeckt?

Sie rannte wieder los, dem Sternenlicht nach. Ihre Beine begannen zu schmerzen, ihre Lunge brannte, aber sie hielt nicht an. Würde sie stehen bleiben, wäre es um sie geschehen! Sie blickte über die Schulter, um zu sehen, wo ihre Verfolger geblieben waren. Aber hinter ihr herrschte nur noch Dunkelheit. Kein Lichtweg. Kein Fackelschein. Keine Rufe mehr. Hatte sie es geschafft? War sie nun in Sicherheit?

Das Hexenkind wurde langsamer und blieb schließlich ganz stehen, um neuen Atem zu schöpfen. Der Schein des Sterns zeigte, dass der Weg noch tiefer in den Wald führte. Jetzt machte sich doch etwas wie Furcht in ihr breit. So oft hatte man die Kinder gewarnt, nicht zu tief in den Wald zu gehen, weil dort Monster und Banditen lauerten. Sie erinnerte sich an die Worte des Sterns: ›Die Räuber sind dir wohl gesinnt.‹ Deshalb nahm das Hexenkind ihren Mut zusammen und folgte weiter dem Licht.

Plötzlich war es verschwunden. Verwundert blieb sie stehen, blickte sich um. Nichts als gespenstische Baumriesen umgaben sie. Hier war nichts! Warum hatten die Sterne sie hierher geführt? Oder hatten sie ihr gar nicht helfen wollen? Hatten sie Unheil für sie im Sinn? Immerhin war das ihr Schicksal als verfluchtes Kind …

Ein großer Mann mit dunklen Locken und dichtem Bart baute sich vor ihr auf. Er trug ein breites Schwert an seiner Hüfte, das im Mondschein aufblitzte. Sie wich ängstlich zurück. Ein Räuber, Bandit, Monster! Brachte er ihr Verderben oder war er wirklich ein Freund?

»Du musst dich nicht fürchten!« Seine Stimme klang freundlich und beruhigend. »Aber was machst du so allein in meinem Wald?«, fragte er schließlich, kam dabei zum Glück nicht näher.

»Bist du ein Räuber?«, fragte das Hexenkind mit zittriger Stimme. ›Die Räuber sind dir wohl gesinnt.‹

Er nickte zur Antwort. »Meissa hatte mich hierher geführt.«

»Meissa?«, fragte sie verwundert. Was für ein ungewöhnlicher Name.

Der Räuber deutete nach oben in den Sternenhimmel. Ein Stern leuchtete dort besonders hell. »Sie wollte, dass ich dich finde.«

»Du verstehst, was die Sterne sagen?«, flüsterte sie ehrfürchtig.

»Ich kann ihr Leuchten lesen. Sie hat mir aber nicht verraten, warum du hier bist.« Er lächelte sie sanft an. So etwas war dem Hexenkind noch nie passiert. Sie kannte harsche Worte und Spott, aber ein freundliches Lächeln?

»Ich habe mich gewehrt und nun will der Hauptmann mein Blut!«, erklärte sie. Wohlweislich verschwieg sie ihre schreckliche Tat und auch, dass der Hauptmann ihr Vater war. Das Hexenkind wollte nur wieder dieses Lächeln sehen.

»Dann bist du in guter Gesellschaft, mein Kind. Er will nämlich auch das meine!« Er lachte dröhnend laut, stemmte dabei seine breiten Hände in die Hüften. »Na, komm, folge mir! Ich zeig dir, wo du vor dem Hauptmann sicher bist!« Er nickte in die Dunkelheit des Waldes.

Meissa spürte die Unsicherheit des Mädchens, dem Fremden wirklich zu folgen, weshalb sie das Räuberoberhaupt mit ihrem sanften Licht beschien. Ein Lächeln huschte über das Gesicht des Mädchens, als die Züge des Räubers im Sternenlicht klarer wurde. Eine breite Narbe zog sich über seine Wange und verschwand im Bart. Doch seine Augen waren so dunkel wie ihre und die feinen Fältchen darum verrieten, dass er viel lachte. Das mochte sie. Sie stellte sich neben ihm, bereit ihm in die Nacht zu folgen.

»Ich heiße übrigens Bartholomäus«, kam es nach einer Weile von dem Räuber, während sie durch den Wald schritten. »Hast du auch einen Namen?«, fragte er, nachdem das Mädchen nichts erwiderte.

»Hexenkind«, stellte sie sich knapp vor. Einen anderen Namen kannte sie nicht.

»Hm …«, kam es von dem Räuber. Er schien über etwas nachzudenken. »Möchtest du einen anderen Namen?«

»Ein anderer Name?« Auf die Idee war sie nie gekommen. Sie war das Hexenkind. Aber gerne würde sie das Leben, das mit diesem Namen verbunden war, hinter sich lassen. Vielleicht würde mit einem neuen Namen auch ihr Schicksal neu geschrieben werden?

»Ich wüsste schon einen«, kam es verschwörerisch von ihm. Er zwinkerte ihr kurz zu, während er weiterging. »Wie wäre es mit Heka Nachtkind?«

»Heka Nachtkind«, wiederholte sie leise, schmeckte den Namen auf ihrer Zunge. Dort wo Hexenkind immer wieder neue Wunden in ihrer Seele aufgerissen hatte, legte sich dieser Name wie Balsam darauf.

»Heka ist ein anderer Name für deinen Stern.« Der Räuber nickte wieder kurz nach oben. »Und du bist ein Geschenk der Nacht.«

Sie nickte langsam im Einverständnis. »Das wäre schön«, gab sie leise zu.

»Dann nenne ich dich fortan Heka Nachtkind.« Er klopfte ihr väterlich auf die Schulter. Eine Berührung, die sie nicht gewohnt war. Sie war beschützend, warm. Hatte er gar keine Angst verflucht zu werden? Aber jetzt war sie auch kein Hexenkind mehr, sondern ein Nachtkind. Heka Nachtkind!

»Komm, ich will dir meine Räuber vorstellen!« Bartholomäus blieb stehen und klatschte in die Hände. Plötzlich flammten Fackeln um sie herum auf und erst jetzt bemerkte Heka, dass sie von einer ganzen Schar an Männern und Frauen umgeben war. Sie konnte sogar ein paar Kinder entdecken. So hatte sich Heka Räuber nicht vorgestellt. Ein Gefühl von Erleichterung machte sich in ihr breit.

»Danke, liebe Meissa, für dieses Geschenk«, flüsterte sie leise, bevor sie im Kreis der Räuber herzlich aufgenommen wurde. »Sei dir meiner Liebe gewiss.«

Meissa hatte die Begegnung der beiden aufmerksam verfolgt. Endlich war ihr Hexenkind, nein, ihre Heka in Sicherheit! Sie würde das Leben bekommen, das sie verdiente. Ihre Sterne waren neu geordnet. Es durfte nur Mutter Morgenstern nichts davon erfahren.

Die Jahre gingen ins Land. Die Erinnerung an ihr Leben als Hexenkind verblasste, während sie als Heka Nachtkind so viel Neues erlebte. Von Bartholomäus erfuhr sie immer mehr von den Sternen. Sie lernte, wie sie ihr Leuchten zu verstehen hatte, und wie sie ihr den Weg auch in dunkelster Nacht weisen konnten. Dabei bemerkte sie, dass ein Stern sie tatsächlich besonders mochte: Ihre Namensgeberin Meissa. Das Räuberoberhaupt hatte wohl recht damit gehabt, dass sie etwas Besonderes für sie war. Warum wusste sie nicht. Heka ging jedoch sicher, ihr jede Nacht von ihren Erlebnissen zu berichten. In der stillen Hoffnung, ihre Stimme wieder zu hören wie in dieser schicksalhaften Nacht. Doch mittlerweile vermochte sie auch, ihr Leuchten fast so klar zu verstehen wie gesprochene Worte. Durchstreifte Heka nachts den Wald, wies sie ihr immer den Weg, zeigte ihr mit einem Aufleuchten besonders fette Beute oder verbarg sie im Dunkeln, wenn sie nicht gesehen werden sollte. Das Gleiche tat sie, als Heka endlich die Räuber bei ihren Streifzügen in die Städte begleiten durfte. In die Viertel der Reichen, an die sie sich noch aus ihrem alten Leben erinnern konnte. In der Nacht verloren diese Orte jedoch ihren Schrecken. Da beherrschte Heka Nachtkind diese Welt. Meissa verriet ihr, in welchen Häusern die Menschen tief und fest schliefen, und auch in welchen Zimmern sie Reichtum zu erwarten hatte. Sie warnte Heka vor herannahenden Wächtern, ließ die Waffen von Spähern im Sternenlicht aufblitzen und beleuchtete den schnellsten Weg aus der Stadt.

Es war aufregend, mit Meissa gemeinsam die Reichen zu bestehlen und ihre neue Familie mit Schätzen zu beschenken. Heka hatte sich noch nie so geliebt und geschätzt gefühlt. Bartholomäus überhäufte sie mit Lob und nannte sie bald seine Tochter. Die Räuberbande feierte sie und ihre Gabe, die Sterne zu verstehen. Niemand war so gut darin wie sie.

Deshalb erlangte sie auch bald unter den Stadtbewohnern den gefürchteten Ruf des Nachtschattens. Flink und nur als Schemen im Dunkeln sahen sie Heka durch die Stadt huschen. Ihr Aussehen kannten sie jedoch nicht. Manche waren sich nicht einmal sicher, ob sie ein Mensch oder ein gänzlich anderes Wesen war. Bald wurden Forderungen laut, dass diese Kreatur eingefangen und getötet werden musste! Zum Schutze der Kinder natürlich. Jeder wusste, dass Nachtschatten die Kinder aus ihren Wiegen raubten. Dass der Nachtschatten auch Goldmünzen mitnahm war selbstverständlich nur zweitrangig.

Der Wachhauptmann hörte es mittlerweile jeden Tag. Angst sprach aus den Herzen der Stadtbewohner. Auch er spürte eine gewisse Unruhe … Natürlich hatten sie schon versucht, diese Nachtkreatur zu schnappen. Sie hatten überall Wachen aufgestellt: an den schweren Toren der Stadt, die nachts geschlossen blieben, an den Straßenecken der Handwerker, Gilden und Kaufleute, sogar in Ecken weniger betuchter Leute. Stets ergebnislos – sie hatten nie mehr als einen Schatten gesehen.

»Vater, ich werde den Nachtschatten töten!« Mit diesen Worten trat der älteste Sohn des Wachhauptmanns an ihn heran. Eine Augenklappe bedeckte die dunkle Höhle, wo sich einst ein strahlend blaues Auge befunden hatte.

Der Vater schüttelte wie immer den Kopf. Er wusste, dass Kasimir nach einer Möglichkeit suchte, sich beweisen zu können. Er hatte vor seiner Verletzung Hauptmann werden wollen und gerne hätte ihm sein Vater das gegönnt. Aber ein Krüppel bei den Wachen? Auch noch verwundet von einem Mädchen. Wäre er in einem ehrenhaften Kampf verletzt worden, hätte die Sache vielleicht anders ausgesehen, aber so …

»Bitte, Vater, lass es mich versuchen!«, flehte sein Sohn weiter. »Ich bin geschickt mit Pfeil und Bogen und finde mich des Nachts viel besser zurecht, als deine Wachmänner. Die verlassen sich nur auf ihre Augen. Ich aber … Ich höre gut!«

Der Hauptmann seufzte.

»Du würdest in dein Verderben rennen, wenn du gegen ein Wechselbalg kämpfst.«

Kasimir schnaubte. »Das ist doch bereits passiert.« Er deutete auf die Augenklappe. Die Berührung eines Hexenkinds verfluchte einen. Es hatte ihn verflucht. Aber womöglich konnte seine Seele wieder Frieden finden, sollte er ein Wesen der Nacht töten. »Ich habe nichts mehr zu verlieren, Vater. Lass es mich versuchen!« Seine Stimme klang fest dabei. Er war weder feige noch ein Schwächling. Sollte er keine Zustimmung seines Vaters erhalten, würde er ohne sie losziehen. Das konnte auch der Hauptmann in seinem Gesicht ablesen, kannte er seinen Sohn doch zu gut.

»Ich gebe dir einen Monat. Schaffst du es bis dahin nicht, hörst du auf mit den närrischen Spinnereien«, gab der Vater schließlich nach.

»Und wenn ich es schaffe, werde ich dein Nachfolger!« Herausfordernd sah der Sohn den Wachhauptmann ab. Er bemerkte, wie dessen Blick zu der Augenklappe glitt, dort hängen blieb. Schließlich nickte sein Vater.

»So sei es.«

Inzwischen war Heka übermütig geworden, beflügelt von den Erfolgen der Nacht. Es gab keinen Schatz, dessen sie nicht habhaft werden konnte. Mit ihrer geliebten Meissa an ihrer Seite war sie unverwundbar und sie wusste, der Stern würde sie niemals im Stich lassen. Als ihr zugetragen wurde, dass ihr Bruder auf der Suche nach dem Nachtschatten war, lachte sie nur. Was kümmerte sie Kasimir? Einäugig. Verbissen. Allein. Ach, wie sich das Blatt gewendet hatte! Ihr lag nun die Welt zu Füßen. Sie wurde geliebt, verehrt und ihr ehemaliger Fluch der Sternenaugen war nun eine gesegnete Gabe. In manchen

Nächten machte sich Heka einen Spaß daraus, ihren Bruder bei der Jagd auf sie so nahe heranzulassen, dass er das Gefühl hatte, sie fast zu erwischen. Aber im letzten Moment bat sie Meissa darum, das Licht von ihr wegzulenken, um schließlich in der Dunkelheit zu verschwinden. Heka konnte beobachten, wie die Hoffnungslosigkeit und Verzweiflung in ihrem Bruder mit jedem Tag weiterwuchs. So machtlos gegen ihre Kraft!

Geduldig kam Meissa jeder ihrer Bitten nach, aber die Sorge um das geliebte Menschenmädchen wuchs. Mutter Morgenstern beobachtete mittlerweile ihr Verhalten kritisch. Es gefiel ihr nicht, wie sehr Meissa an diesem zerbrechlichen Ding hing. Es war besser, diese Unvernunft endlich zu unterbinden. Viel zu lange schon hatte sie mit diesem Stern Nachsicht gezeigt. Deshalb wandte Mutter Morgenstern sich schließlich an ihr leuchtendes Kind:

»Du sollst nun Abschied nehmen,
Von jenem sterblich' Wesen.
Für deine Liebe musst dich schämen,
Und von Leichtsinn genesen!«

Bei diesen Worten fuhr Meissa erschrocken zusammen. Sie hatte eben noch Heka beobachtet, wie sie durch ein Loch in der Stadtmauer geschlüpft war, wieder auf Beutezug. Ihr Bruder hatte diese Stelle mittlerweile gefunden, lauerte ihr dort bereits auf. Er konnte sie aber nur fangen, wenn er sie auch sehen konnte. Meissa wollte gerade die Nachtwolken losschicken, die das Mondlicht abdunkeln sollten. Die Worte ihrer Mutter ließ sie innehalten. Widerspruch lag jedoch auf der Zunge des Sterns. Sie konnte Heka nicht einfach gehen lassen! Das Menschenkind brachte ihr Dasein erst richtig zum Leuchten. Nur durch sie, wusste sie, was es bedeutete, Wärme zu spüren, sich auf die nächste Nacht zu freuen und mehr zu sein als eine bloße Existenz am schwarzen Nachthimmel. Doch der ernste Blick von

Mutter Morgenstern ließ keine Widerrede zu. Ihr Wort war das Gesetz der Nacht. Trotzdem rief Meissa noch letzte Worte auf die Erde hinab. Sie musste sie immerhin warnen!

»O liebste Heka, Nachtkind mein,
Halte dein Gesicht geheim!
Dem Bruder steht Rache im Sinn,
Nur dein Blut stillt seinen Grimm.«

Das Mädchen hörte Meissa als leises Flüstern an ihrem Ohr. So lange hatte sie mehr als nur das Leuchten herbeigesehnt, auf die Stimme des Sterns gehofft. Aber sie wollte keine Warnungen mehr hören! Heka Nachtkind musste vor nichts Angst haben. Sie konnte die Worte der Sterne hören, ihren Glanz lesen wie die Fährten eines Wildtiers. Trotzdem schlich sie sich aus einer engen Gasse auf ein Dach, um einen besseren Blick in den Himmel zu haben. Meissas Strahlen war plötzlich so matt.

»Meissa, lieber Stern, was ist passiert?«, flüsterte sie in die Nacht hinein.

Auch wenn sie ihre Stimme leise hielt, konnte Kasimir sie hören. Durch sein vermindertes Augenlicht war sein Gehörsinn geschärft. Es gab niemand in der Stadt, der so gut hören konnte wie er. Er blickte nach oben und entdeckte dort den Nachtschatten. Eine dunkle Silhouette gegen das helle Leuchten des Mondes. Ein perfektes Ziel für seinen bluthungrigen Pfeil! Er zog ihn leise aus dem Köcher, legte das Geschoss an und nahm die Gestalt, die noch immer in den Himmel starrte, ins Visier. Ein Surren ging durch die Luft, als der Pfeil losgeschickt wurde. Ein dumpfes Geräusch war zu hören, als er in Fleisch traf, dicht gefolgt von einem schmerzerfüllten Stöhnen. Der Nachtschatten sackte auf dem Dach zusammen.

Das Bogengeschoss steckte in Hekas Oberschenkel. Es hatte sie so unerwartet wie hart getroffen und aus der Balance gebracht. Sie rutschte an den Dachziegeln herab und konnte sich gerade noch fangen, bevor sie über die Kante stürzte. Sie blickte schwer atmend nach unten und entdeckte ihren Bruder, der mit seinem einen Auge zu ihr hoch starrte. Hell beleuchtet vom Mondlicht.

»Meissa hilf mir!«, flüsterte sie wieder. Heka verstand nicht, was passiert war. Warum half ihr geliebter Stern ihr nicht? Doch nichts passierte. Stattdessen bohrte sich der Blick ihres Bruders weiter in ihren. Erkennen zog sich über seine Züge.

»Hexenkind!«, schrie er aus, legte einen weiteren Pfeil an.

Hastig zog sie sich von der Dachkante zurück. Noch nie hatte Heka so viel Hass und Abscheu in einer Stimme gehört. Mochte ihr Bruder sie früher schon nicht, so war nun nur noch Mordlust zu erkennen. Sie musste weg hier! In den schützenden Wald zu den Räubern. Warum nur war sie so leichtsinnig gewesen und alleine losgezogen? Warum nur war Meissa nicht für sie da?

Heka kletterte das Dach wieder hoch zum Giebel, versuchte dabei, den pochenden Schmerz in ihrem Bein zu ignorieren. Was sie in den letzten Wochen über ihren Bruder gelernt hatte, war, dass er ein schlechter Kletterer war. Hier oben war sie also für einen Moment sicher. Sie traute sich trotzdem kaum, den Kopf zu heben. Pfeile konnten immerhin fliegen. Trotzdem musste sie sich irgendwie Überblick verschaffen. Es war nicht weit zur Stadtmauer, es gab aber einen großen Spalt zwischen dem letzten Hausdach und der Mauer. Zu breit zum Springen, zu gefährlich, die Dächer zu verlassen, wenn der Mond weiter so hell strahlte.

»Meissa, bitte! Ohne dich bin ich verloren!«, wimmerte sie nun.

Gleich darauf hörte sie, wie Holz und Ton unter schweren Stiefeln knirschte. Ihr Bruder war ihr nach oben gefolgt! Die

Pfeilspitze blitzte im Mondlicht gefährlich auf. Panisch zog sie sich auf die andere Seite des Dachs, schlitterte dort die Ziegel hinab und anstatt nun ihren Fall abzubremsen, ließ sie sich hinunter plumpsen. Hart kam sie auf dem Kopfsteinpflaster auf. Jeder Knochen schmerzte vom Aufprall. Aber die Angst ließ sie alles vergessen. So schnell sie konnte, rannte sie in Richtung der Stadtmauer. Keine Finten, keine Finessen. Sie schaute nicht einmal über die Schulter.

Heka rannte nur, hinterließ dabei eine Spur aus ihrem Blut. Ein Zischen an ihrem Ohr verriet ihr, dass ein Pfeil sie gerade verfehlt hatte. Scheppernd kam er vor ihr auf dem Steinboden auf. Jetzt konnte sie aber bereits das Loch in der Mauer entdecken. Es war nicht mehr weit. Sobald sie die Stadt verlassen hatte, würde sie Kasimir sicherlich abhängen können. So gut wie sie kannte kaum jemand die Wiesen und Wälder hier.

Ihr Bein gab für einen Moment nach, als sie sich durch den Spalt zwischen den Mauersteinen zwängte. Zeit, die ihr Bruder nutzte. Ein Pfeil bohrte sich in ihren Oberarm. Heka ächzte unter den Einschlag, biss aber die Zähne zusammen und zog sich ganz nach draußen. Eine weite Wiese lag vor ihr und der Waldrand war schon zu erkennen. So greifbar nahe. Innerhalb der Stadtmauern wurde es allerdings laut. Jemand schien mehr Wachleute zusammen getrommelt zu haben.

Nur noch wenige Meter trennten sie vom Dickicht des Waldes. So vertraut dieses Gefühl der Flucht. Sie war nicht mehr Heka Nachtkind. Sie war wieder das Hexenkind und sie war allein. Selbst die Sterne hatten sie verlassen. Ein weiterer Pfeil traf sie, bevor sie das Gehölz erreichte, diesmal in die Seite. Sie stürzte und blieb liegen. Keine Kraft mehr aufzustehen. Alles brannte. Sie bestand nur noch aus Schmerz und Erschöpfung. Warmes Blut sickerte aus ihren Wunden.

Mit Grauen beobachtete Meissa das Schauspiel, das sich ihr bot. Sie würde ihrem Mädchen mit den Sternenaugen so gerne helfen! Wie konnte Mutter Morgenstern so grausam sein und Heka ihrem Schicksal überlassen? Weil es die Sterne so sagten. Ein Hexenkind erwartete stets ein trauriges Ende. Meissa hatte es von Anfang an gewusst. Aber trotzdem hatte sie Heka so unendlich liebgewonnen. Ihre traurigen Geschichten und süßen Beobachtungen. Die Worte, die sie jeden Abend begrüßt hatten. Und in was für eine wunderbare Frau sie sich entwickelt hatte. So strahlend schön, kein Gestirn konnte damit mithalten. Solche Gedanken gehörten sich nicht für einen Stern. Sie waren unwürdig. Doch was sollte Meissa tun? Sie liebte Heka so sehr!

Von Meissas Liebe bemerkte Heka jedoch nichts mehr. Sie hatte sich auf den Rücken gedreht und starrte in das Himmelszelt. Die Sterne schwiegen.

Kasimir war ihr nach draußen auf das Feld gefolgt. Sein Vater hatte bereits mitbekommen, dass er den Nachtschatten hatte stellen können, und seine Wachleute zusammengerufen. Aber das Hexenkind war für seinen Dolch bestimmt! Erst würde er ihr die verdammten Augen ausstechen. Sie erleben lassen, wie es sich anfühlte, sein Augenlicht zu verlieren. Danach würde er den Dolch in ihren Bauch bohren, ihren Schmerz auskosten. Das Hexenkind hatte keinen gnädigen Tod verdient!

Jetzt lag sie vor ihm im Gras, gespickt mit seinen Pfeilen, und den Blick in den Himmel gerichtet. Sie schien ihn gar nicht wahrzunehmen. Er zog seinen Dolch aus der Scheide am Gürtel. Niemand ignorierte ihn mehr! Auch wenn er sich genau ausgemalt hatte, wie es sein würde, sich endlich an ihr rächen zu können, ließ er sich von seinen Gefühlen übermannen. Zu viel Leid, zu viel Häme hatte er ihretwegen erleben müssen! Er stach in ihre Brust, immer und immer wieder. Kein Mucks kam von ihr, das Hexenkind blickte nur weiter starr nach oben. Kasimir schrie und brüllte und heiße Tränen liefen seine Wangen hinab. Tränen der Wut, des Hasses und des Kummers.

Meissa weinte mit ihm. Sie konnte spüren, wie das Leben aus ihrem geliebten Nachtkind wich. Sie würde am liebsten wegsehen, aber sie konnte nicht. Sie musste etwas tun!

»Verzeih mir, Mutter Morgenstern,
hab ich das Nachtkind doch zu gern,
so werde ich den Himmel verlassen,
und die Unsterblichkeit vergessen.«

Mit diesen Worten stieg Meissa hinab. Verließ man als Stern einmal den Himmel, so war man in Menschengestalt auf ewig an die Erde gebunden. Ein Preis, den Meissa gerne bereit war für ihre Heka zu bezahlen. Noch war Leben in ihr, noch konnte sie sie retten. Der Stern trat an Kasimir heran, legte ihre Hand auf dessen Schulter.

Er hielt mit seinem Tun inne, blickte die Frau mit den fast schneeweißen Haaren und nachtschwarzen Augen verwundert an. Eine Art Strahlen umgab sie. Ihr Anblick weckte eine bisher unbekannte Gelassenheit in ihm. Der Schmerz in seinem Herzen wich Frieden. So machte er einen Schritt beiseite, um den Stern zu Heka zu lassen.

Meissa kniete sich neben der Gefallenen nieder. Deren Atem war flach, doch das Funkeln der Sterne war noch immer zu erkennen. Sie war so wunderschön, dass es dem Stern wieder die Tränen in die Augen trieb. Behutsam strich sie über die Wangen des Mädchens. So sehr hatte sie sich all die Jahre danach gesehnt, sie berühren zu können, ihr wirklich nahe zu sein. Ihre Haut war so weich und warm.

»Meissa«, hauchte Heka erstaunt. Ihr Stern hatte sie doch nicht im Stich gelassen! Sie würde nicht allein sterben. Die kühlen Lippen des Sterns legten sich auf ihre. Die Ruhe der Nacht umhüllte sie. Die Wärme eines leuchtenden Sterns durchströmte ihr Inneres. Heka spürte, wie die Unendlichkeit des Nachthimmels über sie hereinbrach und die Sterne sich neu anordneten. Ein Kribbeln durchlief nun die Stellen ihres Körpers, die nur noch aus Schmerz bestanden hatten. Das Atmen ging plötzlich so leicht. Die Lippen lösten sich von ihren.

»O Heka, Liebste mein, ich werde dein für immer sein«, flüsterte der Stern, drückte die Stirn gegen die ihrer Geliebten. Sie hatte ein liebevolles Lächeln im Gesicht, während ihr noch weiter Tränen über die Wangen liefen. Heka schlang ihre Arme um den zarten Körper des Sterns, überrascht wie kühl sie sich anfühlte, obwohl sie so menschlich aussah. Sie war nicht mehr allein! Sie vergrub ihr Gesicht in der Halsbeuge und sog ihren Duft ein. Fremdartig aber doch so vertraut roch sie. Wie der Wald so erdig, und frisch wie der Fluss. Rauchig, wie das Lagerfeuer der Räuber und lieblich wie der Morgentau, der morgens in ihren Haaren hing. Heka spürte, wie sie selbst zu weinen begann.

»Ich liebe dich so sehr«, erwiderte Heka unter Schluchzen. Die Worte hatte sie schon so oft dem Nachthimmel gebeichtet, war sich aber nie sicher gewesen, ob Meissa sie verstand. Doch nun war sie hier, ihr geliebter Stern. Sie küsste sie wieder, konnte gar nicht anders. Alles fühlte sich heil und gut an.

Erst jetzt stellte Heka fest, wie seltsam das war. Langsam löste sie sich von ihrer Geliebten, blickte an sich herab. Die Pfeile steckten nicht mehr in ihr. Die Wunden waren geschlossen. Nur noch ihre zerfetzte Kleidung erinnerte an den Angriff. Sie sah sich um. Ihr Bruder stand ein paar Schritte entfernt von ihr, seinem Gesicht war die Verwunderung noch immer anzusehen. Hinter ihm fanden sich nach und nach die

Stadtwachen ein, angeführt vom Hauptmann, ihrem Vater. Keiner wagte es, sich ihnen zu nähren oder etwas zu sagen.

Mit einem sanften Gesichtsausdruck richtete sich Meissa auf. Leichten Schrittes ging sie auf den Bruder zu und hob seine Augenklappe. Dort wo sein Auge hätte sein müssen, hauchte sie einen Kuss darauf.

»Hab genommen, was dir gehört.
Dir dein Leben doch zerstört.
Nun schenk ich dir Sternensicht,
Dich begleitet mein ewiges Licht.«

Kasimir fasste sich ins Gesicht. Dorthin, wo der Stern ihn geküsst hatte. Statt einer dunklen Höhle ertastete er ein Augenlid. Er öffnete es.

»Vater, mein Auge, es ist wieder da!«, rief er erstaunt, drehte sich zu seinem Vater um.

Doch statt Freude zeichnete sich nur Entsetzen auf dessen Gesicht ab.

»Ein Hexenauge! Du wurdest verhext!«, wisperte der Wachhauptmann voller Trauer. Hatte er nun auch noch seinen Sohn verloren.

Kasimir runzelte verwundert die Stirn, blickte schließlich nach oben in den Sternenhimmel, sah nun so unendlich mehr. Leuchten, wo vorher noch keines war. Dunkelheit, die er nie wahrgenommen hatte, und ein leises Flüstern im Ohr von einer Sprache, die er nicht verstand. Hatte seine Schwester all das auch gesehen? Er suchte ihren Blick.

Sie lächelte ihn an. Kasimirs Angst und der Hass waren verschwunden. Das konnte sie spüren. Heka wusste, er verstand sie nun. Ihr Bruder war jetzt wie sie. Sein Schicksal stand in den Sternen, aber er konnte die Sterne nun lesen.

»Komm, Bruder, ich weiß einen guten Ort für uns Nachtkinder«, sagte sie, nickte dabei in Richtung des Waldes. Sie griff nach der Hand ihres Sterns, zog sie mit einem Lachen an sich. Die Stadtbewohner waren noch zu überwältigt, um zu reagieren. Sie würden aber noch Jahre später davon erzählen, wie eine weiße Hexe dem Hauptmann den Sohn geraubt hatte.

Es interessierte Heka nicht. Meissa war bei ihr und mit ihr war alles gut.

Kuro Umi

Rosalie & Ayana

Einstmals bemerkte eine junge Halbnymphe ein kleines Mädchen, dessen Reinheit nicht von dieser Welt zu sein schien. Egal ob ihr Gegenüber reich oder arm war, ob jung oder alt, sie blieb freundlich, nett und hilfsbereit. Dieses Mädchen war eine Prinzessin, die aber leider oft krank war und nur selten an ihren liebsten Platz, den Schlosssee, kommen konnte. Doch immer, wenn ihre Gesundheit es erlaubte, trugen Bedienstete sie an das Wasser, wo sie in die Weite blickte und davon träumte, mehr als nur den Bereich um das Schloss zu sehen.

Die Nymphe war fasziniert von der melancholischen Erscheinung des Mädchens und liebte es, sie jedes Mal dabei zu beobachten.

Auch dieser Tag war einer jener, an denen die Prinzessin am See saß. Und während sie von dort ihren Blick über die weite Ferne gleiten ließ, fiel ihr etwas im Wasser auf. Da zappelte und wackelte etwas im Schilf, nur was, das konnte sie nicht erkennen, jedoch drangen Hilfe suchende Laute an ihr Ohr. Die Prinzessin sah sich nach ihren Bediensteten um, aber keiner war in der Nähe.

Was ist das nur? Ich muss nachschauen und wenn nötig auch helfen!

Entschlossen und mutig näherte sie sich dem Teichrohr und erblickte tatsächlich ein kleines Körbchen. Sie hob einen Stock auf, welcher am Rand lag, und versuchte damit, das mit

Tüchern bedeckte Behältnis zu erreichen, um es an Land zu ziehen. Aber immer, wenn sie gerade eben das Bündel erwischte, entglitt es ihr wieder und sie beugte sich stetig weiter nach vorne. Vergessen war ihre eigene Gesundheit, vergessen jede Vorsicht, vergessen die Tatsache, dass sie selbst nur ein kleines Mädchen war.

Die Halbnymphe hielt den Atem an, verdammt dazu, zuzusehen, wie das Unglück seinen Lauf nahm, denn zeigen durfte sie sich nicht. Nicht ohne Konsequenzen einzugehen.

»Nur noch ein bisschen, komm schon, gleich habe ich dich«, erklang die feine aber angestrengte Stimme der Prinzessin. Dann erreichte sie erneut den Korb. »Ja endlich! Und nun … hierher … hier … her … Ah!«

Ihr Aufschrei ging in einem gewaltigen Platschen unter, das laut genug war, um das Personal aufhorchen zu lassen. Während dieses zum See lief, kämpfte das kleine Mädchen um ihr Überleben, konnte sie doch gar nicht schwimmen. Voller Panik trat sie um sich, schluckte Wasser und drohte zu ertrinken, da wurde es der Halbnymphe doch zu gefährlich. Sie lief eilig zu der Stelle und sprang, ohne darüber nachzudenken, in das kühle Nass. Kaum erreichte sie die Prinzessin, hielt sich diese aus Leibeskräften an der unbekannten Person fest.

»Der Korb, wo – wo ist der Korb?«

Die Nymphe war überrascht. Obwohl das Kind kurz davor war, ihr Leben zu lassen, sorgte sie sich noch immer um das Wesen im Korb.

»Hier, Eure Hoheit, ich hab sie, macht Euch sich bitte keine Sorgen«, erklang ihre melodische, sanfte Stimme und schon kehrte Ruhe in das kleine Mädchen ein. Sie ließ sich von der Fremden ans Ufer bringen, wo auch ihre Kammerzofe zugegen war und sie abnehmen wollte.

»Prinzessin Ayana, um Gottes willen, was ist mit ihnen passiert?«, kam es besorgt von ihr, doch die Kleine klammerte sich an die wundersame Retterin und schaute nur zum Korb. Die Halbnymphe, amüsiert über diese fürsorgliche Neugier, hielt ihr das Körbchen hin und Ayana schob die Tücher zur Seite. Hervor kam ein kleines, schwarzes Kätzchen, das sie verängstigt mit großen Augen ansah. Da fiel der Prinzessin etwas auf. Die Katze hatte, wie sie, zwei verschiedene Augenfarben.

»Magda?«, sprach sie die Zofe an. »Kann ich sie bitte behalten?«

»Hoheit, das müssen wir den König und die Königin fragen, ich habe nicht das Recht, diese Entscheidung zu treffen«, antwortete diese ihr und richtete alsbald ihr Augenmerk auf die Lebensretterin. »Ich danke Ihnen, dass sie die Prinzessin gerettet haben, bitte begleiten Sie uns in das Schloss. Der König und die Königin würden sich gewiss bei Ihnen bedanken wollen. Außerdem könnten sie beide etwas Trockenes zum Anziehen und eine warme Suppe gebrauchen.«

Die Halbnymphe, überrascht von dieser Höflichkeit, da sie diese unter Menschen selten sah, nickte dankend und folgte der Dienerin zum Schloss. In der Zwischenzeit verweigerte Ayana es, von ihr losgelassen zu werden, denn aus einem unerfindlichen Grund hatte sie diese Fremde sofort ins Herz geschlossen. Während sie also von ihrer Retterin getragen wurde, rubbelte Ayana die kleine Katze trocken.

»Na so etwas, normalerweise ist Prinzessin Ayana Fremden gegenüber sehr scheu, Sie müssen etwas an sich haben, das sie magisch in den Bann zieht«, redete die Zofe kichernd mit der Nymphe und fuhr fort: »Sagen Sie mir Ihren Namen, meine Liebe? Ich kann Sie ja schlecht als ›das Mädchen, das in den See sprang‹ vorstellen.«

»Rosalie«, kam es über ihre Lippen, wie ein Flüstern des Windes.

Noch immer war die Halbnymphe verwirrt, wie sich alles entwickelte. Auch dass die Menschen scheinbar nicht merkten, dass sie nymphischer Abstammung war. Ob dies an ihrer menschlichen Hälfte lag, konnte sie nicht sagen. Menschen waren seltsame Wesen. Sie hatten immer Angst vor übernatürlichen Fähigkeiten, doch wollten sie gleichzeitig, dass man ihnen mit Magie das Leben erleichterte. Viele wundersame Geschöpfe wurden schon gefangen und benutzt, darum zeigten sich die Nymphen schon lange nicht mehr. Nur heimlich waren sie da, um zu helfen, wenn sie konnten, oder zu beobachten, um zu lernen.

Als sie im Schloss angekommen waren, kamen weitere Bedienstete an, die Rosalie zu einem Badezimmer geleiteten, wo sie sich trocknen und umziehen konnte.

Auch Ayana wurde in ihre Gemächer geführt und nachdem sie fertig war, brachte man sie zu ihren Eltern in den Thronsaal. Überglücklich lief sie über den schwarzen Marmorboden, auf denen ihre Schuhe leichte klackernde Geräusche produzierten, in die Arme ihrer Mutter und erzählte, wie sich alles ereignet hatte und fragte gleich, ob sie die Katze behalten dürfte.

»Also bei dem Aufwand, den du betrieben hast, wäre es eine Verschwendung, wenn du sie nicht behalten könntest. Ich habe nichts dagegen, aber bedenke, du hast sie gerettet, also musst du sie auch versorgen«, sagte die Königin.

Ayana machte beschwingt einen Knicks, umarmte nochmal zum Dank ihre Eltern und setzte sich dann auf ihren Platz, um ihre Retterin in den Hallen begrüßen zu können.

Rosalie trat ein, in ein grünes Gewand gehüllt, welches man ihr zum Dank gegeben hatte, und sah sich staunend um.

Der Raum war hoch, eine gewaltige Deckenmalerei erstreckte sich an der ganzen Decke, welche Motive von Engeln, Einhörnern, Feen, Nymphen, Menschen, Drachen, Tieren und wundersamen Blumen und Pflanzen zeigte. Mehrere Kronleuchter hingen herab, die den Raum bei Bedarf erhellten. Zehn weiße Säulen standen im Raum, die in Bogenform das Gewicht der Decke trugen, und an den Seiten waren mächtige Fenster, die durch ihr buntes Glas die Sonne in den schönsten Farben einließen.

Die Königin sah das Mädchen, das noch etwas vorsichtig wirkte, genauer an. Sie mutete nur wie vierzehn Sommer an und schien doch mit den Augen eine viel ältere Weisheit auszustrahlen. In dem Moment wusste die Königin Bescheid. Doch sie schwieg, denn die Königin wollte der Retterin ihrer Tochter kein Leid zufügen, indem sie zuließ, dass diese eventuell verstoßen wurde.

»Rosalie, ich danke dir sehr, dass du das Leben unsere Tochter gerettet hast. Wie du bestimmt weißt, ist sie unser einziges Kind und noch dazu meist leider nicht in der besten körperlichen Verfassung. Mein Mann und ich haben uns entschieden, dir einen Wunsch zu erfüllen, sei es, was immer es sei, solange es in unserer Macht steht.«

Rosalie blickte zu der Königin, die genauso schönes, rotes Haar wie die Prinzessin besaß, smaragdgrüne Augen hatte und sie anlächelte. Dann sah sie den König an, mit seinen erdigen, braunen Augen, die Sanftheit und doch Strenge ausstrahlten. Sein Bart war geflochten, wie es aussah von Kinderhand, was verdeutlichte, wie sehr ihm seine Tochter am Herzen lag, wenn er sich so vor seinen Untertanen zeigte.

Zu guter Letzt richtete sie ihre Aufmerksamkeit auf die Prinzessin, die sie dankbar und voller Zuneigung ansah. Ihre zwei verschiedenen Augenfarben, die sie am See nie richtig erkennen konnte, zogen Rosalie in den Bann. Sie wollte auf ewig bei ihr sein, bei dieser Prinzessin, die reiner war, als der Morgentau, der an einem Spinnennetz oder einem Blütenblatt hing. Unschuldig und klar strahlte sie in ihren Augen und so fing sie an, ihre Worte zu formulieren: »Eure Majestät, ich wünsche mir nichts sehnlicher, als für immer bei der Prinzessin sein zu dürfen. Ob als Zofe, Magd oder was auch immer, nur gestattet mir, immer bei ihr zu sein.«

Die Königin sah sie überrascht an, hieß das doch für die Nymphe eine Ausgrenzung aus dem Reich der Naturgeister. Doch das Mädchen konnte ihren Blick nicht von der Prinzessin abwenden, nicht einmal, als die Königin sie ansprach. Auch ihre Tochter sah unentwegt zu ihr und ein strahlendes Lächeln umspielte ihre Lippen vor Freude.

»Bist du dir dessen sicher? Auch wenn du nie mehr in dein Heim kommen könntest? Nie mehr zu deinem Volk?«

Dieser Satz ließ Rosalie zusammenfahren und sie sah die Königin an, die ihr wissend in die Augen sah. Was sollte sie machen? Sie wollte für immer bei Ayana sein. Würde es ihr Verderben sein, weil die Königin ihre Magie ausnutzen würde? Aber wie sehr sie auch suchte, sie konnte keine Hinterlist bei dieser Frau erkennen, nur aufrichtige Sorge.

Bei so einer Mutter ist es kein Wunder, dass ihre Tochter so selbstlos und rein ist, dachte sich das Mädchen.

»Meine liebste Gemahlin, wenn sie es sich wünscht, dann können wir ihr diese Bitte doch erfüllen, oder nicht? Sie kann natürlich immer zu ihren Leuten gehen, sie besuchen und dort eine Zeit verweilen, immerhin ist sie ein freier Mensch«, warf der König schmunzelnd ein, Unwissen zeigend, denn woher hätte er es wissen sollen? Woher sollte er erahnen, dass eine Nymphe, die sich an einen Menschen bindet, nicht eher wieder nach Hause kann, ehe dieser gestorben ist.

Langsam aber entschlossen fing Rosalie an zu nicken. »Ja, ich, Rosalie, schwöre, dass ich ganz für die Prinzessin da sein werde, sie beschützen und ehren werde, bis die Zeit der Trennung gekommen ist!« Mit diesen Worten, die klar und deutlich durch den Saal hallten, besiegelte die Halbnymphe ihr Schicksal.

Die Königin nickte verstehend und fügte hinzu: »So soll es sein, dennoch wirst du Ayana alles von dir vorher erzählen und nur ihr bist du verpflichtet, alles offenzulegen. Du wirst ihre Kammerzofe und Beschützerin werden. Lerne auch du, was du dafür können musst, alle hier werden dich dabei unterstützen.«

Verstehend nickte Rosalie.

Jahre zogen durch das Land und Ayana und Rosalie wurden unzertrennliche Freundinnen. Der König und die Königin lehrten Ayana, wie sie ihr Reich später auch gerecht weiterführen sollte, wenn es irgendwann einmal an der Zeit für ihre Eltern war, den Platz zu räumen.

Während der ganzen Zeit, in der Rosalie sich um Ayana kümmerte, wurde ihre Gesundheit immer besser, denn Rosalie benutzte stetig etwas Magie, um ihre Freundin zu heilen und zu pflegen. Die Königin erahnte es, doch verschwieg sie ihr Wissen weiterhin. Dabei bemerkte sie noch etwas. Die zwei, nun junge Damen, hatten mehr Zuneigung füreinander entwickelt. Eine Zuneigung, die die Königin vermuten ließ, dass sie und ihr Gemahl niemals ihre Enkelkinder erblicken würden. Doch solange ihre Tochter glücklich war, war sie als Mutter das auch.

Eines Tages aber ereilte den Hof ein großes Unglück. Die Königin lag im Sterben.

»Majestät, warum haben Sie nie etwas gesagt? Sie wussten seit dem Tag, an dem ich zu Ihnen in den Saal kam, dass ich kein Mensch bin, dennoch haben Sie nie nach meinen Fähigkeiten verlangt, ja sogar ihre Krankheit selbst vor mir verstecken können.« Rosalie sah in das blasse Antlitz der Königin.

Weinend kniete Ayana sich neben ihrer Mutter ans Bett, hielt ihre schwachen Hände, die nun so kalt wie der Herbstwind waren. Hatte Rosalie ihr doch schon gesagt, dass die Krankheit zu fortgeschritten sei, um von einer Halbnymphe aufgehalten werden zu können. Viele Nächte könnte die Königin nicht mehr überstehen, doch Rosalie wollte und musste sie auf diese Tatsache ansprechen.

»Süße, liebe Rosalie, wie sollte ich dir das sagen? Du heiltest doch schon meine einzige Tochter, mein Kind, dessen Wohl mir über allem liegt. Ich behielt dich nicht im Schloss, damit du deine Kraft mir hingibst, auch wenn du es von dir aus getan hättest. Hättest du mich geheilt, wären vielleicht die falschen Menschen auf dich aufmerksam geworden und das konnte ich der Tochter meines besten Freundes nicht antun.«

Perplex sah die Halbnymphe zu der Königin. »Sie – Sie kannten meinen Vater? Aber woher? Noch nicht einmal ich kannte ihn!«

»Dein Vater war Lehrer in unserem Reich. Er war ein sehr weiser Mann und durch ihn kenne ich die Regeln der Nymphen. Ich weiß, wie sehr du mit meiner Tochter verbunden bist und auch, dass ihr eine harte Prüfung vor euch haben werdet. Dein Vater, er liebte deine Mutter und dich über alles, auch wenn du damals nur wenige Wochen alt warst, als er von uns ging. Deine Menschengestalt, sie erinnert mich sehr an ihn. Ich hätte gern deine wahre Natur erblickt, aber du bist noch nicht so weit. Doch es stimmt, ihr altert viel langsamer als wir Menschen. Pass gut auf meine Ayana auf.« Müde blickte die Königin alle beide an. »Ayana, auch für dich wird es sehr schwer werden, doch sei stark mein Kind. Dein Vater wird dich sehr brauchen, gib ihm die Kraft, alles durchzustehen.«

»Ja Mutter, ich … ich werde mein Bestes geben.« Stockend und schniefend erklang ihre doch schon leise Stimme. Wie gern hätte sie ihre eigene Gesundheit geopfert, um das Leben ihrer Mutter zu retten, doch waren ihr die Hände gebunden. Der Schmerz in ihrer Brust nahm ihr das Gefühl zu atmen, Schwere machte sich breit und sie gab ihrer Mutter einen Kuss.

»Lasst nun den König zu mir. Weint nicht lange um mich, ich werde zur Erde zurückkehren und wer weiß, vielleicht treffen sich unsere Wege erneut, wenn ich neugeboren werde«, fügte die Königin nun an und ein sanftes Lächeln umspielte ihr hageres Gesicht.

Die Mädchen verließen den Raum, nickten schweigend dem König zu und gingen dann in Ayanas Gemächer. Dort angekommen, setzten sie sich auf das Sofa und Rosalie nahm Ayana in die Arme. »Es tut mir so leid Ayana, hätte ich nur früher etwas davon geahnt, ich hätte versucht sie zu retten.«

Immer mehr Tränen flossen aus Ayanas Augen, durchtränkten das Kleid von Rosalie und nahmen jedes Mal einen Teil ihrer Schmerzen mit sich. Nachdem sie die halbe Nacht geweint hatte, war Ayana eingeschlafen. Rosalie hob sie sanft auf und trug sie zu Bett, wo sie sie vorsichtig hinlegte. Auch sie legte sich neben sie, wusste doch Rosalie, dass ihre Nähe ihr Trost und Halt geben würde.

Als der Morgen graute, war das Schloss in tiefe Trauer gehüllt. Wie vermutet überlebte die Königin die Nacht nicht und der König zog sich in seine Gemächer zurück, um den Verlust zu betrauern.

Zwei Tage und zwei Nächte gingen in das Land, ehe er wieder seinen Platz im Thronsaal einnahm. Ayana saß neben ihm und legte ihre Hand auf die seine. Noch war allen ungewiss, wie sie diese Situation überstehen sollten, aber in einem waren sie sich einig – gemeinsam würden sie einen Weg finden, um wieder Freude und Glück zu erleben.

Die Zeit verstrich und die liebliche Prinzessin näherte sich dem heiratsfähigen Alter. Viele Männer, seien es Prinzen, Krieger, Adelsmänner, machten ihr den Hof, doch hatte nie einer sein Glück bei ihr erreicht. Wie denn auch, war ihr Herz doch schon seit langem an Rosalie vergeben.

»Rosalie, kann ich nicht dich heiraten? Ich liebe dich über alles und jeden hinaus, ich will nie die Braut eines anderen sein.« Schwermut lag in ihrer Stimme, denn ihr war bewusst, dass sie als einzige Erbin des Throns eine Verpflichtung erfüllen musste. Damit das Königshaus nicht ausstarb, musste sie einen Mann erwählen, um Kinder zu bekommen, doch nichts in der Welt könnte es schaffen, dass sie je sich von einem Mann berühren ließe.

»Ayana, mein Stern, leider kann ich dir auch mit meinen magischen Fähigkeiten kein Kind schenken. Aber ich werde deinen Vater bitten, dich von dieser Bürde freizusprechen. Deine Mutter gab uns ihren Segen, sie sagte, wir werden schwere Prüfungen vor uns haben und dass ich dich immer beschützen soll. Und ich werde dies tun, so wahr ich hier vor dir stehe, meine Liebste.« Mit diesen Worten nahm sie Ayanas Hand, ging vor ihr auf die Knie und besiegelte ihren Eid mit einem Kuss.

Die Prinzessin wusste nicht, wohin mit ihren Gefühlen, überwältigt von den aufrichtigen Worten ihrer Liebsten perlten Tränen von ihrem Gesicht herunter. Überrascht von den Tropfen, die die Halbnymphe trafen, blickte sie auf. Beim Anblick ihrer geliebten Prinzessin stand sie auf, näherte sich ihr und gab ihr einen Kuss auf die bebenden Lippen.

»Meine Prinzessin, lasst uns nicht länger verharren, wir sollten sofort mit dem König darüber sprechen.«

Zustimmend nickte die Prinzessin und sie eilten in den Thronsaal, wo der König gerade die letzten Dokumente für den heutigen Tag unterzeichnete.

»Mein Herr Vater, wir haben ein Anliegen an Euch!«, sprach die Prinzessin und der König sah sie mit freundlich gerunzelter Stirn an.

»Ein Anliegen, mein Kind? So förmlich bist du ja selten, dann muss es etwas sehr Wichtiges sein. Was ist es? Ich höre!«

In dem Moment ging Rosalie vor dem König auf die Knie und fing mit fester Stimme an zu reden: »Majestät, wie Ihr bemerkt habt, ist Eure Tochter schon im heiratsfähigen Alter. Viele Bewerber haben schon ihr Glück versucht, aber mit jedem Bewerber, den die Prinzessin abweisen muss, wächst ihr Kummer und Leid. Ich weiß, dies ist von niemandem beabsichtigt, aber die Prinzessin will keinen Mann heiraten. Sie und ich, wir lieben uns! Eure Majestät, darum bitte ich Euch, nehmt ihr diese Bürde, Nachfahren in die Welt setzen zu müssen, ab. Gebt mir die Hand Eurer Tochter und es soll dem Königreich nicht schaden.«

Erst war der König noch von den Worten überrascht, aber je mehr er davon hörte, desto mehr keimte der Zorn in ihm auf. Als die Halbnymphe zum Ende kam, platzte dem König die Geduld. »Wie kannst du es nur wagen! Du hast zwar damals meine Tochter gerettet, doch was fällt dir ein, um ihre Hand anzuhalten? Was soll mit dem Königreich passieren, wenn das Königshaus keine Nachkommen mehr hat? Versuchst du unser Land zu zerstören? Bist du am Ende ein uns feindlich gesinnter Kundschafter, der von innen heraus das Reich in ein Chaos stürzen will?« Mit jedem Wort, das der König sprach, wurde er lauter, bedrohlicher und größer. Er stand auf, ging dabei auf die junge Frau vor ihm zu und starrte voller Missgunst auf sie herab.

»Vater, bitte! So ist das nicht!«, sprach da die Prinzessin mit verzweifelter Stimme. Sie eilte neben Rosalie und sah ihren Vater an, den sie noch nie im Leben so erlebt hatte.

»Schweig mein Kind! Du wirst einen Mann zu deinem Eigen machen, du wirst ihm und dem Reich ein Kind gebären, damit ein Nachkomme das Überleben des Königshauses sichert! Wenn deine Magd es will, so kann sie deine Geliebte sein, doch wirst du nicht von der Bürde freigesprochen! Niemals!«

Der König sah auf sie beide und wartete auf die Worte, die Gehorsam ankündigten, doch stattdessen stand Rosalie auf, sah entschlossen zu dem König und ergriff das Wort: »Bei allem Respekt, mein König, Sie können Ihre Tochter nicht dazu zwingen! Sogar Ihre verstorbene Frau, die Köni…«

»Schweig! Wag es ja nie wieder, von meiner verstorbenen Frau zu sprechen, wenn du sie nicht kanntest!«

»Und wie ich sie kannte! Besser als Sie es vielleicht konnten, denn sie sah alle Anzeichen und gab uns ihren Segen! Sie sagte … Au!«

Schon war es geschehen, der König hatte seine Hand erhoben und mit dem Handrücken die junge Frau vor sich geschlagen. Blut floss an ihrer Lippe entlang, die aufgeplatzt war, als einer der Ringe des Königs sie dabei aufkratzte. Wie auf ein Stichwort ertönte ein Donnern von draußen, Blitze zuckten auf und der König brach unter einem Schmerzenslaut zusammen.

Rosalie und Ayana sahen überrascht zu ihm, wie er langsam den Kopf hin und her bewegte, als würde er etwas suchen.

»W… was geht hier vor? Ayana, mein Kind?«, rief der König verzweifelt und tastete auf dem Boden kriechend um sich.

»Vater? Was ist mit dir?«, erklang die sorgenvolle Stimme der Prinzessin, die sich zu ihm niederkniete und ihre Hände an sein Gesicht legte, um den Blick auf sich zu lenken. Als der König seine Augen aufschlug, um sie anzusehen, erschrak Ayana. Die Augen ihres Vaters, diese tiefbraunen Augen, die früher Strenge und Sanftheit zeigten, waren nun leer und tot. Kein Funken Leben regte sich in ihnen. Nur regloses Weiß war zu sehen.

Mit tränenerfüllter Stimme richtete sie ihre Worte an ihre Freundin. »Rosalie, bitte, kannst du nichts machen?«

»Ich weiß es nicht, Ayana, diese Erblindung ist ein Fluch und meine Macht reicht nicht, um Flüche zu kurieren.«

»Sagt, warum sehe ich nichts? Wo seid ihr? Was meint ihr mit kurieren? Von welcher Macht redet ihr?«, unterbrach der König die beiden.

»Vater, Rosalie ist kein Mensch, sie ist eine Halbnymphe!«, gestand die Prinzessin dem König. Dieser erbleichte und versuchte zu Rosalie zu schauen, doch wusste er nicht, wo sie stand.

»Gehörst du wirklich zu dem Volk der Nymphen? Ich Tor, was habe ich getan?«, erklang seine Stimme voll Reue und Panik. »Oh Kind der Naturgeister, verzeih, dass ich die Hand gegen dich erhob. Wie konnte es nur soweit kommen? Bitte, lass deinen Zorn nicht an meinem Volk oder meiner Tochter aus, dies war allein mein Verschulden!«

»Majestät, so beruhigen Sie sich bitte!« Rosalie streckte die Hand nach dem König aus, berührte ihn ganz sacht an der

Schulter, doch schreckte dieser auf, als hätte er einen Schlag abbekommen.

»Mein König, ich werde weder Ihnen, Ihrem Volk, und gewiss nicht Ihrer Tochter Schaden zufügen, Sie haben mein Wort. Der Fluch wurde nicht von mir ausgelöst, ich habe diese Macht nicht, denn wie Ihr mitbekommen habt, bin ich nur eine Halbnymphe. Meine Macht reichte, um Eure Tochter mit der Zeit zu heilen, aber weder bei der Königin, noch jetzt bei Ihnen bin ich stark genug, um etwas dagegen zu tun. Die Einzigen, die wissen können, wie man es behebt, gehören zu meinem Volk. Aber ich kann nicht mehr in mein Reich heimkehren, nicht, solange Ihre Tochter lebt und ich an sie gebunden bin.«

Immer ruhiger werdend lauschte der König den Worten, verstand, welches große Unrecht er tat, als er sich vom Zorn hatte übermannen lassen. Diese junge Frau hatte genau so ein reines Herz wie seine Tochter. »Rosalie, du fragtest nach der Hand meiner Tochter? Finde eine Möglichkeit, wie dieses Land weitergeführt werden soll, wenn das Königshaus keine Nachkommen mehr hat und ich werde es dir gestatten. Du bist durch deinen Eid an das Leben meiner Tochter gebunden, so wie ich es vernommen habe? Dann mache ich mir um ihr Wohl weniger Sorgen, weiß ich doch, dass Naturgeister die, die sie lieben, beschützen und versorgen.«

Erstaunt sahen sich die beiden Frauen an. »Wenn – wenn wir es also schaffen, dann darf ich von meiner Bürde erlöst werden, Vater?«

»Ja, ich gebe mein Wort als König.«

»Majestät, dies wird eine Weile dauern, doch davor sollten wir Ihr Augenlicht zurückholen. Wenn wir von heute auf morgen alles ändern, könnten Unruhen entstehen.«

»Rosalie hat recht Vater, deswegen müssen sie und ich zu ihrem Volk und dieses um Hilfe bitten. Nur sie können uns helfen.«

Der König überlegte eine Weile, war sich unsicher, ob er seine Tochter ziehen lassen sollte, aber um über das Land regieren zu können, musste Ayana viel von der Welt kennenlernen. Also nickte der König zur Bestätigung.

»Ich werde auf eure gute Heimkehr warten, meine Kinder. Und solange ihr abwesend seid, wird mir der Rat der Weisen helfen, die Ordnung im Reich einzuhalten. Brecht am besten so bald wie möglich auf!«

Kaum war alles geregelt, die Reisetaschen gepackt und die Pferde gesattelt, brachen die Prinzessin und ihre Geliebte auf, das Reich der Nymphen aufzusuchen. Zum ersten Mal war die Prinzessin auf einer so langen Reise, kannte sie doch nur ihr Schloss und die in der Nähe befindlichen Dörfer und kleinen Städte. Je weiter sie kamen, umso deutlicher wurde ihr, wie sehr sich die Menschen auf den König und seine Ordnung verließen. Von Generation zu Generation lernte ihre Familie, wie sie ihr Land gerecht führen und die Sorgen der Menschen lindern konnte. Allerdings hatte es den Nachteil, dass das Volk aufhörte, sich selbst verantwortlich zu fühlen. Sie taten ihre Arbeit so gut es ging und hofften immer, dass bei einem Problem das Königshaus alles regelte. Nun verstand die Prinzessin, warum der König besorgt war, als er sah, dass es zu keiner Nachfolge kommen würde, wenn sie sich keinen Mann nahm. Aber dies war keine Lösung. Die Menschen mussten lernen, ihre Probleme auf gerechte Weise selbst zu lösen.

»Rosalie, siehst du was ich auch sehe? Unser Reich ist zwar groß, relativ friedlich und recht wohlhabend, aber alle verlassen sich wie Kinder auf uns. Wir sind wie Eltern, die immer alles für ihre Kinder zum Guten wenden müssen. Das ist das eigentliche Problem. Ich glaube, so könnten wir unserem Land die benötigte Wandlung geben«, teilte die Prinzessin ihre Beobachtung mit.

»Du hast recht Ayana, das werden wir mit dem König bei unserer Rückkehr besprechen. Aber schau, da vorne ist der Eingang zu unserem Wald. Wir haben mein Reich fast erreicht. Ob sie uns hineinlassen, weiß ich allerdings nicht, denn noch nie durften Nicht-Nymphen unser Reich betreten.«

Der Wald, an dem sie ankamen, wirkte auf den ersten Blick friedlich und normal wie jeder andere Wald, doch kaum betrat man diesen Ort tiefer, so zeigten sich die ersten Wunder. Kleine Feen, Glühwürmchen gleich, umflogen sie neugierig und hindert die Zwei daran, weiter vorzudringen.

»Verzeiht mir, meine geflügelten Brüder und Schwestern, doch ich muss in mein Reich, gestattet ihr mir und meiner Gefährtin die Weiterreise?«, sprach Rosalie die kleinen Wesen an, die sich um sie herum immer schneller drehten, als suchten sie nach etwas. Dann flogen sie zu der Prinzessin hinüber, umkreisten auch sie immer schneller. Es wirkte, als wäre Ayana gefangen in einem Käfig aus Licht. Als die Feen sich endlich von ihr lösten, flogen sie ein Stück vor und verharrten in der Luft.

»Wir können ihnen nun folgen. Nur sie kennen den Weg sicher durch den Hain. Versucht jemand mit unreinem Herzen oder unlauteren Motiven hier einzudringen, wird ihm der Weg versperrt und die Person wird entweder für immer ziellos hier wandern, oder, wenn die Wesen in der Stimmung sind, sich am Eingang wiederfinden, sodass sie kehrt machen können«, erklärte Rosalie Ayana die Gegebenheiten. Dabei ließ sie sich von ihrem Pferd heruntergleiten, nahm die Zügel in die Hand und ging den Feen nach. Ayana beeilte sich, es ihrer Geliebten gleichzutun und folgte ihr ganz dicht.

Sie ließen die Feen nicht aus den Augen, obwohl immer wieder wundersame Geschöpfe und Lebensformen ihre Wege kreuzten, welche die Prinzessin zu gerne genauer angesehen hätte. Aber die Zeit drängte, und die Sonne war schon am Untergehen. Da erreichten sie endlich eine Quelle, die umringt von Steinen war, an denen verschiedene Symbole pulsierend leuchteten.

Die Feen fingen an, in einem bestimmten Rhythmus und einer bestimmten Reihenfolge um die Steine zu schwirren, immer schneller und schneller, bis ihre leuchtenden Körper wie ein Leuchtband in der Luft wirkten. Das Wasser fing an zu sprudeln und einen Strudel zu bilden, aus dem sich ein Tor erhob. Als es seine endgültige Position einnahm, drang helles, weißes Licht daraus. Ein Schatten nahm langsam Gestalt an und aus der Öffnung trat eine Nymphe hervor, die sie mit ihren großen, violetten Augen ansah. Ihr Haar changierte in den Farben von gelb zu rot, wie das Feuer im Kamin und ihre Ohren wirkten fremd, waren sie doch ähnlich wie die Brustflossen der exotischsten Fische aus fernen Ländern. Zarte, schmale Flossenstrahlen, die zierlich und zerbrechlich wirkten, und von einer zart schimmernden, durchsichtigen Haut überzogen waren.

»Willkommen vor der Pforte unserer Heimat, mein Name ist Vatra«, erklang ihre glockengleiche Stimme. Abwechselnd sah sich die Nymphe die Fremden vor sich an, ehe sie sich ganz zu Rosalie wandte.

»Du bist eine der unseren, Rosalie, Tochter unserer Weisen Tähti. Du warst lange fort und kommst nun mit einer außergewöhnlichen Menschenfrau zu uns. Sag, was ist das Ziel eurer Reise hierher? Ich spüre bei euch beiden keine bösen Absichten und keine Gier.«

»Hohe Torhüterin Vatra«, sprach Ayana die Nymphe vor sich an und verbeugte sich dabei tief. »Ein Unglück ließ uns hierher eilen. Ein Fluch aus unserem Volk traf den König und dieser erblindete. Wir wollen gerne wissen, wie wir es wieder beheben können.«

»Ein Fluch sagst du? Ein Fluch von unserem Volk trifft nur dann jemanden, wenn dieser einen Naturgeist verletzt. Wenn er also dadurch bestraft wird, so hat er Gewalt gegen uns ausgeübt.« Streng blickte sie nun Ayana an. »Ich gehe davon aus, er ist dein Vater? Also bist du die Prinzessin eines Reiches, das von einem brutalen König regiert wird, der nicht einmal seine Grenzen kennt, wenn er vor einem Naturgeist steht?«

Die Prinzessin ging ehrfürchtig auf die Knie und antwortete sanft: »Liebe hohe Nymphe des Feuers und Torwächterin Vatra, ich bitte vielmals um Verzeihung wegen der Tat meines Vaters. Er ist im Grunde ein zwar strenger, aber sanfter Mensch. Mit viel Wärme und Fürsorge, nicht nur für seine Familie, auch für sein Volk, und er ehrt und schätzt euch Geist- und Naturwesen sehr. Er wusste nicht, dass Rosalie eine Halbnymphe ist. Er sah eine Bedrohung seines Reiches und die Sorge um dieses wie auch um seine Tochter verleiteten ihn zu dieser Tat. Er bereut dies aus tiefstem Herzen. Es ist meine Schuld, weil ich keinen Nachkommen mit einem Mann zeugen wollte, den ich nie aufrichtig lieben könnte. Mein Herz gehört schon seit sehr langer Zeit Rosalie.«

Stille herrschte an der Quelle, während die Nymphe sich Gedanken machte. Dann fasste sie einen Entschluss. »Ihr sagtet, er empfindet tiefe Reue?«

Ayana und Rosalie nickten beide gleichzeitig.

»Und Ihr beiden seid ein Paar?«

Wieder nickten sie, doch dann stockte Ayana und berichtete: »Wir lieben uns und Rosalie bat um meine Hand. Doch noch sind wir nicht Eins im Auge des Gesetzes. Um heiraten zu dürfen, müssen wir eine Lösung finden, was das Wohl unseres Landes betrifft. Auf unserer Reise hierher fanden wir auch eine Möglichkeit, nun müssen wir sie nur in die Tat umsetzen.«

»Ich sehe, Ihr seid ein schlaues Kind, Prinzessin, und nicht ein einziges Mal habt ihr mich belogen, also werde ich euch sagen, was der König tun muss, um den Fluch zu beheben. Allerdings darf er davon nichts wissen. Es ist eine Prüfung seines Charakters. Solltet ihr es ihm dennoch sagen, so wird der Fluch für immer Teil eurer Familie werden und kein Heilmittel wird es lindern können.« Dabei blickte sie beiden jungen Frauen tief in die Augen, wollte sie doch sehen, ob sie diese tiefe Bedeutung verstanden.

Das taten sie, also fuhr Vatra fort: »Er muss sein Wort halten, wenn Ihr ihm die Alternative vortragt. Wandelt sich das Land, so wird sich das auch auf ihn beziehen. Er soll Rosalie als seine Schwiegertochter anerkennen und Euch vertrauen. Wenn die Zeit gekommen ist, wird der Fluch sich auflösen, ihr habt mein Wort.«

Erleichterung breitete sich in den jungen Damen aus und so verabschiedeten sie sich mit großem Dank von der Nymphe, um in die nächste Siedlung zu reisen und ein Nachtquartier zu suchen.

Wieder leuchteten die Feen ihnen den Weg, diesmal hinaus aus dem Wald und schon waren sie auf einer Anhöhe, an dessen Sohle sie eine Stadt sahen. Ayana und Rosalie stiegen wieder in die Sättel, um schneller voranzukommen und ritten den steinigen Pfad hinunter.

In der Ortschaft angekommen, machten sie eine besorgniserregende Entdeckung. Eine Menschenschlange führte von einem der Brunnen zu einer kleinen Behausung, welche lichterloh in Flammen stand. Jegliche Rettung kam für das

Haus zu spät, zu fortgeschritten war der Brand, der tobte. Immer wieder wurde Wasser in die Flammen gegossen, um die Verbreitung auf nahe stehende Gebäude zu verhindern.

Die Prinzessin konnte nicht anders. Sie sprang von ihrem Pferd herab und ergriff ebenfalls einen Eimer, um bei den Arbeiten zu helfen. Auch Rosalie packte mit an, doch plötzlich erbleichte sie und sah Ayana groß an. »Da drinnen ist noch ein lebendes Kind!«

Die Menschen um sie brachen in Panik aus, dachten sie doch, dass im Haus schon längst keiner mehr am Leben sein konnte. Wie sollten sie nun das Kind retten? Ein Löschen der Flammen war nicht möglich, zu groß war die Gier der Feuersbrunst nach allem Materiellen, und die Hitze machte es unmöglich, sich näher heranzuwagen, da sie schwere Verletzungen verursachte. Die Prinzessin sah ihre Geliebte an, entschlossen und zu allem bereit. Sie nahm einen Eimer voll Wasser, schüttete es sich über den Kopf, riss ein Tuch ab, das sie ebenfalls mit Wasser durchtränkte, presste dieses an Mund und Nase und lief in das Flammeninferno hinein.

Rosalie entwich ein Schrei der Verzweiflung, denn niemals würde sie ihre einzige Liebe so von sich gehen lassen. Ohne es zu bemerken, bündelte sich das Wasser aus dem Brunnen und den Eimern um sie wie ein Schutzwall, doch ihr Blick war auf das Geschehen im Haus gerichtet. Sie lief hinein, während ihr Schutzmantel aus Wasser zischend das Feuer löschte, welches sich ihr in den Weg stellte. In einer Ecke sah sie die Prinzessin, die ein kleines Mädchen in ihre Arme nahm, sich umdrehte und auf sie zugelaufen kam. Als würde der Schutzbann sie willkommen heißen, öffnete sich der Schleier aus Wasser und ließ sie eintreten.

»Rosalie, was ist das? Ist das auch deine Macht? Ich dachte, du kannst nur heilen?«, fragte Ayana ihre Liebste, sah erstaunt das Schimmern der Kugel aus Wasser und streckte vorsichtig eine Hand danach aus. Kühl und weich umspielte das Nass ihre Finger und schützte sie vor der Hitze und dem Rauch, denen sie kurz vorhin ausgesetzt war.

»Ich weiß es nicht, doch es geschah, als in mir die Angst aufkam, dass ich dich verlieren würde.«

Erst da wurde Ayana auf den Anblick ihrer Liebsten aufmerksam. Ihre Haare, die sonst schwarz wie die Nacht waren, erstrahlten nun in Blau- und Grüntönen, ihre Augen hatten das charakteristische Violett angenommen und sogar ihre Ohren standen ab wie kleine Flossenstrahlen. Zum ersten Mal, seit sie Rosalie kannte, sah sie ihre wahre Form und war von diesem Anblick fasziniert.

»Du – du hast dich ja verändert«, sprach sie das Offensichtliche aus und berührte wie im Bann diese Ohren, die sich warm und weich anfühlten. Rosalie genoss die Berührung, richtete dann aber ihr Augenmerk auf das kleine Bündel in Ayanas Arm, als ein kleines Husten erklang.

»Zeig sie mir, ich will ihre Lungen reinigen.«

Die Prinzessin hielt ihr das Kind entgegen und Rosalie ließ ihre Hand über der Brust der Kleinen schweben. Ein pulsierendes Glühen erschien, und nachdem die Halbnymphe ihre Hand bis zu den Lippen des Kindes gleiten ließ, entwich etwas Rauch aus ihrem Mund und sie atmete wieder ruhiger. Anschließend gingen sie und Ayana gemeinsam aus den brennenden Ruinen des Hauses.

Ein Raunen ging durch die Menschenmenge und ehrfurchtsvoll blickten die Bürger auf diese zwei Frauen.

»Verzeiht die Frage, seid Ihr Göttinnen?«, wagte einer der Männer sie anzusprechen.

Die Prinzessin aber, erleichtert durch die geglückte Rettung, lachte nur hell auf und schüttelte den Kopf. »Mitnichten guter Herr, ich bin Prinzessin Ayana und dies ist meine Gefährtin Rosalie vom Volk der Nymphen.«

Wieder wurde getuschelt und plötzlich gingen alle auf die Knie. »Verzeiht, dass wir Sie nicht gebührend empfangen konnten, Eure Hoheit.«

»Es gibt nichts zu verzeihen. Stehen Sie bitte wieder auf, sie alle! Wir kamen zufällig in eure Stadt und sahen den Brand, da ist es nur selbstverständlich, dass alle anpacken und helfen.« Sie schaute nun zu dem Kind, das sich an sie geklammert hatte und lächelte dieses an. Als die Kleine das Lächeln erwiderte, blickte die Prinzessin wieder zu den Bewohnern dieses Ortes. »Wisst ihr, wessen Kind das kleine Mädchen ist?«

Betretenes Schweigen machte sich breit und jedes Augenpaar, das auf das Mädchen gerichtet war, war voller Trauer und Schmerz.

»Die Eltern wurden gerade weggebracht, sie lagen tot am Eingang, erschlagen durch einen herabfallenden Balken. Als wir versuchten, nach dem Kind zu sehen, stürzte noch mehr ein und wir waren uns sicher, die Kleine hätte es erwischt. Das waren ihre einzigen Familienangehörigen.«

Tiefe Schwermut ergriff die Prinzessin, hatte das kleine Ding in ihren Armen doch keine Familie mehr und nur knapp war sie dem Tod entronnen.

»Wie heißt die Kleine«, wollte Rosalie nun wissen und sah zu dem Ältesten, der ihnen bisher antwortete.

»Ihr Name ist Cinta.«

Bevor Ayana ihre Worte aussprechen konnte, wusste Rosalie, was ihre liebste Prinzessin vorhatte. Und tatsächlich, kurz darauf vernahm sie ihre feste, entschlossene Stimme: »Ich werde sie aufnehmen, wenn ihr nichts dagegen habt. Sie soll als meine Tochter angesehen werden, von heute an bis in alle Zeit!«

Ein Raunen lief durch die Menschenmenge und das Volk freute sich für das Glück des Kindes, das vor kurzem alles verloren hatte.

Nachdem die Prinzessin alles mit dem Ältesten geklärt hatte, suchten sie endlich die Herberge auf. Dort angekommen wollte der Wirt sie umsonst bei sich aufnehmen, aus Dankbarkeit für die Hilfe und das Mitgefühl. Doch die Prinzessin wehrte dies entschieden ab. »Guter Mann, ich habe das Geld, um dafür zu zahlen. Doch tut mir einen Gefallen. Sollte je bei Ihnen jemand Obdach suchen, kann aber für die Bleibe nicht aufkommen, so helfen Sie dieser Person. Das würde mich am meisten erfreuen.«

Am nächsten Morgen brachen die Frauen mit dem Kind auf, um zum Palast zurückzureisen. Unterwegs schmiedeten sie fleißig Pläne, wie sie ihr Reich auf neue Wege führen konnten, damit nicht alle Last auf dem Königshaus ruhte. Die Menschen konnten zusammenhalten, tatkräftig anpacken und Recht walten lassen, wo es gebraucht wurde. Sie waren soweit, sich von der königlichen Nabelschnur lösen zu können.

Angekommen am Hof, eilten sie zum König, der gerade einige Bittsteller erhört hatte. Wenn er auch nicht sehen konnte, das Hören gelang ihm noch ausgezeichnet.

Mit schnellen Schritten eilte Ayana zu ihrem Vater und umarmte ihn. Dann fing sie an, ihm zu berichten: »Vater, es tut mir leid, aber ein Mittel gegen den Fluch konnten wir dir nicht mitbringen. Doch haben wir uns in der ganzen Zeit Gedanken gemacht, wie wir unser Land weiter entwickeln können. Vater wir ha…«

Plötzlich wurde die Prinzessin von einer zarten Kinderstimme unterbrochen, die kicherte und lachte.

»Was ist das? Wie kommt das Kind in unseren Saal? Ayana, hast du etwas damit zu tun?« Des Königs verwirrte Stimme klang leicht erheitert und er versuchte herauszuhören, woher dieses süße glucksende Lachen kam.

Ayana winkte Rosalie herbei, die die kleine Cinta auf den Schoß des Königs setzte.

»Vater? Darf ich vorstellen, dies ist Cinta. Wir retteten sie aus einem brennenden Haus. Leider überlebten ihre Eltern dies nicht, so war sie ganz allein, da beschloss ich …«

»Da hast du einfach beschlossen, sie zu behalten?«, unterbrach der König lachend seine Tochter. »Mein Kind, scheinbar ändern sich einige Sachen nie und so wie ich dich kenne, ist deine Entscheidung unumstößlich.« Sanft umarmte er das kleine Mädchen und flüsterte ihr ins Ohr: »Dann bleibt mir wohl nur noch, dich in deiner neuen Familie willkommen zu heißen, kleine Cinta.«

Dann wandte er sich an die jungen Frauen. »Erzählt alles der Reihe nach, was habt ihr erlebt, was ist geschehen? Und habt ihr eine Lösung für das andere Problem gefunden? Oder soll diese Kleine deine Bürde später übernehmen?« Leichte Missbilligung schwang dabei in seiner Stimme.

Zu denken, seine Tochter würden einem anderem diese Bürde auferlegen, war zwar absurd, aber es schien ihm naheliegend. Doch so war seine Tochter weder von ihm, noch von seiner verstorbenen Frau erzogen worden. Auch passte es nicht zu ihrem Wesen und dies bestätigte sie, als sie anfing von ihren Beobachtungen zu erzählen und wie man die Welt ändern konnte.

Aufmerksam lauschte der König den Worten der beiden Frauen, nickte hin und wieder verstehend und als er alles zu Ende gehört hatte, erhob er sich mit dem Kind im Arm, und reichte dieses an seine Tochter. »Halt einen Moment bitte deine Tochter, ich muss mit Rosalie etwas klären. Du, Halbnymphe Rosalie, der du lange die Magd meiner Tochter warst, komm zu mir!«

Rosalie gehorchte, auch wenn sie nicht wusste, wie der König auf die Ideen einging, doch kaum erreichte sie unsicher den Regenten, nahm dieser sie in die Arme, bevor sie sich niederknien konnte.

»Meine liebe Schwiegertochter, mehr als einmal hast du gezeigt, wie sehr dir das Wohl meiner Tochter wichtig ist. Du hast sie von ihrer Krankheit geheilt, du hast sie vor einem närrischen Fehler meinerseits bewahrt und sie sogar aus einem brennenden Haus gerettet. Wem, wenn nicht dir, sollte ich sie jemals zur Frau geben? Du hast meinen Segen, mein Kind!«

Ayana traten bei diesen Worten Freudentränen in die Augen, sie drückte Cinta fest an sich und flüsterte immer wieder leise nur ein Wort: »Danke.«

Die Verlobung wurde noch am selben Tag bekannt gegeben, auch dass Ayana die kleine Cinta an Kindes statt annahm, wurde besiegelt und beglaubigt, somit wurde sie zur neuen Prinzessin. Als der Tag der Vermählung näher rückte, gab der König bekannt, dass er als König abdanken und sein Platz an seine Tochter Ayana übergehen würde. Jedoch, fügte er noch hinzu, würde dies nicht die einzige Änderung bleiben. Er verkündete, dass mit der neuen Königin auch ein Wandel in das Land einziehen würde und hoffte, dass seine Bürger dies willkommen heißen würden.

In diesem Moment geschah es, dass ein heller Lichtstrahl aus des Königs Augen schien und er kurz darauf seine Sehkraft wiedererlangte. Überrascht sah er sein Volk und dann seine Tochter und Schwiegertochter an. Tränen stiegen ihm in die Augen und mit Erleichterung und guter Zuversicht dankte er dem glücklichen Paar und wünschte ihnen alles Glück dieser Erde.

In der Hochzeitsnacht, nachdem alle Feierlichkeiten ihr Ende gefunden hatten, lag Ayana in Rosalies Armen. Sanft küssten sie sich auf die Lippen. Rosalie streichelte leicht die Wange ihrer Geliebten.

»Seit ich dich das erste Mal sah, schlug mein Herz nur für dich. Ayana, du bist ein Engel auf dieser Welt und ewig soll mein Herz dir gehören, sogar über den Tod hinaus. Nie sollst du Leid erfahren, nie Einsamkeit und Kälte spüren. Meine wunderschöne Gemahlin.«

»Mir ergeht es wie dir. Ich weiß nicht, was ich getan hätte, wenn alles anders gekommen wäre, doch bin ich froh, dass alles so geschah, wie es kam. Meine liebste Gemahlin, über dieses Leben, den Tod und das Leben danach, auf ewig werde ich die Deine sein.«

Erneut küssten sie sich, schmeckten ihre Lippen und ihre Liebe. Zarte Berührungen, leichte Liebkosungen und eine intime Zweisamkeit, die nichts in der Welt auseinander bringen würde.

Jobst Mahrenholz

Das Geheimnis des kupfernen Löffels

Ich werde Euch heute eine besondere Geschichte erzählen, eine jener Geschichten, bei der ich selbst eine bescheidende, wenn auch nicht unwesentliche Rolle gespielt habe.

Genau zweihundertundsiebenundzwanzig Jahre bin ich alt, und doch so bezaubernd wie am ersten Tag. Enorm, nicht wahr?

Keinerlei Geschlecht ist mir zu eigen, eine komfortable Situation, wie ich Euch versichern kann, denn dadurch gestaltet sich das Leben sehr viel einfacher.

Ich bin nämlich ein Spiegel.

Ein magischer, sprechender noch dazu, wie Ihr unschwer feststellen könnt in diesem Moment.

Um eine Prinzessin geht es in dieser Geschichte, um eine junge Hexe, ein reines Herz und einen geschmiedeten Kupferlöffel, der alles ein wenig in Wallung bringt.

Also lauscht meinen Worten und folgt mir hinein in mein wundersames Reich!

Es ward, dass Aylin sich genau in jenem Moment in Yara verliebte, als sie erstmals ihr Lächeln erblickte.

Unsterblich verliebte sie sich.

Dies flüsterte ihr allerdings nicht nur ihr Herz, sagte nicht nur der Verstand, das versprach ihr vor allem die Prophezeiung einer Seherin aus dem fernen Fès, welche sie seit ihrer Kindheit nicht vergessen konnte.

›Du wirst es wissen Aylin, in dem Moment, wenn du das Lächeln erblickst. Wenn dieses Lächeln in deines Herzens Grund sinkt, dann hast du es bereits verloren, dieses Herz, mein Kind.‹

So lauteten einst ihre Worte! Leider war es so, und an diese Worte erinnerte sie sich.

Yara lächelte. Doch sie lächelte nicht, um Aylin eben dieses Lächeln zu einem Geschenk zu machen. Yara hatte sie nicht einmal wahrgenommen.

Denn dieses Lächeln war nicht allein für Aylin bestimmt. Wie auch?

Aylin befand sich unter den Unzähligen, die gekommen waren, der Prinzessin zu huldigen, ihr ihre Demut und ihren Gehorsam zu versichern.

Und da genau lag die Krux: Yara war eine Prinzessin, eine bitterböse, machtvoll noch dazu, Aylin hingegen nur eine simple Hexe, eine gute allerdings, jedoch ohne Mittel und Gefolge, so wie es bei Hexen nun mal Usus war.

Stolz stand Yara auf der obersten Stufe des Palastes, als sie sich entschied, jenes unsagbar bedeutungsvolle Lächeln auf Reisen zu schicken. Unwissend, wen auch immer es erreichen sollte. Ein Lächeln eben.

Und als ob dies nicht genug der Hürden wäre, gab es da noch dies:

›Dreißig Tage werden dir bleiben, diese Liebe für dich zu gewinnen, mein Kind, sonst wirst du zugrunde gehen an gebrochenem Herzen geschwind.‹

Damit schloss die Prophezeiung, und damit schwand auch die Hoffnung, einem Lächeln entfliehen zu können, welches einem Fluch näher kam, denn einem Segen.

»Himmel, ihre Lippen! Sie sind eine Offenbarung, ihr Blick golden wie Geschmeide«, schwärmte sie verzweifelt.

»Und sie ist böse, wie das tiefste Dunkel einer Seele nur böse sein kann.«

Aylin wusste, dass Djamila recht damit hatte. Djamila war Aylins Schwester, und sie teilten sich ein Dach, einen Tisch, einen Herd und ein Bett.

»Ja, sie ist böse, ich weiß«, bestätigte Aylin sehr leise, doch mitfühlend. »Aber es ist nun einmal, wie es ist: Sie ist meine vorherbestimmte Liebe. Böse hin, böse her.«

»Sie lässt dir dein Haupt abschlagen, wenn du auch nur einen Meter zu nahe an sie herantrittst«, versicherte Djamila besorgt.

»Ob ich nun kopflos zu Grunde gehe oder an gebrochenem Herzen, macht gerade mal einen Unterschied von dreißig Tagen.« Aylin schloss die Augen, blickte in ihr Innerstes, in dem nur ein einziges Abbild zu finden war: das wundervoll betörende Yaras, ihr huldvolles Lächeln, das in Aylins Herzen Platz genommen hatte, es ausfüllte, einzig und allein, mit aller Macht und Hingabe.

»Wir müssen uns etwas einfallen lassen, wie es dir gelingen kann, ihr böses Herz zu erreichen«, beschloss Djamila. Nachdenklich wirkte sie, vor allem aber besorgt.

»Doch was könnte dies sein?«, fragte Aylin verzweifelt. »Meine Liebe ist so groß, mein Herz nun für immer vergeben, aber ich bin machtlos und klein neben all diesen gewaltigen Gefühlen.«

»Und doch sind sie deine Stärke, Schwester. Diese, und dein unbändiger Wille!«

»Und die Magie nicht zu vergessen.«

Djamila verdrehte etwas die Augen und seufzte. »Nun ja, die beschränkt sich auf Töpfe, Aylin«, gab sie zu bedenken. »Was willst du damit schon groß ausrichten können, Liebes?«

Ja, was? Es war exakt diese Frage, die die junge Hexe bedrängte.

Denn es stimmte, ihre Magie fand in der Küche statt. Sie war keine mächtige Hexe, ihr Zauber vermochte es nicht, Großes zu vollbringen. Aylin zauberte mit natürlichen Substanzen, wie alle Kräuterhexen es taten. Heilen war ihr Metier.

Aber auch das Bewusstsein der Menschen, und da sah Aylin ihre einzige Chance.

Vier Tage, nachdem die junge Hexe ihr Herz für immer an Prinzessin Yara verloren hatte, vernahm sie den Ausruf des Stadtboten. Auf dem Bazar befand sie sich, um Lebensmittel, Gewürze und Tee aus fernen Ländern zu erstehen.

»Höret, ihr Köche, ihr Bäcker und Brauer. Euer Können ist gefragt! Präsentiert dem Palast eure Spezialitäten!« All das rief er, nicht ohne zwischendurch immer wieder in ein gewaltiges Horn zu blasen, um sich Gehör zu verschaffen.

Aylin ahnte, wie es dazu kommen konnte: Der Maître des Sultans befand sich seit Monaten mit ihm auf Raubzügen durch die Nachbarländer, und Gerüchte machten die Runde, die Prinzessin sei mit den dargebotenen Speisen der verbliebenen Köche unzufrieden. Von rollenden Köpfen war gar die Rede.

»Wenn mundet, was ihr kredenzt, so erwarten euch Ruhm, Ehre und Gold«, verkündete des Boten Stimme, und er ritt weiter auf seinem Esel, um diese Botschaft mit froher Kunde in der ganzen Stadt zu verbreiten.

»Aber das ist es!«, rief Aylin aus, die irritierten Blicke der Händler ignorierend.

Rasch griff sie zu ihrem Korb und beeilte sich, zu ihrer Hütte zu gelangen, um sich einen Plan zurechtzulegen, welches Gericht sie der verwöhnten Prinzessin servieren könnte, um auf diese Weise ihre Nähe zu finden.

Die Hexenbibliothek wurde unterirdisch verwahrt, damit die Bücher durch einfallendes Licht keinen Schaden nahmen.

Seit Stunden wälzte Aylin Rezeptbücher, deren Zauber ihr helfen sollte, das Herz von Prinzessin Yara für sich zu gewinnen. Und so stapelten sich uralte Schriften um sie herum, die bereit waren, ihre Geheimnisse an sie preiszugeben. Doch je tiefer sie sich darin vergrub, umso hoffnungsloser wurde sie. Kein Zauber traf den Kern, stellte sie entmutigt fest. Sicher – es gab wirkungsvolle Liebestränke, aber sie waren kurzlebig und mit Verblendung zu vergleichen, nichts, was ihr auf lange Sicht Glück bescheren würde. Und verblasste ein Zauber erst einmal, stellte sich gerne das Gegenteil dessen ein, was man damit beabsichtigt hatte, wusste Aylin. Und das konnte sie nun ganz gewiss nicht gebrauchen. Volle fünf Tage verbrachte sie damit, Seite für Seite der großen Standardwerke der kulinarischern Magie zu studieren, doch fündig wurde sie nicht.

»Warum versuchst du es nicht bei der alten Genna, die draußen vor den Toren praktiziert?«, fragte Banu am sechsten Tag eine Verwandlungs-Hexe im zweiten Lehrjahr, die sich in der Bibliothek etwas dazuverdiente. All die Zeit über hatte sie die verzweifelten Versuche Aylins verfolgt, fündig zu werden.

»Eine fantastische Idee!«, dankte Aylin ihr von Herzen. Unter den Kräuterhexen war Genna eine Legende.

»So, so. Das ist also dein Problem«, murmelte die Genna nachdenklich, während sie auf einem Süßholzstäbchen herumkaute. »Es ist ein großes Unterfangen, denn sollte der Zauber nicht wirken, kostet es dich dein Leben, mein Kind.«

»Aber es gibt einen Zauber?«, fragte Aylin hoffnungsfroh.

»Es gibt ihn, sicher! Und er ist auch recht einfach zu bewerkstelligen. Doch er ist riskant.« Sie wog ihren Kopf nachdenklich hin und her. »Du wirst ein Süppchen brauen, ein ganz einfaches, klares, aus Kräutern, Sauerampfer vor allem, des Geschmackes wegen …«

»Das ist alles?«, fragte Aylin skeptisch. Die Genna war wirklich schon sehr, sehr greis, ging es ihr durch den Kopf. Allein der Geruch …

»Oh, nein, Dummerchen.« Die Alte lachte in sich hinein. »Da wäre noch eine grandiose, magische Zutat, ohne die dein Vorhaben niemals gelingen kann. Eine ganz, ganz persönliche von dir. Und du brauchst dafür einen Löffel aus Kupfer, geschmiedet von einer wirklich reinen Seele.«

Immer, wenn Aylin an Yara dachte, tat ihr Herz einen Sprung. Einen schmerzhaft süßen. Und Zweifel quälten sie. War sie es überhaupt wert, mit einer Schönheit wie Yara geeint zu werden?

Eine Frage, die ich, der Spiegel, ihr nur zu gerne beantwortete: »Sieh dich an«, sagte ich zu ihr, »und dann verrate mir, was ihr nicht gefallen könnte, bei diesem Anblick.«

Aylin lächelte verschämt. »Meine Brüste, lieber Spiegel. Sind sie nicht zu …«

»Sie sind vollkommen!«, widersprach ich aufgebracht, denn das waren sie wirklich. »Sie sind klein, wunderbar fest und so herrlich leicht erregbar.«

»Woher willst *du* das wissen?«, fragte sie irritiert, zart errötend dabei.

Ich lachte leise. »Erinnere dich, kleine Hexe, du hast dich nicht nur einmal vor mir geliebt. Himmel, war das *himmlisch!*« Ein sinnliches Spiel mit ihr selbst, Ergebnis eines Lusttranks, den sie erfolgreich an sich getestet hatte. Unvergesslich ihre Anmut.

»Und dann dein seidiges Haar«, schwärmte ich weiter. »Mahagonifarbene Locken, die über Schultern fallen, zart, wie Porzellan und elfenbeinfarben schimmernd. Lippen, Granatapfelrot und sooo weich …«

»Ich habe dich geküsst?«, fragte sie mich entgeistert.

»Du hast *dich* geküsst, Liebes. Das ist ein bedeutender Unterschied, wenngleich …«

Ihr Nicken zeigte mir, dass sie sich wieder erinnerte.

»Dann deine lustvollen Schenkel, deine liebkosenden Hände, die sich …«

»Ich habe ein Problem«, wechselte sie rasch und durchaus energisch das Thema. »Vielleicht kannst du mir helfen.«

»Sprich!«, antwortete ich bereitwillig, dennoch ein wenig schwelgerisch in der Erinnerung verweilend.

»Ich bin auf der Suche nach einem reinen Herzen, welches in der Lage ist, mir einen Kupferlöffel zu schmieden.«

Sie wusste, dass ich die Eigenschaft besaß, durch meinesgleichen im ganzen Reich zu schauen. Ein Kunststück, das alle magischen Spiegel beherrschten, die über zweihundert Jahre alt waren. Wir sprachen nur nicht darüber. Nicht einmal untereinander.

»Ich sehe nur das, was sich mir zeigt, und dies ist auf Weniges begrenzt«, erklärte ich verhalten. »Doch in der Falkengasse, im dritten Haus auf der linken Seite, lebt eine Seele, die so rein ist wie keine zweite in unserem Land. Versuche es dort.«

Da war ich dann doch recht präzise, fand Aylin, und so machte sie sich auf den Weg.

Aylin erkannte sofort, wen ich Spiegel meinte, als sie das Haus in der Falkengasse beobachtete. Dennoch wollte sie sich vergewissern. Sie folgte dem Jungen, der gerade durch die Tür getreten war. Es handelte sich um den stummen Nael.

Jeder im Reich kannte ihn, denn er hatte seine Stimme geopfert, um sie einem anderen Kind zum Geschenk zu machen. Seine Stimme, und sechzig Jahre seines Lebens, so wollte es der Fluch, den er bereit gewesen war, mit diesem Opfer zu brechen.

Nael machte sich auf, Richtung Oase, vermutlich um Wasser zu holen, denn dafür sprach der Krug, den er in seiner Linken trug.

Auf dem Weg kam er an einer Palme vorbei, an deren Stamm jemand eine Schlange genagelt hatte. Kopfüber hing sie da und wand sich in ihrer Verzweiflung.

Nael setzte den Krug ab, griff in seine Tasche, holte ein Messer hervor und befreite das Tier behutsam aus seiner Not.

Da trat Aylin auf ihn zu. »Sie hätte dich beißen können«, sagte sie beeindruckt, »Und doch hast du ihr das Leben gerettet. Wieso hast du das getan?«

Nael lächelte fein. Und dann schrieb er mit seinen Fingern in den Sand: *Weil es richtig war, das zu tun. Warum soll sie leiden?*

Da wusste sie, dass er reinen Herzens war.

Nael erklärte sich bereit, Aylin zu helfen. *Komme in sieben Tagen zu mir* – hatte er in den Sand geschrieben – *dann habe ich das, was du dir von mir wünschst.*

Zuvor hatte er ihr erklärt, dass er erst noch lernen müsse, wie man Kupfer treibt. Als sie ihm acht Silbermünzen geben wollte, um ihn im Vorfeld zu entlohnen, winkte er ab.

Verwöhne mich mit einem Zauber – schrieb er. Und dann verließ er sie, um seinen Weg zur Oase fortzusetzen.

Einen Zauber – überlegte sie. Als einfache Kräuterhexe waren ihre Möglichkeiten begrenzt, doch wenn sie erst einmal an Yaras Seite sein würde …

Dennoch ließ sie der Gedanke nicht los, schon zuvor etwas Gutes für Nael zu tun.

»Sag mir, Spiegel«, fragte mich Aylin nach ihrer Rückkehr sogleich, »wer war für den Fluch verantwortlich, der Nael seinerzeit traf?«

»Der Fluch betraf nicht Nael«, sagte ich und sprach somit aus, was sie vermutlich schon wusste. Mein zweiter Satz sollte sie jedoch überraschen: »Er betraf ein Mädchen namens Yara, die Prinzessin unseres Reiches, wie du ja weißt«, erklärte ich nämlich.

»Nael hat sich für Prinzessin Yara geopfert?«, fragte sie entgeistert. »Das reine Herz hat dem bösen eine Stimme verliehen?«

Hätte ich nicken können, wäre das jetzt so ein Moment gewesen. Ich antwortete jedoch nur: »Ja, ganz genau!«

»Gibt es einen Weg, Nael zu helfen?«, fragte Aylin, beinahe sprachlos über all das gerade Erfahrene.

»Ich bin ein Spiegel«, gab ich zu bedenken, »kein Hellseher! Aber sprich mit deiner Schwester. Sie ist zwar keine Hexe, aber eine Frau mit allerlei guten Ideen im Kopf! Mit hellen vor allem.«

Nur ihre Frage, wer nun die Verantwortung trug für den Fluch, die hatte ich ihr nicht beantwortet, schlicht, weil ich keine darauf wusste.

Djamila hörte sich aufmerksam an, was Aylin zu sagen hatte.

»Hier kann nur Magie etwas bewirken«, stellte sie nach einigem Nachdenken fest. »Starke, mächtige Magie.«

Aylin ließ bedrückt die Arme sinken. »Was kann eine Kräuterhexe wie ich da schon ausrichten?«, fragte sie leise.

»Du wirst das Herz der mächtigsten Frau im Land für dich gewinnen, und hältst dich für schwach, Aylin? Sieh doch, wie weit du schon gekommen bist.«

Doch Aylin sah es anders als ihre Schwester. Noch hatte sie gar nichts bewirkt. Nicht das Geringste.

»Aber das reinste Herz unseres Landes schmiedet dir einen Löffel«, erwiderte Djamila auf Aylins Kopfschütteln. »Du hast ein Rezept, das dir die Liebe einer Prinzessin zu Füßen legen wird.«

»Ich habe Hoffnung, ja!«, versuchte Aylin ihre Schwester etwas zu besänftigen. »Und einen sprechenden Spiegel, einen stummen Jungen und die wunderbarste Schwester, die man sich nur wünschen kann. Das ist in der Tat etwas, das mir Mut macht«, pflichtete sie bei. Doch innerlich verzagte sie ein wenig.

Elf von dreißig Tagen waren bereits vergangen. Und die Stiche in ihrem Herzen nahmen zu, wenn sie an Yara dachte. Ebenso wie die Schmerzen, die sie verursachten.

Die Zeit verstrich, doch eine zündende Idee wollte sich nicht einstellen.

Wie entstand großer Zauber, fragte sich Aylin immer wieder. Die umfassende Lektüre, die sie studierte, half ihr nicht weiter.

Wirklich großer Zauber wurde erschaffen und dann kundgetan, nicht einfach nur abgelesen. Ein Schlaftrunk auf der Basis von Frauenmantel und Morgentau war ihre bisher einzige Eigenrezeptur. Dieser allerdings funktionierte einwandfrei.

»Oft ist die einfachste Idee die zündende«, gab Djamila zu bedenken. »Vertrau deinem Instinkt, deiner inneren Klarheit. Sie wird dich führen.«

Das war schön gesagt, aber wenig hilfreich. Sechs Tage waren vergangen.

Doch endlich, am darauffolgenden Morgen, würde sie ihren Löffel erhalten – und stand doch mit leeren Händen da.

»Er ist so wundervoll geraten, Nael«, flüsterte Aylin ergriffen. Fein gehämmert lag der Löffel wie ein Kleinod in ihren Händen. Der Junge lächelte glücklich.

»Leider kann ich dich nicht so entlohnen, wie du es verdienst, für deine wunderbare Tat«, beichtete sie betreten. »Noch nicht. Aber ich werde nicht vergessen, dir für dieses bezaubernde Geschenk angemessen zu danken.«

Nael schloss sanft die Augen. Aylin erkannte, dass er keinen Dank erwartete. Und genau in diesem Moment begriff sie, was zu tun war.

Himmel, es war so einfach!

Gewaltige Magie war in ihr Herz geraten, als sie den Jungen erblickte, mit seinen gesenkten Lidern, in dieser vollkommenen Reinheit. Diese Magie stand ihr genau gegenüber!

»Küss den Löffel!«, bat sie ihn. »Küss die Innen- und küss die Außenseite. Tu es bitte, Nael! Tu es für mich!« Und sie drängte ihn so innig, dass er ihrem Wunsch folgte und sowohl die Innen- als auch die Außenseite des Löffels mit zarten Küssen versah.

Wilder Fenchel, Süßwurz, Koriander, doch vor allem reichlich Sauerampfer wanderten in eine schlichte Brühe aus zermahlenen Gewürzen.

Und dann griff sich die junge Hexe den kupfernen Löffel, zog sich in ihr Gemach zurück, und begann, ganz wie von Genna empfohlen, liebevoll und intensiv an die Prinzessin zu denken, um wirklich wahre Magie mit ins Spiel zu bringen.

Nur noch wenige Stunden, und der Kochwettbewerb würde beginnen.

Kross gebratene Kapaune, saftige Kaldaunenpastete, gegrillter Barrakuda, verführerische Zuckertorten …

Wie sollte ihre Brühe neben all den Köstlichkeiten standhalten?

Eine gewaltige Tafel war im Innenhof des Palastes aufgebaut worden. Auf ihr türmten sich die Delikatessen, prachtvoll dekoriert, sinnlich in Szene gesetzt. Und dazwischen, unscheinbar, kaum auszumachen, Aylins Brühe, serviert in einer geschnitzten Schüssel aus Amberholz.

Aylin reihte sich ein zwischen den Köchen, die mit stolzgeschwellter Brust, siegesgewiss lächelnd, auf das Urteil der Prinzessin warteten.

Diese schritt bedächtig die Köstlichkeiten entlang, begutachtend, beinahe wohlwollend, bis sie bei einem Laib Brot zum Stehen kam.

»Fett braten, das kann nun wirklich jeder«, bemerkte sie abfällig, und bereitete damit weit über der Hälfte der Speisen eine herbe Niederlage. »Aber ein Brot backen – dazu gehört feines Gespür.« Sie brach den Laib, kostete, nickte und wandte sich an die Köche.

»Akzeptabel«, lautete ihr Urteil, und Aylin hätte auf die Knie gehen können beim wohligen Klang ihrer Stimme. Prinzessin Yara war wirklich eine Schönheit. Nie zuvor war sie ihr so nahegekommen wie in diesem Moment. Ihr weizenblondes Haar fiel glatt wie Wasser bis weit über ihre Hüften. Dem Hörensagen nach war eine Bedienstete ausschließlich damit beschäftigt, sich um die Haarpracht der Prinzessin zu kümmern.

Ihre goldenen Augen musterten nach und nach die Köche. »Du da!«, traf sie eine Wahl. »Was von diesem Tisch stammt von dir? Sprich!«

»Das Lammragout mit Couscous, oh Herrscherin«, stammelte der Angesprochene verlegen.

»Wär ich's doch endlich«, sagte sie mehr zu sich selbst. Dann wandte sie sich dem Tisch zu und kostete besagtes Ragout, um es im selben Moment wieder auszuspucken.

»Wohl eher Hammel denn Lamm«, stieß sie hervor und zischte mit kaum hörbarer Schärfe: »Verschwinde besser, bevor ich anfange, mir dein Gesicht zu merken.«

Aylin war sich sicher, dass das Ragout köstlich gewesen sein musste. Die Bissen schienen zart, die Textur der Soße perfekt geraten. Mitfühlend sah sie dem Koch hinterher, der eilig zusah, in der Menge zu verschwinden.

»Du da!«, drang Yaras Stimme erneut zu ihr. Sie hatte einen weiteren Koch im Visier. Einen beleibten, untersetzten, dessen beste Jahre bereits hinter ihm lagen.

»Was von diesem Tisch stammt von dir?«

»Das Grapefruit-Sorbet«, antwortete der Koch. Aylin gefiel, dass er offensichtlich stolz auf das war, was er kreiert hatte.

Wieder ging die Prinzessin zum gedeckten Tisch, und wieder nahm sie eine Kostprobe, und dieses Mal entschied sie sich dafür, einen zweiten Löffel des genannten zu probieren.

Ein Raunen ging durch die Menge.

»Engagiert!«, verkündete Prinzessin Yara. Der Koch verbeugte sich tief.

Und so ging es immer weiter. Das Gros der Speisen wurde abgelehnt. Gerade die üppigen, edlen Gerichte fanden keinen Anklang beim Gaumen der Prinzessin. Es waren eher die einfachen, leichten Speisen, die sie mochte. Und so wuchs Aylins Hoffnung, Gnade in den Augen Yaras zu finden.

»Du da!«

Plötzlich war sie die Angesprochene. Und erstmals standen sie sich gegenüber: Aylin, die sich verzehrte nach dieser wundervollen Frau, als auch die Prinzessin, die sie mit kalten, doch goldenen Augen musterte. »Was von diesem Tisch stammt von dir?«

»Die Sauerampferbrühe«, brachte Aylin kaum hörbar hervor. »Sie dürfte auch kalt noch sehr wohltun«, fügte sie rasch hinzu. Es war auszuschließen, dass die Suppe nach all der Zeit noch Temperatur besaß.

Die Prinzessin ging zu dem Tisch, griff die Schale aus Amberholz und sah fragend zu Aylin.

»Ja, das ist sie«, flüsterte sie, von einem Nicken begleitet.

Da nahm die Prinzessin den Kupferlöffel, führte ihn zu ihren Lippen und kostete.

»Ich muss verschwinden«, rief Aylin uns zu, als sie dramatisch durch die Tür stürmte.

»Weshalb?«, fragten wir gleichzeitig, Djamila hochbesorgt, ich hingegen äußerst interessiert.

»Ich habe die Prinzessin getötet!«, stieß sie verzweifelt hervor.

Djamila schlug sich die Hände vors Gesicht, ich hielt den Atem an. »Vergiftet ist sie vor mir zusammengebrochen«, schluchzte Aylin, »den Finger auf mich gerichtet! Und nun muss ich fliehen, bevor die Wachen mich …«

Zu spät! Fäuste hämmerten gegen die Tür. Erregte Stimmen forderten Einlass.

Gesenkten Hauptes erkannte Aylin die Aussichtslosigkeit ihrer Situation. Es ward also der Kopf, den sie verlieren würde, nicht ihr Herz. Und so öffnete sie ergeben die Tür, um sich ihrem Schicksal zu fügen.

Ergeben fiel Aylin vor Prinzessin Yara auf die Knie. Demütig senkte sie ihr Haupt – die schmerzliche Gewissheit im Herzen, selbiges im nächsten Moment verloren zu haben.

»Vergebt mir, Prinzessin«, rief sie aus, in letzter, banger Hoffnung, »denn ich habe euren feinen Gaumen zutiefst verletzt.«

Da ging die Prinzessin ihrerseits in die Knie, hob mit zarten Händen sanft Aylins Kinn, sodass sie ihr in die tränenverhangenen Augen schauen konnte, und flüsterte zart: »Dein Trunk kam einer Offenbarung gleich, für die ich nicht genug danken kann, schönes Kind. Drum bitt ich dich – schenk mir etwas deiner Zeit, damit ich begreifen kann, was mir gerade widerfahren ist. Würdest du das tun, für mich?«

Des reinen Herzens Wirkung wurde nicht verfehlt. Schon im Moment des Verkostens war Klarheit kraftvoll auf Übel getroffen, wurde stechende Missgunst durch sanfte Güte geflutet, triumphierte vollkommene Liebe über blinden Hass – und vertrieb kraftvoll jenen bitterbösen Spuk, der Yaras Herz so viele Jahre in Schach gehalten hatte.

»Dein zarter Duft kommt einer Offenbarung gleich«, flüsterte Aylin selig, das blumige Fluidum der Prinzessin inhalierend. Stets waren Düfte ein Kriterium höchster Güte für sie.

Zart strichen ihre Finger Yaras Schenkel entlang, öffneten sie, einer anmutigen Blüte gleich – um sie zu kosten! Voller Begehren suchte sich Aylins feine Zunge ihren ureigenen Weg, leckte sich wonnevoll ums Blondgekräuselte, liebkosend.

Die feuchte Spitze lustvoll spielend, bis sie hungrig, doch sanft in der Prinzessin Schoß verschwand. Yara stockte der Atem, dann ging er sehr rasch …

»All die Jahre«, flüsterte die Prinzessin ergriffen, »quälte mich dieser innere Groll.«

Sie setzte sich auf, vollkommen, wie sie war, und sah ihrer Retterin leidenschaftlich tief in die Augen. Als solche bezeichnete sie Aylin: als *Retterin*.

»Und nun kommst du und schenkst mir diese Liebe.«

Bewegt strich sie das zerwühlte Laken glatt. Stundenlang waren sie mit ihrer Liebe beschäftigt gewesen, dem zärtlichen Spiel mit Brüsten und Scham, mit Lippen und Zunge, mit Körper, Geist und Seele.

Einem Meer aus Glückseligkeit glich Yaras Gemach, angefüllt mit Hingabe, Zuneigung und nicht endenwollender Lust.

»Nun möchte auch ich dich schmecken«, hauchte die Prinzessin sehnend.

Die Morgendämmerung war angebrochen, der Gesang einer Nachtigall erklang lieblich durch das halb geöffnete Fenster. Ganz zart bedeckte Yara Aylins Bauch mit sanften Küssen. Lustvoll schob sie ihren Leib hinab, um sinnlich einzutauchen in das Aroma ihrer Liebsten.

Doch plötzlich ließ sie irritiert ab. »Die Suppe!«, rief sie erstaunt. Und dann wiederholte sie es verblüfft: »Du schmeckst nach einer Zutat deiner Suppe!«

Sie hatte wirklich eine feine Zunge, stellte Aylin schmunzelnd fest.

»Das ist meine Magie«, flüsterte sie geheimnisvoll. »Nimm dir so viel davon, wie es dir beliebt!«

Und dann schloss sie die Augen, um sich voll und ganz ihrer Liebsten hinzugeben.

Der Tod Naels war nicht vorherzusehen gewesen. Niemand konnte ja wissen, wie alt der Junge ohne den Fluch geworden wäre. Nun wusste man es. Siebenundsiebzig Jahre wären es gewesen. Blass lag er aufgebahrt im Sand.

Betroffen standen Aylin und Yara beieinander, Hand in Hand. Die Menschen um sie herum hatten eine Gasse gebildet, als sie sahen, wer da dem Toten seine Aufwartung machte.

»Ich bin es, die an seiner statt dort liegen müsste«, bekannte die Prinzessin erschüttert. Tränen rannen ihre Wangen hinab, als sie sich niederkniete.

Überwältigt von Trauer tat Aylin es ihr gleich.

Naels Mutter ergriff das Wort. »Nein«, sagte sie entschieden, ohne jede Verbitterung. »Den Fluch auf sich zu nehmen, sah Nael als seine Bestimmung. Es war sein Wunsch gewesen, so zu handeln, seine ureigene Entscheidung.« Die Frau lächelte traurig. »Wir haben es irgendwann akzeptiert, und das müsst nun auch Ihr. Denn sonst hätte sein Tod keinen Sinn erfüllt.«

Aylin erkannte, dass das stimmte, dass sie recht hatte, wenngleich es ihr das Herz zerriss.

Da sah sie aus dem Augenwinkel, wie sich eine Schlange auf sie zubewegte.

Gerade wollte einer der Männer auf sie eindreschen, als sie schrie: »Nein! Lasst sie am Leben!«, denn sie erkannte das Tier an seiner Narbe, die wie ein Zeichen ihren Körper zierte.

Der Mann ließ ab, und zielstrebig schlängelte das Reptil auf Naels leblosen Körper zu.

»Wir werden Zeugen eines großen Wunders!«, versprach Aylin, denn sie begriff, was hier geschah. »Tretet zurück, alle!«

Und die Menschen hörten auf die junge Hexe, traten zurück und beobachteten gebannt, was nun geschah.

»Ihr Biss hat den Fluch ins Gegenteil umgekehrt«, erklärte mir Aylin immer noch atemlos. »Und so hat Nael jetzt weitere sechzig Jahre zu leben. Ist das nicht fantastisch?«

Selig umarmte sie Yara. Diese wiederum warf Nael einen dankbaren Blick zu.

Die Schlange schmiegte sich sanft um seinen Hals.

Nael hingegen lächelte still.

Seine Stimme war nach wie vor ein Geschenk, welches bei der Prinzessin verweilte. Doch sein schlagendes Herz, das war ihm nun zu eigen.

Ja, und dann? Was geschah dann?

All das Geschehene berührte mich zutiefst. Sie da so vor mir zu sehen, die vier. Sie hatten Wunder bewirkt, jedes Geschöpf auf seine Weise. Und was sie verband, war Liebe und Glück.

Dies war genau das, was ich erkannte, als sie in mein Antlitz blickten: reine Liebe und großes, ja, gewaltiges Glück!

Da kann sich selbst ein Spiegel eine Träne nicht verkneifen.

Als ein Tropfen Harz trat sie aus meinem Rahmen, goldglänzend, mit feinwürzigem Duft.

Und da fuhr mir die Erkenntnis in mein gläsernes Herz.

Ich würde Aylin bitten, ein Süppchen zu kochen, ein feines, würziges, mit Knoblauch, Fenchel und Anis. Weiter würde ich sie auffordern, meine Träne, diese unfassbar goldene, aromatische Träne, mit dem getriebenen Kupferlöffel aufzunehmen, sie vorsichtig von meinem Rahmen zu lösen, um sie final der Suppe beizufügen. Und dann würde ich Nael rufen, ihn bitten, das Gebräu zu sich zu nehmen.

Magische Spiegel weinen magische Tränen. Natürlich tun sie das.

Und was bedeutet es schon, mal für sechzig Jahre einfach den Mund zu halten.

Ich habe doch noch so unendlich viel Zeit vor mir.

In der ich dann wieder Geschichten erzählen kann.

Jetzt ist es an der Zeit, einem reinen Herzen ein Geschenk zu machen.

Sarah Natusch

Aquamarin

Damals

Sie hat uns ein Messer gegeben. Hier ist es! Siehst du, wie scharf es ist? Bevor die Sonne aufgeht, musst du es dem Prinzen ins Herz stoßen, und wenn sein warmes Blut über deine Füße spritzt, wachsen sie zu einem Fischschwanz zusammen, und du wirst wieder eine Meerjungfrau, kannst zu uns ins Wasser herniedersteigen und noch dreihundert Jahre leben, ehe du zu totem kaltem Meerschaum wirst. Beeile dich! Er oder du musst sterben, bevor die Sonne aufgeht.«[2]

Ich sah zu meiner kleinen Schwester empor. Hoffte auf ihr Einsehen, dass sie wieder zur Besinnung kam und das einzig Richtige tat. Dieser Mensch musste sterben, damit sie wieder zu ihrer Familie konnte, zu uns.

Sie verschwand mit dem Messer ins Schiffsinnere und mir und meinen Schwestern blieb nichts anderes übrig als zu warten. Viel Zeit blieb nicht mehr, die Sonne stand kurz davor ihre Strahlen über den Horizont zu strecken, der Himmel verfärbte sich bereits blassrosa und mit jeder Sekunde, die verstrich, wuchs meine Angst. Was war, wenn sie ihre Tat nicht rechtzeitig ausführen konnte? Was war, wenn der Mensch sie überwältigte?

Ich sah zu meinen Schwestern und erkannte in ihren Augen dieselben Gefühle, die auch in mir tobten. Gleich war es

---

[2] Aus „Die kleine Meerjungfrau und andere Märchen" von Hans Christian Andersen, Coppenrath Verlag, S.46

soweit und die Sonne würde aufgehen. Plötzlich bewegte sich etwas am Bug des Schiffes, ein Schatten kam auf uns zu und wir tauchten unter. Eine Gestalt trat an die Reling, sah sich suchend um. Ich erkannte meine kleine Schwester und wollte zu ihr schwimmen. Da sah ich, wie sie das Messer ins Meer warf.

»Nein!«, entkam mir ein lauter Schrei, als ich sah, wie sie ihre letzte Hoffnung, wieder ein Leben als Meerjungfrau zu führen, über die Reling warf. Die Wellen verfärbten sich rot wie Blut. Ein letztes Mal lächelte sie uns zu, sie wirkte entspannt, bevor sie über die Brüstung stieg. Im nächsten Augenblick sprang sie in die Tiefe und wurde zu Meerschaum.

Mit Entsetzen musste ich zusehen, wie ich meine geliebte kleine Schwester für immer verlor. Meerjungfrauen besaßen keine unsterbliche Seele und so sah ich auf den Wellen das, was von ihr übrig geblieben war – Schaum, der auf dem Wasser dahintrieb, verschwand und sich wieder neu bildete. Nichts blieb mir von ihr, bis auf Erinnerungen. Ich starrte auf die Wellen vor mir, nahm nichts wahr, außer dem Stich in meinem Herzen.

»Kommst du?«

Ich sah meine Schwester an, ihre Hand berührte leicht meine Schulter, konnte an ihrer brüchigen Stimme denselben Schmerz erahnen, den auch ich fühlte. Ich folgte ihr und den anderen. Doch bevor ich abtauchte, sah ich noch einmal zum Schiff, hörte lautes Gepolter und aufgeregte Rufe. Ob sie nach meiner Schwester suchten?

Ein letztes Mal ließ ich meinen Blick über die Wellen schweifen. Die Sonnenstrahlen tauchten alles in ein tiefes Rot und begannen den Tag zu wärmen. Doch mich erreichten sie nicht.

Unser Zuhause war auf dem Meeresgrund, weit unter der Wasseroberfläche, wo uns nie ein Anker erreichen konnte. Wir lebten versteckt vor den Menschen und das aus gutem Grund. Sie waren egoistisch, zerstörerisch im Umgang mit der Natur und verletzten sich sogar gegenseitig. Ihre Lebensspanne war kaum mit der unseren messbar. Ich konnte nicht verstehen, was meine kleine Schwester an diesen Wesen so fasziniert hatte, warum sie sich in eines hatte verlieben müssen.

Der Palast unseres Vaters kam näher, je tiefer wir schwammen, aber seine einstige Strahlkraft war verblasst. Er war nur noch ein Schatten seiner selbst, wie auch unser Vater. Es war, als wäre mit dem Fortgehen seiner jüngsten Tochter auch das Licht aus seinem Leben verschwunden.

Wir wurden immer langsamer, je näher wir unserem Zuhause kamen. Wir wollten die traurige Nachricht nicht überbringen.

Vor der Tür zum Gemach unseres Vaters verharrten wir einen Moment. Die Älteste von uns schloss die Augen und ich sah ihr an, dass sie all ihren Mut zusammen nehmen musste, um die Nachricht zu überbringen. Als sie ihre Augen öffnete, erkannte ich Entschlossenheit darin. Zusammen schwammen wir zu unserem Vater, wollten für ihn da sein, wenn er vom Tod einer seiner Töchter erfuhr.

Mein Vater zerbrach nicht nur, es zerriss ihn regelrecht. Er, der all die Zeit die Hoffnung nicht hatte aufgeben wollen, dass sein jüngstes Kind zurückkommen oder immerhin sein Glück finden würde. Doch nichts von beidem war eingetroffen. Stattdessen hatte er sie für immer verloren, so wie einst unsere Mutter. Es war, als wäre ihm mit einem Schlag alle Kraft genommen worden, zurück blieb nur eine leblose Hülle.

Ein Zustand, der sich auch nach Tagen nicht änderte und mich immer mehr verzweifeln ließ. Während meine Schwestern alles taten, um unserem Vater zu helfen, erkannte ich, dass unsere Mühen vergeblich waren.

Es tat weh. Und so tat ich das Einzige, das ich für mich für das Richtige hielt, und schwamm. Hinaus aus dem Palast, weg von all den Erinnerungen. Ich schwamm bis meine Flossen schmerzten, meine Augen schwer wurden und ich eine dunkle leere Höhle entdeckte. Dort gab ich mich meiner Trauer hin. Meerjungfrauen konnten nicht weinen und so konnte ich nichts Anderes tun, als mich von meinem Schmerz überwältigen, meiner Wut freien Lauf zu lassen und meinen Hass zu nähren. Hass auf die Menschen, die meiner Schwester so viel Leid gebracht hatten. Hass auf die Hexe, die ihr erst den Zugang zur Menschenwelt ermöglicht hatte. Hass auf meinen Vater, der sich seiner Trauer hingegeben und uns vergessen hatte. Und Hass auf mich selbst, denn ich war schwach gewesen, hatte meine Schwester nicht beschützen können. Ich hätte mich mehr anstrengen müssen, ihr die Gefühle für diesen Menschenmann auszureden, hätte besser auf sie aufpassen müssen. Doch ich hatte versagt, sie für ihre Schwärmerei nur belächelt. Und jetzt war sie fort und ich allein.

Und während meine Gedanken in mir brodelten, stach einer hervor: der Wunsch nach Rache.

Heute
Über Wasser

Wenn die Wolken sich am Himmel zusammenbrauen, das Meer unter ihnen wütet, sich mit aller Kraft gegen die Klip-

pen wirft und sich an der Erde versucht festzukrallen, dann nimm dich in Acht.

Wenn die Wellen so hoch sind wie die Kirchtürme selbst, kein Leuchtturm in Sicht, dann erklingt eine warme glockenhelle Stimme. Sie hüllt dich ein, gibt dir Hoffnung und spendet Trost. Sie singt von einem sicheren Hafen, von Geborgenheit und Liebe und lässt deine Sorgen leichter werden. Ihr Flüstern durchbricht den Sturm und lockt dich zu ihr. Doch gib acht, junger Seefahrer, verfällst du ihr, wirst du sterben. Und wenn du das erkannt hast, wird es bereits zu spät sein.

Die Möwen kreischen aufgeregt, fliegen wild durch die Luft. Der Himmel eine graue Masse, die sich in der aufgewühlten See spiegelt. Rechts von mir ragt ein Leuchtturm empor. Ein Lichtbringer für alle Seefahrer und doch ungeachtet in dieser Zeit, dank neuester Technik. Mein Blick schweift über das Wasser. Ich bin wie hypnotisiert von den Wellen, die immer höher wachsen, um an ihrem höchsten Punkt in Schaum zusammenzubrechen. Ich bin fasziniert von ihrer Unermüdlichkeit, wie sie sich immer wieder von neuem erheben und anschließend zusammenfallen. Ein wenig wünsche ich mir, ich hätte ebenfalls die Kraft, mich so schnell und immer wieder aufrichten zu können.

Ich laufe am Strand entlang, auf dem Weg zur nahen Seebrücke, und setze mich dort auf eine Bank. Lasse den Wind mit meinen Haaren spielen, auch wenn es von denen nicht viel gibt.

Ich hoffe, hier draußen für ein paar Stunden meine Zweifel vergessen zu können, meine Gedanken durch das Tosen des Wassers nicht mehr hören zu müssen.

Wieder einmal frage ich mich, was falsch mit mir ist. Was ich ändern muss, um zu sein, wie die anderen. Um dazuzugehören. Wieso glauben sie, dass ihre Meinung schwerer wiegt als meine?

Warum darf ich nicht leben wie und lieben wen ich will?

»Komm zu mir.«

Ich schrecke auf. Wer hat da gesprochen? Ich sehe mich auf der Brücke um, kann aber niemanden entdecken. Verwirrt schaue ich wieder aufs Meer. Habe ich mir das nur eingebildet?

»Bei mir kannst du all deine Sorgen vergessen und frei sein.«

Ich erhebe mich und drehe mich einmal im Kreis. Angst wallt in mir auf. Fange ich schon an zu halluzinieren?

»Sieh nach unten.«

Nach unten? Mein Blick wandert zum Rand der Brücke. Ich muss völlig verrückt sein, dieser Stimme zu folgen, wenn ich nicht einmal weiß, woher sie kommt. Und doch ist da neben der Angst auch Neugier und ich frage mich: Was wäre wenn?

Ich habe nichts zu verlieren. Also trete ich näher an den Rand und sehe in das aufgewühlte Wasser, kann aber nichts erkennen.

»Komm näher, damit ich dich umarmen und dir Trost spenden kann.«

Die Holzplanken unter meinen Schuhen sind rutschig vom aufspritzenden Meerwasser, das sich immer wieder an den Pfählen der Brücke bricht.

Ich lehne mich etwas weiter nach vorne, glaube, ein Licht im Grau des Wassers zu sehen. Es spiegelt sich auf der Oberfläche. Oder ist es direkt darunter? Ich strecke eine Hand danach aus, versuche, mich mit der anderen am Holz der Brücke festzuhalten. Und während ich mich weiter strecke, bricht plötzlich eine Welle über mir zusammen und zieht mich mit sich nach unten. Doch bevor ich auf der Meeresoberfläche aufschlage, bekomme ich die Leiter neben mir zu fassen und klammere mich mit allem, was ich habe, an den Sprossen fest, halte einer weiteren Welle stand.

»Lass los!«

Neben mir spritzt Gischt auf und ich habe das Gefühl, etwas Kaltes greift nach mir. Mit klammen Fingern ziehe ich mich an der Leiter hoch, rutsche immer wieder an den von Algen bedeckten Sprossen ab. Mit Mühe schaffe ich es, mich über den Rand zu schieben und von der Kante wegzurutschen. Auf dem nasskalten Boden liegend versuche ich wieder zu Atem zu kommen. Mein Herz trommelt, das Blut rauscht mir in den Ohren.

Was war das gerade?

Unter Wasser

Die Tiefen des Meeres sind noch weitestgehend ungesehen von den Menschen. Kaum einer hat es geschafft, bis auf den Grund der schwarzen See zu reisen. Und wenn er nach unten gelangt, ist alles, was er sieht, Dunkelheit. Kein Sonnenstrahl schafft es bis zum Meeresboden. Dabei entgeht seinen Augen die Schönheit der Tiefsee. Die Vielfalt, die nur Meerwesen wahrnehmen können. Außergewöhnliche Formen und leuchtende Farben verbergen sich vor den Augen der Menschen – bis jetzt konnte niemand die Geheimnisse der Tiefsee erkunden.

Ich habe es vermasselt. Schon wieder ist mir ein Mensch entkommen und ich muss mit leeren Händen nach Hause schwimmen. Was ist bloß los mit mir? Verlassen mich meine Kräfte?

Aber das kann nicht sein. Mein Auftrag ist noch nicht abgeschlossen. Und ich kann mir beim besten Willen nicht vorstellen, dass mich die Hexe so einfach aus unserem Vertrag entlässt. Nein, ich bin ihr noch ein menschliches Opfer schuldig und solange wird ihr Zauber auch funktionieren. Ein Zauber, mit dem ich die Menschen durch meine Stimme in ihren schwächsten Momenten erreichen kann. Sie hören mich in ihren Gedanken und haben keine Chance, meinem Gesang, meinem Köder zu widerstehen. Eine Fähigkeit, die ich durch den Handel mit der Hexe bekam. Eine Fähigkeit, die mir dabei hilft, Menschen zu ihr zu bringen. Warum sollte sie sich den Ertrag aus ihrem Teil des Handels entgehen lassen, indem sie mir einen mangelhaften Zauber gibt? Das kann ich mir einfach nicht vorstellen. Liegt es also an mir? Bin ich zu schwach geworden?

Ich muss gestehen, dass mich die Freude an meiner Rache schon lange verlassen hat. Als ich mein erstes Opfer in die Tiefe des Meeres gelockt habe, hat mich noch pure Zufriedenheit erfüllt. Ich wollte, dass es genauso litt wie ich zuvor und spielte noch mit ihm, bevor ich es zur Hexe brachte. Ich ließ den Menschen immer wieder ein wenig Luft holen, um ihn gleich darauf unter Wasser zu ziehen, bis kaum noch Luftblasen aus dem Mund drangen. Aber als ich mit dem leblosen Mann immer weiter hinabtauchte, kamen mir Zweifel. Tat ich das Richtige? Hätten meine Schwestern das gewollt? Was würde Vater sagen, wenn er mich so sähe?

Ich hatte nicht die erhoffte Befriedigung erfahren. Und sie wollte auch nicht kommen, als ich mit dem Mann zur Hexe schwamm.

Mein Weg zu ihr führte mich über sandige Einöde. Nichts wuchs in der Nähe ihres Reiches. Und auch das anschließende Torfmoor, das aus sprudelndem Schlamm bestand, der das Schwimmen erschwerte, machte die Gegend nicht schöner.

Immer wieder zerplatzten Schlammblasen unter mir und verklebten meine Schuppen. Ich kam nur langsam voran, was zusätzlich zum Moor auch an meiner Last lag. Bevor ich das Haus der Hexe erreichte, musste ich zudem durch ihren Wald schwimmen, der aus hunderten Polypen bestand. Wesen, die halb Tier, halb Pflanze waren. Ihre Zweige waren wie Arme und mit ihren Fingern griffen sie nach allem, was in ihre Nähe kam. Ich sah Skelette von Menschen, anderen Tieren und Schiffswracks. Am liebsten hätte ich den Menschenmann gleich hier gelassen und die Hexe hätte zusehen können, wie sie ihn bekam. Aber ich hatte Angst, dass sie das als Vertragsbruch verstehen würde. Und was dann passiert wäre, hatte ich lieber nicht erfahren wollen. So schwamm ich schneller, versuchte den Griffen der Polypen auszuweichen und kam zu dem Platz, auf dem das Hexenhaus stand, gebaut aus unzähligen Knochen. Ein Schauer überkam mich und ich konnte immer noch nicht glauben, dass meine kleine Schwester hierher gekommen war. Ich verabscheute diesen Ort, hatte doch meine Schwester erst hier die Möglichkeit bekommen, auf dem Land gehen und damit unter den Menschen leben zu können. Und dann hatte ich die Person, die ihr so viel bedeutet hatte, für die sie ihre Familie und ihr zu Hause aufgegeben hatte, unter Wasser gebracht. Wurde er von ihr vor dem Ertrinken gerettet, hatte ich ihn dem Meer wieder zurückgegeben.

»Ah, bringst du mir mein erstes Opfer?«, säuselte die Hexe, die über mir auf einem kleinen Felsvorsprung saß.

Ich biss die Zähne zusammen und presste ein »Ja« hervor. Mit jeder Sekunde, die ich länger hier unten war, wurde mir mehr und mehr übel.

»Und wie war es? Den Prinzen zu töten, den deine Schwester so sehr geliebt hat, dass sie sich lieber in den eigenen Tod stürzte, als ihn umzubringen?«

Ich wollte diesem Weib auf keinen Fall sagen, dass ich entgegen meiner Erwartungen kein Gefühl des Triumphes verspürte. Stattdessen quälte ich mich zu einem Lächeln. »Gut«. Sie kniff ihre Augen zu und schwamm langsam zu mir. Bevor sie nahe genug war, um in meinem Gesicht lesen zu können, dass ich alles andere als erfreut und zufrieden war, ging ich in den Angriff über.

»Du hast jetzt dein erstes Opfer. Fehlen noch elf. Und für die wäre es schön, wenn deine Lakaien sie bei mir abholen kommen, sobald ich tief genug geschwommen bin. Der Weg zu dir kostet mich nur unnötig Zeit.«

Ich versuchte, so viel Trotz wie möglich in meine Stimme zu legen, denn ich konnte ihr nicht zeigen, wie es in meinem Inneren tobte. Wie sollte ich es bloß schaffen, so vielen Menschen das Leben zu rauben? Was hatte ich mir nur dabei gedacht? Was würde meine kleine Schwester nur von mir denken?

Heiße Scham durchflutete meinen Körper und ich versuchte, sie so gut es ging zu unterdrücken.

»Meine liebe Meerjungfrau. Es sind deine Opfer und ich sehe sie eher als Gabe an mich. Egal wie du es drehst und wendest, am Ende bist du schuld an ihrem Tod!«

Das schrille Lachen der Hexe dröhnte in meinen Ohren und so drehte ich mich um, floh aus ihrem Reich und wollte ihr am liebsten nie wieder begegnen. Die Gesichter ihrer Lakaien nahm ich nur verschwommen wahr. Ihre verzerrten Grimassen sahen aus, als würden sie grinsen. Ich verdoppelte meinen Flossenschlag und schwamm so schnell ich konnte. Aber vor was glaubte ich, fliehen zu können? Ich war in ihren Tentakeln gefangen, bis ich meinen Teil der Abmachung erfüllt hatte. Ich fühlte mich schmutzig.

Über Wasser

Der Gesang der Meerjungfrauen hat etwas Magisches. Kein Mensch hat es jemals geschafft, ihn nachzuahmen. Aber egal, wie glockenhell und engelsgleich die Stimme sein mag, so bringt sie am Ende doch nur den Tod.

Meine Augenlider werden schwerer und ich bin kurz davor einzuschlafen. Meine Hand knickt immer wieder unter meinem schweren Kopf weg und ich schaffe es kaum, Interesse vorzuheucheln, geschweige denn, dem Unterricht zu folgen. Mein Blick schweift zum wiederholten Mal aus dem Fenster, auch wenn das einzig Interessante draußen die sich streitenden Krähen sind.

Meine Gedanken schweifen ab und ich bleibe wieder an meinem Erlebnis an der Seebrücke hängen. Ist das alles nur Einbildung gewesen? Aber es hat sich so echt angehört und gefühlt. Brauche ich so sehr eine Freundin, dass ich mir sogar eine einbilde, um nicht mehr alleine sein zu müssen? Das tut weh.

»Anstatt verflossenen ›Liebhaberinnen‹ oder was auch immer nachzutrauern, sollten Sie Ihre Aufmerksamkeit lieber dem Unterricht widmen. Vielleicht lernen Sie ja noch etwas.«

Mein Herz setzt einen Moment aus, als mein Mathelehrer plötzlich neben mir steht. Ich schaue zu ihm und sehe nur ein hämisches Grinsen, ein Spiegelbild der Gesichter meiner Mitschüler. Ich dachte, ich könnte längst mit diesen verbalen Angriffen umgehen, doch tut jeder einzelne Satz, jedes gehässige Grinsen und Getuschel immer noch weh.

»Da Sie es nicht für nötig halten, meinem Unterricht zu folgen, nehme ich an, Sie können schon alles. Bitte lösen Sie doch die Aufgabe vorne an der Tafel.«

Ich sehe die ausgestreckte Hand mit der Kreide an, doch verharre stocksteif auf meinem Platz. Wie viel Demütigung kann ein Mensch ertragen, bevor er daran zerbricht? Ich spüre, wie sich Tränen in meinen Augen bilden, gebe alles um sie zu unterdrücken.

»Na, wird es bald mal was? Wir haben schließlich nicht den ganzen Tag Zeit.«

»Ich weiß es nicht«, bringe ich endlich hervor.

»Wie bitte? Ich konnte Sie leider nicht verstehen. Wiederholen Sie das nochmal«, entgegnet mein Lehrer.

Ich hole zitternd Luft, möchte mich einfach nur noch in meinem Zimmer einschließen und mich unter der Bettdecke verstecken. »Ich weiß nicht, wie man die Aufgabe löst.« Alle im Raum hören mich, sehen mich höhnisch an.

»Das ist natürlich schade. Vielleicht passen Sie ab jetzt besser in meinem Unterricht auf.« Gekicher hallt durch das Zimmer, während ich meine Augen schließe. Als ich meine Aufmerksamkeit wieder der Tafel und meinem Lehrer widme, stelle ich fest, dass dieser erst jetzt die Aufgabe und den Lösungsweg erläutert. Ich versuche mich so klein wie möglich auf meinen Stuhl zu machen und dem Unterricht zu folgen. Das Gespött meiner Mitschüler ignoriere ich so gut es geht, ist es doch nichts Neues.

In diesem kleinen Küstenort passiert selten etwas Aufregendes und so stürzen sich die Leute nur zu gerne auf jedes Ereignis, das nicht der »Normalität« entspricht. Sei es ein Seitensprung, ein uneheliches Kind oder Gefühle, die nicht ihrer heteronormen Welt entsprechen. Je größer der Skandal, desto aufgeregter das Getuschel. Es ist, als bräuchten sie die Fehltritte der anderen, um sich besonders zu fühlen. Als würden diese zeigen, dass sie etwas Besseres sind und über den anderen stehen. Doch wie können Gefühle zu diesen Fehltritten zählen? Sind sie doch kaum kontrollierbar.

Anstatt nach Hause zu gehen, wo mich nur Stille und das eisige Schweigen meiner Eltern erwarten, gehe ich wieder am Strand spazieren. Der Himmel ist nicht ganz so grau wie gestern und trotzdem spüre ich, wie sich der Spätsommer verabschiedet und dem Herbst Platz macht. Das bedeutet, die Strände werden leerer und ich kann die Ruhe genießen.

Ich ziehe meine Schuhe aus und gehe barfuß über den Sand. Er ist kalt unter meinen Füßen. Ich liebe das Gefühl des weichen, leicht körnigen Untergrundes und mache mir nichts aus den Muschelsplittern. Wie gerne hätte ich jetzt jemanden an meiner Seite, mit dem ich reden kann. Dem ich meine Sorgen anvertrauen und an den ich mich anlehnen kann, wenn mir mal wieder alles zu viel wird. Die einzige Person, der ich alles anvertrauen wollte, hatte mir aber als Erste den Rücken zugekehrt. Als ich sie am meisten brauchte, hatte sie sich auf die Seite der anderen gestellt. Ich konnte nachvollziehen, warum sie das getan hat, wollte sie sich doch nur selbst schützen. Aber wie es mir dabei ging und wie sehr ich immer noch darunter litt, das interessiert sie nicht. Nein, stattdessen steht sie mit an vorderster Front, wenn es darum geht, mich zu demütigen und zu erniedrigen. Als würde sie sich damit selbst etwas beweisen. Beweisen, dass sie nicht an Frauen interessiert ist. Dabei war es nur ein Kuss.

Unter Wasser

Die Menschen sind voller Widersprüche. Auf der einen Seite wollen sie leben, bekämpfen sich auf der anderen Seite aber immer wieder aufs Neue. Dabei steht ihr eigenes Wohl über dem der anderen. Sie wissen die Schönheit um sich herum gar nicht zu schätzen. Zerstören sie stattdessen. Und das ist es, was sie von den Meerwesen unterscheidet.

Ein weiterer Tag ist angebrochen und ich versuche von Neuem mein Glück an der Oberfläche. Es ist nur noch ein Mensch, den ich der Hexe bringen muss. Dann bin ich frei und kann meine restlichen Jahre so verbringen, wie ich möchte.

Ich schwimme an der Küste entlang, versuche mit meiner Stimme jemanden zu erreichen, aber es bleibt still. Aufgeben ist nicht meine Stärke, aber fürs Erste lasse ich mich auf dem Wasser treiben. Spüre das Auf und Ab der Wellen und lausche den Möwen. Unsere Großmutter hat uns vom lieblichen Gesang der Kanarienvögel erzählt, leider habe ich bis jetzt nie einen gesehen. Das Land hier ist zu kalt und entspricht nicht ihrer Heimat, hat Großmutter gesagt. Ich bin mir sicher, dass sich die Möwen nicht mit Kanarienvögeln vergleichen lassen. Ihre Rufe hören sich viel mehr nach Geschrei an, statt nach lieblichem Gesang. Und doch erden sie mich, da sie nach Freiheit klingen.

Als ich einen weiteren Versuch wage, höre ich sie. Eine kleine einsame Stimme.

»Ich bin allein. Ich fühle mich einsam.«

Das ist meine Chance. Noch bevor ich mich auf die Suche nach dem Menschen mache, antworte ich auf seine Gedanken*: »Ich bin hier. Du bist nicht allein. Ich kann deine Freundin sein, du musst dich nur fallen lassen.«*

»Kann ich dir wirklich vertrauen? Wirst du mir nicht wehtun?«

Die Stimme klingt so zart und zerbrechlich. Und so vertraut. Die Erkenntnis trifft mich wie ein Blitzschlag: Es ist das Mädchen von gestern.

Als ich näher zum Strand schwimme, kann ich sehen, wie sie kurz davor ist, ins Wasser zu gehen. Nur noch ein paar Schritte und ich kann sie mit mir nach unten ziehen und endlich frei sein.

»Glaube mir, ich werde dir nicht wehtun. Ich möchte dir helfen.«

Ihr Blick ist leer, wie in Trance setzt sie einen Fuß vor den anderen. Es fehlt nicht mehr viel und ich kann sie erreichen.

»Ich werde dir all deine Sorgen nehmen und du musst nie wieder traurig sein. Du wirst nichts mehr spüren.«

Mein Herz schlägt immer schneller, ich spüre die Aufregung durch meinen Körper vibrieren. Eine leise Stimme regt sich in mir, ich kann mein Gewissen hören, ignoriere es aber.

»Nein! Ich möchte leben!«, ertönt es plötzlich.

Und damit verliere ich sie. Ich versuche noch nach ihrem Bein zu greifen, doch sie ist schon auf dem Weg zurück zum Strand. Sie schaut verwirrt zum Wasser und für einen kurzen Moment treffen sich unsere Blicke. Ihre Augen weiten sich, dann stolpert sie und fällt nach hinten auf den Sand. Ich nutze den Augenblick und schwimme in die Tiefe, drehe mich nicht um, bis ich mir sicher bin, dass sie mich nicht mehr sehen kann. Ob sie meinen Fischschwanz gesehen hat? Ich hoffe nicht. Ich will mir nicht ausmalen, was das für alle Meerwesen bedeuten würde. Vielleicht glaubt sie auch, dass sie halluziniert hat. Ich hoffe es.

Doch was mich nicht mehr loslässt, sind ihre Augen. Es war nur ein kurzer Augenblick, aber dieser hat ausgereicht. Ihre Iris war von einem tiefen Blau umgeben. Und der Blick so klar. Für einen kurzen Moment war mir, als hätte ich meine kleine Schwester gesehen.

Über Wasser

Viele Seemänner glauben, schon einmal eine Meerjungfrau gesehen zu haben. Ihre Schönheit soll der eines Engels glei-

chen. Ihre Haut soll weich wie Seide sein, zart wie die Blüte einer Blume und zerbrechlich wie Glas. Was Wahrheit und was Märchen ist, wissen die Meerwesen allein.

Wie erstarrt sehe ich auf das Wasser vor mir. Immer wieder schwappt eine Welle auf mich zu, doch ich nehme sie kaum wahr. Ich habe mir das doch nicht schon wieder eingebildet. Nein. Ich bin mir sicher, da war eine Person im Wasser. Eine Frau? Was mich aber noch mehr verwirrt, ist das, was ich an ihrem Rumpf gesehen habe. Wo eigentlich Beine hätten sein müssen, habe ich einen Fischschwanz gesehen.

Eine Meerjungfrau.

Aber die gibt es doch gar nicht. Sie entspringen Märchen, erzählt von Seeleuten, die sich das Unerklärliche begreiflich machen mussten.

Ich schüttele meinen Kopf und versuche einen klaren Gedanken zu fassen. Leider ist das nicht möglich, denn die Kälte kriecht in meine durchnässten Sachen. Ein Zittern erfasst meinen Körper und ich stehe mit wackeligen Knien auf. Die Sonne ist tiefer gewandert und spendet nur noch rötliches Licht, aber keine Wärme. Frierend mache ich mich auf den Heimweg. Versuche, meine Gedanken zu kontrollieren. Für Panik ist auch noch später Zeit. Erstmal muss ich es ungesehen an meinen Eltern vorbeischaffen, mit etwas Glück sind sie noch nicht zu Hause.

Der Weg ist beschwerlich, das kalte Meerwasser rinnt an mir hinab und meine durchnässten Schuhe geben bei jedem Schritt ein schmatzendes Geräusch von sich. Ich fühle bleierne Schwere in meinen Knochen und möchte nur noch schlafen.

Als ich die Auffahrt zu unserem Haus hochlaufe, atme ich erleichtert aus. Niemand ist da. Ich gehe gleich ins Bad, das an mein Zimmer angrenzt, und genieße das heiße Wasser, das in der Dusche über meine Haut perlt. Dampf umhüllt mich wie eine Decke und ich schließe die Augen, lege den Kopf in den Nacken. Mit jedem weiteren Atemzug lockern sich meine Muskeln und ich entspanne mich. In diesem Moment ist mir alles egal. Alles, was zählt, bin ich.

Ich schlafe den ganzen Abend und die halbe Nacht durch. Ignoriere meine Eltern, so wie sie es auch mit mir tun. Ich träume von Meerjungfrauen, einer lieblichen Stimme, die mich zu sich lockt, und wache schweißgebadet auf, als ich in die Dunkelheit des Meeres gezogen werde.

Am liebsten hätte ich irgendjemanden von meiner Sichtung erzählt, doch es gibt niemanden. Stattdessen muss ich in der Schule zusehen, wie meine ehemals beste Freundin hinter meinem Rücken tuschelt, wie mich viele meiner Klassenkameraden mit Nicht-Achtung strafen.

Wenn dieses letzte Schuljahr vorbei ist, werde ich wegziehen. Weit weg. Ich möchte reisen und viele neue Orte sehen. Menschen treffen, die mich so akzeptieren, wie ich bin. Ich kann es kaum erwarten, endlich von hier wegzukommen. Doch zuerst muss ich den Unterricht überstehen.

Diesmal bin ich nicht am Strand, um meinen Kopf freizubekommen, sondern halte Ausschau nach der Vielleicht-Meerjungfrau. Dass die Wahrscheinlichkeit, sie wiederzusehen, gering ist, ist mir bewusst. Und dass sie womöglich kein Meerwesen ist auch. Aber trotzdem möchte ich nicht aufgeben und versuche mein Glück.

Die Wellen sind heute wieder besonders hoch, das Wasser ist aufgewühlt. Ich kann keine Möwen sehen und bin alleine am Strand. Bevor die Wellen meine Schuhe durchweichen können, bleibe ich stehen und schaue hinaus zum Horizont.

Eine kaum erkennbare Linie zwischen Meer und Himmel, grau in grau. Enttäuscht wende ich mich ab und laufe zur Seebrücke. Der Wind wird stärker und zerrt an meiner Kleidung. Auf der Brücke muss ich vorsichtig sein, die Wellen haben die Holzplanken stellenweise durchnässt. Ich lehne mich über das Geländer und schaue nach unten. Bis auf Algen und vereinzelte Quallen schwimmt auch hier nichts durchs Wasser. Stattdessen höre ich ein Knarzen und schwere Schritte hinter mir. Langsam wende ich mich um und erstarre vor Angst. Womit habe ich das nur verdient?

Unter Wasser

Wie bei einer Medaille gibt es auch bei den Menschen zwei Seiten. Und es nützt nichts, sich immer nur die schlechte anzusehen. Denn die gute hält viele Überraschungen bereit. Und Hoffnung. Hoffnung auf ein Leben in Freiheit für alle Wesen. Sicherlich ist es noch ein weiter Weg dahin. Aber irgendjemand muss immer den ersten Schritt machen.

Meine Schwestern hätten mich sicherlich für dumm erklärt. Doch ich bin neugierig. Ich muss wissen, ob das Mädchen jemandem von mir erzählt hat, und so schwimme ich wieder vor der Küste entlang. Es dauert auch nicht lange, bis ich sie sehe, aber sie scheint allein zu sein. Erleichterung durchflutet mich. Ich schwimme näher zu ihr, um einen besseren Blick auf sie zu erhaschen. Ihre Augen gehen mir seit dem gestrigen Vorfall nicht mehr aus dem Kopf. Bis in meine Träume haben sie mich verfolgt und ihr Gesicht wechselte sich mit dem meiner kleinen Schwester ab. Ich weiß nicht, ob es ein schöner Traum oder ein Albtraum war.

Sie bleibt für einen Moment am Strand stehen und blickt zum Horizont. Ich verstecke mich zwischen den Wellen, bin froh über den hohen Wellengang. Sie ist nicht alleine am Strand. Eine Gruppe Menschen bewegt sich langsam in ihre Richtung, sie scheint es aber nicht zu bemerken. Stattdessen geht sie weiter Richtung Brücke. Ich folge ihr, will sie nicht aus den Augen verlieren. Unter der Brücke kann ich ihre Schuhe sehen. Sie nähert sich dem Geländer und stützt sich ab. Ich frage mich, wonach sie Ausschau hält. Ihr Blick scheint klarer zu sein als die anderen Male. Auch kann ich sie nicht mit meiner Stimme erreichen.

Ich höre weitere Schritte, bewege mich etwas von der Brücke weg, um eine bessere Sicht zu haben. Vier junge Männer, etwa im selben Alter wie das Mädchen, schleichen sich von hinten an sie heran. Doch sie bemerkt es noch immer nicht. Ich würde sie gerne warnen, aber ich kann es nicht. Kann mich nicht verraten. Und so muss ich tatenlos mit ansehen, wie sich die Männer regelrecht auf sie stürzen. Sie pöbeln und schubsen sie, ihre Gesichter zu Fratzen verzerrt. Ich bin fassungslos, kann nicht begreifen, was vor meinen Augen passiert. Meine Großmutter hatte uns Geschichten erzählt, in denen sich die Menschen gegenseitig bekämpften. Doch ich dachte immer, das wären nur Märchen. Aber da ist sie, rohe Gewalt, die verletzt.

Die Männer zerren an der Frau, greifen nach ihren Haaren, auch wenn sie zu kurz sind. Sie wehrt sich mit allem, was sie hat. Ich kann ihre Stimme hören. Sie klingt wie das Heulen des Windes. Aber sie ist allein, niemand eilt ihr zu Hilfe, niemand anderes hört sie.

Die Wellen krachen gegen die Brückenpfeiler und benetzen den Holzboden mit Wasser. Die Gruppe kommt dem Gelände sehr nahe, ich kann mein Glück kaum fassen.

Die junge Frau schafft es, sich aus dem Griff einer der Männer zu befreien und schubst ihn gegen das Geländer. Er verliert den Halt und fällt kopfüber ins Meer. Mir fehlt nur noch ein Opfer und da ist es. Es kann sich kaum über Wasser halten. Die anderen sind mir egal, ich habe nur meine Beute im Blick. Aber bevor ich ihn erreichen kann, springt die Frau ebenfalls ins Wasser, mit einem Reifen in der Hand. Ich bin zu verblüfft, um zu begreifen, was sie da tut. Sie schwimmt zu dem Ertrinkenden, stülpt den Ring über seinen Kopf und bringt ihn dazu, sich daran festzuhalten. Eine Welle bricht über den beiden zusammen und während er an der Oberfläche bleibt, verschwindet sie unter Wasser. Ich warte darauf, dass sie wieder auftaucht, kann sie aber nirgendwo sehen. Über mir rufen die anderen nach ihrem Freund, aber das blende ich aus. Wo ist sie nur? Die Strömung kann sehr tückisch sein, vor allem in Küstennähe. Ich schwimme unter der Wasseroberfläche entlang und versuche, sie in der aufgewühlten See zu finden. Sehe ich da einen Schuh? Ich halte darauf zu und sehe den anderen etwas weiter vor mir. Aber von ihr keine Spur. Immer hektischer schaue ich mich um, möchte nicht, dass es so endet. Plötzlich sehe ich etwas einige Meter entfernt. Ist das eine Lichtreflexion? Ich beeile mich näher zu kommen und tatsächlich: Sie schwimmt bewusstlos vor mir.

Ich umfasse ihren Oberkörper, schwimme mit ihr zur Oberfläche und bringe ihren Kopf über Wasser. Ich muss sie zum Strand bringen. Aber die Gefahr, dass ich entdeckt werde, ist zu groß. Panik breitet sich in mir aus, versucht meine Gedanken zu trüben. Ich atme tief ein, versuche zur Ruhe zu kommen. Ich brauche einen kühlen Kopf. Da fällt mir eine kleine Bucht nahe der Klippen ein, die mir meine große Schwester einst zeigte. Dort gibt es einen kleinen Strand, an dem wir geschützt sind.

So schnell wie möglich mache ich mich auf den Weg, muss aufpassen, dass sie mir nicht aus den Händen gleitet. Mit meinen Flossen ist es nicht leicht, aber ich schaffe es uns beide an Land zu hieven, bis uns die Wellen nicht mehr erreichen können. Aber sie liegt nur da, rührt sich nicht. Ich kann die Bewegung, die Menschen beim Atmen machen, nicht sehen. Wieder greift die Panik nach mir, doch ich verdränge sie ein weiteres Mal. Was soll ich nur tun? Noch nie habe ich einen Menschen gerettet. Halt. Ich erinnere mich an eine Situation, die schon einige Jahre zurückliegt. Ich wusste nicht, was sie zu bedeuten hat, aber vielleicht ist sie mir jetzt von Nutzen. Ein Mann lag am Strand und ein anderer kniete neben ihm. Er überstreckte den Kopf des Liegenden und hielt ihm die Nase zu. Und dann küsste er ihn. Ich fand das damals sehr ungewöhnlich, hatte aber die Menschen noch nie verstanden. Doch nun versuchte ich dasselbe mit ihr. Den Kopf gestreckt, halte ich ihre Nase zu. Aber wie weiter? Ist ein Kuss wirklich die Lösung? Ich beuge mich zu ihr und lege sanft meine Lippen auf ihre. Sie sind kalt und doch weich, schmecken leicht nach salzigem Meerwasser. Aber sie rührt sich nicht. Braucht sie doch etwas anderes?

»Während wir Meerjungfrauen und Wassermänner an Land und unter Wasser atmen können, benötigen die Menschen Sauerstoff, den sie nur an der Oberfläche erhalten. Deshalb können sie auch nicht bei uns leben.«

Die Worte meiner Urgroßmutter hallen in meinen Gedanken und ich weiß, was zu tun ist. Ich hole tief Luft und beuge mich wieder über ihre Lippen. Doch diesmal puste ich zudem meine Luft in ihren Mund. Ich weiß nicht, wie lange und wie oft ich das mache, doch plötzlich regt sie sich. Sie spuckt einen Schwall Meerwasser aus, dreht sich auf den Bauch und immer noch kommt ihr Wasser aus dem Mund. Pure Erleichterung durchflutet mich. Ich habe das Richtige getan.

»D-d-danke. D-du hast mich gerettet.«

Blau getrübte Augen sehen mich voller Dankbarkeit an. Ein Lächeln stiehlt sich auf meine Lippen, bis mir bewusst wird, dass sie meinen Schwanz sehen muss. Erschrocken drehe ich mich weg, robbe zurück ins Meer.

»Nein. Bitte geh nicht. Ich-ich habe noch so viele Fragen«, ruft sie mir hinterher.

»Ich muss weg. Kann nicht länger hier bleiben. Du brauchst Hilfe, du zitterst.«

Die Bucht war vielleicht das ideale Versteck für mich, aber sie würde hier keiner finden. Ich musste versuchen, jemanden mit meiner Stimme zu erreichen und ihn zu ihr zu führen.

»Ich möchte dich wiedersehen.«

Das will ich ja auch. Von Nahem geht eine Faszination von ihr aus, der ich mich nur schwer entziehen kann. Sollte ich es wirklich wagen, sie noch einmal zu sehen? Ich könnte sie immer noch mit mir in die Tiefe ziehen, sollte die Situation eskalieren. Aber wem versuche ich etwas vorzumachen? Dreimal hatte ich schon die Möglichkeit gehabt und doch nicht genutzt. Vor allem die letzte nicht.

»Ich komme wieder.« Und damit schwimme ich aufs Meer hinaus. In Brückennähe sehe ich viele Menschen. Scheinbar haben sie den jungen Mann aus dem Wasser gezogen. Ich kann seine Zweifel und Ängste hören, spreche zu ihm. Ich gebe ihm den Hinweis, wo sie sich befindet, und versuche so eindringlich wie möglich, auf ihn zu einzureden. Ein paar Menschen lösen sich aus der Gruppe und rennen in Richtung Bucht. Ich bleibe so lange an der Oberfläche, bis ich sicher sein kann, dass sie gefunden und gerettet wird. Danach schwimme ich so schnell und weit wie nur möglich, um meinem Gewissen zu entkommen. Was habe ich mir nur dabei gedacht?

Über Wasser

Freundschaft kann die Brücke zwischen zwei Welten sein und verbinden, was zusammengehört. Auch, wenn es auf den ersten Blick nicht so scheint.

Ich weiß nicht, wie man mich gefunden hat, kurz nach dem die Meerjungfrau im Meer verschwunden ist. Aber ich bin dankbar. Die Kälte hat meine Glieder steif werden lassen und ich hatte Angst zu unterkühlen. Ihre Fragen, was passiert ist, wie ich zur Bucht gekommen bin, konnte ich nicht beantworten. Gott sei Dank versuchten sie nach einiger Zeit nicht weiter, etwas von mir zu erfahren. Auch wenn meine Schuld an der ganzen Sache eher gering war, wollte ich am liebsten einfach nur vergessen.

Ich musste für vierundzwanzig Stunden unter Beobachtung im Krankenhaus bleiben, meine Eltern schauten nur kurz vorbei. Auch wenn ich etwas enttäuscht war, hatte ich doch nichts anderes erwartet. Ich nutzte die Ruhe stattdessen, um über das Gesehene nachzudenken.

Für die folgenden zwei Tage haben mich meine Eltern vom Unterricht befreien lassen. Durch den Dorftratsch erfahre ich, dass Benjamin, mein Klassenkamerad der ins Wasser gefallen war, erzählt, dass es ein Unfall war, bei dem ich ihn gerettet habe. Was davor passiert ist, hat er mit keinem Wort erwähnt. Ich habe dem nichts hinzuzufügen. Es war nicht das erste Mal, dass er mir mit seinen Kumpels aufgelauert hat. Bis jetzt war nur noch niemand von ihnen verletzt worden.

Da ich nicht den ganzen Tag in einem leeren Haus verbringen möchte, gehe ich an den Strand, zur Bucht. Ich hoffe, dort auf die Meerjungfrau zu treffen. Leider zeigt sie sich nicht. Auch die nächsten Tage gehe ich dorthin, setze mich auf einen kleinen Findling, schaue aufs Meer. Solange, bis der Himmel sich dunkel verfärbt und die Sonne untergeht. Aber sie kommt nicht.

Nach fast einer Woche sitze ich wieder an meinem üblichen Platz. Mir gefällt es hier. Keine Menschen, nur die Wellen, die Möwen und ich.

»Ähm … hey.«

Ein paar Schritte vor mir steht Benjamin. In seiner Körpersprache kann ich nichts von dem Großmaul erkennen, dass mir immer wieder aufgelauert hat und nie alleine auf mich zukam.

Ich schaue ihn nur stumm an, weiß nicht, was er von mir will oder hier zu suchen hat.

»Ich …«

Ihm scheint es sichtlich schwer zu fallen auszusprechen, was ihm auf dem Herzen liegt. Aber ich habe nicht vor, ihm dabei zu helfen.

»Ich wollte mich entschuldigen«, bringt er schließlich hervor.

Die Verblüffung muss mir deutlich im Gesicht stehen, damit habe ich nicht gerechnet. Mit Anfeindungen oder Drohungen ja, aber nicht mit einer Entschuldigung. Und kann ich diese annehmen? Will ich das überhaupt?

Er holt tief Luft, als würde er all seinen Mut sammeln. »Ich war scheiße zu dir. Das ist mir in den letzten Tagen klar geworden. Ich weiß, dass ich mein Verhalten nicht ungeschehen machen kann, egal was ich sage. Ich habe dich verletzt und das tut mir leid. Ich …«

Ich warte ab, ob er noch mehr sagen möchte, aber stattdessen schüttelt er heftig den Kopf, flüstert noch mal eine Entschuldigung, dreht sich um und rennt weg.

Ich kann nicht begreifen, was gerade passiert ist.

»Was war das denn?«

»Oh mein Gott!« Mir bleibt fast das Herz stehen, als ich die Stimme neben mir höre. Ich drehe mich zu ihr um und sehe die Meerjungfrau am Strand sitzen, ihr Körper von den Wellen umschmeichelt.

Wir sehen uns stumm an. Während sie neugierig zu mir sieht und sich mit den Händen auf dem Sand abstützt, liegt ihr Fischschwanz im Wasser. Wenn die Sonne durch die Wolken bricht, leuchten ihre Schuppen aquamarin- und smaragdfarben auf. Wie gerne würde ich einmal ihre Schuppen berühren. Ob sie so weich sind, wie sie aussehen, und sich in meine Handfläche schmiegen? Ab und zu zuckt ein Teil ihrer Flosse und mir wird bewusst, dass sie nervös ist.

»Was war nochmal deine Frage?« Entschuldigend sehe ich sie an.

»Ich will wissen, was der Mensch von dir wollte. Erst greift er dich an und plötzlich steht er da, als sei er das Opfer. Und überhaupt, warum hast du ihn gerettet? Es wäre doch einfacher gewesen, ihn im Meer ertrinken zu lassen.«

Es ist schwierig, dem Inhalt der Worte zu folgen, wenn die Stimme dazu so melodisch ist und mich einhüllt wie eine warme Decke an einem kalten Wintertag. Ich könnte ihr den ganzen Tag lauschen und mir würde doch nicht langweilig werden. Um nicht unhöflich zu wirken, konzentriere ich mich auf ihre Worte.

»Egal, wie sehr er mich verletzt hat, ich könnte niemals dabei zu sehen wie er stirbt, wenn ich es verhindern kann.«

»Aber du wärst beinahe selbst dabei umgekommen. War es das wert?«

Eine gute Frage. Wenn ich überlege, dass er sich bei mir entschuldigt hat, denke ich schon, dass es das wert war. Anscheinend hat bei ihm ein Umdenken stattgefunden und wenn er dadurch niemanden mehr tyrannisiert, dann ja, wäre mein Tod es wert gewesen. Da fällt mir ein: »Wolltest du mich nicht selber ertränken?«

Ihre geweiteten Augen sprechen Bände. Ihre Stimme kam mir bekannt vor und erinnerte mich an die in meinem Kopf, durch die ich bereits zweimal fast dem Meer zum Opfer gefallen wäre.

»Das war eigentlich mein Plan, aber am Ende konnte ich es nicht. Es wäre so leicht gewesen, dich unter Wasser treiben zu lassen. Aber ich konnte nicht dabei zusehen, wie du stirbst.«

Ich bin versucht die Augen zu schließen und nur noch auf den Klang ihrer Stimme zu hören, der sich mit dem Rauschen der Wellen vermischt.

Mein Herz schlägt schneller und ich spüre, wie meine Wangen heiß werden. Ich kenne sie gar nicht und doch reagiert mein Körper eindeutig. Dabei hat sie gerade zugegeben, dass sie mich umbringen wollte. Aber warum?

»Warum wolltest du mich töten?« Ich bin ihr nicht mal böse, nur neugierig. Eine innere Ruhe hat mich erfasst und ich frage mich, ob ich mittlerweile abgehärtet bin von den vielen Attacken meiner Mitschüler.

Sie sieht mich an, als müsste sie abwägen, ob und was sie mir erzählen soll.

»Es lag nicht an dir, falls du das gedacht hast. Ich bin vor vielen Jahren einen Handel eingegangen, der sich damals richtig anfühlte, aber sich schnell als großer Fehler herausstellte. Ich habe mittlerweile eingesehen, dass ich geblendet war von Rache und diese mich zu etwas Falschem verführt hat.«

Ihr Gesicht wirkt verschlossen und obwohl ich versuche weiterzubohren, erzählt sie nichts mehr. Auch wenn es mir schwerfällt, muss ich es so hinnehmen.

Ein Blick auf meine Uhr zeigt, wie viel Zeit inzwischen vergangen ist und dass ich mich beeilen muss, um noch vor meinen Eltern zu Hause zu sein. Dabei will ich noch gar nicht gehen. Möchte sie näher kennenlernen.

»Wie heißt du?«, frage ich sie schnell.

»Maila«, entgegnet sie.

»Ich bin Lenna und leider muss ich jetzt gehen. Bitte versprich mir, dass wir uns wiedersehen. Am besten gleich morgen! Ich möchte dich kennenlernen!« Ich hasse den flehenden Unterton, der sich in meine Stimme geschlichen hat. Aber wie sonst kann ich Maila davon überzeugen, sich wieder mit mir zu treffen?

»Ich werde morgen wieder hier sein. Mach's gut Lenna.« Das kleine Lächeln, das sich auf ihre Lippen stiehlt, nimmt mir den Atem. Es ist, als würde sie von innen heraus strahlen. Ich muss gegen den Kloß in meinem Hals ankämpfen, bin gefangen von ihr. Der Moment ist vorbei, als sie mit einem letzten Winken und einem Strahlen auf dem Gesicht im Meer verschwindet.

Ich sitze noch einen Augenblick auf meinem Stein und versuche, mein wild pochendes Herz zu beruhigen. Bin ich gerade dabei, mich in eine Meerjungfrau zu verlieben?

Unter Wasser

Liebe ist ein mächtiges Gefühl. Stärker noch als Hass. Liebe verleitet dazu, über sich hinauszuwachsen und Stärke zu zeigen. Sie verändert und lässt Wunder geschehen. Sie kann sanft und zärtlich und auch kraftvoll und kämpferisch sein. Sie macht dich verletzlich aber auch mutig. Sie ist das höchste Gut und eint alle Wesen miteinander. Denn am Ende lieben wir doch alle gleich – mit dem Herzen.

Ich genieße die Treffen mit Lenna, fiebere ihnen jeden Tag entgegen. Meine Sorge, dass ich noch ein letztes Opfer brauche, rückt in den Hintergrund, sodass ich sie beinahe vergesse. Doch mit jedem Tag wächst mein schlechtes Gewissen, ihr nichts Genaueres von dem Handel erzählt zu haben. Dank ihr erfahre ich mehr über die Menschen und bereue meine Taten immer mehr. Wie konnte ich mich nur so von meiner Rache blenden lassen? Sie hat dazu geführt, dass ich mich von meiner Familie und meinen Freunden abgewendet habe, dass ich allein bin. Ein Stich, der mir sehr bekannt ist, durchfährt mich. Ich muss es ihr sagen und hoffen, dass sie weiterhin meine Freundin bleibt. Aber eigentlich wünsche ich mir, dass sie noch viel mehr wird. Sie fasziniert mich auf so vielen Ebenen: Ihre Ausstrahlung, ihr Mut und ihre Stärke. Mit jedem weiteren Tag lerne ich sie ein Stück besser kennen und meine Gefühle für sie werden immer stärker. Es würde mich verletzen, sie für immer zu verlieren. Doch was waren diese Gefühle wert, wenn sie auf Lügen basieren?

Ich fasse einen Entschluss: Ich werde ihr die Wahrheit sagen.

Leichter gesagt als getan. Wir sitzen an unserem üblichen Platz. Lenna erzählt mir, dass es ein beschwerlicher Weg zur Bucht ist, da er etwas abseits vom Strand verläuft, weshalb niemand hierherkommt. Mir ist das nur recht, so haben wir Zeit für uns.

»Ich muss dir etwas sagen.« Lenna sieht mich fragend an. Ihr Lächeln weicht einem besorgten Blick, als sie sieht, wie sehr ich mit den nächsten Worten zu kämpfen habe.

»Was ist los?«

»Ich … ich muss dir von meiner Vergangenheit erzählen. Und bitte lass mich ausreden. Es … es fällt mir nicht leicht und ich habe Angst. Angst, dass du mich danach hasst.«

Sie will schon etwas entgegnen, aber mein flehender Blick hält sie auf. Wenn ich das jetzt nicht loswerde, werde ich es vielleicht nie und das wäre ihr gegenüber nicht fair.

»Es fing alles damit an, dass sich meine kleine Schwester in einen Menschen verliebte. Sie ist schon immer fasziniert von euch gewesen, aber er hatte es ihr besonders angetan. Sie rettete ihn vor dem Ertrinken. Da sie eine Meerjungfrau war, konnte sie natürlich nicht an seiner Seite bleiben, und ging deshalb einen Pakt mit der Meerhexe ein. Sie bekam Füße im Tausch gegen ihre Stimme. Sie war glücklich, verliebt, aber auch traurig, weil sie nicht mit ihm sprechen konnte. Hätte er sie nur auch so geliebt wie sie ihn, hätten beide glücklich werden können. So aber entschied er sich für eine andere und meine Schwester hat sich in den Tod gestürzt. Unser Vater verkraftete den Verlust nicht und ging in seiner Trauer unter. Unsere Großmutter verstarb nicht lang danach. Und in mir war so viel Hass, so viel Wut. Ich wollte Rache. Und diese wurde mir von der Hexe gewährt. Sie gab mir die Möglichkeit, einen Menschen in seinem schwächsten Moment zu erreichen. So konnte ich Rache an dem Prinzen nehmen. Der Tod meiner Schwester hatte ihn sehr mitgenommen, obwohl er doch so glücklich mit seiner Frau und seinem neugeborenen Kind war. Ich lockte ihn ins Meer und zerrte ihn mit mir in die Tiefe. Ich dachte, sein Tod würde mir endlich Ruhe bringen, aber dem war nicht so. Und natürlich wollte die Hexe etwas als Tausch für meine Rache haben. Ich sollte ihr neben dem Prinzen alle fünfzig Jahre ein Menschenopfer bringen.«

Ich traue mich gar nicht, in Lennas Gesicht zu schauen, möchte nicht das Entsetzen darin sehen. Aber für einen Rückzug ist es jetzt zu spät. Ich rechne mit allem, als ich den Blick von meinen Händen löse und zu ihr aufschaue – Ablehnung, Furcht, Hass – doch stattdessen sieht sie mich abwartend an. Als würde sie erst alle Fakten wissen wollen, bevor sie sich ein Urteil erlaubt.

Ich atme tief ein und erzähle ihr den Rest.

»Als ich den Handel mit ihr einging, empfand ich es als nicht so schlimm. Waren doch die Menschen schuld am Tod meiner Schwester. Aber ich lag falsch. Niemand war schuld. Nicht der Prinz und auch nicht sie selbst. Und was würden all die Toten bringen, außer Trauer bei den Hinterbliebenen? Ich hatte mich den falschen Gefühlen hingegeben, das hatte ich bald erkannt. Und von da an war jedes Opfer eine Qual. Ich konnte aber auch nicht aufhören. Denn sollte ich den Vertrag brechen, würde ich tief im Meer zum Menschen werden, ohne Möglichkeit, schnell genug an die Oberfläche zu gelangen. Um diesem Schicksal zu entkommen, habe ich mir eingeredet, dass ich den Menschen einen Gefallen tue, und es irgendwann auch tatsächlich geglaubt. Aber jetzt, wo ich dich kenne, weiß ich, dass das nur eine Ausrede war, um mich selbst besser zu fühlen. Es gibt einfach keine Entschuldigung für meine Taten.«

Zittrig atme ich ein und warte auf Lennas Urteil.

»I-i-ich … ich weiß nicht was ich sagen soll. Was du erzählst, ist furchtbar. I-ich …« Lenna spricht nicht weiter und eine schwere Pause entsteht. Ich sehe in ihrem Gesicht, wie sie mit ihren Gefühlen kämpft. Auch wenn sie jeden Grund dazu hätte hoffe ich, dass sie mich nicht hassen wird.

Als sie ansetzt weiter zu sprechen, schlucke ich gegen den großen Kloß in meinem Hals an und versuche die Angst, vor dem was kommt, zu unterdrücken.

»Eigentlich sollte ich schon längst das Weite gesucht haben und dich für deine Taten hassen, aber ich kann nicht.«

Lenna atmet tief durch und spricht dann weiter.

»Weißt du, ich hatte eine beste Freundin, jedenfalls dachte ich das bis vor kurzem noch. Ihr habe ich mein größtes Geheimnis anvertraut. Eins, von dem ich nie gedacht hätte, dass es mich so angreifbar, so verletzlich machen könnte. Dass es andere so beeinflussen würde. Ich habe ihr erzählt, dass ich glaube, dass ich Frauen mag. Glaube, weil ich noch nicht die Möglichkeit hatte, Erfahrungen zu sammeln, mich aber zu Frauen hingezogen fühle, im Gegensatz zu Männern. Sie fragte mich, ob wir uns küssen wollen. Ich war erst unsicher, ob sie es ernst meinte, und dann aufgeregt. Mein erster Kuss mit einem Mädchen. Leider wurden wir dabei von einer Mitschülerin beobachtet. Bevor sie auch nur ein Wort sagen konnte, stieß mich meine Freundin weg und beschimpfte mich. Ich war viel zu überrumpelt, um zu reagieren. Und dann war es auch schon zu spät, der Stein war ins Rollen gebracht. Meine Mitschüler sowie Lehrer ignorierten mich entweder oder griffen mich verbal an. Einige, wie zum Beispiel Benjamin, hatten ihren Spaß daran, mich immer wieder rumzuschupsen. Ich habe am Anfang nicht verstanden, warum meine beste Freundin so reagiert hat, aber später wurde es mir klar. Sie hatte Angst. Angst, das durchmachen zu müssen, was sie mit mir machten. Weißt du, warum ich kurze Haare habe? Damit sie nicht daran ziehen können. Eine Angriffsfläche weniger. Und ich versuche, sie einfach zu ignorieren, sie nicht an mich heranzulassen. Was ja nicht so gut funktioniert hat, wie du mitbekommen hast, sonst hättest du mich wohl nicht zu dir locken können.«

Eine einzelne Träne rinnt ihre Wange hinab. Ich möchte sie auffangen, traue mich aber nicht. Ich kann Lennas Schmerz sehen, ihn fühlen.

»Wenn ich abends im Bett lag, habe ich mir oft gewünscht, einfach verschwinden zu können. Weit weg von denen, die mich nicht so akzeptieren können, wie ich bin. Es ist ja nicht so, dass ich mir das ausgesucht habe. Dass ich Frauen mag, ist ein Teil von mir, so wie deine Schwanzflosse von dir.«

Sie holt noch einmal tief Luft. »Durch dich habe ich erkannt, dass ich für mich alleine kämpfen muss. Niemand sonst tut es und deshalb wehre ich mich ab jetzt. Ich werde nicht mehr klein beigeben.«

»Ich liebe dich.« Worte, von denen ich nie geglaubt habe, dass ich sie jemals aussprechen werde. Und doch sind sie mir gerade herausgerutscht. Ich spüre, wie meine Wangen heiß werden, wahrscheinlich sind sie krebsrot.

»Ich hätte nie gedacht, jemals so zu empfinden. Ich hatte zwar mit Meerfrauen und -männern Spaß, aber nie war da diese Verbindung, die ich zu dir habe. Nie war da das Kribbeln, wenn ich nur an dich denke, die Aufregung vor jedem unserer Treffen. Wenn ich dich ansehe, sehe ich keine Schwäche, sondern Kraft. Du bist mutig und deinen Prinzipien treu und einfach wunderschön.«

Jetzt laufen ihr Tränen über das Gesicht, aber sie sind nicht der Trauer geschuldet. Nein, ihr Lächeln spricht eine gegenteilige Sprache.

»Ich empfinde genauso«, flüstert Lenna.

Mit diesen Worten explodiert unbändige Freude in mir und ich muss an mich halten, sie nicht von ihrem Stein zu mir zu ziehen. Stattdessen strecke ich meine Hand nach ihr aus, sie ergreift sie und kommt zu mir ins Wasser. Ich sehe ihr in die Augen, in ein leuchtendes Blau, strahlend wie das Meer an einem warmen Sommertag, und möchte mich in ihnen verlieren. Wir beugen uns vor und unsere Lippen treffen sich. Der Kuss ist sanft, zaghaft, ein erstes Herantasten. Ich schmecke eine Süße, die ich nicht zuordnen kann. Ihr Geschmack ist für mich einzigartig und ich genieße ihn in vollen Zügen. Als uns der Atem ausgeht lösen wir uns voneinander, unsere Blicke verfangen sich wieder ineinander. Und plötzlich müssen wir lachen. Befreit, erleichtert und voller Vorfreude auf die Zukunft.

Über Wasser

Ein paar Wochen später

Wir sitzen wieder in unserer Bucht, wie ich sie mittlerweile liebevoll nenne. Auf einer Decke am Strand machen wir es uns gemütlich, damit wir uns nahe sein und berühren können. Eigentlich sollte ich glücklich sein. Meine Mitschüler lassen mich in Ruhe und bis zu meinem Abschluss dauert es auch nicht mehr lang. Dennoch mache ich mir Sorgen. Sorgen um Maila und ihren Pakt mit der Hexe. Wie viel Zeit bleibt uns noch gemeinsam, bis die Hexe ihren Tribut fordert?

»Maila, ich … Wie viel Zeit bleibt uns noch?«

»Darüber solltest du dir keine Gedanken machen«, antwortet sie.

Ich setze an, um zu protestieren, aber ihr Blick lässt mich schweigend abwarten.

»Sobald man weiß, wie viel Zeit einem bleibt, hört man auf, das Leben zu leben. Wir sollten jeden Tag zu unserem schönsten machen, damit wir am Ende nichts bereuen. Wir wissen nicht, was uns die Zukunft bringt. Deshalb möchte ich die Zeit mit dir so lange wie möglich genießen.«

Es ist zwar nicht die Antwort, die ich mir erhofft habe, aber Maila hat recht. Ich möchte unsere Liebe in vollen Zügen genießen und sehen, wo unser Weg uns hinführt.

Annina Anderhalden

Der Geschmack nach Zuhause

Der Regen prasselte schwer auf Lishas dunklen Mantel. Wie eine Greisin saß sie gekrümmt auf dem Rücken ihres Pferdes Birke und wünschte sich nicht zum ersten Mal, ihre Reise würde bald ein Ende nehmen. Das schlechte Wetter hatte sie überrascht, doch bereits jetzt Rast zu nehmen würde die Kälte in ihren Gliedern nicht verschwinden lassen. Im Gegenteil, so durchtränkt, wie sie im Moment war, bestand die Gefahr, dass sie sich erkältete und ihre Mission nicht mehr weiterführen könnte.

Unwillkürlich schüttelte sie den Kopf, wobei ihr einige Tropfen des kalten Regens in den Augen landeten. Nein, es war eine bessere Entscheidung, die Zähne zusammenzubeißen und darauf zu hoffen, dass sie bald das nächste Dorf erreichten. Sicherlich warteten dort bereits ein warmes Getränk und ein weiches Bett auf sie.

Birke stolperte über eine Wurzel und schnaubte empört. Schon früh waren sie an diesem Morgen losgezogen, um die weite Strecke zwischen Gutstork und Erkenling hinter sich zu bringen. Voller Tatendrang und Vorfreude hatte Lisha völlig vergessen, dass Birke im Gegensatz zu ihr nicht während des Reitens essen konnte und sie selbst auch Nahrung und Pause brauchte.

Doch seitdem sie von Mirek die Nachricht erhalten hatte, dass in Erkenling ein Werwolf gesichtet worden war, gab es für Lisha kein Halten mehr. Kurzerhand entschied sie sich, in der Dämmerung in Richtung Süden loszureiten. Bei Werwölfen hieß es, schnell zu handeln. Nur einmal im Monat gab es die Möglichkeit, diese zu erkennen und zu töten. Der letzte Vollmond lag zwei Wochen zurück, und sie wollte sich genügend Zeit lassen, um den Wolf ausfindig zu machen.

Birke stolperte erneut. Mit einem leisen Fluch entschied sich Lisha, vom Rücken ihres gescheckten Pferdes zu klettern, um die letzte Strecke zu Fuß fortzusetzen.

»Keine Angst, Mädchen«, flüsterte sie der Stute zu und tätschelte ihr liebevoll die nasse Nase. Auch ihr Pferd war durchnässt, obschon sie sich seit geraumer Zeit im Schutz der Bäume befanden. Doch war der Regen in diesen Regionen bekannt dafür, unerbittlich niederzuprasseln und selbst die kleinsten Winkel mit seiner Kühle zu durchnässen. Lisha schüttelte sich und war froh, in den wärmeren und trockenen Regionen des Nordens aufgewachsen zu sein.

Der Gedanke an ihre Heimat trieb Wärme und Trauer in ihr Herz. Sie gestattete sich selbst nicht häufig, an früher zu denken. Zu viel Schmerz, zu viel Verlust hatte sie erlebt, zu vielen lieben Personen musste sie frühzeitig Adieu sagen.

Ihre Unterlippe begann zu zittern, als sie an die Liebe ihrer Mutter dachte, die ihr und ihren Geschwistern jeden Abend ein Lied vorgesungen hatte, um sie gegen die Hexen und Wölfe zu beschützen, die in dem umliegenden Wald ihr Unwesen trieben. Genutzt hatten jedoch alle Schutzsprüche nichts.

Lisha umklammerte den silbernen Dolch an ihrer Seite und seufzte leise. »Hör auf, daran zu denken, verdammt!«

Besorgt stupste Birke sie in die Seite und schnaubte. Die Berührung ihres Pferdes half Lisha, die Bilder aus ihrem Kopf zu bringen. Die Bilder von den verstümmelten Körpern ihrer kleinen Geschwister, das Gesicht ihrer Mutter in

Schmerzen verzogen. Von ihrem Vater fehlte bis heute jegliche Spur, vermutlich wurde er vom Werwolf mit Haut und Haaren gefressen.

Lisha würgte bei dem Gedanken. Obwohl es bereits Monate her war, seitdem ihre Familie von einem Rudel Werwölfe angegriffen wurde und ihr Leben dabei lassen musste, gelang es ihr nicht, die Übelkeit, die sich bei der Erinnerung einstellte, abzuschalten. Sie wollte nicht mehr daran denken, wünschte sich täglich, auch dabei gestorben zu sein. Sie wünschte sich, wieder bei ihrer Familie zu sein, nicht mehr das Bedürfnis nach Rache zu empfinden.

Fernes Glockenläuten riss Lisha aus ihren Gedanken und brachte sie in die Gegenwart zurück. Als sie vom nassen Waldboden aufblickte, erkannte sie durch die Bäume die ersten Häuser von Erkenling. Ihr Herz vollführte einen Freudentanz, nicht nur, weil die Aussicht auf ein warmes Bett unmittelbar bevorstand.

Sie strich sich eine nasse Locke hinter die Ohren und konnte sich ein Grinsen nicht verkneifen. »Siehst du, Birke? Wir sind da!«

Birke zuckte bloß mit den Ohren. Es war offensichtlich, dass die gescheckte Stute sich überhaupt nicht für das Geschehen um sie herum interessierte. Viel lieber würde sie in einem trockenen Stall stehen und Heu fressen. Lisha konnte es kaum erwarten, ihrem Pferd diesen Wunsch zu erfüllen.

Im Dorf herrschte reges Treiben, obwohl die Sonne bereits tief am Himmel stand. Frauen und Kinder trugen volle Körbe umher, Männer hatten mit ihren Freunden kleine Grüppchen gebildet, hackten Holz oder tranken Bier. Die lockere Stimmung war fühlbar, surrte in der Luft wie ein bevorstehendes Gewitter.

»Entschuldigung«, sprach Lisha die nächstbeste Frau an, »könnt Ihr mir sagen, wo ich hier eine Raststätte finde?«

Die Frau lachte und musterte Lisha neugierig. Auch wenn sie es versuchte, es zu verstecken, war es offensichtlich, dass sie eine Auswärtige war. Mit ihrer feuchten, dunklen Kleidung und der schwarzen Haut stach sie aus den hellhäutigen Bewohnern hervor wie Mohn im Weizen. Doch zum ersten Mal seit ihrer Reise wurde das Gesicht ihres Gegenübers nicht dunkel von Misstrauen und Abneigung, sondern erhellte sich mit einem freundlichen Lächeln. »Aber sicher, Liebes. Du musst nur geradeaus und bei der großen Linde links in eine kleine Gasse. ›Hügelfee‹ heißt die Unterkunft, du kannst sie gar nicht verfehlen.«

»Vielen Dank!« Lisha folgte der Frau mit den Augen, bis diese um eine Ecke verschwunden war. Sie fühlte sich bereits jetzt wohl in Erkenling.

Der Schrei eines Hahns verkündete den Anbruch eines neuen Tages und riss Lisha aus dem Land der Träume. Sie brauchte eine Weile, bis ihr bewusst wurde, weshalb sie nicht im weichen Heu der Farm in Gutstork, sondern in einem gelbbezogenen Bett lag. Der Werwolf von Erkenling. Das Ziel ihrer weiten Reise.

Wie von einer Biene gestochen sprang sie aus dem weichen Bett, warf sich schnell ihr Kleid und den Mantel über den Kopf und nahm sich ihre Waffen, ehe sie die Treppe hinunterstolperte.

»Guten Morgen«, begrüßte sie der Wirt. »Schon so eilig in aller Früh?«

»Habe viel zu tun«, gab sie patzig zur Antwort und band sich mit geschickten Fingern den Gurt um die Hüfte, bevor sie sich breitbeinig vor den Mann stellte. »Wenn ich Fragen zu Werwölfen habe, an wen muss ich mich da wenden?«

War der Mann zuvor noch konzentriert dabei, feinsäuberlich die Einnahmen von letzter Woche niederzuschrieben, war diese

Aufgabe mit ihrer Aussage vergessen. Die Spitze der Feder schwebte über dem weißen Blatt, als er den Kopf hob und sie mit zusammengekniffenen Augen eingehend musterte. »Wieso?«

»Ich habe gehört, dass in Erkenling beim letzten Vollmond ein Werwolf gesichtet wurde.« Lisha gab sich Mühe, ihre Stimme selbstsicher und nicht fragend klingen zu lassen. Sie wollte keine Schwäche vor dem unbekannten Mann zeigen, vor allem nicht, wenn sie sich gleichzeitig über das gefährlichste Lebewesen erkundigte. Damit ihre Unsicherheit nicht offensichtlich war, verschränkte sie die Hände vor der Brust und hob erwartungsvoll die Augenbrauen. »Wurde ich falsch informiert?«

Der Wirt warf einen Blick über ihre Schulter, als wolle er sich vergewissern, dass der Eingangsbereich verlassen war. Mit einem leichten Seufzen legte er die Feder zur Seite und drehte sich um. Nach einigen Schritten blickte er zurück und winkte ihr zu. »Kommst du?«

Lisha schluckte schwer und packte den Griff ihres Dolches, gestand es sich aber nicht zu, das Angebot des Mannes auszuschlagen. Sie stand kurz davor, das Ziel ihrer Reise zu erreichen, sie wollte nun nicht ihrer eigenen Unsicherheit nachgeben. Nur mühsam gelang es ihren Beinen, Folge zu leisten. Irgendwie schaffte sie es, hinter den Mann in den Raum zu treten, blieb jedoch am Eingang stehen. Falls etwas geschehen würde, hätte sie so wenigstens die Möglichkeit, sich auf der Stelle umzudrehen und zu verschwinden.

Dem Wirt fiel die offensichtliche Unruhe seiner Besucherin nicht auf. Stattdessen trat er zu dem Büchergestell, das er hinter dem massiven Holztisch aufgestellt hatte, und ließ seine Finger sanft über die unzähligen Buchrücken gleiten. Beim mittleren Regal hielt er inne und zog ein Buch heraus, um es mit einem Knall auf den Tisch fallen zu lassen.

Obwohl Lisha die Bewegung vorhergesehen hatte, zuckte sie zusammen.

Das Buch wirkte unscheinbar. Es war in ein dunkles Gewand gekleidet, der Titel ›Gefahr und Schutz von Erkenling‹ war in goldener Schrift auf die Oberfläche geprägt. Der Einband war alt und abgenutzt. Unter den Ecken tauchte das Braun des Leders auf, bei der Schrift blätterte bereits das Gold ab. Das Buch war oft und häufig gebraucht worden, dies machte sich zudem erkenntlich, als der Wirt es öffnete und es wie ein Greis ächzte. Achtlos blätterte er durch die ersten hundert Seiten und hielt dann beim letzten Viertel inne, wo die Einträge aufhörten. Wie unter Bann trat Lisha näher, um einen Blick in das alte Buch zu werfen.

»Vor dreißig Jahren«, begann der Wirt, »verzeichneten wir zum ersten Mal seit geraumer Zeit den Einzug einer Hexe in den näheren Umkreis unseres Dorfes.«

Lisha schauderte bei der Erwähnung der übernatürlichen Frauen. Von Erzählungen ihrer Mutter und eigener Nachforschung wusste sie nur allzu gut, wie vielfältig diese waren. In den meisten nördlichen Teilen des Landes standen Hexen für Schutz, Sicherheit und Gesundheit. Sie waren angesehen in der Gesellschaft, beinahe angebetet, wenn sie nur das Richtige machten.

Auch in südlichen Regionen konnten Hexen sich einen Namen machen, einen guten Ruf bekommen. Doch war im Süden vor allem die Angst vor der Verbindung der Hexen zu anderen übernatürlichen Wesen stark. Gab es Hexen in der Nähe von Menschen, tauchten nicht selten Feen, Zwerge und Kobolde auf. Allesamt ungefährlich für die Sterblichen, existierte jedoch auch die Möglichkeit, dass zwischen kleinen Wesen die eine oder andere Gefahr auftauchte. Drachen, Phönixe, Werwölfe.

Der Wirt hob die Schultern und musterte das Buch mit einem so verabscheuenden Blick, als ob es alleine die Schuld tragen würde, dass die Hexe in ihre Gegend gezogen war. »Der erste Werwolf wurde dann vor zwanzig Jahren gesehen. Zuvor gelang das Zusammenleben von Mensch und Übernatürlichem unproblematisch, wenn man von gelegentlichen Zusammenstößen zwischen Zwerg und Elf absieht.«

»Was hat sich geändert?« Sie versuchte, auf dem Kopf etwas vom Inhalt des Buches zu erkennen, tat sich aber mit der geschnörkelten Schrift schwer.

»Die Hexe hat ein Kind bekommen«, kam die knappe Antwort des Wirts.

Überrascht wich Lisha einige Schritte zurück und musterte das Buch ungläubig. »Das können sie?«

Der Wirt zuckte mit den Schultern. »Zu viel Übernatürliches hat manchmal eine solche Wirkung und kann zu einer sprunghaften Vermehrung führen. So tauchen auch größere Wesen auf.«

»Und der Werwolf ist erst jetzt gefährlich geworden?«

»Nein«, widersprach der Wirt und betrachtete die feinsäuberliche Schrift der Notizen. »Zu Beginn der Sichtungen glich der Wolf eher einem Welpen, man hörte ihn bloß heulen. Ich kann mich noch gut daran erinnern, wie groß die Angst im Dorf war, als man ihn zum ersten Mal hörte. Viele haben das Dorf ohne zu zögern verlassen, ihm den Rücken zugedreht. Doch ich habe meiner Frau gesagt …«

»Können wir zurück zum Wolf kommen?« Ungeduldig trat Lisha von einem Fuß auf den anderen. »Wann ist er gefährlich geworden?«

»Dies begann ungefähr vor zehn Jahren, als die Hexe an einem Fieber gestorben ist und ihre Tochter alleine zurückgelassen hat.« Der Wirt kontrollierte die Zahlen. »Die Tochter hat jeglichen Kontakt zum Dorf abgebrochen und sich tief im Wald versteckt. Zunächst hofften wir, dass dadurch die Bedrohung durch das Übernatürliche verschwinden würde. Wir waren fast froh, als wir vom Tod der Hexe hörten. So konnte die Tochter nicht richtig ausgebildet werden und würde in Zukunft auch keine Wesen herbeilocken können. Vielleicht waren aber genau diese Gedanken der Auslöser dafür, dass sich der Werwolf weiter aus dem Wald herauswagte. Nicht nur riss er unsere Schafe und Kühe, sondern griff auch Tölpel an, die sich in der Dunkelheit sicher wiegten.«

Noch während der Wirt so ohne Hemmungen über den Tod der Hexe sprach, wurde er Lisha unsympathischer. Die Tochter der Hexe hatte einen solch großen Verlust erleiden müssen und trotzdem akzeptierte sie niemand. Niemand hatte sich nach ihrem Wohlbefinden erkundigt oder sich Gedanken gemacht, dass der Tod einer Mutter ein einschneidendes Erlebnis im Leben eines Kindes war. Kein Wunder, dass sie sich in den Wald geflüchtet hatte, um sich vor allen zu verstecken.

»Dann soll ich mich am besten an die Tochter wenden?«, unterbrach Lisha das Plappern des Mannes, der es scheinbar genoss, dass er jemanden hatte, der ihm zuhörte.

Er hielt inne und musterte die junge Frau. »Wenn du mehr über den Werwolf wissen willst, dann ja. Aber ich muss dich warnen: Die junge Hexe ist nicht bekannt dafür, nett zu ihren Besuchern zu sein.«

»Damit muss ich leben.«

»Was willst du überhaupt mit dem Wolf?« Obwohl sich der Wirt Mühe gab, die Frage gleichgültig klingen zu lassen, gelang ihm dies nicht. Seine hellen Augen blitzten, als er von den Seiten des Buches zu Lisha aufblickte.

»Das geht dich nichts an. Ist etwas Persönliches zwischen mir und Werwölfen.« Lisha presste ihre Lippen aufeinander und packte den Griff des Dolches ein wenig fester. Sie wollte sich gerade umdrehen und wortlos aus dem Raum stürmen, doch als stünde ihre Mutter hinter ihr, sah sie ihren mahnenden Finger vor dem inneren Auge. Mit einer Grimasse drehte sie sich um und schenkte dem Mann ein Lächeln. »Vielen Dank für die Hilfe und bis heute Abend.«

»Ich hätte gerne die Bezahlung für diese Nacht im Voraus. Kann nicht riskieren, dass du stirbst, ehe ich mein Geld bekomme«, rief er ihr als Antwort hinterher, doch sie war schon weit genug entfernt, um so tun zu können, als ob sie ihn nicht mehr gehört hätte.

In Windeseile hatte sie Birke gesattelt, sich in der Bäckerei Verpflegung für die Reise gekauft und das Dorf in Richtung des Dunklen Waldes verlassen.

Laut den Antworten einiger Dorfbewohner war der Wald kein beliebter Ort. Zu den dahinterliegenden Dörfern und Städten gelangte man nur, indem man einen Umweg nahm, und dieser wurde von den Reisenden und Händlern nur allzu gerne in Kauf genommen. Ob Banditen, Geister oder Dämonen im Wald lebten, darüber wurde nur gemunkelt, doch niemand wollte dies am eigenen Leib herausfinden.

Als Lisha erzählte, dass sie sich dem Werwolf stellen wollte, wurde sie von allen ungläubig gemustert. Niemand musste sagen, dass alle davon ausgingen, sie würde in den Tod reiten. Die Blicke ihr gegenüber sprachen Bände. Gleichzeitig hielt sie niemand ab – Bestätigung dafür, dass die Bewohner zwar gerne gerettet werden, es jedoch nicht selbst in die Hand nehmen wollten.

Lisha war es recht. Sie glaubte, wenn sie jemand aufhalten würde, würde sie sich nicht dagegen wehren können. Viel zu gerne wäre sie den Wünschen gefolgt und in Erkenling geblieben, hätte vielleicht ein Leben hier auf einer Farm beginnen können. Hätte sich in eine hübsche Magd verliebt und mit ihr ein friedliches Leben geführt.

»Schwächling«, zischte sie sich selbst zu und ignorierte den erstaunten Blick eines kleinen Jungen, an dem sie gerade vorbeiritt. Sie war nicht mehr die Person für romantische Gedanken und Träume. Nicht, seitdem ihre Familie beim Angriff das Leben lassen musste. Zuvor hatte sie es genossen, ihren geheimen Gefühlen zu folgen, sich zu geheimen Frauentreffen zu gesellen, um mit ihnen die wahre Liebe erkunden zu können. Doch danach hatte anderes Priorität. Sie musste Rache üben, ehe sie zur Ruhe kommen konnte. Doch wünschte sich Lisha insgeheim, dass alles ein schnelles Ende nehmen möge. Dass sie ihre Träume und Wünsche irgendwann einmal auch ausleben durfte.

Sie war erleichtert, als sie und Birke dem Dorf endlich den Rücken zuwandten und die ruhige Dunkelheit des Waldes betraten.

Es schien, als hätte der Wald vergessen, dass eine andere Welt existierte. Als wenn sie in Wasser gesprungen wäre, verschwanden jegliche Geräusche, die sie zuvor noch vernommen hatte. Das grelle Sonnenlicht zwängte sich mühsam durch die dichten Äste und Blätter der hochgewachsenen Bäume, und obwohl kein einziger Windhauch den Boden des Waldes erreichte, wurde es im Augenblick kalt. Lisha schauderte und zog den dunklen Stoff ihres Mantels ein wenig enger um ihre Schultern.

»Es ist nur ein Wald, er ist nicht gefährlich«, redete sie sich ein und legte ihre Hand auf den Scheitel von Birke, um die Wärme des Pferdes zu fühlen.

Sie waren ganz alleine im dunklen Dickicht. Die einzigen beiden atmenden Lebewesen in einer sonst verlassenen Umgebung. Lishas Herz klopfte bis in den Hals, jeder Schlag war lauter als der erste.

Etwas hinter ihr raschelte. Reflexartig sprang ihre Hand zum Dolch an ihrer Seite. Doch war es nur eine kleine Maus, die über den Pfad huschte und in den dahinterliegenden Büschen verschwand.

»Nur eine Maus, nichts Gefährliches«, sprach sie sich zu, um ihr flatterndes Herz zu beruhigen. Dennoch verspannten sich ihre Schultern beim Weiterreiten.

Sie verlor jegliches Zeitgefühl, jeglichen Orientierungssinn. Obwohl ihr Vater sie lange auf das Überleben in der Natur vorbereitet hatte, sodass sie sich beinahe blind in Wäldern zurechtfinden konnte, war es, als würde dieser Wald ihre Fähigkeit unterdrücken. Ob sie in die richtige Richtung ritt oder sich längst verlaufen hatte, ob die Sonne untergegangen war oder es erst Mittag war, konnte sie nicht sagen. Selbst die Schritte von Birke auf dem Waldboden klangen nur dumpf zu ihr empor. Als wäre sie in eine vollkommen andere Dimension geraten.

Plötzlich eröffnete sich eine Lichtung vor ihnen. Wie gegen eine unsichtbare Wand geprallt, hielt Birke in der Bewegung inne, als traute sie sich nicht, einen Huf auf die grüne Wiese zu setzen.

Die Lichtung wurde vom Licht der untergehenden Sonne beleuchtet. Der rötliche Schein streifte gerade noch das Dach des kleinen Hauses, das sich unter ein Grüppchen von Bäumen gezwängt hatte, um in deren Schutz sicher gegen äußere Gefahren zu sein. Rauch stieg aus dem krummen Kamin empor, bahnte sich einen Weg durch die Äste dem Abendhimmel zu. Vor dem Haus tummelte sich ein farbenfroher Garten, der liebevoll gepflegt werden musste. Blumen leuchteten neben Kräutern und Beerenbüschen und sprachen von den heilerischen Fähigkeiten, welche die Bewohnerin besaß.

»Komm schon, Birke«, trieb Lisha ihre treue Stute an, »das muss das Hexenhaus sein, von dem alle gesprochen haben.«

Die Stute jedoch ließ sich nicht überzeugen. Störrisch wie ein Esel blieb sie am Waldrand stehen und schüttelte den Kopf, um ihre Besitzerin zu überzeugen, wie gefährlich doch ihr Plan war. Es war, als spürte sie etwas, doch für Lisha war alles an dieser Lichtung in Ordnung.

Ein weiteres Mal stupste Lisha ihrer Stute mit den Fersen in die Seiten, doch als sie bloß unzufrieden schnaubte, gab die junge Frau die Versuche auf. Mit einem schweren Seufzen stieg sie vom Ross und warf sich die Tasche mit der Verpflegung über die Schultern.

»Du bist unmöglich«, sagte sie zu dem Pferd und tätschelte ihr dennoch liebevoll die Nase. »Es tut mir leid, aber du weißt, dass ich das tun muss. Ich will meine Familie rächen und ihnen eine würdevolle Ruhe ermöglichen. Und das können sie nur, wenn die Werwölfe für die Bevölkerung keine Gefahr mehr darstellen.«

Birke stupste ihr in den Arm, als wolle sie sie davon abhalten. Mit schmerzendem Herzen drehte sich Lisha um und schritt los. Sie blickte nicht zurück, wollte sich selber nicht die Möglichkeit zur Flucht eingestehen. Sie hatte sich etwas vorgenommen, sie musste es durchziehen, komme, was wolle. Vielleicht hatte sie ja Glück und der Tod eines einzigen Werwolfes reichte bereits aus, ihr Ziel zu erreichen. Sie kannte sich mit Todesrache und Begleichung nicht aus, zählte aber auf die Worte der Heilerin ihres Dorfes, welche sie auf diese Mission geschickt hatte.

Vor dem kleinen Haus angekommen zögerte Lisha zum ersten Mal auf ihrer Reise. Was sollte sie der Hexe sagen? Wie sollte sie sich vor ihr erklären?

Unsicher trat sie von einem Fuß auf den anderen. Vielleicht wäre es doch die bessere Entscheidung, sich wieder zu ihrem Pferd zu gesellen und das Weite zu suchen. Fern von ihrer Vergangenheit und ihrer Familie ein neues Leben auf die Beine zu stellen und zu hoffen, sie könne damit leben.

Gerade, als sich Lisha bereits wieder umdrehen wollte, öffnete sich die Tür und sie fand sich Auge in Auge mit einem Mädchen in ihrem Alter wieder. Sie hatte sich das braune Haar zu zwei langen Zöpfen geflochten, einer Frisur, die am Morgen sicherlich noch schön war, nun aber durch die tagtägliche Arbeit zerzaust und wirr von ihrem Kopf abstand.

»Kommst du wegen dem Mondkraut?«, fragte sie, und ohne Lisha überhaupt die Möglichkeit zur Antwort zu geben, packte sie sie am Arm und zog sie ins Innere des Hauses.

Noch nie war sie im Innern eines Hexenhauses gewesen, aber sie war sich sicher, dass es genauso aussehen musste. Es roch nach Honig, Tee und Lavendel, vermischt mit dem leichten Geruch nach gebackenem Brot. Auch schien das Haus nach Blut und Süßholz zu riechen, doch Lisha war sich sicher, dass sie sich diese beiden nur einbildete. Büschel von getrockneten Kräutern hingen von der Decke, Blumentöpfe und Flaschen waren auf den verschiedenen Regalen feinsäuberlich aufgeräumt, und auf dem Boden war Stroh verteilt. In der Mitte kochte ein großer Topf über einem Feuer, die Erklärung für den Teegeruch.

Während die Hexe sich einen Weg zwischen Pflanzen und Krügen zum Topf bahnte, blieb Lisha verdattert im Eingang stehen und mühte sich damit ab, die ganzen Eindrücke irgendwie einzuordnen.

»Mondkraut?«, erkundigte sich die junge Hexe von neuem und warf ihrer Besucherin einen verwirrten Blick zu, da sich diese immer noch nicht von der Stelle bewegt hatte. »Oder vielleicht Salbeipaste?«

Dies riss Lisha aus der sprachlosen Betrachtung ihrer Umgebung. Sie schüttelte ihren Kopf und zwang sich, ein freundliches Lächeln auf die Lippen zu zaubern, um nicht zu bedrohlich zu wirken. »Nein. Ähm, ich – ich bin hier wegen des … des Werwolfes.«

Die Hexe ließ den Löffel in den Topf fallen.

»Also«, sprach Lisha hastig weiter und hoffte, dass sie sie nicht irgendwie beleidigt hatte, »also, ich meine, im Dorf haben sie mir gesagt, dass ich mich bei dir melden … bei Ihnen …«

»Die Dorfbewohner wissen nichts.« Hatte ihre Stimme zuvor noch fröhlich und beschwingt geklungen, war sie nun das Gegenteil. Die Augen der Hexe waren zu schmalen Schlitzen geworden, die Lisha misstrauisch musterten.

Sie fühlte, wie sich Gänsehaut auf ihren Armen ausbreitete. Plötzlich hatte sie das Gefühl, dass es im Raum kühler geworden sei. Fröstelnd hob sie die Schultern und verschränkte die Arme. »Ich …«

»Wenn du Heilkräuter brauchst, kann ich dir dabei helfen. Werwölfe gibt es nicht.«

»Am letzten Vollmond seien zwei jungen Menschen angegriffen und drei Schafe gerissen worden«, entgegnete Lisha hastig, wohl wissend, dass sie dadurch kaum eine verständlichere Antwort erhalten würde. »Wie erklärst du dir das sonst?«

Die Hexe runzelte ihre Stirn. »Junge Menschen?«

»In deinem Haus im Wald bekommst du wohl nicht viel mit?«

»Ich pflege für mich alleine zu bleiben. Mag es nicht wirklich, stets als Hexe beschimpft zu werden.« Sie zuckte mit den Schultern, als sei es alltäglich, dass sich ein junges Mädchen im Wald vor bösen Zungen versteckte. »Ist mir lieber so, ich mag Männer nicht wirklich.«

»Männer?«

Die Hexe grinste amüsiert. »Die Frauen haben doch kein Recht auf eine eigene Meinung. Alles, was sie sagen, stammt von den Zungen ihrer Männer.«

»Hm«, war alles, was Lisha dazu sagen konnte. Sie musterte die junge Hexe, die ihr auf einmal interessanter erschien.

»Aber den jungen Leuten, denen geht es doch gut, oder?« Der amüsierte Blick war wieder weggewischt und durch die Dunkelheit der Besorgnis ersetzt worden.

»Ehrlich gesagt, das hat mich nicht interessiert«, sagte Lisha. »Ich suche den Wolf, die Betroffenen kümmern mich nicht.« Der Blick, den ihr die Hexe schenkte, schwankte zwischen Missgunst und Neugier. »Aber wenn du mir nicht helfen kannst, gehe ich.« Lisha drehte sich um und berührte den Knauf der Tür, um ins Freie zu gehen.

»Warte!« Die Hand der Hexe legte sich auf ihre Schultern und selbst durch die Dicke ihres Mantels spürte sie die Wärme, welche davon vorging. Ein leichtes Prickeln breitete sich in ihrem Körper aus, und die Hexe musste es wohl auch gefühlt haben, denn wie verbrannt riss sie die Hand weg. »Ich – ich kann dir vielleicht doch helfen. Aber dafür musst du einige Tage hierbleiben.«

»Woher der Sinneswandel?« Lisha gab sich alle Mühe, das leichte Gefühl in ihrem Magen zu verstecken und zu ignorieren, wie nahe sie sich standen. Wie hell und gesprenkelt die Augen der Hexe waren, wie viele unzählige Sommersprossen sich in ihrem Gesicht tummelten.

Die Wangen der Hexe nahmen eine tiefrote Farbe an. »Es fühlt sich falsch an, nicht zu helfen.« Sie schluckte schwer und wich Lishas Blick aus. »Ich bin übrigens Saleita.«

Lisha hatte nichts davon geplant. Hatte nicht geplant, so lange bei Saleita zu bleiben, nicht geplant, sich von ihr in Kräuterkunde und Heillehre einführen zu lassen. Nicht geplant, sich dafür zu begeistern.

Aber vor allem hatte sie nicht geplant, sich in sie zu verlieben.

Es passierte nicht sofort, sondern eher langsam. Lange war sie sich dessen nicht bewusst, schob es auf die Vorfreude, einen Werwolf töten zu können.

Als Saleita jedoch an diesem Morgen zu ihr in den Kräutergarten trat, einen dampfenden Tee für sie in den Händen, überschlug sich Lishas Herz, und es wurde ihr kalt und heiß zugleich. Sie wurde sich des Schmutzes in ihrem Gesicht bewusst, der Risse in ihren Kleidern. Noch nie zuvor hatte sie ihr Aussehen gestört. Doch irgendwie drängte es sie, vor Saleita schön auszusehen.

»Alles in Ordnung?«, erkundigte sich die Hexe und lächelte, als wisse sie, welche Gefühle sie in der Jägerin auslöste. »Du bist heute so nervös.«

Lisha war froh, dass sie sich an der heißen Tasse festhalten konnte. Um die Antwort hinauszuzögern, nahm sie einen Schluck, verbrannte sich die Zunge und begann zu husten.

Sofort tauchte ein besorgter Blick auf Saleitas Gesicht auf, und behutsam klopfte sie ihr auf den Rücken, bis sie wieder Luft bekam. »Alles gut?«

»Ja«, keuchte Lisha und blinzelte sich die Tränen aus den Augen. Sie unterdrückte das warme Gefühl in ihrer Brust und wich Saleitas musternden Blick aus. Viel wusste sie immer noch nicht über die Lehren der Hexe, ging jedoch davon aus, dass diese auf die eine oder andere Weise Gedanken lesen konnte. »Ich … heute Nacht ist Vollmond.«

»Ach, ja. Hab' ich vollkommen vergessen.« Saleita sank in sich zusammen und trat einige Schritte zurück. Auf einmal betrachtete sie peinlich berührt ihre nackten Füße, die sich in die feuchte Erde gruben. Ihre Stimme zitterte und strafte ihre Worte Lüge.

Lishas Herz wurde weich, und vorsichtig überbrückte sie die Distanz, um ihr Gegenüber sanft am Oberarm zu berühren. »Machst du dir Sorgen um den Wolf?«

Saleita zog ihren Arm weg, wich Lishas prüfenden Blick aus. Sofort trat auch diese einen Schritt zurück und hoffte, dass sie die Hexe nicht irgendwie beleidigt haben mochte. Seitdem sie sie bei sich aufgenommen hatte, war sich Lisha nicht sicher, ob Saleita sich für Frauen interessierte, und zum ersten Mal in ihrem Leben traute sie sich nicht, diese darauf anzusprechen. Was, wenn sie sich irgendwie beleidigt fühlte und sie in eine Kröte oder eine Ameise verwandelte? Was, wenn sie sie bei den Dorfbewohnern anschwärzen würde, weil sie ihre eigene Haut so schützen könnte?

»Nein, ich mache mir keine Sorgen um den Wolf.« Sie trat von einem Fuß auf den anderen. »Ich mache mir Sorgen darum, was du mit ihm anstellst.«

Die Worte waren schärfer als Lishas silberner Dolch an ihrer Seite. Sie verzog das Gesicht und gab sich alle Mühe, nicht die Augen zu verdrehen. Zu häufig hatten die beiden in den letzten Wochen darüber gestritten.

»Ich mache nichts mit dem Wolf, wenn er mir nichts macht«, entgegnete sie und legte alle Gefühle in die Worte. Sie wusste nicht, ob sie wirklich so handeln würde. Ob sie sich zurückhalten könnte, stände sie erst einmal Auge in Auge dem Wolf gegenüber. Die langen Gespräche mit Saleita, ihre Naturlehren, ihre Kurse über Tiere und Umwelt und jegliches Zusammenspiel dazwischen, hatten sie gelehrt, dass es nicht nur Schwarz oder Weiß gab. Nicht nur Leben oder Tod. Vielleicht, vielleicht könnte sie mit dem Werwolf verhandeln. Könnte ihn dazu bewegen, nicht mehr aggressiv zu sein. Vielleicht müsste sie nicht zur Mörderin werden, könnte sich aber trotzdem für ihre Familie Genugtuung verschaffen.

Saleita presste ihre Lippen aufeinander und richtete nun zum ersten Mal am heutigen Tag ihren klaren Blick auf die Jägerin. »Es geht nicht so einfach, das weißt du.«

»Ich weiß. Es tut mir leid«, antwortete Lisha zerknirscht und wünschte sich, sie hätte nichts gesagt und nur geschwiegen. Sie wollte nicht, dass Saleita schlecht von ihr dachte. Sie wollte, dass sie sie anders sah, nicht als die besessene Jägerin, deren einziges Ziel im Leben die Rache für ihre Familie war. Immerhin hatte Saleita sich selbst auch mit dem Tod ihrer Mutter abgefunden.

Zu Lishas Überraschung tauchte ein Lächeln auf dem Gesicht der Hexe auf, und als sie sie am Arm berührte, breitete sich die Wärme bis in ihren Bauch aus. »Ich weiß. Ich muss heute Beeren sammeln gehen. Willst du mich begleiten?«

Und sie hätte nichts Besseres sagen können, hätte sie Lishas Gedanken lesen können. Sofort nickte die Jägerin und fuhr sich mit fahrigen Fingern durch die Locken, hoffte, dadurch das verlegene Lächeln verstecken zu können.

Lisha trug die beiden vollen Körbe zurück zu Saleitas Lichtung und konzentrierte sich darauf, nicht über eine der am Boden liegenden Wurzeln zu stolpern. Sie erinnerte sich nicht mehr daran, wann sie das letzte Mal Beerensammeln gewesen war. Wann sie einen friedlichen Tag im Wald verbracht hatte, ohne die Gedanken an Hunger und Angst unterdrücken zu müssen. In ihrer Kindheit hatte sie ihrer Mutter immer helfen müssen, die unzähligen roten und blauen Beeren in Körbe und Säcke zu verpacken, damit sie diese für ein wenig Mehl und Salz auf dem Markt verkaufen konnten. Nie hatte sie dies einfach so gemacht, weil ihr gerade danach war.

Saleita glaubte es ihr nicht, als sie ihr davon erzählte. Als sie ihr erzählte, wie misslich ihre Kindheit war. Wie häufig sie Hunger leiden mussten.

»Nein«, sagte sie und blickte sie mit ihren hellen Augen an, die voller Ungläubigkeit und Unschuld weit aufgerissen waren. »Nein, das kann nicht sein. Niemand kann doch so leben.«

Lisha zuckte mit den Schultern, griff sich eine weitere Handvoll Beeren und warf sie achtlos in den Korb. »Das ist normal. Frag irgendwen im Dorf. Kinder leiden Hunger, Mütter mühen sich ab, damit man wenigstens einmal am Tag etwas in den Magen bekommt, und sei es noch so trockenes Brot. War das bei dir nicht so?«

Es tat ihr leid, Saleita nach ihrer Kindheit zu fragen, nach allem, was Lisha über ihre Mutter wusste. Doch gleichzeitig nahm es sie auch wunder. Wie war eine Kindheit als Hexe?

Das braunhaarige Mädchen grinste schief und schob sich die gepflückten Beeren in den Mund. »Mutter hat immer ein ganzes Menü auf den Tisch gezaubert. Nicht wortwörtlich … Aber wir litten nie Hunger, hatten immer etwas Warmes. Es ist vielleicht von Vorteil, wenn man im Wald lebt und sich selbst versorgt, ohne auf andere angewiesen zu sein.«

Lisha stellte die beiden Körbe vor die Haustür und wischte sich mit dem Handrücken Schweiß von der Stirn. Nie hätte sie gedacht, dass sie bereits dieser kurze Weg durch den Wald so erschöpfen konnte. Dabei war sie vor zwei Wochen noch munter wie ein junges Reh und lief stundenlang durch das Dickicht, ohne müde zu werden. Im Gegenzug dazu hatte sie in diesen beiden Wochen nie Hunger gelitten, gefroren oder Angst gehabt, den nächsten Tag nicht mehr zu sehen, weil sie durch gefährliches Gelände reiten musste.

Beim Gedanken an ihr Pferd blickte sie sich hastig um und atmete erleichtert auf, als sie die Stute ein wenig weiter von sich entfernt erblickte. Birke graste friedlich auf der kleinen Lichtung, welche sie sich nach einiger Überzeugung durch Saleita doch zu betreten traute. Trotzdem blieb sie lieber am Rand und hielt sich die Möglichkeit für eine Flucht weiterhin offen. Als sie Lishas Blick bemerkte, hob sie den Kopf, schnaubte kurz und setzte dann ihre Tätigkeit friedlich fort. Lisha lächelte. Nicht nur ihr, sondern auch ihrem Pferd schien es hier auf der Lichtung, im Frieden des Waldes, zu gefallen. Wären nicht die drängenden Gedanken an eine Rache für ihre Familie gewesen, Lisha hätte vermutlich die Tatsache vergessen, dass sie nicht hier wohnte. Kein gemeinsames Leben mit der Hexe führte.

»Hast du Wurzeln geschlagen?«

Überrascht und ertappt gleichzeitig wirbelte Lisha herum und blickte in Saleitas schmunzelndes Gesicht. Durch die Anstrengung waren ihre weißen Wangen gerötet. Mit einem erleichterten Aufatmen ließ die Hexe ebenfalls ihre beiden Körbe auf den Boden fallen.

»Wir haben gute Arbeit geleistet«, meinte sie mit einem leichten Nicken und streckte sich. »Damit kann ich heute Abend einen leckeren Kuchen backen, oder was meinst du?«

»Klingt gut.« Lishas Stimme war leise wie ein Windhauch. Sie verfluchte sich innerlich, dass sich ihr Herz in Saleitas Anwesenheit in einen kleinen Vogel in einem Käfig verwandelte. Ängstlich und sehnsüchtig zugleich. Er schien direkt aus ihrer Brust springen und mit gespreizten Flügeln zu Saleita fliegen zu wollen. Sich in die Sicherheit ihrer Umarmung zu begeben und von einem gemeinsamen Leben zu träumen. Sie verschränkte ihre Arme vor der Brust und räusperte sich. Hoffend, dass ihre Gefühle nicht so deutlich sichtbar waren, wie es sich anfühlte. »Kann ich dir helfen?«

Saleitas Lächeln machte alle Versuche zunichte und Lishas Knie wurden weich. »Sehr gerne doch.«

Gemeinsam trugen sie die Last ins Innere des Hauses, das seit dem Putztag nach frischem Lavendel und Honig roch. Der Geruch nach Sicherheit und Geborgenheit. Nach Heimat.

Schnell hatten sie die Beeren gewaschen und in drei Töpfe verteilt, da einer nicht reichen würde.

»Hast du schon einmal gebacken?«, fragte Saleita, während sie aus einer der Schubladen einen Schwingbesen und eine Waage hervorholte und beides auf die Anrichte stellte.

Sofort schüttelte die Jägerin den Kopf. »Wir hatten nie die Zeit oder das Geld dazu. Honig kauften wir uns nie, dazu war das Geld zu schade.«

Saleita ließ beinahe die vierte Schüssel fallen und begann zu lachen. »Zu schade? Honig ist für nichts zu schade! Warte nur, bis du meinen Kuchen probiert hast, dann wirst du deine Kindheit verfluchen. Zu schade.«

Lisha fiel in ihr Lachen ein, doch fühlte gleichzeitig ein schmerzendes Stechen in ihrer Brust. Immer hatte sie die Kinder beneidet, welche zu ihrem Geburtstag nur Kekse oder sogar einen Kuchen bekommen hatten. Eine Köstlichkeit, die sie erst einmal hatte kosten dürfen, und das nur, weil das Stück auf den Boden gefallen war und ansonsten weggeworfen worden wäre.

»Nun, komm schon. Mach nicht so ein Gesicht.« Saleita spürte offenbar, dass Lisha sich unwohl fühlte. Mit wenigen Schritten hatte sie die Distanz zu ihr überbrückt und die Jägerin in eine feste Umarmung gezogen. Lisha vergrub ihr Gesicht an ihrer Schulter und atmete ihren Geruch ein. Es war eine Mischung aus Waldboden und Honig und sprach von Liebe und Schutz. »Was auch immer in deiner Kindheit geschehen ist, ich bin für dich da. Und wir backen jetzt einen Kuchen, der alle anderen neidisch werden lässt.«

Lisha wünschte sich, sie würde sie nie mehr loslassen. Sie wünschte sich, dass sie für immer so zusammenstehen könnten. Dicht beieinander, geschützt vor allen fremden Blicken. Nur sie beide, den Rest der Welt ignorierend.

Als Saleita sie nach einer gefühlten Ewigkeit doch losließ, brannten Lisha die Tränen in den Augen. Hastig senkte sie ihren Blick und hoffte, dass die Hexe es nicht bemerkte. Sie würde einfach weiterhin so tun, als wäre nichts. Als hätte sie nicht starke Gefühle für ihre neue Freundin, als hätte sie keine Angst vor dem, was sonst geschehen könnte.

Sie zuckte zusammen, als sie die weiche Hand an der Wange spürte, mit welcher Saleita sanft, aber bestimmt ihr Gesicht hob und sie zwang, den Blick zu erwidern. Die Wangen der jungen Hexe waren gerötet, dieses Mal aber nicht wegen der Anstrengung. Lishas Körper kribbelte, als sie ihr in die Augen blickte. In die hellen Augen, welche die Farbe des frühen Morgenhimmels hatten, kleine Flecken wie Wolken darin. Sie leuchteten mit dem Lächeln, das über Saleitas Gesicht erstrahlte.

Ehe sie die Gelegenheit hatte, sich zu bewegen, etwas zu sagen, schloss Saleita auch die letzte Distanz zwischen ihnen und legte behutsam ihre Lippen auf Lishas Mund.

Honig, Beeren, Lavendel. Die Zeit schien stillzustehen und gleichzeitig zu rasen. Lisha fühlte sich, als würde sie schmelzen. Es war kein Feuerwerk, das sich in ihrem Körper ausbreitete. Nicht laut und animalisch, sondern sanft wie eine Sommerbrise, wie der zarte Sang der Nachtigall. Es war weich, liebevoll und vorsichtig. Als würden sie etwas Zerbrechliches zwischen sich halten, das bei der kleinsten Berührung in abertausende Stücke zerfallen könnte.

Das Leben hatte einen ganzen Zyklus genommen, als sie sich wieder voneinander trennten. Sich mit leuchtenden Augen anschauten und dann in Lachen ausbrachten.

»Du weißt nicht, wie lange ich das schon hatte tun wollen«, keuchte Saleita. Sie strich sich mit fahrigen Fingern durch die Haare und schien auf einmal verlegen.

Lisha lächelte und genoss das Kribbeln in ihrem Magen, welches sie für immer behalten wollte. »Du weißt nicht, wie sehr ich mich fürchtete, dass du das herausfinden könntest.«

»Was, wirklich?« Ungläubig musterte die Hexe ihr Gegenüber und blinzelte. »Wieso hattest du Angst? Meintest du, ich würde dich verhexen?«

Anstelle einer Antwort küsste Lisha sie erneut. Es fühlte sich richtig an, als ob sie dies schon immer machen würden. Als ob die beiden genau dafür gemacht waren, zueinander zu gehören. »Es spielt jetzt auch keine Rolle mehr.«

Saleita hatte nicht zu viel versprochen: Der Kuchen war besser als alles, was Lisha jemals gegessen hatte. Nicht zu süß, nicht zu trocken, ein perfektes Zusammenspiel zwischen Beeren, Teig und Füllung. Hätte ihr Magen nicht schon geschmerzt von den Unmengen an Beeren, die sie während des Backens genascht hatten, hätte sie vermutlich den Kuchen auf einmal essen können.

Doch so lagen die beiden nun satt und zufrieden auf einer kleinen Decke auf der Lichtung und schauten an den Abendhimmel. Neben ihnen prasselte ein kleines Lagerfeuer und irgendwo heulte eine Eule.

»Was machst du heute wegen des Werwolfes?«, fragte Saleita irgendwann und drehte sich auf die Seite, um der Jägerin ins Gesicht blicken zu können. »Musst du auf die Jagd gehen?«

Lishas Herz stach. Sie hatte den ganzen Tag die Tatsache ignoriert, dass sie hier für die Rache an ihrer Familie war und nicht einfach, weil sie bei Saleita sein wollte. Nur kurz schaute sie zur Hexe, ehe sie wieder ihren Blick an den Himmel richtete und dadurch wenigstens ein bisschen so tun konnte, als wäre alles normal. »Ich weiß nicht.«

»Du weißt nicht, was du machen musst, oder du weißt nicht, ob du überhaupt jagen willst?«

»Ich weiß es einfach nicht.« Lisha stieß die Luft in einmal aus. »Ich weiß nicht, weshalb ich das überhaupt tun muss, ich weiß nicht, weshalb ich die Einzige bin, die den Angriff überlebte. Ich weiß nicht, was ich danach tun soll.«

Sie merkte erst, dass sie weinte, als Saleita ihr sanft über die Wangen strich. Schniefend zog sie die Nase hoch und fühlte sich gleichzeitig wie ein kleines Kind. Für eine Weile hörten die beiden bloß die Grillen, welche durch die Dämmerung ihre sicheren Verstecke verlassen hatten und ihren Gesang in den Abend schickten.

»Du kannst bei mir bleiben«, flüsterte Saleita zögerlich. Ihre Stimme zitterte leicht, als hätte sie Angst, diesen Vorschlag zu machen. »Wir könnten uns ein friedliches Leben machen … ohne Angst und Sorgen. Du musst – du musst den Werwolf nicht jagen. Vielleicht … ach, ich weiß auch nicht.«

Sie rappelte sich in eine sitzende Position auf und drehte den Kopf weg.

Unsicher setzte sich Lisha ebenfalls auf und legte ihr die Hand auf das Knie. Die Hexe zuckte leicht zusammen bei der Berührung, zog aber ihr Bein nicht weg.

»Du weißt nicht?«, fragte Lisha vorsichtig und hoffte, dass sie ihre Grenzen nicht überschritt. Dass sie nicht das feine Band zerriss, das sie in den letzten Wochen zwischen sich gesponnen hatten. »Was ist mit dem Werwolf?«

Saleitas Gesicht brannte voller Schuld. »Vielleicht – vielleicht ist der Werwolf gar nicht so böse, wie du immer gedacht hast. Vielleicht … hat er einfach keine Kontrolle über sich selbst.«

»Und trotzdem ist er in Menschennähe geblieben.« Lishas Stimme war härter als beabsichtigt. »Er hat es ignoriert, dass er Menschen angreifen könnte, und ist beim Dorf geblieben, wo Kinder und Familien wohnen. Wo so arme Menschen wohnen, dass sie nicht einmal Waffen zum Schutz besitzen. Meinst du, das ist nicht böse?«

»Nicht alle Werwölfe sind so«, flüsterte Saleita mit großen Augen. Noch nie hatte Lisha sie so eingeschüchtert erlebt, und erst jetzt wurde ihr bewusst, wie jung sie beide doch waren. Beide waren beinahe nur Kinder, beide hatten Schlimmes erleben müssen. Doch nur eine von ihnen musste das Blutbad aufwischen, welches durch den Mord an ihrer Familie hinterlassen wurde. Nur eine musste sich durch harte, kalte Winter kämpfen, während die andere ein friedliches Leben mit ihrer Mutter führte.

Wut brodelte in ihrem Magen. »Nicht alle sind so, aber genügend.«

Ehe Saleita die Möglichkeit hatte, sich zu verteidigen oder überhaupt den Mund aufzutun, stürmte Lisha weg. Sie wusste nicht, wohin sie eilte, wovor sie wegrannte. Wieso sie von ihrer Freundin – ihrer besten und einzigen Freundin – flüchtete.

Sie redete sich ein, dass Saleita Unrecht hatte. Werwölfe wussten immer, was sie taten. Werwölfe waren keine Opfer, sie waren die Täter, hatten unzählige Leben auf ihrem Gewissen. Sie töteten, weil es ihnen Spaß machte und nicht, weil sie keine andere Wahl hatten. Würde sie zulassen, etwas anderes zu glauben, würde dies bedeuten, dass der Werwolf, der ihre Familie getötet hatte, unschuldig war. Dass er keine Absicht hatte, sie umzubringen, so blutig, so langsam. Dass er sich vermutlich jetzt in voller Schuld wand, das schlechte Gewissen im Magen nagend. Er hatte drei kleine Kinder und zwei Erwachsene umgebracht. Eine liebende Familie, die glücklich war. Einfach so aus dem Leben gerissen.

Lisha blieb stehen und wischte sich die Tränen von den Wangen, die sich während ihrer überstürzten Flucht gebildet hatten. Durch den Schleier schaute sie sich um und fragte sich, wo sie war. Abgelenkt durch ihre Gedanken hatte sie nicht kontrolliert, wohin sie rannte, solange es einfach weg von der Lichtung war. Weg von Saleitas verletztem und enttäuschtem Blick.

»Wieso kann ich mich nicht normal benehmen?«, fluchte sie und fuhr sich fahrig durch die Haare. Ihr Herz klopfte heftig in ihrer Brust, die Tränen, die Wut und Trauer bildeten einen Kloß in ihrem Hals, machten das Atmen schwer. Sie drückte sich die Faust gegen den Brustkorb und versuchte, langsam Luft zu bekommen.

Der Wald um sie herum schien dichter, dunkler, und das nicht nur, weil die Sonne untergegangen war und die Nacht ihre dunkle Decke über die Welt legte. Obwohl sie in den letzten beiden Wochen viele Bereiche entdeckt hatte, war sie sich sicher, noch nie hier gewesen zu sein. In Begleitung von Saleita fühlte sie sich stets sicher, musste sich nie Sorgen machen, sich in der Dunkelheit des Waldes zu verlaufen, den Verstand zu verlieren.

In Begleitung von Saleita schien er nicht so gefährlich zu sein, sondern friedlich und freundlich, beinahe liebevoll. Doch jetzt dünkte es Lisha, als würde er sie bedrohen. Als wolle er sie angreifen, sie verschlucken. Wegen all der schlechten Gedanken, die sie in ihrem Inneren hegte, wegen all der bösen Worte, die sie der Hexe entgegengeschleudert hatte.

Sie machte probeweise einige Schritte in eine unbestimmte Richtung und stolperte direkt über eine Wurzel. Der Länge nach fiel sie auf den harten Waldboden, die Luft wurde aus ihren Lungen gedrückt. Lisha fand keine Kraft mehr, sich aufzurappeln. Mit großer Mühe drehte sie sich auf den Rücken und blickte in die Zweige, welche in einiger Höhe über ihr wankten, bewegt durch einen unfühlbaren Wind.

Keuchend schloss sie die Augen, um die Welt um sich herum auszublenden. Sich auf ihr Inneres fokussieren zu können und somit vielleicht ein wenig Ruhe zu finden. Es war eine Übung, die sie von Saleita gelernt hatte. Eine Übung, die Ängste, Furcht und Sorgen verdrängen und einem den inneren Frieden finden lassen sollte.

Etwas raschelte dicht an ihrem Ohr und sie sprang auf. Sie musste eingeschlafen sein, irgendwann in ihrer Beruhigungsübung. Ihre Augen hatten Mühe, sich an die Dunkelheit anzupassen, und so griff sie blind nach ihrem Dolch, der glücklicherweise immer noch an ihrem Gurt baumelte.

»Ist da wer?« Ihre Stimme klang dünn, wie die eines Kindes.

Keine Antwort, bloß Rascheln und dann schnelle Schritte, die sich von ihr entfernten.

Der Jagdinstinkt breitete sich in Lishas Innerem aus und ohne zu zögern, rannte sie los, den Geräuschen des Wesens folgend. Im Grunde wusste sie, dass es nicht klug war, in einem dunklen Wald einem unbekannten Wesen zu folgen, doch falls es der Werwolf wäre, musste sie ihre Chance nutzen.

»Komm raus und stell dich, du Angsthase!«, schrie sie und bremste einen weiteren Sturz an einem Baumstamm ab. »Ich bin kein Kind mehr, Verstecken spielen zieht nicht.«

Die Geräusche verstummten für einen Moment und Lisha dachte, dass diese Provokation funktioniert haben musste. Sie lauschte, ob es ein Zeichen gab, dass sich jemand ihr näherte. Doch bloß der Wind wehte durch die Dunkelheit, ließ die trockenen Blätter und Äste rascheln, blies Gänsehaut auf ihre Arme.

Lisha zuckte zusammen, als sie ein Keuchen zwischen dem leisen Wehen des Windes vernahm.

»Hallo?«

Anstelle einer Antwort hielt die Kreatur mit Keuchen inne und stieß einen hohen, lauten Schrei aus, wie die Wölfe, welche am Waldrand ihres Dorfes ihr Unwesen trieben. Doch der Schrei war gellend, voller Schmerz, Angst und Unsicherheit. Er war kein Ruf von Begeisterung, er war ein Klagelied. Ein Klagelied, das von Schmerzen und Qual sprach. Von Einsamkeit und Trauer. Es war ein Wehlied nach Liebe, nach Geborgenheit und Schutz.

Lisha traten die Tränen in die Augen und sie begann zu zittern. Der Schrei drang in ihr Herz, sprach ihr direkt aus der Seele. Sie war sich nicht sicher, ob er nicht aus ihrer Kehle drang. Nicht sicher, ob nicht sie das Wesen war, welches sie durch den Wald gejagt hatte. Wodurch unterschied sie sich überhaupt vom Werwolf? Auch sie war alleine, auch sie hatte man alleine gelassen. Auch sie musste sich täglich damit abkämpfen, wer sie wirklich war. Musste mit sich kämpfen, nicht einfach das Leben Leben sein zu lassen, sondern jeden Tag von Neuem aufzustehen und zu hoffen, dass es heute besser würde. Dass heute das Leben ihr einen Sinn geben würde.

So abrupt, wie der Schrei begonnen hatte, endete er auch. Hinterließ eine schmerzhafte Leere in ihrem Magen.

»Komm zurück, du bist nicht alleine!«, schrie sie unter Tränen. Ihre Arme hingen kraftlos an ihrer Seite, der Dolch rutschte aus den schwachen Fingern und plumpste dumpf auf den nadelbedeckten Waldboden. »Komm zurück, ich kann dir helfen.«

Sie trat einen Schritt vor, in die Richtung, aus der sie den Schrei vernommen hatte. Im selben Moment blitzte etwas zwischen den Büschen und dann stand er auch schon vor ihr. Die Zähne gefletscht, die hellen Augen starr auf sie gerichtet.

Sie hatte noch nie einen Werwolf gesehen, hatte sich diesen jedoch immer anders vorgestellt. Obschon sie unzählige Erzählungen über die Wesen gehört hatte, dachte Lisha immer noch, dass sie so aussehen würden wie Wölfe. Bloß größer, überdimensionaler und irgendwie verzerrter. Dass das Tier stärker vorherrschen würde und man nur mit großem Wissen Wolf von Werwolf unterscheiden könnte.

Sie hatte ihn sich nicht so menschlich vorgestellt. Sie hatte sich nicht vorgestellt, dass die Augen – obwohl blutgierig und aggressiv – doch so voller Schmerz und Furcht schienen. Dass das Gesicht kaum Fell hatte und dadurch die menschliche Seele im Wesen deutlich machte. Als hätte man die Person bloß in die Länge gezogen, ihr ein tierisches Gebiss und lange Krallen verliehen, ein wenig Pelz, um das Tier zu verdeutlichen. Es grauste sie, dass die Menschlichkeit zwar so deutlich zu sehen, jedoch unerreichbar war.

Der Werwolf knurrte und trat aus dem Schatten einen Schritt auf Lisha zu. Ihr Herz blieb stehen.

Im fahlen Licht des Vollmondes, der durch die dichten Äste sein Licht zwängte, erkannte sie den Werwolf. Erkannte sie die Person dahinter. Die Augen waren genau die gleichen. Wie der Himmel in der Morgendämmerung. Selbst die feingeschwungenen Augenbrauen, die rundliche Kieferpartie, sogar die kleine Narbe an ihrem Kinn, als sie sich mit sechs an einem Stein verletzt hatte.

»Saleita.« Ihre Stimme drohte zu ersticken. »Nein. Es …«

Der Werwolf, Saleita, ließ sie nicht fertig sprechen. Sie trat einen weiteren Schritt auf sie zu, den Blick starr auf ihre Kehle fixiert. Geifer tropfte von ihren Lefzen und ein tiefes Grollen drängte sich zwischen den gebleckten Zähnen hervor.

Lisha wusste, dass sie flüchten sollte. Dass sie sich in Sicherheit bringen oder kämpfen sollte. Sie stand vor einem Werwolf – vor einem Mörder! Doch sie war wie angewachsen. Konnte bloß in die hellen Augen von Saleita blicken. Ihr Herz pochte bis in den Hals, fühlte sich immer noch an wie ein eingesperrter Vogel. Selbst in der Werwolfsform verlangte ihr Herz nach der Liebe, die ihr nur die junge Hexe geben konnte. Selbst in Aussicht des sicheren Todes konnte Lisha nicht die Gefühle ausschalten.

»Saleita«, flüsterte sie wie unter Trance. Ohne die Kontrolle über ihren Körper zu besitzen, hob sie ihre Hand und streckte sie nach dem Werwolf aus, der sich zum Sprung gebeugt hatte. »Weißt du noch, wie wir uns kennengelernt haben? Du hast mir alle deine Tränke gezeigt und die ganzen Wirkungen erklärt. Ich habe dir nicht folgen können, aber immer genickt, um zu zeigen, dass ich dir zuhörte. Du hast geplappert wie ein kleiner Fluss. Hast von Kräutern und Wurzeln gesprochen, von denen ich noch nie gehört hatte. Von Pflanzen und von Tieren, die deinen Tränken besondere Fähigkeiten verleihen würden.« Lisha hielt einen Moment inne, um die Nase hochzuziehen. Sie weinte schon wieder. »Du hast mir versprochen, dass du mich in diese Kunst einführen würdest, obwohl du gar nicht wusstest, weshalb ich an deiner Haustür geklopft hatte. Für dich war es klar, dass jeder Besucher gute Absichten hatte. Für dich war es klar, dass ich keine so böse Person war, wie ich es immer war.«

Der Werwolf machte eine Bewegung und Lisha stockte. Doch anstelle des erwarteten Angriffes richtete er sich bloß auf und neigte den Kopf zur Seite. Er blinzelte, zuckte zusammen, als ob alleine diese Bewegung tiefe Schmerzen in ihm auslösen würde.

Hastig sprach Lisha weiter. Sie war sich nicht sicher, ob es half, aber solange Saleita sie nicht angriff, schien ihre Taktik Früchte zu tragen. »Weißt du, ich habe mich in diesem Moment sofort in dich verliebt. Eine so gute Person, eine so liebevolle Person, wie du bist, kann keiner Fliege etwas zuleide tun. Vergiss die Dorfbewohner, die schlecht von dir reden, nur weil sie nicht wissen, wie das Hexenleben wirklich ist. Wenn sie wüssten, wie friedlich du hier lebst, wie zufrieden du mit dir selbst bist, wären sie eifersüchtig. Auch ich beneidete dich, bis du mich in deinen Alltag einführtest und mir zeigtest, wie einfach Ruhe und Frieden doch sind. Man braucht nicht viel im Leben, solange man jemand hat, mit dem man es teilen kann. Solange man mit der Person zusammen sein kann, bei der man sich wohlfühlt. Die man liebt.«

Das letzte Wort schien wie ein Dolch in das Herz des Werwolfes zu fliegen, und er sackte auf den Boden. Wie unter Schmerzen wand er sich, die Glieder zuckten, und der Mund war sperrangelweit aufgerissen. Saleita schrie, doch der Schrei war anders, war voller Erleichterung und Glück.

»Saleita!« Jegliche Vorsicht in den Wind werfend eilte Lisha an ihre Seite, presste die Hand auf die pelzige Brust ihrer Freundin. »Saleita, du darfst nicht sterben. Ich – ich kann nicht ohne dich sein. Du hast mir gezeigt, wie man lebt, wie man liebt! Was soll … was soll ich bloß …?«

Ihre Worte wurden von den Schreien des Wolfes und ihren eigenen Tränen verschluckt. Weiterhin drückte sie ihre Hand auf die Brust, doch sie erkannte ihre Umgebung nicht mehr. Die Tränen hatten ihr das Augenlicht genommen, rannen über ihre Wangen, tropften auf ihre Hände. Sie brannten wie Feuer.

Plötzlich hörten die stockenden Bewegungen des Wolfes auf, die Schreie verstummten und eine dröhnende Ruhe legte sich über den Wald.

»Saleita?«, keuchte Lisha, rieb sich über die Augen und versuchte blinzelnd, etwas zu erkennen. »Saleita, bitte …«

»Ich bin hier«, kam die weiche Stimme durch Lishas Blindheit. Wie ein warmer Wind an einem Sommertag legte sie sich über sie, umhüllte sie wie ein dicker Mantel.

Wärme und Freude.

»Ich bin hier, meine sture, impulsive, mutige Liebe. Ich bin hier und mir geht es gut.«

Lisha schluchzte wie ein Schlosshund und bekam keine Worte heraus. Doch es bedurfte auch keiner. Saleita legte ihre Arme um die Jägerin und zog sie in eine feste Umarmung. Sie fühlte sich wieder nach sich selbst an, zwar nackt und kühl, jedoch ohne Pelz. Auch sie schluchzte nun.

»Ich liebe dich auch. Liebe dich mehr, als das Gras den Regen, als die Blüte die Biene«, flüsterte Saleita ihr in das Ohr, als sich beider Atem ein wenig beruhigt hatte.

Lisha hatte keine Kraft, eine Antwort zu geben, und so küsste sie ihre Freundin. Küsste sie mit allen Gefühlen, die ihr Herz schmerzen und tanzen ließen. Schmeckte den Geschmack von Lavendel und Honig auf den Lippen.

Den Geschmack nach Zuhause.

Nadine Engel

Das Lied der Sirene

Es war einmal vor langer Zeit ein wunderschönes junges Mädchen mit der Stimme eines Engels und dem bezaubernden Namen Selina. Sie liebte es zu singen und setzte sich dazu oft an die Klippen in der Nähe des kleinen Fischerdorfes, in dem sie lebte. So saß sie auch an einem nebeldurchfluteten Abend dort und stimmte ein Lied über verschollene Seeleute an. Der Text rührte sie seit jenem Tag, an dem der Fischkutter ihrer Eltern nicht zurückkam und sie zur Waise wurde. Zu sehr in ihrem Gesang versunken, bemerkte sie nicht, dass Andor, der Mann der Hexe Narana, sich ihr näherte.

»Welch bezaubernde Stimme. Sag mir, Kind, wer bist du?«, erklang sein tiefer Bass hinter ihr und ließ sie zusammenzucken.

»Selina«, antwortete sie pflichtbewusst, erhob sich jedoch und war im Begriff zu gehen. Sie war an diesem Tage gerade sechzehn geworden. Alt genug um zu wissen, was die Männer von ihr wollten. Doch sie hatte sich stets geweigert einen der Gesellen aus ihrem Dorf zu heiraten. Insgeheim bestand für sie keinerlei Interesse, jemals die Frau irgendeines Mannes zu werden.

»Wo willst du denn hin? Bleib doch noch und sing weiter!«, forderte Andor sie auf.

»Ich muss nach Hause, es ist spät und die Nacht rückt näher.« Selina beschleunigte ihre Schritte. Aber Andor, so groß wie kräftig, packte ihren Arm und zerrte sie zurück.

»Lass mich los!«, rief sie schreckerfüllt. Ängstlich wand sie sich in seinem Griff. Doch er sah nicht ein, sie fortgehen zu lassen, beugte sich fordernd zu ihr und drückte seine Lippen auf ihren Mund. Drängte sich an sie. Panik ergriff Selina, voller Verzweiflung biss sie ihm auf die Lippen. Als er sich mit wutentbranntem Gesicht von ihr löste, stieß sie ihn mit aller Kraft von sich. Mit Schrecken beobachtete sie, wie er das Gleichgewicht verlor. Er taumelte rückwärts und fiel im nächsten Augenblick die steile Klippe hinab. Er schrie aus vollem Leibe, während er immer tiefer hinabstürzte. Auch Selinas angsterfüllter Schrei mischte sich mit seinem zu einem Klang.

Noch während ihr Ruf durch die raue Luft hallte und seiner für immer erstarb, trat dichter Nebel um sie herum auf. Wurde immer dicker und nahm schließlich die Gestalt von Narana, der allen bekannten und rachsüchtigen Hexe an.

»Was hast du getan?«, zischte sie der unglückseligen Selina ans Ohr.

Schluchzend berichtete sie und bekundete ihre Unschuld an diesem schrecklichen Unfall. Niemals wollte sie jemanden verletzen. Vergebens, denn Narana hatte bereits entschieden.

»Verfluchte Verführerin! Der Tod meines Mannes kommt dich bitter zu stehen! Niemals sollst du mit einem Mann glücklich werden. Deine wohlklingende Stimme soll dein Verderben werden. Auf dass du ewig Menschen mit deinem lieblichen Gesang anlockst, doch alle in den Tod hinabreißt. Die Bewohner unseres Landes werden dich nicht länger bewundern, sondern dir mit Furcht begegnen.« Ein diabolisches Lächeln trat auf das Gesicht der Hexe.

»Aber ich gebe dir einen Ausweg«, fuhr sie fort. »Ich schenke dir dafür die Ewigkeit. Du wirst nicht altern, bis du den Fluch brichst. Wenn du deinen Seelenverwandten findest, wird all dies ein Ende haben. Aber du kannst dich nicht auf die Suche machen. Du wirst niemals den Ort verlassen können, an den ich dich bringe. Es sei denn, du findest deine wahre Liebe! Doch sei gewarnt, es muss eine reine Seele sein! Sonst wird die Person mit dir verdammt!«

Selina riss die Augen auf. Sie wollte fliehen, doch zu spät. Narana griff mit einer Nebelklaue nach ihr, riss sie von ihren Füßen und schwebte ohne Selinas Zutun mit ihr in die Richtung des Waldes am Rande des Dorfes. Über einem See lockerte die Hexe ihren magischen Griff und ließ Selina in die Tiefe stürzen. Sie durchbrach die Wasseroberfläche und sank an den Grund. Kurz rang sie nach Atem, schmerzvoll zogen sich ihre Lungen zusammen. Doch dann ließen die Krämpfe nach und sie war in der Lage unter Wasser zu atmen. Sie schwor sich, nie an die Oberfläche zu schwimmen, damit der Fluch sich nicht erfüllen möge. Um keinen Preis wollte sie jemanden ins Verderben locken.

Tage, Wochen und Jahre verstrichen. Traurig trieb sie in unendlichem Kummer und Einsamkeit auf dem Grund des Sees. Sang unentwegt ihre gleichklingende Melodie mit stets denselben Worten. Sie konnte nichts dagegen unternehmen, der Fluch zwang sie, immer wieder zu singen.

»Wo bist du nur, du Seele mein? Mein Anker und mein Halt! Wann kommst du einzig Seele rein? Rettest mich aus Naranas Gewalt?«

Wenn sich ein Mann in die Nähe des Waldes begab und diesen wundervollen Gesang vernahm, vergaß er alles. Einzig und alleine machte sich in ihm der Wunsch breit, dieses Mädchen, welches mit solch leidender Hingabe sang, zu finden und zu retten. Beseelt von dem Verlangen, die angesprochene Person zu sein, gingen die Männer immer tiefer in den Wald und stiegen ohne nachzudenken in den See. Angetrieben von diesem brennenden Wunsch die Leidende zu finden. Sobald sie am Grund das bezaubernde Antlitz von Selina erblickten, versäumten sie, wieder an die Oberfläche zu schwimmen. Vergaßen zu atmen und starben am Grund des Sees, während sie der Sirene in die kummervollen Augen starrten. Sie konnte ihnen nur in den letzten Sekunden beistehen und den Opfern tief in die Seele blicken. Auf der Suche nach einem reinen Herzen, das ihre wahre Liebe sein könnte. Sie wusste nicht, ob der Fluch zugelassen hätte, dass sie diese Person rettet. Doch bei den Unreinen konnte sie sich nicht einmal bewegen, um einen Versuch zu unternehmen. Mit jedem Geschöpf, das sich zu den Toten mehrte, wurde ihr Herz schwerer und das Wissen, machtlos zu sein, ließ sie verzweifeln. So versank sie immer tiefer im Kummer.

Natürlich machte sich die Kunde breit, dass im See des Waldes ein noch schrecklicheres Wesen wohnte, als Narana es je sein könnte. Eine männermordende Sirene, die alle leichtsinnigen Söhne unbarmherzig verschlang. Dadurch wagte sich niemand mehr in dieses Gebiet. Selina fand sich mit dieser Einsamkeit ab. War es doch allemal besser, als die Männer ungewollt in den Tod zu locken. Schuld zu sein, an so viel Leid jener Frauen, Mütter und Schwestern, jener Väter und Brüder, die ihre verschollenen Familienmitglieder betrauerten. Diese Qual war der zornerfüllten Hexe allerdings nicht genug. Wollte sie doch Selina möglichst lange leiden sehen.

Es trug sich zu, dass König Mod bei der Hexe in Ungnade gefallen war, weil dieser Narana eine Bitte ausgeschlagen hatte. Sie entwendete all seine Reichtümer und schwor, dass er die Edelsteine und Goldstücke niemals wieder zurückerhalten würde. Sie trug die wertvollen Güter zum See und rief Selina zu sich.

»Ich brauche eine Hüterin für diesen Schatz. Niemals darf der König ihn zurückerhalten. So wirst du mir doch noch nützlich nach all den Jahren. Und wer weiß, vielleicht kommen wieder neue törichte Opfer, aus Gier und der Hoffnung, dir die Reichtümer entwenden zu können. Ich danke dir, dass du mir die Entscheidung abgenommen hast, welche Seele diese wertvolle Gabe bewachen soll. Dein Fluch macht dich zur idealen Wächterin. Lass niemanden, der nicht rein ist, diese Schmuckstücke berühren, sonst wird diese Person auch in den See verdammt! Und denjenigen wird nichts mehr retten können!«

Alle Bemühungen des Königs, die tapfersten Ritter und Edelmänner zu dem See zu schicken und den Schatz zu bergen, endeten lediglich mit vielen Verlusten. Kein Mann war in der Lage, dem Fluch der Sirene zu entkommen oder ihn gar zu brechen. Die Hexe erfreute sich, gleich zwei ihrer verhassten Feinde auf diese Weise leiden zu lassen. Der König, der sein Land vergehen sah und Selina, die immer mehr Männer in den Tod lockte und an ihrer Schuld daran zerbrach.

So vergingen die Jahre, sieben mal sieben an der Zahl. Der König starb im hohen Alter und hatte sich stets gegrämt, dass er seinem Volk nicht mehr aus der Armut helfen konnte. Das Königreich zerbrach. Die letzte Anweisung lautete, dass niemand jemals wieder einen Fuß in den Wald setzten sollte. Sein Sohn verließ das Schloss, dessen Erhalt zu teuer wurde und ließ es zu einem heruntergekommenen Gemäuer verwittern. Er trat das undankbare Erbe nicht an und bestellte stattdessen Felder. So konnte er wenigstens für Nahrung sorgen.

Eines Tages hielt es Melinda, die Tochter eines Bauern, nicht mehr aus. Die Felder gaben nur noch wenig her. Ihre Familie drohte zu verhungern. Ihr Vater wollte sie von dem Vorhaben abhalten, doch ihre Mutter wusste, dass dem guten Kind nichts geschehen konnte. Das Glück ist stets mit den Reinen, wurde ihr vor der Geburt ihres Kindes prophezeit. Aus diesem Vertrauen gab sie ihrer geliebten Tochter ein magisches Amulett mit, welches sie an ihrem Hochzeitstag erhalten hatte. Der kleine Stein, eingelassen in gewobenen Goldfasern, leuchtete grün, wenn jemand die Wahrheit sprach. Doch sobald ein Hinterhalt oder Gefahr drohte, schimmerte er rot. Dieses Familienschmuckstück würde dem klugen Kind helfen, Gefahren zu entgehen.

Also machte Melinda sich auf den Weg. Die üppig wachsenden Pilze im verwunschenen Wald waren ihr Ziel. Plötzlich vernahm sie einen Gesang, der sie innehalten ließ. Der Wind trug die Stimme von Selina an sie heran.

»Wo bist du nur, du Seele mein? Mein Anker und mein Halt! Wann kommst du einzig Seele rein? Rettest mich aus Naranas Gewalt?«

Die Verse klangen so traurig und rührten Melindas Herz an. Wie gebannt folgte sie der Melodie und bemerkte nicht, dass der Stein an ihrer Kette langsam rot zu leuchten begann. Immer stärker, je weiter sie ging. Bis sie sich am Ufer eines Sees wiederfand. Dort spähte sie in die Tiefe des Wassers. Nur undeutlich konnte sie die Umrisse eines Menschen erkennen. Sie wollte schon hineinsteigen, weiter der wundervollen Stimme folgen, als sie ihr eigenes Spiegelbild im Wasser sah. Und dort das warnend rote Schimmern ihres Amulettes. Sie hielt inne.

Unterdessen spürte Selina, dass etwas anders war. Neugierig lauschte sie, doch die Person am Rande des Ufers bewegte sich nicht. Verharrte an der Stelle. Also sang sie weiter.

»Bist du die eine Seele mein? Mein Anker und mein Halt! Bist du das Wesen treu und rein? Mein Retter aus dem See so kalt?«

Langsam schwamm sie nach oben. Ein seltsames Gefühl beschlich sie. Eins, dass sie lange nicht mehr verspürt hatte: Hoffnung. Melinda schaute weiterhin in das Wasser. Verwundert betrachtete sie den Farbwechsel des Steins. Als könne er sich nicht entscheiden schimmerte er rot, verlor an Leuchtkraft, wurde neutral, um gleich darauf von neuem zu glühen, sobald der Gesang wieder zu ihr heraufschalle. Unterhalb ihres verschwommenen Bildes im Wasserspiegel erkannte sie noch eine andere Gestalt, die langsam näher kam. Je weiter die Person auf die zukam, desto mehr schien sich das Amulett zu beruhigen.

»Bist du die eine Seele mein?«, erklang es aus dem Wasser. Melinda wurde von dem Bann magisch angezogen, wollte einen Fuß in das Wasser setzen. Sofort leuchtete der Stein wieder mahnend auf.

»Dein Lied klingt traurig und wunderschön. Doch bitte hör auf zu singen!« Gewarnt durch den Stein, hielt Melinda sich die Ohren zu. Sie war klug genug, um zu erkennen, dass die Warnung dem Gesang galt.

Zum allerersten Mal wandte sich jemand mit Worten an Selina. Abgesehen von der Hexe, die sich seit Jahren nicht mehr blicken ließ. So schön und melodisch klang die Stimme des Mädchens, so wie ihre einst, bevor der endlose Gesang sie vor Kummer vergehen ließ. Nun war es Selina, die gebannt ihr Gegenüber anstarrte.

»Erzähle mir lieber, wie geht es weiter? Wie endet dieses Lied?« Melinda hockte sich ins Gras und schaute neugierig ins Wasser. Sie erkannte nur die Umrisse eines anderen Mädchens. Ein wenig wirkte es, als würde sie bloß ihr eigenes Spiegelbild betrachten – wenn sich das Bild vor ihr nicht anders bewegen würde als sie. Stille legte sich über den See. Selina wusste nicht, was zu tun ist. Niemals hatte ein Mensch sie angesprochen, seit sie hier im See gefangen war. Nie hatte jemand sie neugierig angeschaut und das Gespräch mit ihr gesucht.

»Hab keine Angst!«, sprach Melinda die Sirene an. »Zeig dich mir, ich kann dich kaum durch das Wasser sehen!« Langsam streckte Melinda eine Hand zum Wasser aus, wollte nach der Gestalt vor ihr greifen. Panik erfasste Selina. Nicht dieses Mädchen, das ihr so vertraut vorkam. Sie darf nicht ins Wasser, sonst passiert das, was all den Männern geschah.

»Nicht!«, schrie sie und tauchte aus dem Wasser auf, um Melinda davon abzuhalten, das Wasser zu berühren. Irritiert zuckte Melinda zurück.

»Ich würde dir nichts antun.« Melinda betrachtete Selina und musste lächeln, als sie in die sorgenvollen Augen der Sirene blickte. »Du bist so wunderschön!«

»Ich habe keine Angst vor dir, sondern davor, was durch mich mit dir geschehen könnte!«

»Warum solltest du mir etwas antun?«

Selina schwamm ein wenig beiseite und gab den Blick unter sich frei. Melinda schaute ins Wasser hinab und erkannte verwitterte Rüstungen, verrostete Schwerter und unzählige Skelette. Ihr stockte der Atem. Sie erinnerte sich an die Sage, die ihr Vater ihr erzählt hatte. Dass im Wald am See eine männermordende Sirene lebte. Langsam nahm sie das Amulett in die Hand und betrachtete es, während sie der Sirene die in ihr brennende Frage stellte: »Hast du diese Männer in den Tod gelockt?«

»Ja!« Selina brach in Tränen aus. All der Kummer, der Schmerz, die jahrelange Einsamkeit, ließen sie weinen. Der Stein schimmerte grün auf.

»Wolltest du ihnen das antun?« Melinda unterdrückte nur schwerlich ihre eigenen Tränen. Wie oft hatte sie gehört, dass so viele Männer verschwunden waren. Sie hatte Frauen gesehen, die Großmütter hätten sein sollen, doch alleine waren, weil ihr Mann verschollen war. Lange vor ihrer Geburt zwar, doch diese Erzählungen hatten dafür gesorgt, dass sie sich schwor, sich nie in einen Mann zu verlieben. Da diese in ihrem Dorf viel zu schnell verschwanden.

»Nein! Das wollte ich nicht«, sagte Selina schluchzend, während der Stein in Melindas Hand in einem klaren Grün unveränderlich funkelte. Der Kummer der Sirene griff auch nach ihrem Herzen. Sie streckte die freie Hand nach ihr aus und berührte sie sanft an der Wange, strich eine der Tränen hinfort.

»Dann ist es nicht deine Schuld!«

Die Finger der Sirene glitten zu der Hand an ihrer Wange und hielten diese dort. Es tat gut, nach so langer Zeit eine Berührung auf ihrer kalten Haut zu spüren. So verharrten sie eine Weile, schauten sich gegenseitig stumm in die Augen.

Melinda brach als erste das Schweigen. »Ich muss wieder fort. Unser Dorf verhungert. Meine Familie leidet. Ich suche Pilze, damit wir heute etwas zu essen haben.« Resigniert ließ sie die Schultern hängen.

»Bitte geh nicht! Ich möchte nicht mehr alleine sein!« Verzweiflung lag in der Stimme der Sirene.

»Ich habe versprochen, mich um Nahrung zu kümmern. Ich kann meine Familie nicht im Stich lassen. Aber bitte, komm mit mir!«, sprach die treue Seele, auch wenn sie tief in ihrem Herzen die Antwort von Selina bereits kannte.

»So gerne ich mit dir ginge, ich kann hier nicht fort. Ein Fluch hat mich gebunden. Und ich muss auf den Schatz aufpassen!«

Ein Plan entsprang dem Geist der klugen Melinda. »Musst du den Schatz auch beschützen, wenn er nicht mehr im See ist?«

»Ich weiß nicht, welcher Fluch stärker ist. Derjenige, der mich an den See bindet, oder an den Schatz. Warum? Du kannst ihn nicht herausholen, dann wärst du verloren. Und das möchte ich nicht.« Angstvoll blickte Selina zu dem Mädchen hinauf.

»Dann lass uns etwas ausprobieren. Was, wenn du mir den Schatz gibst? Nicht alles, nur Stück für Stück. Als Bezahlung?«

»Für was?«, erkundigte sich die Sirene voller Sorge.

»Geschichten. Ich werde jeden Tag zu dir kommen und dir etwas erzählen. Wenn dir die Geschichte gefällt, dann gibst du mir ein Schmuckstück.«

»Was wirst du damit machen?« Wenn Melinda den Schatz zu ihren Gunsten nutzte, wäre sie nicht reinen Herzens. Selina wollte so sehr, dass das Mädchen überlebte. Auch wenn sie gerne dieses Mädchen zur Gesellschaft bei sich hätte, wollte Selina sie nicht ebenfalls im See gefangen wissen.

»Ich möchte dir nichts wegnehmen. Aber ich bitte dich um einen kostbaren Armreif. Das Volk in diesem Königreich verhungert. Lass mich von diesem Schmuckstück Nahrung kaufen. Ich werde alles, was ich dafür erhalte, an die Hungernden verteilen. Nichts werde ich für mich behalten. Den Rest des Schatzes vergrabe ich dort an dem Baum, bis der ganze Schatz zusammen ist. Dann werden wir sehen, ob du den See verlassen darfst und auf die Güter auch am Ufer aufpassen kannst.«

Das gute Herz des Mädchens rührte Selina an. So gab sie Melinda einen goldenen, mit Edelsteinen besetzten Reif, als ersten der Schätze hinaus.

Melinda hielt ihr Versprechen. Jeden Tag kam sie, klug wie sie war, mit zugehaltenen Ohren zum See. Denn die Sirene musste durch den Fluch weiter singen. Doch sobald das Mädchen am Ufer innehielt, konnte sie mit dem Gesang stoppen und hinauf schwimmen. Und jeden Tag erzählte Melinda ihr etwas. All die Geschichten, die ihre Eltern ihr erzählt hatten, die Sagen aus dem Dorf. Märchen aus fernen Ländern. Jeden Tag mehrte sich die Anzahl der Schmuckstücke unter dem Baum und die Zahl der Edelsteine im See verringerte sich stetig.

An einem Tag erzählte Melinda eine Geschichte über den König Mod. Wie er eine Krone mit einem magischen Stein erhalten hatte und diesen bei der Geburt seines Sohnes zu einem Anhänger umgestalten ließ. Als sie endete, schwieg Selina lange.

»Was ist? Hat dir diese Geschichte nicht gefallen?«, erkundigte sich Melinda sorgenvoll.

»Das ist es nicht. Es ist der Schatz von König Mod, den ich hier bewache.«

»Richtig. Hast du diese Krone oder die Kette bei dir?«

Selina reichte Melinda die Krone als Beweis für die Geschichte heraus. An einer Stelle fehlte der besagte Stein. Es war deutlich zu erkennen, denn das Loch wurde nie mit einem anderen Edelstein gefüllt.

»Er wollte damit zeigen, dass ihm sein Kind wichtiger war, als die Krone. Der Stein sollte den Sohn schützen und nicht ihn«, erklärte Melinda, die auch diesen Teil der Geschichte kannte. »Erhalte ich die Kette morgen?«

»Nein, diese Kette kann ich dir nicht geben.«

»Selina, wir müssen alle Schmuckstücke herausholen, wenn wir dich befreien wollen. Ich bin mir sicher, dass wir Erfolg haben werden.«

»Ich kann dir die Kette nicht geben, weil sie sich bereits in deinem Besitz befindet!« Langsam griff Selina zu ihr herauf und berührte zaghaft das Amulett an ihrem Hals, das Melinda bei ihrer ersten Begegnung beschützt hatte.

Verwirrt schaute sie zu der Hand von Selina und dem Schmuckstück. »Das kann nicht sein, ich habe diese Kette von meiner Mutter. Sie bekam sie von Vater bei ihrer Hochzeit!«

»Und er von seinem Vater?«, erkundigte sich die Sirene.

»Ja, aber …«

Doch Selina unterbrach sie. Seit einigen Tagen trug die Sirene ebenfalls eine Kette um ihren Hals. Nur nicht eine magische, wie Melinda. Es war ein Teil des Schatzes, ein Familienstück des Königs Mod. Nun öffnete sie den Verschluss des Anhängers und ein kleines vergilbtes Bild erschien. Das Wasser hat es über all die Jahre ausgeblichen, doch man konnte die junge Frau auf dem kunstvoll gemalten Ölportrait dennoch erkennen.

»Du bist deiner Großmutter wie aus dem Gesicht geschnitten.«

Melinda schüttelte ungläubig den Kopf. »Das kann nicht sein. Das ist Zufall. Ich bin nur eine Bauerntochter.«

»Du bist für mich viel mehr. Aber vor allem bist du die Enkelin des Königs!«

In diesem Moment leuchtete der Stein am Amulett in einem strahlendem Grün so hell auf, wie er noch nie gefunkelt hat.

Am letzten Tag war keine Geschichte mehr übrig. Melinda kannte nicht eine einzige, die sie noch nicht erzählt hatte. Doch es kam für sie nicht infrage, die Sirene im Stich zu lassen. Das letzte Stück des Schatzes musste noch aus dem See geholt werden. Die Kette mit dem Portrait der Königin, die Selina sich umgelegt hatte. Sehnsuchtsvoll betrachtete sie immer wieder das Bild, wenn Melinda nicht am See, sondern bei ihrer Familie war. Um auch dieses Schmuckstück und damit hoffentlich Selina ans Ufer zu holen, brauchte Melinda eine Erzählung. Also begann sie mit ihrer eigenen Geschichte.

»Es gab eine Königsenkelin, die nicht wusste, wer sie wirklich war. Eines Tages ging sie zu einem See und freundete sich mit einer verzauberten Sirene an. Jeden Tag ging sie zu ihr. Erzählte wundervolle und spannende Geschichten.« Melinda stockte. Wie sollte sie nun fortfahren? Wie würde Selina reagieren, wenn sie die Wahrheit erfuhr?

»Was geschah dann?« Selina beugte sich vor, wollte jedes Wort von Melinda aufsaugen. Gebannt wartete sie auf die Antwort.

»Es war der letzte Tag der Abmachung und sie hatte Angst davor, die Sirene zu verlieren«, fuhr sie zögernd fort. »Die Enkelin des Königs hatte sich in die Sirene verliebt. Doch sie traute sich nicht, es ihr zu sagen. Deswegen …« Melinda beugte sich ebenfalls vor, nahm Selinas Gesicht in ihre Hände und küsste sie. Die Sirene erwiderte diesen Kuss, während ihr Tränen der Freude über die Wangen liefen. Seit ihrer ersten Begegnung hatte sie gehofft, dass Melinda mehr für sie empfinden könnte. Dass sie die eine reine Seele ist, die sie befreite. Der See begann zu leuchten. Tausende Farben umgaben die Mädchen. Melinda zog sanft ihre geliebte Sirene ans Ufer hinauf und der See gab diese mit einem Stöhnen frei. Das Lied der Sirene erklang, ohne dass sie selber sang. Es war der See, der den Abschied mit einer glasklaren Stimme und rauschenden Wellen anstimmte.

»Dort ist die eine Seele rein, dein Anker und dein Halt! Das eine Wesen treu und rein. Dein Retter in Mädchengestalt!«

Sanft fielen die beiden ins Gras und hielten sich lachend in den Armen, während die Melodie langsam verklang. Doch sobald der letzte Ton endete, erstreckte sich dichter Nebel über den See. Sammelte sich vor den beiden und nahm die Gestalt von Narana an.

»Wie konntet ihr es wagen, meinen Fluch zu brechen? Ein Mädchen? Welche List steckt hinter eurem Handeln?«, fauchte die rachsüchtige Hexe.

»Es ist keine List, Narana, sondern Liebe!« Selina sprach die Worte mit absoluter Gewissheit aus und das Leuchten des Amulettes um dem Hals ihrer Geliebten verdeutlichte die Wahrheit in ihren Worten. Wutentbrannt griff die Hexe nach Melinda.

»Dann soll sie nun an deiner statt den Schatz bewachen. Eine von euch muss hier bleiben! Du hast den Tod meines Mannes noch nicht genug gesühnt!«

»Ich trug keine Schuld an seinem Tod! Es war ein Unfall. Das weißt du. Du hast mich zu Unrecht gefangen gehalten! Nie wollte ich ihm oder einem anderen etwas antun! Er hat dich hintergangen, nicht ich!«

»Lüge! Du Verführerin locktest so viele in den Tod und nun nutzt du ein Mädchen zu deinen Zwecken?«, zischte Narana wutentbrannt.

»Ich benutze niemanden! Wenn dein Herz nicht so voller Hass wäre, könntest du das sehen. Dann wäre Andor auch nie zu mir gekommen, hätte sich nicht von meiner Stimme ablenken lassen!«

»Wag es nicht! Ich werde dir gerne ein weiteres Mal zeigen, was geschieht, wenn man sich mir widersetzt!« Narana zog Melinda unsanft zum Wasser.

»Nein!«, rief Selina aus. »Lass sie gehen, ihre Familie braucht sie, dann bleibe ich. Doch bitte lass sie ziehen!«

Melinda weinte, sie konnte ihre einzige Liebe nicht wieder in den See lassen. »Du warst so lange alleine, ich nehme deinen Platz ein! Gehe du zu meiner Familie!«, sprach sie. Auch wenn es ihr das Herz brach, sie wegzuschicken, so wollte sie Selina um jeden Preis befreien, selbst wenn es ihr eigenes Verderben bedeutete. Doch noch während sie von ihrer Familie sprach, kam dem klugen Kind eine Idee. An diesen Einfall klammerte sie ihre ganze Hoffnung.

»Selina, geh zum König und berichte vom Opfer seiner Tochter«, forderte sie ihre Geliebte auf.

»König?« Die Hexe lachte auf. »Du dummes Kind, weißt du denn nicht, dass er bereits lange verstorben ist? Er hatte keine Tochter, was maßt du dir an?«

»Wenn du König Mod meinst, dann gebe ich dir recht, er hatte keine Tochter. Doch mit seinem Tod wurde sein Sohn König, auch wenn er nie den Thron bestiegen hat. Und dessen Tochter steht vor dir!« Trotzig starrte sie der Hexe in die Augen und hoffte inständig, dass diese auf ihren Plan hereinfiele.

»Du lügst genauso wie deine Freundin! Hast du irgendwelche Beweise?«

Selina erkannte die List von Melinda. »Ja, hat sie. Oder besser gesagt, ich!« Sie nahm die Kette mit dem Portrait von ihrem Hals und hielt das Schmuckstück der Hexe entgegen. Ohne nachzudenken, griff diese voller Neugier danach. Ächzend erhob sich augenblicklich eine Welle aus dem See, umschlang Narana und zog sie unerbittlich vom Ufer weg.

»Was geschieht hier? Wer von euch hat solche Macht?«, schrie die Hexe.

»Es ist dein Zauber, Narana! Erinnere dich an deine eigenen Worte an mich: Lass niemanden, der nicht rein ist, diese Schmuckstücke berühren, sonst wird diese Person auch in den See verdammt! Ich schätze, deine Absichten waren nicht gerade gutherzig und der See hat soeben entschieden, wer von nun an bei ihm bleiben wird!« Noch während Selina sprach, wurde die Hexe in die Tiefe gezogen. Ohne eine Aussicht auf Rettung saß sie nun im See fest, ohne die Gabe jemanden anzulocken. Denn das Lied der Sirene war für immer verklungen, durch den Kuss der wahren Liebe der zwei Mädchen. Der Fluch der Sirene war gebrochen. Melinda ergriff glücklich die Hand von Selina, erleichtert verließen sie den Wald.

Gemeinsam gingen sie in ihr neues Leben. Mit Hilfe des Schatzes retteten sie das Königreich. Kauften neue Samen für die Felder, bauten das Schloss wieder auf und gaben dort allen, die es benötigten, einen Schlafplatz und Nahrung. Sie regierten weise und gutherzig. Und wenn sie nicht gestorben sind, dann leben sie noch heute.

Bettina Barkhoven

Das Märchen von den Lichtermädchen und den Stechpalmenrittern

In einer großen, alten Linde am Rande des Finsterwaldes saßen zwei Lichtermädchen nebeneinander auf einem Ast.

Ihr wisst nicht, was Lichtermädchen sind? Dann will ich es euch erzählen. Lichtermädchen sind die entzückendsten Wesen, die ihr euch vorstellen könnt. Entzückender als eure kleinen Schwestern, entzückender als Eichhörnchenkinder oder ein bunter Strauß Löwenmäulchen.

Lichtermädchen tragen zarte Rüschenkleidchen mit gar zierlichen Stickereien, die die Spinnen im Walde für sie angefertigt haben. Sie haben goldgelocktes Haar wie Englein, die über der Weihnachtskrippe schweben. Ihre porzellanene Haut zieren tausend Sommersprossen, ganz wie die Sternlein am Firmament. Ihre Augen aber sind wie ein Aquamarin, strahlend, zart und von einem Himmelblau, dass man denken könnte, der liebe Gott selbst habe ein Stück Himmel ausgestanzt, um es ihnen als Augenlicht zu schenken. Und wer weiß, vielleicht war es ja auch so.

Nun fragt ihr euch sicher, woher ich all das über die Lichtermädchen weiß. Ich weiß es, weil ich schon als Kind so gerne in die Kronen der Bäume geschaut habe, gestaunt habe, wie die Blätter im Winde spielen, wie das Licht der lieben Sonne flackert durch das grüne Flatterdach.

Und manchmal, wenn mein Papa mit mir einen Gute-Nacht-Spaziergang unternahm, habe ich hinaufgeschaut und die scharf umrissenen, scherenschnittartigen Blätter bestaunt, wie sie sich gegen den tiefblauen Himmel abhoben. Ganz selten, wenn mein Papa gerade nicht hinschaute, haben die Lichtermädchen sich mir gezeigt. Sie haben ihre entzückenden, fein geschmiedeten Laternchen geschwungen, gewunken und leise gekichert. Das Kichern klang wie das feine Zirpen des Sommergoldhähnchens, aber dabei so voll und wohltönend, dass es eine Freude war.

Als ich älter wurde, verschwanden die Lichtermädchen aus meinem Leben. Lange konnte ich noch so oft in die Blätter der Bäume schauen, ohne sie auszumachen. Manchmal glaubte ich schon, sie zu sehen, aber dann waren es die Glühwürmchen, die lautlos durch die Nacht schwebten.

Ich lag auf der Wiese in der Kehre des Weges vom Bauern herunter ins Tal, unter knorrigen alten Eichen, und schaute in den Sternenhimmel. Ich sah eine Sternschnuppe, aber kein Lichtermädchen.

Ich lag in den Flusswiesen, über mir Weiden, die ihre mächtigen Ruten ins Wasser hängten, als wollten sie fischen – und doch gingen sie diesem grausamen Tun nicht nach. Ich sah wohl schlafende Ringeltäubchen, aber ich sah kein Lichtermädchen.

Und schließlich stieg ich auf die Berge der Alpen, sah, wie das Alpenglühen vom mächtigen Sternenhimmel abgelöst wurde, sah die Milchstraße sich über mich erstrecken. Mich befiel Ehrfurcht vor dem unendlichen Universum, mir wurde ganz erregt in meinem Herzen – aber die Lichtermädchen sah ich nicht.

Eines Tages jedoch, als schon kurz nach Tagesanbruch ein verlockender, süßer und blumiger Duft in der Luft lag, trieb es mich zu einem Abendspaziergang. Da habe ich sie in der Dämmerung plötzlich gesehen.

Sie saßen auf der großen Linde, um die herum eine Bank gezimmert war, in dem verwunschenen alten Park beim Finsterwald. Auf dieser Bank hatte ich mich niedergelassen, um den herrlichen Duft der Lindenblüten noch ein wenig zu genießen. Als ich nun meinen Kopf in den Nacken legte, um meinen Blick im Blätterwerk sich verlieren zu lassen, entdeckte ich zuerst die winzigen Lichtlein und sogleich auch die Rüschen ihrer Kleidchen. Ich verhielt mich ganz leise und unauffällig, und tauchte alsbald in ihre Geschichte ein:

Die zwei Lichtermädchen, die auf dem Baum saßen, hießen Tilia und Cordata. Sie lebten seit langem zusammen, waren ein Herz und eine Seele und wollten sich niemals mehr trennen.

Sie gehörten zu einem ganzen Volk, das im Wald auf den Bäumen, in Baumhöhlen und verlassenen Dachsbauen lebten. Sie hatten auch eine stolze Herrscherin, Königin Sorbus.

Diese rief eines Tages alle Lichtermädchen auf der von alten Eichen umstandenen und mit weichem Moos bedeckten Lichtung zusammen. Die Laternchen der kleinen Wesen leuchteten munter im Dunkel, denn ganz stillhalten konnte keines von ihnen. Sie wisperten und kicherten aufgeregt.

Königin Sorbus trug ebenfalls ein reich besticktes Rüschenkleidchen, doch es war außerdem mit herrlich schimmernden Kugeln in allen Gelb- und Rottönen verziert. Das waren die Früchte der Ebereschen, deren lateinischen Namen die Königin trug und die so mannigfaltig in allen Farbtönen zwischen Gelb und tiefem Braunrot in Erscheinung treten. Doch das sei nur am Rande gesagt. Wir wollen lieber lauschen, was sie zu sagen hatte.

»Liebes Volk!«, begann die Königin. »Ich habe euch etwas mitzuteilen. Wir werden bedroht.« Nun ging ein Wispern und Raunen durch die Reihen und die Lichtlein flackerten noch aufgeregter über das Moos.

»Seid leise!«, befahl Königin Sorbus. »Hört mir zu!« Sofort herrschte aufmerksame Stille. »Die Stechpalmenritter sind auf dem Weg hierher.« Die Königin musste schlucken, ihr versagte beinahe die Stimme. »Sie wollen sich einige von uns rauben, um sie zu ehelichen. Als erstes Tilia und Cordata, die liebreizendsten und klügsten Lichtermädchen, die ich kenne. Das wissen sie leider auch. Doch das wird auch nur der Anfang sein, sie werden immer wiederkommen.«

»Aber das sind doch Männer!« Schnell griff Tilia Cordatas Hand.

»Und die wollen uns als Frauen?«, fragte Cordata entsetzt.

»Wir wollen keine Männer!«, bekräftigte Tilia.

»Wir sind uns selbst genug«, ergänzte Cordata. »Wozu brauchen wir Männer? Einen Lindenblütenlikör zusammen trinken, das geht wohl.«

»Aber heiraten? Niemals!«, entrüstete sich Tilia. »Niemals!«

»Im Leben nicht!«, unterstrich Cordata.

»Das weiß ich!«, sprach die Königin. »Doch jeden Tag könnten sie kommen, die Stechpalmenritter, und eine von euch rauben.«

Tilia schluchzte.

»Oder gleich uns beide!«, rief Cordata, ebenfalls schluchzend. Ihre Stimme klang gänzlich betrübt, es zerriss einem nachgerade das Herz.

Die anderen Lichtermädchen waren wie vor den Kopf geschlagen über so viel Gemeinheit. Alle redeten sie durcheinander. »Das dürfen sie doch gar nicht. Das ist doch eine Entführung!«, rief das eine. »Wir müssen uns wehren!«, rief ein anders. »Wir müssen uns Hilfe suchen!«, rief ein drittes.

»Liebes Volk!«, erhob nun die Königin wieder die Stimme. »Lasst uns für heute auseinandergehen! Die Dachse werden uns heute Nacht beschützen, denn sie sind stark, besonnen und haben Zähne wie Dolche. Doch für immer können sie das nicht tun, denn sie müssen doch des Nachts im Unterholz stöbern für ihr Auskommen. Darum überlege sich eine jede von euch, was wir tun können, um dieses schlimme Schicksal von uns abzuwenden!«

Traurig und mutlos verkrochen sich Tilia und Cordata in ihre Baumhöhle.

»Hoffentlich hat unser Glück nicht bald schon ein Ende, liebste Cordata!«, flüsterte Tilia, als sie sich in ihre Bettchen aus feinster Rentierflechte kuschelten. Sie griff die Hand der Gefährtin und küsste sie.

»Das darf niemals geschehen, Tilia!«, brachte Cordata hervor. »Lass uns zu den Waldgöttinnen beten, auf dass sie uns im Traum kluge Gedanken schicken. Morgen werden wir vielleicht schon klarer sehen.«

»Gute Nacht, meine Liebste!« Tilia gab Cordata einen Kuss und schmiegte sich an sie.

»Schlaf gut, meine teure Freundin!« Cordata schlang ihre Arme um Tilia, und bald hatte der Schlaf sie beide umhüllt.

Am nächsten Morgen, als gerade erst die Rotkehlchen ihr Lied angestimmt hatten, betraten unsere beiden Lichtermädchen schon den Palast der Königin Sorbus. Ein Schwarzspecht hatte ihn extra für sie in eine mächtige Buche gezimmert. Die Wände ringsum waren aufs Herrlichste mit fein gewundenen Ziselierungen ausgestattet, die fleißige Borkenkäfer angefertigt hatten. Zahme Glühwürmchen saßen in Nischen in der Wand und tauchten den großen Saal in heimeliges, grüngelbliches Licht. Ehrfurchtsvoll standen die beiden nun da und warteten auf die Königin.

Deren Gemahlin Betula erschien, gewandet in einem prächtigen Kleid aus feinster Birkenrinde, das bei jedem ihrer vornehmen Schritte raschelte. »Ihr Ärmsten!«, rief sie mit warmer Stimme aus. »Wir finden hoffentlich bald eine Rettung für euch!«

Königin Sorbus kam dazu. Sie klingelte, und sofort kamen zwei flinke Wiesel angelaufen und reichten allen einen Vogelbeersaft, der mit Bucheckernmehl bestreut war.

»Cordata hat eine Idee«, sagte Tilia aufgeregt.

»Tilia hatte die Idee gemeinsam mit mir«, schränkte Cordata ein.

»Ach, ihr beiden, wollt ihr mich nicht einweihen, anstatt darüber zu streiten, wer die Idee hatte?«

Darauf kicherten beide verlegen.

»Ich will Euch meinen Plan darlegen. Wir brauchen dazu die Hilfe der Spinnen. Sie können schließlich spinnen, weben und knüpfen wie kein anderes Wesen auf der Welt!« Cordatas Augen glänzten vor Begeisterung.

Immer abwechselnd erklärten die beiden nun aufs Ausführlichste ihren Plan. Lange sprachen sie mit ihren Herrscherinnen über alle Einzelheiten. Mittlerweile verfärbte sich draußen vor der Höhle der dunkelblaue Sternenhimmel ins Violette. Bald würde das Morgenrot aufziehen.

»Wir müssen also die Spinnen im Wald und auf dem Feld aufsuchen«, fasste Tilia zusammen.

»Wir müssen mit den Schmetterlingen sprechen, ob sie ihre Raupenkinder für ein paar Tage in unsere Dienste stellen«, ergänzte Cordata.

»Und ich werde die Beutelmeisen und die Fledermäuse in unsere Pläne einweihen!«, versprach die Königin.

Gesagt, getan!

Am folgenden Morgen brachen alle zu den Tieren auf, mit denen sie in Verhandlungen treten wollten. Und weil die

Lichtermädchen einen vortrefflichen Leumund bei allem hatten, was da kreucht und fleucht, erklärten sich auch alle bereit.

Den Schmetterlingen mussten sie versprechen, ihre Raupenkinderlein zeitig in den Kokon zu schicken, auf dass sie sich ausruhen konnten, um Kraft für den nächsten Tag zu schöpfen, denn sie waren ja noch im Wachstum.

Die Spinnen hielten eine Versammlung ab, auf der sie eingehend ihre Webmuster verglichen und verfeinerten.

Die Beutelmeisen erörterten Füllmengen und Durchmesser, und die Fledermäuse bemühten sich, so tief wie möglich zu kichern und zu sprechen, denn es sind die einzigen Geschöpfe, deren Stimmen noch höher klingen als die der Lichtermädchen.

Nun galt es, den Plan umzusetzen.

Die Spinnen und die Raupenkinder der gesamten Umgebung webten, was das Zeug hielt. Sie webten sich die Beinchen wund, so sehr beeilten sie sich. Denn es konnten doch an jedem Tag die Stechpalmenritter erscheinen und den Lichtermädchen Gewalt antun.

Als die Spinnen und Raupen fertig waren, schickten alle, die mehr als den Marsch eines halben Tages entfernt waren, ihre Werke mit der Schneckenpost oder hefteten sie als Nacht-Zustellung an die umtriebigen Igel. Alle anderen brachten sie persönlich vorbei. Am folgenden Tag trafen alle Webstücke im Finsterwald ein. Das gab ein Hurra!

Nun war es an den Beutelmeisen, all diese Webstücke zu einem großen Beutel zusammenzusetzen.

Das war ein Beutel, Kinder, das könnt Ihr Euch nicht vorstellen! Ein ganzes Pferd hätte darin Platz gefunden. Und da doch die Fäden, mit denen die Spinnen und die Raupen ihr zierlich Werk verrichten, klar wie Glas und zart wie die feinste Seide sind, war auch der Beutel nahezu unsichtbar. Nur die Nähte der Beutelmeisen waren zu erkennen, doch das war gar nicht schlimm. Der Beutel sollte schließlich in der Nacht zum Einsatz kommen.

Ahnt ihr vielleicht schon, wie der Plan von Tilia und Cordata lautete? Mögt Ihr es einmal sagen? Dann könnt Ihr das jetzt tun. Und später werdet Ihr Euch freuen, dass Ihr recht hattet – oder Ihr werdet staunen, auf welche Idee sie gekommen sind.

Nun denn. Es wurde Nacht. Der Beutel wurde auf den Boden unter der großen Linde platziert und mit vier Seilen am Gezweig befestigt. Und das war keine Minute zu früh, denn ausgerechnet heute Nacht hallte mit einem Mal ein fremdartiges Getrappel durch den Wald. Im Gleichschritt!

Gleichschritt, lasst Euch das sagen, liebe Kinder, Gleichschritt bedeutet selten etwas Gutes. Im Gleichschritt ziehen die Soldaten in den Krieg. Und Kriege, müsst Ihr wissen, kosten vielen Menschen das Leben und es gibt keine Gewinner. Denn viele verlieren ihr Heim, ihre Lieben und ihre Habe im Krieg.

Tilia und Cordata erschauerten, als sie das Getrappel hörten.

»Ihr lieben Waldgöttinnen! Lasst den Plan aufgehen!«, betete Tilia.

Und Cordata sprach: »Wir Lichtermädchen haben doch immer nach Euren Geboten gelebt. Niemandem wehgetan, alle Tierlein und Gewächse geachtet!«

»Wir waren nie grob zu jemanden«, beteuerte Tilia.

Und Cordata bekräftigte: »Wir haben allen verirrten Kindern von Menschen und Tieren sicher den Weg zu ihren lieben Eltern geleuchtet!«

»Versteckt euch jetzt bei den anderen Lichtermädchen in der Höhle der alten Eiche!«, flüsterte der alte Dachs Meister Grimbart. »Lasst nur die beiden Laternen hier. Einer meiner Leute wird euch zur Eiche tragen, auf dass euch niemand etwas anhaben kann.«

So setzten sich die beiden auf den Rücken eines brummigen, aber im Herzen guten Dachses. »Greift feste in mein Fell, damit ihr nicht abrutscht!«, ermahnte er sie, dann trabte er behände durch das Unterholz fort. Nun, da alle Lichtermädchen in Sicherheit waren, kam es zur großen Finte.

»Lichtermädchen, wo seid ihr!«, brüllte der ruppige, bärtige Häuptling Hülse ins Dunkel des nächtlichen Waldes. »Lichtermädchen, zeigt euch!«

Nun flatterten die Fledermäuse, mit den Laternen winkend, im Geäst der Linde umher. »Hier sind wir!«, riefen sie und kicherten. Fast klang es, als wären es wirklich Lichtermädchen, die da antworteten. »Ihr müsst hier hinkommen. Wir warten auf euch!«

»Was?«, schrie Häuptling Hülse empört. »Wie stellt ihr euch das vor?«

»Strengt euch ein bisschen an! Wo ein Wille ist …«, piepste die erste Fledermaus, »ist auch ein Weg!«, ergänzte die zweite.

»Wir haben Lindenblütenlikör hier!«, versprach die erste.

»Und Eichelmehlküchlein!«, verhieß die zweite.

So kletterten alle Stechpalmenritter unter der Anführerschaft ihres tüchtigen Häuptlings die Linde hinauf. Das war ein Purzeln und Plumpsen! Doch schließlich waren alle oben auf dem Zweig angelangt, auf dem sie die Lichtermädchen vermuteten.

»Wo seid ihr denn nun?«, polterte der Häuptling. »Wir sehen euch nicht!«

»Wir sind doch hier!«, kicherte die erste Fledermaus, die nun über dem Boden flatterte. »Ihr habt es falsch verstanden. Hier sind wir!«, amüsierte sich die zweite.

»Wie sollen wir nun zu euch kommen?«, fragte Hülse.

»Na, springen natürlich!«, zirpten die beiden Flattertiere im Chor. »Ihr seht doch, wo unsere Laternen leuchten. Dort ist das Moos herrlich weich und kühl, und alles steht schon für euch bereit.«

So sprangen all die Ritter auf einen Schlag nach unten, sie freuten sich schon auf die liebreizenden Mädchen und auf den süßen und doch feurigen Likör, aber ... was glaubt Ihr, Kinder? Haben sie die Lichtermädchen unten angetroffen?

Nein. Denn eh sie sich versahen, fanden sie sich im großen Beutel wieder. Die Fledermäuse, nicht faul, schwirrten um die Beutelöffnung herum und flogen im Anschluss solch aberwitzige Figuren, dass sie die langen Stricke, mit denen der Beutel zuvor im Geäst verknotet war, im Handumdrehen zu einem steifen Knoten verschlungen hatten.

»He da!«, schrie Häuptling Hülse verzweifelt. »Mir ist so seltsam zumute! Wo bin ich gelandet? Es gibt kein Auskommen aus dieser misslichen Lage!« Und auch seine Mannen wehklagten und fluchten.

Nun kamen Königin Sorbus und ihre Betula auf einem Dachs angeritten. Die Königin sprang auf den Boden und trat an den Beutel heran.

»Häuptling Hülse«, sagte sie mit einer glockenhellen, vollen Stimme, »ich bin Königin Sorbus und spreche nun stellvertretend für alle Lichtermädchen. Hört gut zu, was wir euch zu sagen haben!«

»Lasst uns heraus! Lasst uns sofort heraus!«, befahl Häuptling Hülse. Doch seine Befehle, gleichwohl mit aller Schärfe ausgesprochen, bedeuteten den Waldwesen nichts, denn sie waren ja nicht seine Ritter.

»Wir werden euch erst herauslassen, wenn ihr uns eine Sache hoch und heilig versprecht«, verkündete sie sehr entschieden. »Ansonsten werdet ihr in diesem Beutel verrotten! Oder von den Wölfen verspeist.«

»Das wollen wir nicht!«, klang es plötzlich ganz kleinlaut aus dem Beutel. »Wir versprechen euch alles! Wir haben zierliche Kästchen mit kostbarsten Intarsien aus dem Holz der Hülse. Wir haben einen köstlichen Ilexbeerenbrand. Wir brauen Mittel gegen allerlei Zipperlein aus den Blättern unseres Wunderbaums, der Stechpalme. All das bieten wir euch!«

Nun lachten alle im Rund laut auf.

»Lasst euren Plunder da, wo ihr hergekommen seid!«, rief der alte Grimbart, der so viel Ansehen besaß, dass er sich um Höflichkeit nicht bemühen musste. »Die Kästchen taugen nichts, sind viel zu klein und empfindlich. Der Beerenbrand schmeckt wie das reinste Gift und …«

»Meister Grimbart!«, unterbrach ihn die Königin lachend. »Bitte schweift nicht ab!« Sie trat näher an den Beutel heran. »Wir wollen, dass ihr von uns Lichtermädchen ablasst. Für immer! Dass ihr uns nie mehr Furcht einjagt. Und dass ihr euch um eure eigenen Angelegenheiten schert!«

Für einen Moment herrschte Stille im Beutel. Dann Getuschel. Endlich sprach Häuptling Hülse: »Nun denn, wenn es sein muss!« Er räusperte sich. »Hiermit versprechen wir bei allen Waldgöttern, dass wir niemals mehr die lieben Lichtermädchen in Bedrängnis bringen. Nur lasst uns bitte hier hinaus. Unsere Rüstungen sind mit den Stacheln der Stechpalme bewehrt, und wir stechen uns gegenseitig ganz fürchterlich.«

Die Königin gab ein Zeichen, worauf die Fledermäuse die Gefangenen freiließen. Sie gaben ein recht trauriges Bild ab. Ihre dunkelgrünen Rüstungen wiesen Löcher auf, ihre Gesichter waren zerkratzt. Manche konnten sich kaum aus dem Beutel befreien, weil sich die Stacheln der Rüstungen heillos in den Maschen verfangen hatten.

Die Lichtermädchen waren mittlerweile ebenfalls eingetroffen. Sie kamen in Begleitung einer Armada junger Dachse, die zu allem entschlossen waren. Sie konnten sich ein Kichern nicht verkneifen angesichts der zerschundenen, zerstochen Kreaturen. Doch die Königin sah sie so streng an, dass sie schnell wieder ernst wurden.

»Ihr habt nicht nur uns Lichtermädchen Angst gemacht«, setzte die Königin ihre Rede fort, »nein, ihr habt auch die Tiere des Waldes von ihrer wichtigen Arbeit abgehalten. Sie alle haben ihr Tagwerk hintenan gestellt, um uns zu helfen. Das hat manche von ihnen viel Kraft gekostet. Die Raupenkinderlein konnten nicht einmal zur Schule gehen in dieser Zeit.«

Zerknirscht schaute Häuptling Hülse, der aus Ehrfurcht vor Königin Sorbus in die Knie gegangen war, nun zu ihr auf. »Wir dachten doch nur, dass ihr sicher einsam seid, und wir wollten …«

»Wie kommt ihr darauf, Hülse? Wieso sollten wir einsam sein? Und wieso sollten wir ausgerechnet euch erwählen, uns Gesellschaft zu leisten? Entführer, die ihr seid!«

»Wisst ihr«, begann der Häuptling reumütig, »wir wussten gar nicht, dass es für euch so schlimm ist. Wir dachten, ihr würdet uns mit der Zeit lieben lernen.«

»Liebe kann man nicht lernen, die kann man auch nicht erzwingen. Die kommt einem zugeflogen. Und kein Wesen darf einem anderen Gewalt anzutun. Niemals!«

»So haben es die Stechpalmenritter aber immer gemacht.«

»Dann machen sie es ab jetzt eben anders!«, erwiderte Sorbus mit strenger Miene. »Lernt das, sonst werdet Ihr niemals Euer Glück finden! *Glück* kann man nämlich auch nicht erzwingen.«

»Aber jedes Wesen braucht doch ein Gegenstück, um sich daran anzulehnen. Männlein brauchen Weiblein, Weiblein brauchen Männlein. Wie sonst solltet Ihr denn an männliche Wesen gelangen?«

Da lachte Königin Sorbus auf, und alle Lichtermädchen kicherten mit. »Das mag bei euch so sein, Hülse!« Dann wies sie auf ihr Volk. Alle Lichtermädchen standen zu zweit, zu dritt oder zu viert Arm in Arm, Hand in Hand oder zu einem Kreis verschmolzen dort. Mancher Mädchen Köpfe ruhten auf den Schultern ihrer Gefährtinnen, und einige küssten sich gar! »Wir Lichtermädchen haben nichts gegen männliche Wesen, aber wir brauchen sie nicht für unser Glück. Wir lieben Mädchen, wir alle! Wir brauchen euch nicht einmal, um unseren Fortbestand zu sichern, denn wir sind doch unsterblich.«

»Ja, aber …«, brachte Hülse hervor. »Mit wem lebt ihr denn zusammen?«

»Wir leben in Grüppchen. Zu zweit, zu dritt oder zu viert. Welcher es beliebt, die mag auch alleine leben. Vielleicht finden sich auch Mädchen zu größeren Gruppen zusammen. Es gibt sogar hin und wieder Lichtermädchen, die ausziehen, weil sie sich in ein männliches Wesen verliebt haben oder selbst ein männliches Wesen sein wollten. Sie leben nun außerhalb und schicken ab und zu Briefe mit der Schneckenpost. Wir freuen uns, von ihnen und ihren Familien zu hören. Doch sie gehören dann nicht mehr in unsere Gesellschaft, denn hier können männliche Wesen auf Dauer nicht bleiben.«

Nun sagt einmal, Kinder, war die Königin da nicht ein bisschen streng?

»Aber was wird denn nun aus uns? Wir sehnen uns so sehr nach weiblichen Wesen«, fragte der Häuptling Hülse zutiefst betrübt. »Wir möchten doch so gern Familien gründen.«

»Das ist nun wirklich euer eigenes Problem!« Alle Anwesenden wandten sich erstaunt zu Tilia um, die nun ganz aufrecht auf dem Platze stand, Hand in Hand mit Cordata.

»Ihr wolltet uns auseinanderreißen, uns Gewalt antun, vielleicht Schlimmeres!«, rief Tilia aus, Zornesfalten auf der Stirn.

»Ihr habt es gar nicht verdient, glücklich zu sein!«, ergänzte Cordata.

»Von mir aus könnt ihr in eurem blöden Stachelbusch sitzen, bis ihr so alt und verschrumpelt seid wie eine am Strauch vergessene Heidelbeere!« Tilia verschränkte die Arme und hob die Nase in die Luft.

»Ihr gehört ins Gefängnis bei den dicken Erdkröten. Ins Erdloch mit euch, dichtes Wurzelwerk darüber! Dort sollt ihr verrotten.«

Aus der Menge der Lichtermädchen kam breite Zustimmung, ebenso von Seiten der anderen Waldwesen. Besorgt schauten sich die Ritter um.

Doch nun erhob Meister Grimbart das Wort. »Ihr beiden, aus euch spricht der Leichtfertigkeit der Jugend. Wisst ihr was? Wir Dachse, wir hätten euch Lichtermädchen früher verspeist. Und einen Vogelbeerlikör als Nachtisch hintendrein. Nun aber wollen wir das nicht mehr. *Wir* haben gelernt, uns zu benehmen. Auch die Stechpalmenritter können das lernen.«

»Es tut uns leid, dass wir euch so in Bedrängnis gebracht haben«, bekannte nun einer der Ritter, ein kleiner, schmaler, der sich bisher im Hintergrund gehalten hatte. Schüchtern schaute er vor sich auf den Boden. Die anderen Ritter nickten daraufhin, dankbar, dass einer den Anfang gemacht hatte.

Auch die Lichtermädchen schauten mitfühlend zu den Rittern hinüber, die plötzlich gar nicht mehr so bärbeißig wirkten.

»Dann werden wir wohl für immer einsam bleiben«, sagte der Häuptling trübsinnig. »Und verdient hätten wir es wohl auch.«

Da hörten sie über sich eine wispernde Stimme. Es war die große, graue, uralte Spinne Aranea. »Psst!«, machte sie, und ihre Stimme war wie ein eisiger Wind, doch eigentlich war Aranea sehr freundlich. Außer zu ihren Beutetieren. »Es ist doch so einfach!«

Eine der Fledermäuse, die noch ein Laternchen trug, flatterte so bei der Spinne umher, dass auch die am Boden Stehenden sie gut sehen konnten. »Ihr müsst euch vernetzen!«, wisperte sie.

»Was sagst du?«, fragte Hülse erstaunt. »Vernetzen?«

»Ja, vernetzen. So wie die Spinnen beim Netzbau mit dem inneren Kreis anfangen und sich dann immer weiter nach außen vorarbeiten, so müsst ihr es auch tun. Nun wissen schon die Spinnen, die Schmetterlinge, die Fledermäuse, Dachse, Lichtermädchen und Beutelmeisen von eurer Misere. Oh, und sogar ein Mensch.« Sie zeigte mit einem ihrer zahlreichen Beinchen auf mich. »Wenn alle diese Wesen nun wieder einigen anderen Wesen von eurer Suche erzählen, und die wiederum weiteren Wesen, dann weiß bald der ganze Finsterwald davon. Und die Forellenbäche, das Seesternenmeer und die Gemsenberge. Sobald einer Kunde davon bekommt, dass es weibliche Wesen gibt, die auf der Suche nach männlichen Wesen sind, um sich mit diesen zu vermählen, lassen sie es euch wissen.«

Nun murmelten alle zustimmend, selbst die Lichtermädchen.

»Das ist wirklich ein wunderbarer Vorschlag, liebe Schwester Aranea!«, pflichtete Königin Sorbus bei. »Im Übrigen werden wir uns natürlich auch bei den vielen Helfern bedanken. Die Spinnen und die Fledermäuse dürfen fortan unsere Laternen ausborgen, um damit alles mögliche Getier anzulocken, von dem sie sich doch ernähren. Wenn sie versprechen, dies nicht immer zu tun, sondern nur, bis sie satt sind. Damit es im Finsterwald niemals ganz aufhört zu summen und zu brummen. Den Raupenkinderlein werden wir Zeugnisse schreiben, damit sie diese in der Raupenschule zeigen können. Die Dachse haben schon jeder eine Flasche Lindenblütenlikör und ein Gläschen Vogelbeerengelee erhalten.«

Alle Wesen des Finsterwaldes applaudierten und riefen Hurra!

Und was glaubt Ihr, Kinder? Ist es den Stechpalmenrittern gelungen, sich zu vermählen und Familien zu gründen? Ihr werdet es nicht glauben – oder doch? Einen Mond später erreichte eine gar lustige Fahrgemeinschaft die Burg der Stechpalmenritter. Von weiten schon hörte man Gesang, Lachen und Klirren. Von Gläsern und Flaschen, wie sich herausstellte. In bunt bemalten Planwägelchen, die von flinken Wieseln gezogen wurden, fuhr eine Gruppe Stechapfelweiblein vor. Sie alle hatten reichlich Stechapfelschnaps in ihren Wagen und auch wohl schon auf der Fahrt davon gekostet.

Eine hübsche, rosige Madame mit wild gelockten braunroten Haaren sprang vom ersten Wagen. Sie trug einen Strauß Stechapfelblüten vor sich her und schritt zu dem aus seiner Burg geeilten Häuptling Hülse. »Na, wen haben wir denn da?«, rief sie aus. »Nimm diese Blumen, mein Hübscher!« Sie lachte laut und warf Hülse den Blumenstrauß zu, der ihn geschickt auffing. »Ihr sucht also ein paar Frauen, die euch gehörig den Kopf verdrehen?«

»Oh ja, meine Werteste!«, rief er aus.

»Ich bin Datura, die Oberste der Stechapfelweiblein, und wir suchen fröhliche Kerle, die uns das Leben versüßen.«

»Dann seid Ihr hier ganz richtig, verehrte Datura. Kommt nur herein, dann feiern wir zusammen ein Fest!«

Ja, so war das mit den Stechpalmenrittern und den Stechapfelweiblein. Sie gründeten Familien und es entstanden Freundschaften zwischen allen Wesen des Finsterwaldes und darüber hinaus. Denn sie alle hatten die Worte der Aranea gehört. Sie haben sich vernetzt, so wie das Rad, das die Spinnen zwischen den Zweigen weben. Ein jedes Wesen konnte so einem anderen helfen oder mit Rat und Tat zur Seite stehen.

Ihr glaubt mir nicht? Nun, das ist natürlich euch selbst überlassen. Doch wenn Ihr in lauen Sommernächten spazieren geht, liebe Kinder, dann legt einmal Eure Köpfe in den Nacken und beobachtet gut die Zweige über euch.

Wenn Ihr Glück habt, seht Ihr Lichtermädchen.

Vielleicht seht Ihr sie auch nicht. Dann aber seht Ihr möglicherweise Glühwürmchen, eine Sternschnuppe oder das bezauberndste Abendrot.

Und das ist ein ebenso großes Glück. Das verspreche ich Euch.

Über eines könnt Ihr Euch jedoch gewiss sein: Die Lichtermädchen, die Stechpalmenritter, die Stechapfelweiblein und alle Wesen des Waldes wird es immer geben. Ihr müsst nur achtgeben, dass Ihr ihnen niemals etwas wegnehmt oder ihren Wald zerstört.

Denn auch etwas, was man nicht sieht, ist trotzdem da, und es verdient unsere Achtsamkeit.

Bedenkt also meine Worte! Wollt Ihr mir das versprechen?

Serena C. Evans

Dornenherz

Für die Jagd brauchte es Geschick, aber zuvor noch Geduld. Sehr viel Geduld. Verborgen in einer Ecke des Ganges, die von den Fackeln nicht erhellt wurde, wartete die Jägerin. Es war spät in der Nacht und ihr Körper sehnte sich nach Schlaf, doch sie blieb in ihrem Versteck. Die verstrichene Zeit war nicht ihr Feind, sondern ihr Freund. Wie oft hatte sie nächtelang draußen darauf gewartete, dass ein Stück Wild aus dem Wald hervorkam. Nicht jede Jagd war erfolgreich, doch langes Ausharren wurde fast immer belohnt. So auch in jener Nacht.

Als sich leise knarrend die Zimmertür öffnete, da lächelte die Jägerin in ihrem Versteck. Ihre Beute. Hübsch war sie. Das junge Ding mit dem schwarzen Haar und der hellen Haut, die scheinbar noch nie von Sonnenstrahlen berührt worden waren.

Die Jägerin gab ihr noch einen Moment, bis sie sich von der Wand abstieß. »Sieh an, sie an, wer da des Nachts sein Zimmer verlässt. Was würde die Königin dazu nur sagen?«

Liliana fuhr erschrocken herum und ihre Augen weiteten sich vor Schreck. »Du.«

Das Lächeln der Jägerin vertiefte sich. Das Mädchen erkannte sie also.

»Was tust du hier? Schickt sie dich, um mich zu bewachen? Ich bin erwachsen.«

Die Jägerin lachte auf, ob des Gedankens, das junge hilflose Prinzesschen solle erwachsen sein. Ein halbes Kind war sie noch. Hatte von der Welt nichts gesehen außer dem Palast ihres Vaters. Hübsch war sie, aber auch dumm und naiv. »Ganz im Gegenteil.« Sie trat näher an die Prinzessin heran, bis sie im Licht der Fackeln das helle Blau ihrer weit aufgerissenen Augen erkannte. Wie der Himmel an einem eiskalten Wintertag. »Ich kann dir einen Weg aus dem Palast zeigen.«

Liliana stutzte und reckte schließlich trotzig das Kinn. »Ich weiß, wo ich langgehen muss.«

»Ach ja?« Die Jägerin schmunzelte und verschränkte locker ihre Arme vor der Brust. »Welchen hast du dir ausgesucht? Bist du dumm genug zu glauben, du könntest dich an den Wachen vorbeischleichen? Aber nein, du wirst einen anderen Weg wählen, nicht wahr? Vielleicht durch die Küche.« Sie erkannte in Lilianas Blick, dass genau dies ihr Plan gewesen war. »Weil du denkst, dass das Küchenpersonal dich nicht verrät. Doch nicht das süße kleine Prinzesschen. Und ganz irrst du dich dabei nicht einmal. Die meisten Mägde kannten noch deine Mutter und haben Mitleid mit dir, aber es gibt immer einen Laufburschen, der sich ein paar Münzen dazu verdienen will.«

Wie niedergeschlagen Liliana mit einmal wirkte … So verloren und wie das junge, weltfremde Ding, dass sie eben noch war.

»Aber ich kann dir helfen.« Das Lächeln der Jägerin vertiefte sich. »Niemand kennt die geheimen Wege des Palastes besser als ich. Keiner sieht mich kommen und gehen.«

»Warum solltest du das tun?«

Ach, sie war also doch nicht ganz so naiv und leichtgläubig wie gedacht. »Ich weiß, wie es ist eingesperrt zu sein.« Alles war eine Lüge, doch diese Worte entsprachen der Wahrheit. »Ich kenne hohe Wände und goldenes Geschirr, das einen beinahe vergessen lässt, das es doch auch nur ein Kerker ist.« Sie streckte ihre Hand aus. »Komm Liliana, ich bringe dich hier raus. Frei sollst du sein. Auf dass die Königin dich niemals wieder finde.«

Die Prinzessin zögerte sichtbar, bis sie endlich nach ihrer Hand griff.

Fast überraschte es die Jägerin, wie warm ihre Haut doch war, obwohl sie so hell war, als sei frischer Schnee vom Himmel gefallen. Leicht nickte sie, umfasst die Hand der Prinzessin und wandte sich ab, um ihr den Weg zu zeigen.

Jeden Palast und jedes Schloss ließ sich ungesehen betreten und verlassen, gleich wie viele Wachen und Soldaten es auch schützten. Es gab immer einen Verstecken Gang oder einen geheimen Weg. Die Jägerin kannte sie alle. Sie wusste, wo die Lieferanten das Brot brachten und wann sie ungesehen hindurchschlüpfen konnte, wo eine Tür hinter einem Wandteppich versteckt und vergessen worden war und welche Wache für ein paar Kupferlinge schwieg.

Für Liliana und sich wählte sie den Weg, der im Weinkeller hinter einigen der Fässer verborgen lag.

»Ich hätte nie geglaubt … warum gibt es solche Ausgänge?«

Die Jägerin duckte sich bei dem niedrigen Durchschlupf, trat im versteckten Gang über einiges an Schutt, drehte sich um und griff erneut nach Lilianas Hand, um dieser über die Steine zu helfen. »Vielleicht wollten die Erbauer sich absichern, falls es einmal zu einer Belagerung kommt und dann … geriet es in Vergessenheit.«

Liliana nickte nachdenklich. »Das klingt schlüssig.« Ihre Schritte waren deutlich vorsichtiger, zögerlicher, sprachen von wenig Erfahrung. Wie auch, wenn ihre Füße sie ihr Leben lang nur durch den Palast geführt hatten? Alles, was sie kannte, war ein goldener Käfig.

Gemeinsam gingen sie durch den niedrigen Gang. Weiter, immer weiter. Nur die mitgenommene Fackel spendete ein wenig Licht. Der Jägerin entging Lilianas Frösteln nicht. Ob es Kälte oder die Angst vor Veränderung war, vermochte sie nicht zu sagen. Erst nach einer kleinen Unendlichkeit endete der Gang und führte an den Mauern hindurch nach draußen. Sie mussten sich ihren Weg durch dichte Sträucher kämpfen, bis sich wirklich und wahrhaftig den Palast verlassen hatten. Kühle frische Luft umwehte sie und über ihnen wiesen ihnen nur die Sterne den Weg.

Liliana zögerte, schien nicht sicher zu sein, ob sie weitere Schritte wagen sollte.

»Wenn du nun umkehrst, dann war es das letzte Mal, dass du einen Schritt aus deinem Kerker hinausmachst«, sprach die Jägerin leise. »Es gibt im Leben nur ein einziges Mal die Gelegenheit die eigenen Fesseln abzustreifen.« Wie gut sie sich daran erinnerte. An die unzähligen Stufen hinab, die Freiheit oder Verderben bedeuteten. »Triff deine Wahl. Aber rasch, sobald die Sonne aufgeht, werden wir entdeckt werden.« So viel spiegelte sich in dem jungen hübschen Gesicht wider. Angst und Verlockung. Vorfreude, aber auch Sorge.

»Wird es ein gutes Ende nehmen?«, fragte Liliana leise.

Als könne eine einfache Jägerin ihr eine solche Antwort geben. »Ich weiß es nicht.« Ehrlich war sie zu der jungen Prinzessin, zu dem eingesperrten Vögelchen. »Aber ich kann dir sagen, wie es endet, wenn du jetzt nicht gehst. Es gibt kein Glück und keine Zufriedenheit in deinem Käfig. Du wirst deinen Gemächer niemals entkommen. Selbst wenn dein Prinz kommen sollte und dich rettet, so warst nicht du es, die den Palast verlassen hat. Freiheit gibt es nicht durch eine Vermählung.«

»Aber … ist nicht dies mein Leben? Einen Prinzen zu ehelichen und Kinder zu gebären? Selbst wenn meine Stiefmutter mir mein Anrecht auf den Thron für immer verweigern wird?«

Als blicke sie in einen Spiegel … nur hatte sie damals niemanden an ihrer Seite gehabt. Ihre Entscheidungen hatte sie selbst treffen müssen. Die Jägerin trat dichter an Liliana heran und umgriff vorsichtig ihr hübsches Gesicht mit ihren Händen. »Bist du jemals durch einen Wald gegangen und hast den erdigen Geruch von Bäumen und von Laub wahrgenommen? Badest du jemals in einer Quelle, deren kühles Wasser dir beinahe den Atem raubt? Weißt du, wie es sich anfühlt zu Lachen, bis dir alles weh tut? Oder saßt du nächtelang am Feuer, umringt von jenen, die dich ohne Krone und Titel kennen und schätzen? Ach Liliana, süße, kleine Liliana, es gibt so vieles, von dem du nicht einmal ahnst, dass es auf dich warten kann. Nichts davon wirst du kennenlernen, wenn du dein Leben lang immer nur in dem einen oder anderen Palast lebst. Vielleicht wirst du alt, vielleicht wirst du einen Prinzen ehelichen, vielleicht hast du viele Kinder, aber gelebt hast du nicht.« Ihre Worte waren hart, möglicherweise grausam, aber ehrlich. Niemand kannte Lilianas Zwiespalt besser als die Jägerin.

Es war schwer, das hübsche Gesicht der Prinzessin zu deuten. Zumindest so lange, bis sie plötzlich die Schultern straffte und die Kapuze ihres blutroten Mantels über ihr tiefschwarzes Haar zog. »Sagtest du nicht, dass wir fortmüssen, bevor die Sonne aufgeht?«

Mit einem leichten Lächeln auf den Lippen nickte die Jägerin und griff erneut nach Lilianas Hand. Bevor das erste Licht des neuen Tages sie verriet, mussten sie die Wälder erreicht haben. Dort waren sie vorerst vor neugierigen Blicken sicher.

Die Jägerin kannte ihr Ziel. Versteckt im Wald gab es einen Felsen. Uralt, bewachsen mit Moos. Vielleicht einst von Menschenhand bearbeitet, hatte die Natur sich seiner wieder angenommen. Der Morgen graute bereits, als sie ihn erreichten. Liliana setzte sich an den Fuß des Felsens und rang nach Luft.

Die Jägerin blickte zu ihr, bevor sie ihr Bündel vom Rücken nahm und aus dem ledernen Beutel einen Wasserschlauch holte, den sie der Prinzessin reichte. Gierig trank sie und die Jägerin warf dabei einen Blick auf ihre Kehle. Am Hals war ihre Haut ebenso hell und zart.

»Wird es hier geschehen?«

Ihr Blick wanderte höher, zurück zum Gesicht von Liliana. »Was?«

»Mein Tod.« Liliana reichte ihr den Wasserschlauch, bevor sie sich mit zwei Fingern über die Kehle strich. »Du hast recht, ich bin eine Gefangene, aber ich kenne meinen Käfig gut.« Ein beinahe grimmiges Lächeln erschien auf ihren Lippen. »Und ich weiß, wer das Knie vor der falschen Königin beugt.«

Trotzig verschränkte die Jägerin ihre Arme vor der Brust und blickte das Prinzesschen herausfordern an. »Nur ein Haupt trägt die Krone.«

Liliana erhob sich, noch immer mit dem düsteren Lächeln auf den Lippen. »Und wir beide wissen, dass es das Falsche ist. Du magst meine Mutter nicht mehr kennengelernt haben, doch als es dich das erste Mal in den Palast verschlug, da lebte mein Vater noch.«

»Er vermählte sich mit ihr.«

»Auf seinem Totenbett, ohne dass es einen Zeugen dafür gab außer ihrem Bruder.« Liliana sprach lauter, war sichtbar aufgebracht. Selbst die schwachen ersten Sonnenstrahlen, die kaum durch die Wipfel der Bäume reichten, ließen erkennen wie ihre hellen Augen vor Zorn aufblitzen. »Sie lässt das Land zu Grund gehen. Die Menschen hungern und sind keine

Leibeigenen, sondern ihre persönlichen Sklaven! Jedes Bankett, jedes ihrer teuren Kleider, jedes Schmuckstück wurde mit den Tränen des Volkes bezahlt.«

Gegen ihren Willen war die Jägerin von den aufgebrachten Worten beeindruckt. Nie war ihr in den Sinn gekommen, dass die Prinzessin sich Gedanken um das einfache Volk machte. Zählte sie selbst nicht auch dazu? Als Jägerin war sie frei und doch ihrer Herrin hörig. »Und du bist so eingebildet zu glauben, dass du besser als die Königin herrschen kannst?«

Lilianas Zorn verrauschte und mit einem Mal wirkte sie erwachsener, aber auch unglaublich müde. »Ich weiß, dass mir das Wohlergehen der Menschen dieses Landes am Herzen liegt.« Erschöpft fuhr sie sich mit den Händen übers Gesicht. »Wird mein Tod etwas ändern? Sie herrscht doch so oder so.«

»Woher wusstest du es?« Die Frage musste die Jägerin stellen. Wollte ihr doch nicht in den Sinn kommen, wann sie sich verraten hatte. War es nicht ihre Aufgabe jemanden in eine Falle zu locken? Gerade sie sollte dies beherrschen.

»Nicht du warst unvorsichtig«, Liliana lächelte müde, »sondern meine Stiefmutter.« Die Prinzessin wandte sich ab, trat zu dem Felsen und legte eine Hand an die moosbedeckte Oberfläche. »Gestern war mein 18. Geburtstag. Sie kam zu mir, meinte ihn feiern zu wollen und da wusste ich es. Es war ihr Art und Weise, um sich zu verabschieden. Oder eher, um ihren vermeintlichen Triumph auszukosten.« Liliana wandte sich wieder der Jägerin zu. »Lass mich gehen.«

»Ich bin des Todes, wenn ich sie verrate.«

»Nicht wenn sie es nicht erfährt. Ich weiß nicht wohin, aber ich werde fortgehen. Weg vom Palast, von ihren Schergen und ihr selbst. Vielleicht gibt es einen Ort, an dem ich lernen kann, so stark zu sein, wie meine Mutter es einst war. Bis meine Stunde kommt und ich mir meine Krone zurückhole.«

»Du willst sie stehlen?«

Liliana zog die Kapuze ihres blutroten Umhangs von ihrem Haupt. »Nein, ich werde kämpfen. Ich bin die Tochter dieses Landes. Die Krone ist mein Erbe. Es ist meine Pflicht das Volk zu beschützen. Ich habe diese Aufgabe nicht gewählt, aber ich werde alles tun, um ihr gerecht zu werden.«

Die Jägerin war sich bewusst, dass sie keine Seherin war und doch … für einen Augenblick sah sie Liliana mit der Krone auf ihrem Haupt. Wie sie auf dem Thron saß und dem Volk das gab, was es verdiente. Nahrung. Gerechtigkeit. Würde. »Geh.« Beim Sprechen wandte sie sich bereits ab und nahm den Bogen von ihrem Rücken.

»Was … ?«

»Ich sagte, du sollst gehen. Die Königin will dein Herz und ich habe eine Hirschkuh zu jagen.« Ein riskanter Plan, der bereits an der Jagd scheitern konnte. »Wenn du immer weiter nach Norden gehst, findest du einen Bach. Folge seinem Verlauf, bis du zu einer Mine kommst. Die Arbeiterinnen werden dich beschützen.«

»Frauen?«, fragte Liliana überrascht. »In einer Mine.«

»Ausgestoßene.« Die Jägerin blickte die Königstochter erneut an. »Vermeintliche Hexen, Krüppel, Verräterinnen.« Sie lächelte grimmig. »Und die besten Kriegerinnen unter der Sonne. Sage ihnen, dass du den Dornen entkamst und sie werden dich beschützen.« Bei dem fragenden Blick schüttelte sie unwirsch den Kopf. »Nun geh, bevor ich es mir anders überlege. Verschwinde endlich. Ich kann Prinzessinnen nicht leiden. Sie machen nur Ärger.«

Ihre harschen Worte verhinderten nicht, dass Liliana plötzlich zu ihr trat und sie umarmte. Die Erbin der Krone war überraschend warm und nicht so kühl, wie ihre schneeweiße Haut vermuten ließ.

»Danke.« Sie drückte ihr einen Kuss auf die Wange. »Danke, Jägerin.«

»Verschwinde endlich«, erwiderte sie rau. Als gehe mit ihr auch das Gefühl, dass ihre Lippen auf ihrer Haut hinterließen. Erst als Liliana fort ging, wagte die Jägerin wieder aufzusehen. Sie war keine Seherin und vermochte es nicht zu sagen, was aus der Prinzessin wurde. Hungrige Wölfe könnten sie aufstöbern, bis der Boden unter ihr so rot wie ihr Umhang war. Oder andere Gestalten lauerten dem hübschen Kind auf. Ob die Minenarbeiterinnen sich wirklich ihrer annahm? Die Jägerin dachte daran, wie sie selbst einst zur Mine gekommen war. Halb verhungert, schmutzig und verängstigt. Weniger eine Prinzessin, mehr eine Bettlerin. Trockenes Brot war ihr wie ein Geschenk vorgekommen und als eine der Frauen ein Bad für sie einließ, da hatte sie im Wasser geweint, bis es kalt geworden war. In der Nacht fürchtete sie sich vor dem Einschlafen. Sie lag zwischen zwei der Frauen in einem der Betten. Zugedeckt, warm, gesättigt und trotzdem ängstlich. Erst als eine von ihnen demonstrativ ihre mächtige Spitzhacke neben die Tür stellte, da hatte sie aufgehört zu zittern. Ihr Körper hatte nach Nahrung und ihr Geist nach Sicherheit verlangt.

Warum riskierte sie das alles für Liliana? Als ob ihr das dumme, naive Ding etwas bedeutete. Statt darüber nachzudenken umgriff sie ihren Bogen fester. Es lag an ihr eine Hirschkuh aufzutreiben, sie zu erlegen und den toten Körper aufzubrechen, um das Herz zu entnehmen. Noch warm war es in ihren Händen. Als könne es jeden Moment wieder anfangen zu schlagen. »Hab Dank, Tier, für dein Opfer. Es soll nicht vergebens sein.« Rasch steckte die Jägerin das Herz in einen ledernen Beutel, reinigte an einer nahen Quelle ihre Hände von dem Blut, bevor sie zum Palast zurückkehrte.

Keine der Wachen sah, wie sie durch einen der heimlichen Gänge hineinschlüpfte. Erst als sie den Korridor zu den Gemächern der Königin entlang ging, da spürte sie die abfälligen Blicke. Schmutzig war ihre Kleidung, kurz das einst lange Haar. Keine Frau, die Kinder gebar und für ihren Mann den Boden schrubbte. Ein Umstand, für den sie immer wieder dankbar war.

Nachdem sie zur Königin vorgelassen worden war, befahl diese den Wachen zu gehen. Hinter der Jägerin schlossen sich die schweren goldenen Türen.

»Zeige es mir.« Unverhohlene Gier stand in dem hübschen, aber eiskalten Gesicht. Beide, sowohl sie als auch ihre Stieftochter galten als die schönsten Frauen des Landes und doch konnte die Jägerin keine Ähnlichkeit zwischen ihnen finden.

Langsam nahm sie den Lederbeutel von ihrem Gürtel ab und konzentrierte sich darauf sich nichts anmerken zu lassen. Die Königin durfte nichts von ihrem Verrat erfahren, sonst war sie des Todes. Doch sie würdigte ihr keines Blickes mehr. Viel faszinierender schien für sie das Herz zu sein. »Es ist beinahe noch warm … Hat sie geweint, um ihr Leben gefleht?«

Welch ein Mensch ergötzte sich dermaßen am vermeintlichen Leid eines anderen? Und dann noch das der eigenen Stieftochter. Auch ohne Liebe – empfand sie nicht einmal so etwas wie Verantwortung für die Prinzessin? Mitgefühl? Oder einen Funken Anstand? »Sie trug es mit Fassung. Ich beendete es rasch.« So wie sie es bei den Tieren tat. Kein Lebewesen sollte unnötig leiden. Ein kurzes, schmerzloses Ende.

»Wie schade.« Die Königin versuchte nicht einmal ihre Böswilligkeit zu verbergen. »Geh und lass mich mit dem Herzen alleine.«

»Meine Belohnung …«

»Ich will sicher sein, dass das Gör tot ist. Wenn ich in drei Tagen nichts anderes von den Schergen, die ich in den Wald schickte, gehörte habe, so wirst du entlohnt, Jägerin.«

Sie traute ihr nicht … und die Jägerin konnte es ihr nicht einmal verübeln. Was blieb ihr anderes übrig als zu warten und zu hoffen, dass Liliana rechtzeitig die Mine erreichte? Ihr Leben lag in den Händen der naiven, jungen Prinzessin, so wie das ihre, als sie sich am Moosfelsen gegenüber gestanden hatten.

Mit einer knappen Verbeugung verabschiedete sich die Jägerin von der Königin. Noch konnte sie fliehen, doch nichts war verdächtiger als eine Flucht. Statt den Palast zu verlassen, schlich sie durch die Gänge, rastlos wie ein eingesperrtes Tier. Warten und Hoffen. Ein schweres Los.

Am dritten Tag, als sie jeden Augenblick damit rechnete, von der Königin gerufen zu werden, führten ihre Füße sie wie von alleine zu den Gemächern von Liliana. Verwaist war das große prunkvolle Bett, mit den vielen seidenen Kissen und Decken. In den Regalen stapelten sich die Bücher. Zum Teil lagen sie neben dem Bett und den Schreibtisch. Die junge Prinzessin schien sich ganz ihren Studien gewidmet zu haben. Fläschchen mit Duftwasser, Cremetiegel oder Ähnliches suchte die Jägerin vergebens. Es hing nicht einmal ein Spiegel im Zimmer. Mehr und mehr unterschied sie sich von ihrer Stiefmutter.

Neugierig besah die Jägerin sich die Bücher. Sprachen und Politik, Wirtschaft und Debattieren. Nichts, dass sich für ein adeliges junges Mädchen gehörte. Bücher über Etikette, Stickmuster oder Gebetsbücher suchte sie vergebens. Liliana war hübsch, aber weder eitel noch dumm. Vielleicht ein wenig naiv und doch schlummerte ein Kämpferherz in ihrer Brust. Obwohl sie alleine war, lächelte die Jägerin. Es war richtig gewesen die Prinzessin zu verschonen, selbst wenn sie es niemals schaffte, die Krone wieder ihr eigen zu nennen. Dabei war sie die wahre Königin. Die jungen Prinzen der Nachbarländer würden sich sicher bei dem Versuch um sie zu werben beinahe überschlagen. Geraunte Liebesschwüre, Blumen und die Beteuerung, wie schön sie doch sei. Vielleicht um ihrer selbst willen, aber vielleicht auch nur damit aus einem Prinzen ein König wurde und Länder sich vereinten. Im Adel gab es keine Liebesehen.

Was tat sie hier nur? Müde fuhr die Jägerin sich mit den Händen übers Gesicht. Sie sollte draußen in den Wäldern sein und nicht eingesperrt im Palast darauf warten, dass die Königin sich dazu erbarmte ihr ihre Entlohnung zu zahlen. Das Warten machte sie mürbe. In Lilianas Zimmer umherzustreifen, machte dies jedoch nicht besser. Sie sahen einander so oder so nicht wieder, wozu also mehr über die Königstochter erfahren?

Die Jägerin wollte die Gemächer bereits wieder verlassen, als etwas ihre Aufmerksamkeit auf sich zog. Am Ende des Schreibtisches ganz an der Kante standen noch ein benutzter Teller und eine Teetasse. An sich nichts Ungewöhnliches, stünde das feine Porzellan nicht dermaßen nahe am Rand, dass die Jägerin jeden Moment erwartete, dass es hinabfiel und zerbrach. Sinnloserweise trat sie näher, schob die Tasse ein wenig zurück auf den Tisch und stutzte. Die Reste von dem längst kalten Tee dufteten überraschend stark. Penetrant süßlich nach Apfel. Wie konnte der Geruch jetzt noch immer dermaßen überwältigend sein? Als sie sich die Flüssigkeit näher besah, da erkannte die Jägerin es. Der Tee schimmerte silbrig. Als habe jemand die Blätter von Silbertod lange eingekocht, um daraus ein starkes Gift zu brauen. Das gemischt mit Apfelkernen roch zuckersüß und war doch tödlich. Die

Jägerin hatte einst gesehen, wie selbst der stärkste Mann Tage später von einem Augenblick zum nächsten sein Leben aushauchte und dahinschied.

Aber wie sollte Liliana an die Pflanze gelangt sein? Und wieso flehte sie um Gnade, wenn sie von ihrem Ende wusste? Während sich ihre Gedanken überschlugen, blickte die Jägerin auf die Kuchenkrümel, die auf dem Teller lagen, und da verstand sie es. Die Erkenntnis ließ das Blut in ihren Adern gefrieren. Das konnte nicht sein! Aber so sehr sie es auch nicht wahrhaben wollte, so wusste die Jägerin doch auch, dass es der Wahrheit entsprach. Die eine Frau war schön aber nicht dumm und die andere war schön aber grausam. Das Äußere von beiden spiegelte nicht das wider, was zu erwarten war.

Wie versteinert stand die Jägerin in den Gemächern der Prinzessin. Die Wahrheit, obgleich sie direkt vor ihr lag, wollte ihren Verstand einfach nicht erreichen. Zu grauenhaft war die Schlussfolgerung, zu furchtbar das Wissen um Lilianas Ende. Sie verschont zu haben, hatte nicht das Geringste geändert. Als sei es das Schicksal des hübschen jungen Mädchens, dass sie viel zu früh einen grausigen Tod fand. Gleich durch wessen Hand. Dass nicht sie selbst die Mörderin war, ließ das Herz der Jägerin nicht leichter werden. Schwer war es vor Kummer. So sehr hatte sie gehofft, dass Liliana bei der Mine eine zweite Chance erhielt, so wie sie selbst einst. Dass sie einst als Kriegerin zurückkehrte und bereit war, um ihr Erbe zu kämpfen. Doch stattdessen …

Einen Augenblick lang oder eine Ewigkeit. Die Jägerin war unfähig, zu benennen wie viel Zeit zwischen der grausigen Erkenntnis und ihrem Handeln verstrich. Mit einem Mal ging ein Ruck durch ihren Körper. Hastig wandte sie sich ab und verließ die Gemächer. Sie ging, schneller und schneller, bis sie die Gänge entlang lief. Einer ihrer versteckten Wege musste sie hinaus aus dem Palast führen und dann …

»Stehen bleiben!«

Die Stimme war laut und dröhnend. Unwillkürlich kam die Jägerin dem Befehl nach und wandte sich um. Zwei Männer der königlichen Palastwache standen vor ihr.

»Im Namen der Königin ist es euch nicht gestattet den Palast zu verlassen.«

Dieses vermaledeite Weib. Sie hatte gewusst, dass sie unfähig war das Mädchen zu töten. Was war das Gift? Eine reine Absicherung? Das schlimmste Geschenk zu Lilianas Geburtstag? Das war kein Abschied gewesen, kein letzter Akt der Versöhnung, sondern ein Mord.

Unwillkürlich kamen der Jägerin die Kriegerinnen der Mine in den Sinn. Frauen am Rande der Gesellschaft, Verstoßene, zum Tode verurteilten, die nie aufgehört hatten zu kämpfen. Nie hatte sie sich so sicher gefühlt, wie zwischen ihnen. Weder in ihrem früheren Zuhause, mit all dem Prunk, noch wenn sie alleine durch die Wälder streifte. So manches Mal war sie zurückgekehrt und jedes Mal war sie willkommen gewesen. Es hatten immer ein Krug und ein Teller für sie bereitgestanden, als hätten die Frauen gewusst, wann mit ihr zu rechnen war. Eben daran dachte die Jägerin, als sie schnell ihren Bogen von ihrem Rücken nahm, den Pfeil anlegte und spannte. »Ich lasse mich nicht aufhalten.« Sie hatte gelernt sich zu verteidigen, egal was es kostete. »Behauptet mich nicht gesehen zu haben. Ich weiß, wie ich unbemerkt den Palast verlasse.« Dass die Wachen zögerten, reichte der Jägerin. Rasch ließ sie ihren Bogen sinken, wandte sich ab und lief weiter. Sie war schneller als die großen, starken Männer. Und jene waren zu ihrem Glück nicht dumm genug ihr folgen zu wollen.

Die Jägerin wählte eben jenen geheimen Gang, den sie mit Liliana zusammen gegangen war. Rasch lief sie hinab zum Weinkeller, kletterte durch das Loch und über den Schutt hinweg. Schnell, immer schneller. Die Zeit drängt, auch wenn sie ahnte, dass es nur noch den Abschied gab.

Im Wald rannte sie, duckte sich unter niedrigen Zweigen hinweg und sprang über Baumstämme. Immer weiter in Richtung Norden, zu der Mine, zum versteckten Haus am Wasser, zu Lilianas Todesort. Die Jägerin hoffte nicht einmal darauf, die Prinzessin lebend anzutreffen, nur, dass sie jene fand. Dass Liliana am Ende in Sicherheit gewesen war und eine würdige Begräbniszeremonie fand.

Als sie den Bach erreichte, rannte die Jägerin schneller. Bis es ihr den Atem raubte, bis ihr Körper protestierte, bis ihr alles weh tat, aber sie konnte nicht anhalten – noch nicht.

Nur noch diese eine Kurve, nur noch das letzte Stück, bis sie zwischen den Bäumen bereits den Rauch sah, der aus dem Schornstein aufstieg. Das Haus sah aus wie immer. Die Jägerin war sich sicher, dass sich nichts verändert hatte. Draußen stand der knorrige alte Tisch mit acht Stühlen daran. Es war gedeckt, wie immer. An der Hauswand lehnten … aber nein, da waren keine Spitzhacken. Waren sie in der Mine? Doch sie konnte die Kriegerinnen bereits sehen. Alles war wie die Jägerin es erwartet hatte. Die sieben Frauen und in ihrer Mitte die aufgebahrt tote Liliana. Der Anblick versetzte ihrem Herz einen Stich.

Was sie jedoch nicht erwartet hatte, war der Mann. Jung war er, hübsch und in teure Gewänder gekleidet. Das Pferd in der Nähe musste seines sein.

Außer Atem erreichte die Jägerin die anderen und wurde mit fragenden und überraschten Blicken begrüßt. »Ist – ist sie …?« Sie konnte und wollte die Frage nicht beenden.

Eine der Kriegerinnen nickte grimmig. »Tot.«

Wie sie befürchtet hatte …

»Er will sie haben.«

»Was?« Verwirrt blickte die Jägerin von den Minenarbeiterinnen zu dem jungen Mann. »Ihr seid …?« Dass es nicht ihrem Stand entsprach diese Frage zu stellen, war ihr gleich. Sie waren mitten im Wald und nicht am Hofe.

Der Mann verneigte sich formvollendet und auch ein wenig übertrieben. »Prinz Frederick von Loren.«

»Das Prinzlein sagt, er könne das Mädchen retten.«

Trotz des traurigen Anlasses entlocken Griseldas respektlose Worte der Jägerin ein Lächeln und dem armen Prinzen einen verwirrten Blick. So hatte mit Sicherheit niemals jemand mit ihm gesprochen.

»Was soll das bedeuten? Und was wollt ihr hier überhaupt? Das ist nicht euer Land.«

»Ich war auf der Durchreise und entdeckte die Tote«, erwiderte der Prinz beinahe trotzig. »Man sagt, ein Kuss könne einen Fluch brechen.«

»Sie wurde nicht verflucht, sondern vergiftet.« Die Jägerin blickte über ihre Schulter hinweg zu der aufgebahrten Toten. Als würde sie nur schlafen … wie friedlich sie wirkte und das, nachdem ihr so viel Grausames geschehen war.

»Und dennoch kann ein Kuss das Gift aufheben. Habt ihr nie gehört, dass der Kuss wahrer Liebe großes Unrecht ungeschehen machen kann? Ich sah nie ein schöneres Mädchen. Meine Braut soll sie werden und …«

»Nein!« Harsch unterbrach die Jägerin den Prinzen und trat wütend auf ihn zu. »Ich weiß wie diese Geschichte endet. Erweckt durch einen Kuss mag romantisch und wunderbar klingen, aber das ist es nicht. Sie kennt euch nicht. Ihr seid einander niemals begegnet. Das ist keine Liebe. Und was dann? Soll sie aus Dankbarkeit mit euch kommen? Euch ehelichen und euch Kinder gebären? Einem Fremden?«

»Also soll sie sterben, weil Ihr dem Mädchen keinen Prinzen gönnt?«

Die Jägerin war drauf und dran auszuholen und den Prinzen zu schlagen. Dieser arrogante Schnösel. »Vielleicht ist das keine Aufgabe für einen verzogenen Prinzen, sondern für eine Prinzessin.« Welche eine Genugtuung zu sehen, wie sich sein Gesicht vor Zorn röteten.

»Ich sehe nur eine dreckige Magd vor mir.«

Grimmig lächelte die Jägerin und wandte sich von ihm ab. Sie wusste, wenn er versuchen sollte ihr nachzugehen, würden sich die Kriegerinnen ihm in den Weg stellen. Er mochte ein Mann und von königlichen Geblüt sein, doch hier war er ihnen unterlegen.

Mit pochendem Herzen trat sie auf die aufgebahrte Liliana zu. Wie hübsch sie noch immer war – jetzt, da sie ihr nicht mehr unbekannt war, mehr denn je. Vorsichtig und ganz sanft strich die Jägerin der Prinzessin eine Strähne des schwarzen Haares aus dem Gesicht. »Ich glaube nicht an Wunder, aber an Abschiede.« Leise wispernde Worte, die nur für Liliana bestimmt waren. Sie war selbst schon einmal geküsst worden, doch damals ohne es zu wissen oder zu wollen. Dies war etwas anderes. Weil sie Liliana mochte. Weil es ein trauriger Anlass war. Weil es so nicht enden durfte.

Die Jägerin beugte sich zu ihr hinab. Zu der Prinzessin, die tot war und doch nur zu schlafen schien. Ganz sanft hauchte sie einen Kuss auf ihre Lippen. Jene waren noch warm, als hinge ein Rest Lebens an ihnen.

Eine einzelne Träne entkam der Jägerin, tropfte hinab auf Lilianas Wange. »Verzeih mir«, nur geflüstert, bevor sie sich aufrichtete und sich zu den Wartenden umdrehte. Trotzig verschränkte sie ihre Arme vor der Brust. »Ein naives Prinzlein mag an Wunder glauben, aber ich nicht. Wir sollten sie würdevoll bestatten und ihr ihre Totenruhe gönnen. Liliana hat genug gel…« Bei den Blicken der Kriegerinnen hielt die Jägerin in ihren Worten. Was blickten sie nur an? Etwa …? Nein. Nein, sie wollte sich keine Hoffnungen machen und dann enttäuscht werden. Sie drehte sich nicht um, nur um dann zu sehen, dass Liliana noch immer tot war.

»Du hast mich gerettet.« Leise Worte, so unglaublich sanft wie eine zärtliche Berührung. »Erneut verdanke ich dir mein Leben.«

Tränen liefen über die Wangen der Jägerin. Liliana lebte. Trotz aller Erleichterung konnte sie sich ihr nicht zuwenden, zu groß war die Angst enttäuscht zu werden. Was, wenn die Prinzessin trotz allem mit dem Prinzen davon ging? Wenn ihr Herz für immer verloren war?

»Es gibt da etwas, dass ich dich fragen muss.« Liliana legte ihre Hand auf die Schulter der Jägerin. »Etwas das von großer Bedeutung ist.«

»Was? Was ist es?« Dabei versagte ihr beinahe die Stimme.

»Deinen Namen.« Liliana sprach mit einem Mal leiser: »Ich muss doch wissen, wer mein Herz gestohlen hat, ohne dabei ein Messer zu nutzen. Du hast es verschont und mir gleichzeitig genommen, also sage mir, Jägerin, wie ich die, die mir so viel bedeutet nennen soll.«

Langsam drehte die Jägerin sich um. Blickte die Prinzessin an und versank in den himmelblauen Augen. »Aurora.« Sie lächelte vorsichtig. »Mein Name ist Aurora.«

Julia Kohlhaussen

Die Königstochter & die Drachenzähmerin

Es war einmal eine Königstochter, die sich nichts sehnlichster wünschte, als ein Abenteuer in ihrem Leben. Bereits als Kind hörte sie stets Sätze wie: »Auri! Es schickt sich nicht für eine Prinzessin auf Bäume zu klettern!«

Prinzessin, wie sehr sie dieses Wort hasste. Es stand für alles, was sie nicht wollte. Erziehung, Ballkleider und die Heirat mit einem Prinzen, der den Bedingungen ihres Vaters entsprach. Manchmal wünschte sie, sie könne von dem ihr vorbestimmten Wege abweichen. Es war nicht so, als hätte sie dies nicht schon unzählige Male probiert. Oft benahm sie sich nicht hoheitsvoll und hoffte, ihr Vater gäbe auf, ihr die Bürde einer Königstochter aufzuerlegen.

Sie lag verträumt, von der Sonne geblendet, auf einer Wiese vor der Schlossmauer. Für einen kurzen Moment verdunkelte ein Schatten das Licht, erweckte damit ihre Aufmerksamkeit. Sie schaute in den Himmel und erblickte einen majestätischen Drachen. Trotz seiner Größe glitt er elegant wie ein Mauersegler durch die Lüfte. Sie kannte Drachen bisher nur aus Büchern, wo sie als bösartig und zerstörerisch beschrieben wurden. Dieses Wesen dort oben wirkte aber alles andere als feindlich gesinnt. Es genoss sichtlich, wie der Wind ihm Auftrieb und Freiheit schenkte. Auri sah ihm hinterher, bis er zwischen den Bäumen am Horizont verschwand. Ergriffen von der eigenen Sehnsucht nach Freiheit folgte sie ihm.

Auri kehrte nicht bei Einbruch der Dämmerung ins Schloss zurück. Der König befahl seinen Wachen, in der ganzen Stadt nach ihr zu suchen. Mehrere Dorfbewohner hatten die Königstochter in der Sonne liegen sehen. Ein Jäger, der gerade aus dem Wald zurückkehrte, berichtete von einer Drachensichtung. Der König kannte seine Tochter gut genug, um zu wissen, dass diese sich einer solchen Entdeckung nur schwer erwehren könnte. Sofort schickte er einen Boten in ein nahegelegenes Dorf, in dem Gerüchten zufolge eine Drachenzähmerin lebte. Noch am selbigen Abend erschien eine junge Frau im Schloss. Sie trug ihr blondes, leicht gewelltes Haar schulterlang und war kaum älter als des Königs Tochter.

»Ihr wollt in der Lage sein, meine einzige Tochter aus den Fängen eines Drachens zu befreien?«, fragte der König die Drachenzähmerin zweifelnd.

»Eure Majestät, Drachen sind friedliebender, als ihr Ruf es vorgibt. Wenn ich Eure Tochter finde, werde ich sie unbeschadet zurückbringen. Seid versichert.«

»Nimm zumindest meine Soldaten an deine Seite«, erwiderte der König.

»Mein Herr, ich bitte Euch. Drachen sind sehr sensible Wesen. Das Eindringen vieler Menschen könnte den Drachen aufregen.«

Der König nickte und die Drachenzähmerin zog in die Nacht hinaus.

Sie kannte die Region gut, wusste, wohin sich ein Drache zurückziehen würde. Ohne Probleme durchquerte sie den dunklen Wald, hohe Wiesen, sowie viele Felder. Ihr Weg endete beim einzigen Hügel weit und breit. Der Aufstieg fiel ihr nicht schwer. Wie auf ihrer ganzen Route setzte sie trotz der Dunkelheit sicher einen Fuß vor den anderen. Oben angekommen, erblickte sie die Königstochter im Nest kauernd.

Der Drache saß vor ihr und schlug aufgeregt mit den Flügeln. Langsam ging die Drachenzähmerin auf sie zu. Fast zeitgleich wendeten sich die beiden zu ihr. Die Königstochter öffnete den Mund, doch die Drachenzähmerin legte den Zeigefinger auf ihre Lippen. Bedeutete ihr, still zu sein. Der Drache wusste nicht recht, wie er mit dem neuen Besuch in seinem Nest umgehen sollte. Er legte den Kopf schief und stieß einen leisen Schrei aus.

Die Drachenzähmerin ließ sich davon nicht beirren. Unerschrocken ging sie weiter auf dieses große Wesen zu und streckte die Hand aus. »Ganz ruhig. Ich bin nicht gekommen, um dir weh zu tun.«

Sie legte vorsichtig ihre Hand auf die Schnauze des Drachens. Dieser sank augenblicklich mit seinem Kopf tiefer und beruhigte sich zusehends.

»Mein Name ist Quinn. Möchtest du mir erzählen, warum du diese Frau in dein Nest eingeladen hast?«

Der Drache gab schnaufende Geräusche von sich und deutete dann mit dem Kopf nach rechts. Quinn folgte dieser Bewegung und sah vier Dracheneier. Eines davon war von einem Felsen zerstört worden. Traurig sah sie wieder zum Drachen und sprach mit weicherer Stimmlage weiter: »Du hast sie hergebracht, damit sie dein zerbrochenes Ei wieder zusammensetzt.«

Obwohl es keine Frage war, konnte selbst die Königstochter das Nicken des Drachens wahrnehmen. »Ich kann nachvollziehen, wie du dich fühlst. Du hast etwas verloren, das du über alles geliebt hast und du wolltest nichts unversucht lassen, es zu retten.«

Sanft streichelt Quinn die Schnauze. »Es ist nicht möglich, dein Baby zu retten. Das Ei ist zu stark beschädigt. Es tut mir leid.«

Die Drachenmutter hob ihren Kopf und gab einen herzzerreißenden Laut von sich. Auch Quinn liefen Tränen über die Wangen. Sie führte die schuppige Stirn des Drachens an ihre und spendete diesem mächtigen und gleichzeitig so verletztem Geschöpf Trost. So verharrten die beiden für einige Minuten bis plötzlich eine weitere, eher weiche Hand über den Kopf des Drachens strich.

»Ich bin Auri und möchte mich bei dir entschuldigen. Ich habe nicht verstanden, was du mir mitteilen wolltest.«

Der Drache sah Auri an und schnaufte. Quinn übersetze für sie. »Sie sagt, sie wollte dir keine Angst machen. Du warst der einzige Mensch abseits der Dörfer und sie hatte ein gutes Gefühl bei dir. Oh, bitte verzeiht! Ich meinte natürlich eure Hoheit.« Quinn lächelte schief, in der Hoffnung die Königstochter nicht beleidigt zu haben.

»Ihr dürft mich so ansprechen, unter der Bedingung, dass es mir ebenfalls erlaubt ist«, entgegnete ihr diese.

»Einverstanden!«, erwiderte Quinn erleichtert.

Auri schaute Quinn interessiert an. »Du verstehst die Sprache der Drachen?«

»Ja, bereits als Kind vernahm ich das erste Mal ihre Rufe. Leider sah ich danach viele Jahre keinen mehr und so fing ich an zu glauben, mich damals getäuscht zu haben. Erst als ich an einer Quelle auf einen verletzten Drachen stieß und dieser mich bat sein Bein von einer Bärenfalle zu befreien, war ich mir sicher, mich nicht geirrt zu haben. Die Bärenfalle war nicht dem Drachen angedacht, aber das sollte nicht beruhigen.«

Auri lauschte dieser mutigen und einfühlsamen Frau beeindruckt. Diese fuhr fort in ihrer Erzählung.

»Die Menschen haben viele Vorurteile gegen sie. Zum Beispiel, ihr Feuer könne ganze Schlösser niederbrennen. Dabei können nur die wenigsten Arten überhaupt Feuer spucken und die, die es können, sind nur während der Brutzeit dazu fähig. Um ihr Nest zu verteidigen.«

Auri dreht den Kopf langsam zur Drachenmutter, doch Quinn begann zu lachen und beruhigte sie. »Keine Angst. Sie ist ein spitzflügeliger Stahlhäuter, sie spuckt kein Feuer.«

Lächelnd kraulte Auri das Kinn des Drachens, während sie an Quinns Lippen hing, die spannende Geschichten von Ihren Erlebnissen erzählte.

Plötzlich tauchten aus der Dunkelheit dutzende Fackeln auf. Die königliche Garde war Quinn auf Anweisung des Königs gefolgt. Sofort sprang die Drachenmutter auf und legte einen Flügel schützend über Ihre Eier, dabei schrie sie ohrenbetäubend.

Mehrere Soldaten schmissen gemeinsam ein riesiges Netz über sie und zogen es zusammen. Die Drachenmutter wehrte sich und auch Quinn versuchte einen der Soldaten von seinem Vorhaben abzubringen. Sie sprang ihm auf den Rücken, um ihn aus dem Gleichgewicht zu bringen, doch dieser warf sie ab. Ein weiterer Soldat drückte sie zu Boden, fesselte sie an Armen und Beinen.

»Ich bin die Königstochter und befehle euch, sie freizulassen!«, schrie Auri verzweifelt.

Die Soldaten ignorierten sie. Auri fühlte sich hilflos und schuldig. Wenn sie dem Drachen nicht hinterhergelaufen wäre, würden Quinn, die Drachenmutter und ihre Eier nicht gefangen genommen werden. Zeitgleich war es einer der schönsten und aufregendsten Abende ihres Lebens, bis die Soldaten eintrafen. Im Augenblick konnte sie nichts tun, aber sie war fest entschlossen, etwas zu unternehmen.

Zurück im Schloss wurde Auri nach einer Strafrede zu Bett geschickt. Sie wartete, bis sie keine Geräusche mehr im

Schloss vernahm. Dann schlich sie barfuß hinunter zu den Kerkern. Im Eingangsbereich der Verliese saß schnarchend ein dicklicher Soldat auf einem Stuhl, den Kopf an die Wand gelehnt. Gefangene beherbergte das Schloss selten.

Auri nahm den Schlüsselbund leise vom Tisch und ging zur einzigen geschlossenen Zelle am Ende des Ganges. Quinn lag zusammengerollt in der hinteren Ecke und schlief. Klanglos schloss Auri die Gittertüre auf, betrat den engen Raum und beugte sich über Quinn.

Direkt strömte ihr ein blumiger, leicht betörender Duft in die Nase. Jetzt war nicht der richtige Zeitpunkt zu überlegen, warum er ihr so gut gefiel. Sie legte eine Hand auf Quinns Mund, damit diese beim Erwachen keinen Lärm machte. Sogleich schrak diese hoch und riss die Augen weit auf.

»Ich bin es, Auri. Ich hole dich hier heraus. Folge mir«, flüsterte sie.

Beim Verlassen der Kerker legte Auri den Schlüsselbund zurück auf den Tisch. Der Soldat schnaufte einmal laut und die Frauen zuckten zusammen. Auri ergriff schnell Quinns Hand und zog sie hinter sich her. Sie führte sie einen Umweg nehmend, über den Vorratskeller, in dem die Dracheneier aufbewahrt wurden.

Dieser Zwischenstopp kam den Frauen zugute, denn Auri erinnerte sich wieder an die Außentüre des Kellers. Die Diener nutzten sie, um Speisen einzulagern, ohne sie durch das Schloss tragen zu müssen.

Die Dämmerung setzte bereits ein, als sie bei den alten Ställen im Hof ankamen, die durch einen Brand zum Teil zerstört waren. Auri führte Quinn zu einem noch überdachten Teil und ließ sich ins Stroh fallen.

»Hier gehe ich her, um meinen Pflichten zu entfliehen, nachzudenken, zu träumen …«

Quinn legte ihre zwei Dracheneier vorsichtig ab, ließ sich von Auri das dritte Ei reichen und legte sich dann ins Stroh. »Wovon träumst du denn?«

Auri zögerte einen Moment. Sie wusste genau, wovon sie träumte, doch hatte sie noch nie mit jemandem offen darüber gesprochen. »Ich träume davon, anziehen zu können, was mir gefällt. Hingehen, wohin es mir beliebt. Nicht eines Tages die Verantwortung, für ein ganzes Königreich tragen zu müssen. Und letztlich zu lieben, wen ich möchte. Nicht in einigen Wochen oder Monaten eine arrangierte Ehe eingehen zu müssen, um unseren Herrschaftsbereich zu vergrößern.«

»Du trägst eine sehr große Last auf deinen Schultern«, sagte Quinn.

»Hören wir auf, mich zu bemitleiden und überlegen uns, wie wir die Drachenmutter befreien«, entgegnete Auri.

Quinn warf einen Blick zum Fenster. »Keine Zeit. Die Sonne geht gleich auf. Du musst zurück ins Schloss, bevor die nächste Suche nach dir gestartet wird. Ich verstecke mich in der Zwischenzeit oben auf dem Heuboden.«

Auri wäre gerne noch geblieben, aber sie nickte und begab sich zurück in ihre Zimmer.

Später am Morgen erwachte Auri durch aufgeregtes Stimmengewirr im Schloss. Sie wusste sofort, worin die Ursache des Tumults lag. Sie zog sich an und suchte ihren Vater im Thronsaal auf. Dieser kam gleich auf sie zu.

»Prinzessin, die Drachenzähmerin ist letzte Nacht entflohen!«

»Ich habe es bereits von den Wachen gehört.«

Sie zögerte kurz und fuhr dann fort: »Vater, bitte stellt die Fahndung ein und lasst den Drachen frei. Die Drachenzähmerin hat nichts verbrochen, so wenig wie der Drache.«

»Mein Kind, es ist edelmütig, dass du dich für andere einsetzt, doch der Drache ist gefährlich und wird sterben!«

»Nein! Das darfst du nicht tun!«, erwiderte sie mit erhobener Stimme.

Der König blieb ungerührt von Auris Emotionalität. »Sobald der Schmied eine Klinge hergestellt hat, die scharf genug ist, die Schuppen zu durchdringen, droht dem Königreich keine Gefahr mehr. Und jetzt gehe auf dein Zimmer. Ich habe dir dein Verschwinden nicht verziehen.«

Statt auf ihr Zimmer rannte Auri zu den alten Ställen. Dort angekommen stieg sie auf den Heuboden und traute ihren Augen nicht. Quinn saß inmitten von einem kleinen Festmahl. Brot, Fleisch, Obst und sogar ein Kuchen.

»Wo hast du das alles her?«, fragte Auri ungläubig.

»Als du weg warst, bin ich noch einmal zurück in die Vorratskammer gegangen. Ich hatte schrecklichen Hunger. Die Verpflegung im Kerker war einfach furchtbar«, erklärte sie mit einem Augenzwinkern.

Ohne darauf einzugehen, tadelte Auri sie. »Ich hätte dir doch etwas zu Essen beschaffen können. Das war überaus leichtsinnig von dir.«

Quinn grinste breit, zog eine Augenbraue hoch und bewarf Auri mit etwas Apfelkuchen. Dieser stand zuerst der Mund weit auf, dann griff sie das Erste, was sie finden konnte und feuerte damit zurück. Leider wog die Handvoll Stroh kaum etwas und fiel auf halber Strecke zu Boden. Das gab Quinn den Rest. Sie brach in lautes, schallendes Gelächter aus. Das wollte sich Auri nicht gefallen lassen, sprang auf Quinn zu und warf sie um.

Die beiden Frauen lagen rangelnd auf der Erde und waren sich unvermutet nah. In einer Verschnaufpause saß Auri auf Quinn, drückte deren Arme links und rechts neben ihren Kopf zu Boden. Schaute dieser anziehenden Frau tief in die Augen. Ohne nachzudenken, küsste sie Quinn, um sogleich erschrocken von ihrer Tat, den Kopf hochzureißen und sich stotternd zu entschuldigen: »Ich … eh … entschuldige … wollte das nicht … also ehrlich gesagt schon … ich …«

Quinn befreite ihre Arme mit Leichtigkeit, legte die Hände auf Auris Wangen und sagte mit heiserer Stimme: »Ich wollte es vom ersten Augenblick.«

Dann zog sie Auris Kopf wieder zu sich heran und küsste sie leidenschaftlich. Beide gaben sich ihren Gefühlen hin. Der Augenblick fühlte sich wie die Unendlichkeit an, aber endete abrupt. Ein Klopfgeräusch holte sie zurück in die Wirklichkeit.

»Was ist das?«, fragte Auri und löste sich widerwillig aus Quinns Umarmung.

Quinn lauschte und schaute sich um.

»Herrje, das erste Drachenbaby ist bereit, zu schlüpfen. Das dauert meist einen ganzen Tag, aber wenn es dann nicht seine Mutter hat, könnte es sterben. Wir müssen sie befreien!«

»Das geht nicht. Sie wird zu stark bewacht. Uns bleibt nur ein Weg!«, erwiderte Auri.

Falten zeichneten sich auf ihrer Stirn ab. Gemeinsam rannten sie zum Schloss, an den Wachen vorbei und direkt in den Thronsaal.

Kaum hatten sie diesen betreten, ergriffen zwei Soldaten Quinn. Der König kam aufgebracht herbei. »Was ist hier los?«, brüllte er.

Auri zog unbewusst den Kopf ein. »Vater bitte, hört mich doch an. Es ist alles meine Schuld. Einmal wollte ich etwas erleben. Ich habe den Drachen gesehen und bin ihm aus freien Stücken hinterhergelaufen.« An dieser Stelle verschwieg sie, dass die Drachenmutter sie auf halben Wege entführt hat. »Der Drache ist eine Mutter und eines ihrer Eier wurde zerstört. Ich sollte es nur reparieren. Sie hatte nicht vor mir etwas anzutun. Wenn sie das gewollt hätte, wäre ich nicht hier.«

»Und das soll ausreichen, dieser Kreatur die Freiheit zu schenken?«, fragte der König spottend.

»Vater, die Drachenbabys werden bald schlüpfen. Dann brauchen sie umgehend ihre Mutter. Bitte. Die Drachenzähmerin kann den Drachen davon überzeugen, das Land für immer zu verlassen, sobald ihre Kinder fliegen können.«

Der König merkte, wie wichtig seiner Tochter dieses Anliegen ist. Sah eine unerwartete Chance. »Was bist du bereit, zu tun, wenn ich deiner Bitte Folge leiste?«

Auri musste nicht überlegen. »Alles.«

»Ab sofort verlässt du das Schloss nicht mehr. Du verhältst dich, wie es sich für eine Prinzessin schickt, und du lässt dich bald vermählen.«

Bei der letzten Forderung wurde ihr übel, aber sie hatte keine Wahl. »Einverstanden, aber nur, wenn die Drächenzähmerin ebenfalls frei ist.«

Der König machte eine allumfassende Geste und rief: »So sei es.«

Er hielt Wort und ließ alle Gefangenen frei.

Zum Abschied machte Quinn einen Knicks vor Auri und hauchte ihr einen sanften Kuss auf die Hand.

Wochen vergingen. Der Sommer neigte sich dem Ende und die ersten Blätter an den Bäumen färbten sich in ein strahlendes Rot. Für die Prinzessin sah alles gleich grau aus. Noch immer träumte sie nachts von den Küssen im Stall. Doch das durfte sie nicht.

Morgen war ihre Hochzeit und sie würde den Prinzen heiraten, den ihr Vater erwählt hatte. Gutaussehend, wohlhabend und der jüngste von drei Brüdern. Eine *perfekte Partie*, wie ihr Vater es ständig nannte. Sie wusste, dass es die richtige Entscheidung war, den Drachen zu retten, doch in dieser Nacht konnte ihr der Gedanke keinen Trost spenden. Sie versuchte einzuschlafen, aber egal wie sie sich drehte und wendete, sie fand keine Ruhe.

Ein Geräusch ließ sie aufschrecken. War da eben ein Vogel gegen ihre Fensterscheibe geflogen? Da, schon wieder, doch dieses Mal etwas leiser. Sie ging zum Fenster und glaubte eine Erscheinung zu haben. Auf dem Drachen sitzend, schwebte Quinn vor ihrem Turmfenster. Gefolgt von den drei Babydrachen, die immerzu im Kreis fliegen mussten, um die Höhe halten zu können.

Auri öffnete das Fenster und fragte sich noch immer, ob sie träumte.

»Du träumst nicht. Steig schon auf«, sprach Quinn zu ihr, als habe sie ihre Gedanken gelesen. Auffordernd streckte sie ihr die Hand entgegen. Ohne sich noch einmal umzudrehen, ergriff Auri Quinns Hand und schwang sich auf den Drachen.

Gemeinsam flogen sie in die stockdunkle Nacht, und obwohl sie ihre Zukunft nun nicht mehr kannte, wusste sie, dass es nur der Anfang eines fortwährenden Abenteuers war.

Katherina Ushachov

Die Gefallenen

Egal wie oft wir uns begegnen – auf dir liegt immer eine gewisse Trauer. Stumm rührst du deinen Kaffee um, den Blick ins Nichts gerichtet. Jedes Mal, wenn du einen Schluck trinkst, verziehst du das Gesicht und ich traue mich mal wieder nicht, mich zu dir zu setzen und dich zu fragen, warum du ihn trinkst, wenn er dir doch Schmerzen zufügt.

Diese Bitterkeit, die sich durch nichts auflösen lässt, zumindest nicht für mich. Die Hoffnung, du würdest den Blick vom Horizont wenden, wo winzige Segelschiffchen die See betupfen, und mich ansehen. Gleichzeitig die Unfähigkeit, irgendetwas zu tun, um dich auf mich aufmerksam zu machen. Einfach nur die Hoffnung, dass du dich aus irgendeinem Grund dazu herablässt, mich wahrzunehmen und das Wissen, dass dies nie passieren wird.

Ich bin frei von Zorn, du hast etwas an dir, was dich frei von Falsch macht.

Manchmal fühle ich mich, als würde ich dich verfolgen. Auf der Wohltätigkeitsgala von Prince Corp fühle ich mich in der geliehenen Kleidung unwohl, wie verkleidet. Es zwickt und kratzt an den falschen Stellen, aber ich muss repräsentabel aussehen und darf mich nicht winden. Du dagegen … anders als ich bist du nicht als Bittstellerin hier, in der Hoffnung, es würde von den Händen der Reichen ein paar Krumen für eine sanierungsbedürftige Gesamtschule herabregnen, genug, um zumindest die Fenster über die Sommerferien ersetzen zu lassen und vielleicht zehn Computer anzuschaffen.

Du fließt. Die Perlen in deiner Frisur schimmern zart, mit seidigem schwarzblauem Haar um die Wette. Dein Kleid changiert zwischen der Farbe des mitternächtlichen Meers, vom Mond beschienen, und der des Sternenlichts. Selbst die einfachsten Gesten wirken anmutig, wenn du sie ausführst – das Greifen nach einer Champagnerflöte auf einem zierlichen Tablett, ehe du damit zu einem arroganten Schönling trittst. Dem Sohn von Alphonse Prince.

Er sieht dich nicht einmal an.

Und du sagst kein Wort. Immer noch nicht. Aber in deinen Augen sehe ich dein Herz brechen, sehe die Risse sich erneut öffnen, kaum geschlossen, und Blau blutet in blaue Meerestränen.

Ich will zu dir gelangen, eine Hand vorsichtig auf deinen Arm legen, kaum fühlbar. Du wirkst so fragil, dass ich fürchte, dich mit meiner Berührung zu verletzen. Schmetterlingsgleich schillernde Schuppen auf der Handfläche zu finden, sobald ich mich zurückziehe. Doch immer drängen sich Menschen zwischen uns, fast zwei Köpfe größer als ich, und ich gebe es auf, ehe ich zwischen ihnen mit nach dir ausgestreckten Armen ertrinken kann.

Wir gleiten aneinander vorbei und ich gebe es auf, deine Blicke auf mich zu ziehen. Zu weit sind wir voneinander entfernt.

Noch glaube ich an den Zufall, der uns an die gleichen Orte führt, immer wieder, selbst wenn ich ziellos durch den Tag mäandere. Es gibt eine logische Erklärung, warum du immer dort bist, wo ich bin und sie besteht nicht darin, dass ich dich verfolge.

Erst tanzen Flocken über dem Meer, dann wird es immer kälter. Du tanzt unter den Schneeflocken, ganz langsam im

Mondlicht, hebst die Arme zum Himmel und drehst dich. Die Flocken fallen auf deine Haut und ich weiß nicht, ob es das Mondlicht ist, das sie schimmern lässt oder deine Haut. Obwohl ich zu weit entfernt stehe, um auch nur das Geringste vernehmen zu können, glaube ich, dich summen zu hören. Ein Glockenton in Brust und Kehle, der die Nacht erzittern lässt und eigentlich im Meeresrauschen untergehen sollte.

Nur das Mondlicht zwischen uns, doch ich wage es erneut nicht, dich anzusprechen. Deinen Tanz zu unterbrechen. Doch wann, wenn nicht, solange du alleine bist und niemand außer uns im Schnee beim Strand ist?

Ich weiß es nicht und der Schnee weicht klirrender Kälte. Das Meer rauscht immer langsamer und träger, immer öfter spült es zerbrechliche Schollen in den Sand, wie die Schuppen riesiger Meerestiere glänzen sie in der Wintersonne und zerfallen wieder zu Meerschaum.

Du tanzt. Wann immer ich zufällig am Strand vorbeikomme, sehe ich dich tanzen und höre diese Melodie. Vielleicht auch nur in meinem Kopf.

Langsam beginne ich mich zu fragen, ob es nicht umgekehrt ist. Ob nicht du immer genau dort auftauchst, wo ich bin, noch ehe ich weiß, dass ich dort hingehen will. Als könntest du mich lesen, wie andere Sterne lesen, um ihren Weg nach ihnen auszurichten. Noch ehe ich den Gedanken zu Ende geführt habe, muss ich erröten. Dass ich mich aber auch mit einem Stern zu vergleichen wage, lächerlich.

Ich bin nur eine Gesamtschullehrerin.

Der Winter wird härter, ein erfrorener Spatz auf meinem Weg entlockt mir eine Träne, die vereist zu Boden fällt und zu Splittern zerbirst. Ist diese Kälte für den Winter hier normal? Ich versuche mich zu erinnern, ob ich je etwas Vergleichbares erlebt habe, doch die Erinnerungen fallen halb gedacht und tot gefroren zu Boden.

Du bestehst darauf, draußen zu sitzen, nimmst dir immer wieder deinen Stuhl aus dem kleinen Café und lässt dich dort nieder, Blick zum Meer, auf dem krakeelende Silbermöwen die Schiffchen ersetzen. Warum sind sie geblieben? Normalerweise ziehen sie zumindest aus dieser Gegend fort und ich scherze mit mir selbst, sie könnten wie ich deinem Zauber erlegen sein.

Als es so kalt wird, dass der Diesel in den Waggons und den wenigen Autos gefriert, zweifle ich nicht mehr daran, dass hier etwas nicht stimmt. Eine Macht schneidet das Städtchen immer mehr von der Welt ab. Stromleitungen spannen sich vor Kälte straff und bersten, sobald der winzigste Vogel sie berührt.

Mit jedem Tag wird es finsterer.

Du stehst vor dem Firmengebäude der Prince Corp, in deiner fischschuppensilbernen Winterjacke. Stoisch wie die Eiskönigin selbst und gleichzeitig meerjungfrauengleich ungreifbar. Trotz der Kälte sind die Türen in deinem Rücken weit offen und deine Mundwinkel zucken kaum wahrnehmbar nach oben, einer einladenden Geste gleich.

Wir alle tragen nur das Nötigste bei uns und stellen uns in der Kälte artig an, um das einzige Haus zu betreten, das noch Strom hat. Noch beheizt wird. Ich habe meine Schulklasse hinter mir aufgereiht, großäugige Kinder, die noch jenen Sommer vor sich haben, der bei deinem Anblick in meinem Herzen stirbt.

Das erste Mal kann ich dir nah sein, gehe so nah an dir vorüber, dass ich, von Kälte und Müdigkeit berauscht, die Hand nach dir ausstrecke und vorsichtig deine behandschuhten Finger streife. Ein Lächeln hüpft von deinem Mund auf meinen und ich flüstere dir meinen Namen zu, ehe ich hineingehe.

Bilde ich es mir ein oder hast du wissend genickt?

Mir bleibt keine Zeit, um über dich nachzudenken. Die Evakuierung raubt mir jede Sekunde, die ich dir zu Füßen gelegt hätte und zwingt mich, auf einem eisdünnen Draht zu tanzen und den Kindern vorzuleben, alles sei in Ordnung.

Meine Schulklasse bekommt einen Konferenzraum mit eigenen Toiletten zugewiesen, das ist besser als ich erhofft habe. Es ist etwas eng und die Bänke zu hoch, aber wenn die Kinder etwas zusammenrücken, kann ich mit ihnen eine Art Unterricht abhalten und somit inmitten des winterlichen Todesgriffs ein Licht des Gewöhnlichen leuchten lassen. Das Vertraute im Fremden, das jene Hoffnung vermittelt, alles möge wieder gut werden.

Rechnen, dann etwas Lesen, dann rudimentäres Turnen neben hastig zusammengestapelten, viel zu schweren Tischen. Mein Rücken schmerzt und ich fülle meinen Kopf mit Sorge, damit kein Platz mehr für dich bleibt, aber du weichst in mein Herz aus und baust dir dort ein Nest, während du dich unbeobachtet fühlst. Und ich merke es erst Stunden später, mit einem freien Kopf und wundere mich.

Auf den Gängen bist du nicht und seit die Letzten begrüßt wurden, auch nicht mehr am Eingang.

Das Firmengebäude, Wohnhaus, Fabrik und Residenz zugleich, zu groß und gewaltig für eine viel zu kleine Stadt, schüchtert mich mehr ein, als ich zuzugeben bereit bin. Eine ganze Stadt zwischen diesen Mauern und doch ist es so still wie auf dem Grund des Meeres und das Gewicht der Geräuschlosigkeit drückt meine Schultern immer weiter nieder.

Scheu streife ich durch die Gänge und weiß nicht, was ich mir davon erhoffe. Von dir gefunden zu werden? Überall sind andere, aber keine weiteren Flüchtlinge. Menschen in Anzügen, mit Funkgeräten, die jeden meiner Schritte argwöhnisch beäugen, dass ich unbedeutende Person ja nicht irgendeinen Bereich betrete, der den Reichen und Schönen vorbehalten ist. Ihre Geräte knacksen und immer wieder kriecht inmitten von Meeresrauschen der Hauch einer fremden Stimme an mein Ohr.

Ob du hinter einer dieser Türen bist und nur darauf wartest, dass ich hindurchtrete?

Ich weiß es nicht, aber das geheime Nest in meinem Herzen pikst und fordert immer mehr Platz ein. Ich strauchle, huste und halte mich an der Wand fest. Die Tapete klebt an meinen Fingerspitzen und für einen Augenblick muss ich daran denken, gerade etwas sehr Teures zerstört zu haben. Ein Stück Papier an einer Wand, mehr wert als mein gesamter Besitz.

»Kann man Ihnen helfen?« Einer der Männer mit Funkgerät reicht mir seine Hand.

Vorsichtig greife ich danach und stehe ungelenk auf. »Ich suche …« Mir fällt auf, dass ich deinen Namen nicht weiß – obwohl kaum ein Tag vergeht, an dem wir einander nicht sehen, weiß ich nicht, wie du heißt. Nur dass du auf jener Wohltätigkeitsveranstaltung an der Seite des Sohns der Hausherrin warst. »Fräulein Prince?«

Der Mann sieht mich fragend an, stutzt. »Ah, du meinst vermutlich die Kleine, die kein Wort sagt? Na, Fräulein Prince wäre sie wohl gern, aber das kann sie vergessen. Er heiratet die Tochter eines Unternehmers aus der Region, das wissen alle.«

Ich nicht.

»Jedenfalls, keine Ahnung, was die Kleine sich erhofft, die taugt höchstens als sein Betthäschen. Arm wie eine Kirchenmaus, kam hier ohne einen Fetzen am Leib an, der gehört hier nichts. Nicht mal ihre zerrissenen Strümpfe oder die Schlüpfer, die er ihr regelmäßig runterzieht.«

Ich versuche zu erfassen, was das bedeutet. Für mich, für dich, für ein uns, von dem ich nicht weiß, ob es das jemals geben wird. Ob ich es schaffen kann, dich zu finden. Denn aus dem Grinsen des Mannes trieft Gefahr für dich. »Diese Unternehmerstochter, wo ist sie?«

»Oh, sie wäre längst hier, wenn die Kälte nicht wäre und sich Fahrzeuge wieder der Stadt nähern könnten. Natürlich leben wir nicht mehr im Mittelalter und können keine Hochzeit ohne Braut feiern, aber selbstverständlich bekommt ein Prince den nächsten möglichen Termin. Die wird nicht so doof sein, eine solche Chance wegzuwerfen, kann er ja nichts dafür, dass es uns zugefrostet hat hier.«

Das Eis, dein Tanz, die Kälte. Ich verstehe das alles nicht, während ein anderer, ein alter Teil von mir, längst begriffen hat. Ich hebe die Hand, will etwas Beiläufiges sagen, gefangen zwischen einem halb ausgeführten Gedanken an dich und einer auf der Zunge schwebenden Frage.

Ein Schrei.

Das Funkgerät knackst, Unverständliches dringt daraus hervor und fällt zu Boden, lässt den Mann erbleichen. Ohne mich weiter zu beachten, stürzt er davon.

Ich folge, langsam. Ein Herzfaden, aus dem Nest gefallen, schneidet mir in die Finger und ich versuche, ihn aufzusammeln und zum Knäuel zu drehen. Obwohl es geheizt ist, schmerzen meine Finger vor Kälte, ausgelöst von der Ahnung dessen, was ich als Nächstes sehen werde.

Dich.

Rostrotes Blut auf den Glitzerschuppen deines Kleides, ein Dolch in deiner Hand, die Klinge so lang wie mein Arm und so rot. In deinen meerblauen Augen die Ruhe, alle Risse gekittet. Ich sehe sie silbrig aufleuchten und verschwinden, als wären sie nie gewesen. »Komm mit.« Du siehst mir tief in die Augen.

Zum ersten Mal hast du eine Stimme. Sie klingt anders, als ich sie mir vorgestellt habe. Dunkler, wie große Glocken vom Grunde eines Sees. Deine Worte lassen meine Oberfläche innerlich erzittern, auch wenn ich mir nichts anmerken lasse.

Ich öffne den Mund, um den Mann noch zu warnen, doch zu spät. Du bist zierlich, aber dein Messer schneidet tief und er fällt gurgelnd zu Boden, Blut färbt den Teppich, teurer als mein gesamter Besitz und ich stehe nur da und warte. Darauf, dass die Blutlache meine Schuhe erreicht und zähle die Sekunden, versuche zu schätzen, wann es so weit kommt, zu Eis erstarrt.

Du packst mein Handgelenk, drückst das Blut der vielen Toten auf mein Herz und eilst mit mir davon.

Ich stolpere erst, laufe dann hinterher. »Wohin?«

»Zu dem Wellengenerator.«

Natürlich. Das ist die einzige Erklärung dafür, warum dieses riesige Gebäude noch Strom hat, obwohl alles andere vom Rest der Welt abgeschnitten ist. Die ganze Stadt. Aber keine Kälte kann die Gezeiten aufhalten. »Was hast du vor?«

»Ich musste ihn töten.«

Das ist keine Antwort auf meine Frage, aber ich nicke. Es erscheint mir aus irgendeinem Grund logisch und richtig, dass der junge Prince sterben musste und dass wir jetzt an einen Ort eilen, den ich mir nicht einmal vorstellen kann. Wie soll ein Mensch es schaffen, sich die Gezeiten dienstbar zu machen? »Den Mann mit dem Funkgerät?«

»Prince. Und andere auf unserem Weg.«

An dieser Stelle sollte ich mich entsetzt losreißen und versuchen, um Hilfe zu rufen. Die zu rufen, die die verletzte Gerechtigkeit wiederherstellen würden. Ich kann nicht. Dort, wo du meinen Arm berührst, schleicht sich süßes Gift in meine Adern, rosenölgleich, und zarte Dornen wuchern in meinem Fleisch. Noch lebe ich, doch es hat längst meinen Verstand erreicht und malt dich in Rosatönen, tüncht deine blauen Augen violett. Mit jedem Schritt lösen sich perlmuttfarben schillernde Schuppen von deinem Haar, deinen Wangen, deiner Kleidung.

»Wir müssen uns beeilen!«

»Ja. Natürlich. Ich komme.« Mein Mund spricht, ohne dass ich meine Worte beeinflussen könnte. Mein Verstand weiß, dass ich fortgehen müsste, doch er versinkt immer mehr im tiefen Wasser, bis ich nur noch das Verlangen habe, dir zu folgen. Egal wohin. Kälte umschließt die kläglichen Reste meines Willens, ich spüre den Schrei meines Verstands, dann verlöscht er endgültig.

Ich bin dein.

Auf ewig.

Du gleitest, ich taumle dir hinterher und sehe nur noch dich, nur dich. Die Außenwelt nichts als ein Hauch inmitten von unendlichem Schwarz, unsichtbar und unbedeutend. Ob sie versuchen, uns aufzuhalten, weiß ich nicht. Nur, wie deine Hand sich immer wieder bewegt, die Hand mit dem Messer. Ein Blitz und wir sind immer wieder frei, laufen weiter.

Ein Wir, wo vorher nur ein Du und ein Ich waren.

Ich habe nicht mehr die Kraft, mich von dir zu lösen und wüsste auch nicht, ob nicht doch ein Fetzen Ich in dir und ein Fetzen Du in mir zurückbleiben würde.

Du erahnst meine Gedanken – wir sind eins – und lächelst. »Wir sind fast da.« Flitterschuppen liegen einem abblätternden Heiligenschein gleich um deinen Kleidersaum. Durchscheinend wirkst du ohne sie, verwundbar. Ich will nicht, dass du verwundbar bist, spüre deinen Schmerz auf meiner Haut, rasierklingengleicher Luftzug.

»Woher weißt du, wohin wir gehen müssen?«

»Spürst du nicht das Lied des Meeres? Ruft es nicht auch nach dir?«

Ich schließe die Augen und lausche. Ein Drängen, das nach meinem Herzen greift, an den Zweigen des Nestes in meinem Inneren zieht und einen Fisch hineinlegt. Das Fischlein zuckt und bebt, es will zurück, doch die Zweige stechen und ich muss dem Wesen folgen, damit es nicht verletzt wird. Ein Rhythmus liegt darin, dem Herzschlag der Wellen gleich, und eine Melodie aus Sternenlicht.

»Komm mit, geliebtes Wesen. Komm mit, folge dem Ruf!«

Ich folge, laufe, eile, so schnell meine Füße tragen. Zum Meer, zum Meer! Geliebt, noch nie wurde ich geliebt und mein Herz fliegt voraus, stolpert und fängt sich wieder.

Deine Arme umschlingen mich und wir fallen gemeinsam ins Wasser, durchstoßen die Kruste aus Salz, die zwischen der Welt und dem Untergang liegt.

Du leuchtest auf, das Band zwischen uns wird golden und deine Augen wieder meeresblau. Die Finsternis weicht Klarheit und das Rot entschwebt ins Nichts. Die Risse in deiner Haut werden zu silbrigen Narben und dann überdecken sie zartblaue Schuppen.

Ich schaue an meinem eigenen Arm herab und sehe grüne Schuppen auf meiner Haut – oder ist es Einbildung?

»Ich musste ihn töten. Einst liebte ich ihn, doch er hat meine Liebe getötet und das Meer gefangen genommen.« Deine Stimme, auf einmal glockenhell in meinem Kopf. »Ich hatte keine Wahl.«

»Und nun ist das Meer frei?«

»Das Meer ist frei. Und mein Herz hat wieder Liebe gefunden.«

Ich sinke. Zu langsam bilden sich die Schuppen auf meiner Haut und vor meinen Augen flimmert es dunkel. Wie lange kann ich mich noch wach halten? Wie lange verhindern, dass mein Mund sich öffnet und meine Lungen mit Salz füllen? Ich will nicht sterben, nicht, seit ich deine Liebe auf meiner Haut fühlen darf.

Ich umschlinge dich mit meinen Armen, drücke meinen Mund auf deinen, um dir meinen letzten Atemzug zu schenken.

Du gibst ihn mir zurück, doch ich will dich nicht sterben lassen und schenke ihn wieder dir.

Ein Kuss, ein Atemzug, der mit jedem Wechsel kleiner wird. Immer und immer wieder.

»Bitte, du darfst nicht sterben.«

»Ich werde nicht sterben. Nimm den Kuss. Nimm ihn und lebe.« Du drückst deine Lippen auf meine, deine Zunge teilt sie und ehe ich darauf reagieren, mit meiner eigenen zurückstupsen kann, spüre ich deine Kraft in meinen Lungen.

Ich nehme. Und ich lebe, ich liebe, ich versinke in deinen blauen Augen und zugleich im Meer.

Deine Kleidung wird unbedeutend, fällt von dir ab und verbirgt nicht länger Schuppen, grün und eisblau. Im Dämmerlicht des Meeresgrundes schimmern die Schwimmhäute zwischen deinen langen Zehen. Zwei Flossen, zwei regenbogengleich schillernde Arme.

Ich schaue an mir herab, immer noch Mensch im zu langsam erwachenden Schuppenkleid.

Du schlingst die Arme um mich und mit wenigen Schlägen deiner Flossen trägst du mich herauf, unsere Köpfe durchbrechen das bereits schmelzende Eis und die Sonne eines verspäteten Frühlings lässt dein Haar tintenmeerblau erstrahlen.

Ich hebe meine Hände, wasche die zarte Salzkruste von meinen Schuppen, zartrosa und frühlingsgrün, wie Schmetterlingsflügel zerbrechlich, und sehe mit meinen neuen Augen in deine Augen.

In deinen sehe ich den Ozean der Welt.

Saskia Rönspies

Von einer unerwünschten Liebe

Meiner Liebsten, die mich aus dem Schlaf erweckt hat

Es war einmal eine Prinzessin namens Juliana. Juliana war klug, wunderschön, lebte in einem prunkvollen Schloss, wurde geliebt von ihren Eltern und ihren drei älteren Brüdern und hatte eigentlich alles, was man sich als Prinzessin nur wünschen konnte. Trotzdem war Juliana anders, als man es von einer Prinzessin erwartete. Sie hasste Röcke, Korsagen und Schmuck, zeigte sich ungeschickt beim Sticken und Nähen und entlockte jedem Instrument nur quälend schiefe Töne. Dafür machte sie in Hosen und Wams eine bessere Figur als mancher Mann, jagte wie der Wind auf dem Rücken ihres besten Freundes, einem sprechenden Pferd namens Moritz, durch die Wälder und traf noch das kleinste Ziel mit ihrem Bogen. Wären nicht ihre wohlgeformten Brüste und ihre hüftlangen dunkelblonden Haare gewesen, hätte man die Prinzessin gewiss für einen Mann halten können. Dabei wollte Juliana gar kein Mann sein. Sie fühlte sich ausgesprochen wohl in ihrem weiblichen Körper und amüsierte sich köstlich über das einfache Gemüt der Männer, die sie mit ihren Reizen dazu bringen konnte, ihr jeden Wunsch zu erfüllen, ohne dass sie selbst mehr geben musste, als sie bereit war. Ein kokettes Lächeln, ein lieblicher Augenaufschlag. Schon lagen ihr die Herren zu Füßen.

Es gab für Juliana auch keinen Grund, ein Mann sein zu wollen, denn ihre Eltern waren gerechte, tolerante Herrscher, die dafür sorgten, dass in ihrem Königreich alle Menschen so akzeptiert wurden wie sie waren. Niemand sah eine Frau in Männerkleidung, sich küssende Männer oder Hufeisen schmiedende Frauen schief an.

So wuchs die junge Prinzessin sorglos zu einer schönen Erwachsenen heran. Hin und wieder hörte sie von anderen Königreichen, in denen die Frauen nicht die gleichen Rechte hatten wie die Männer und wo es verboten war, dass Männer Männer oder Frauen Frauen liebten. Juliana wusste um diese Dinge, doch sie verstand sie nicht. Wie konnte Liebe verboten sein? Sie kam wie ein Windhauch oder wie ein Sturm. Unaufhaltsam in jedem Fall. Juliana sah es bei zweien ihrer Brüder, von denen einer einen Mann, der andere eine Frau heiratete. Sie beobachtete es am Hof und bei den Menschen im Königreich. Auch sie selbst schwärmte hin und wieder für eine hübsche Hofdame oder eine athletische Kriegerin. Obwohl nie etwas Ernstes daraus wurde, genoss Juliana das ein oder andere Stelldichein. Dabei zog es sie stets zu Frauen, denn Männer vermochten sie einfach nicht zu reizen. Allerdings war keine dazu in der Lage, die Prinzessin so sehr zu faszinieren, dass diese bereit gewesen wäre, sich zu binden. Obwohl ihr niemand deshalb Vorwürfe machte, wusste sie, dass es das einzige war, was ihren Eltern Kummer bereitete, denn sie hätten ihre Tochter gerne glücklich gesehen. Aber Juliana traf einfach nie eine Frau, die sie lange genug zu bezaubern vermochte. Zu schnell wurde der Prinzessin langweilig oder die Geliebte zu anhänglich, wodurch Juliana sich eingeengt fühlte. Liebe war großartig, Bindung dagegen war Juliana ein Gräuel.

Eines Tages kam Juliana gerade von einem Ausritt mit Moritz zurück, als ihre Eltern sie in den Thronsaal rufen ließen. Wie schon einige Male zuvor war eine Gesandtschaft aus einem anderen Königreich gekommen, um eine heiratsfähige Prinzessin zu präsentieren, denn Julianas ältester Bruder suchte noch nach einer Frau. Juliana sollte dabei nur anwesend sein, damit sie ihren Bruder beraten konnte, weil er wenig entscheidungs-freudig wirkte in Bezug auf die Wahl seiner Partnerin. Mittlerweile glaubte Juliana, dass ihr Bruder vielleicht gar kein romantisches Interesse hatte, aber das behielt die Prinzessin lieber für sich. Sie war sich nicht sicher, ob ihr Bruder über diesen Verdacht besonders erfreut sein würde, denn er hatte das Gefühl, als Thronerbe unbedingt eine Gemahlin zu brauchen.

Also machte Juliana gute Miene, kümmerte sich um die oft weit gereisten Damen und deren Eltern und gab ihrem Bruder Ratschläge, wo sie nur konnte.

Wie stets erwartete der Prinz Juliana vor der Tür, durch die man direkt zum Thronpodest des Saales gelangte. Missmutig musterte er den Aufzug seiner Schwester. »Du hättest dich ruhig umziehen können für unseren Besuch.«

Ertappt sah Juliana an sich herab. Ihr Bruder störte sich nicht daran, wenn sie Männerkleidung trug, aber die Pferdehaare auf der Hose und die Heuhalme in ihren Haaren hätte sie tatsächlich noch entfernen können. Verlegen zupfte sie ein paar weiße Haare vom Wildleder. Sie hatte ihren Bruder gern und wollte ihn nicht bloßstellen vor den Besuchern, die vermutlich andere Sitten gewohnt waren.

»Unsere Gäste kommen von weit her aus einem Königreich, in dem Frauen sehr viel weniger Freiheit genießen als bei uns«, bestätigte ihr Bruder Julianas Verdacht. »Sie werden einige Tage bleiben. Es wird hier alles seltsam genug sein für sie. Bitte verwirre sie nicht noch zusätzlich.«

»Keine Sorge, ich werde ganz unauffällig sein«, versprach Juliana, denn auch wenn sie die fremden Sitten nicht verstand, war sie doch bereit, diese zu respektieren. Toleranz konnte nur funktionieren, wenn sie von allen praktiziert wurde.

Ihr Bruder nickte zufrieden und gemeinsam betraten sie den Thronsaal. Ihre Eltern saßen schon auf ihren Sesseln und begrüßten ihre Sprösslinge lächelnd, ehe sie den Diener aufforderten, die Gäste hereinzuführen. Nur wenige Augenblicke später wurden die großen Flügeltüren geöffnet und vier Menschen betraten den Raum. Ein älteres Paar und zwei junge Frauen. Als Julianas Blick auf die jüngere der beiden fremden Prinzessinnen fiel, setzte ihr Herz einen Schlag aus. Die Besucherin war atemberaubend schön. Bernsteinfarbene Augen in einem Gesicht mit perfekt gemeißelten Zügen musterten neugierig den Saal. Langes rötlich-blondes Haar fiel ihr in Wellen bis zur schmalen Taille.

»Versprich mir, dass du die Finger von ihr lässt«, raunte ihr Bruder ihr zu. »Das würde nur zu unnötigen Spannungen führen. Die Königin ist eine weit bekannte Zauberin. Wer weiß, was ihr einfällt, wenn du ihre Tochter verführst.«

Erst bei diesen Worten fiel Julianas Blick auf die fremde Königin. Mit feindseligen farblosen Augen fixierte sie Julianas Familienmitglieder. Eine Aura von boshafter Kälte, die Juliana dazu brachte, jedes Interesse an der hübschen Prinzessin zu verlieren, umgab die zauberkundige Königin.

»Meine Tochter Juliana ist im selben Alter wie Eure Tochter Salina. Sie wird sich um sie kümmern, damit Prinzessin Salina sich nicht so einsam fühlt«, vernahm Juliana in diesem Moment die Stimme ihres Vaters. Sie war sich nicht sicher, ob es gut war, was er vorschlug, wollte aber auch nichts dagegen sagen. »Mein Sohn wird sich um Eure andere Tochter kümmern und meine Frau und ich werden Euch und Eurer Gemahlin zur Seite stehen, wenn Ihr einverstanden seid.«

Der fremde König nickte huldvoll, ohne eine der Frauen um ihre Zustimmung zu fragen. »Das ist ein akzeptabler Vorschlag.«

So kam es, dass Juliana plötzlich vor der fremden Königstochter stand und diese in ihr Gästezimmer begleitete. Die beiden sprachen kein Wort, denn Julianas Kehle war wie zugeschnürt und Salina wirkte verschüchtert. Erst nachdem sie das Zimmer erreicht hatten und Juliana schon wieder gehen wollte, fragte Salina scheu, ob Juliana ihr das Schloss zeigen könne. Nach kurzem Zögern stimmte Juliana zu und die beiden Frauen verbrachten den restlichen Tag damit, das große Gebäude zu durchstreifen. Nach und nach taute Salina auf und als Moritz verkündete, er würde die Prinzessin mögen, war das Eis endgültig gebrochen. Fortan verbrachten die beiden Königstöchter jede freie Minute miteinander. Es waren herrliche Tage voller Freude und Lachen. Salina öffnete sich Juliana mehr und mehr, vertraute ihr Geheimnisse an und gewährte Juliana Einblicke in ihr Leben. Immer öfter kam es bei diesen Gesprächen auch zu Körperkontakt durch scheinbar zufällige Berührungen, die Juliana jedes Mal eine Gänsehaut verursachten. Wäre das Versprechen an ihren Bruder nicht gewesen, hätte Juliana die andere Prinzessin ohne zu zögern verführt. So jedoch beließ sie es schweren Herzens bei den unverfänglichen Treffen, die ihr überraschend gut gefielen, so dass sie sich oft schon beim Abschied auf das nächste Treffen freute. Salinas Mutter beäugte die beiden Prinzessinnen stets misstrauisch, doch da sich Julianas Bruder und Salinas Schwester ebenfalls immer besser verstanden, ruhte der Fokus der Zauberin nicht ausschließlich auf den beiden jüngeren Frauen.

Eines schönen Sommertages saßen sie gemeinsam auf einer Bank in einem Pavillon im Schlossgarten und erfreuten sich am Gesang der Vögel und dem Duft der üppigen Blumenbeete.

»Ich habe Gerüchte über dich gehört«, begann Salina plötzlich, nachdem sie eine Weile in einvernehmlichem Schweigen verbracht hatten.

Juliana schluckte schwer. Es war klar, was jetzt kommen würde. Erwartungsvoll blickte sie die andere Frau an.

»Man sagt, du fühlst dich zu Frauen hingezogen.«

»Und deshalb willst du lieber keine Zeit mehr mit mir verbringen?«, fragte Juliana. Diese Aussicht stimmte sie traurig, denn sie mochte Salina wirklich gerne und konnte nicht leugnen, dass sie die Prinzessin begehrte. Aber da sie ohnehin versprochen hatte, die Finger von ihr zu lassen, spielte es wohl letztlich keine Rolle.

»Nein, so meine ich das nicht«, erwiderte Salina allerdings zu Julianas Überraschung. »Ich habe gesehen, dass das in eurem Reich normal ist und ich finde es spannend. Bei uns gibt es so etwas nicht, aber ich habe nichts dagegen. Wenn ich es genau überlege, fand ich Männer auch noch nie interessant. Und ich mag dich wirklich sehr gerne.« Zaghaft ergriff Salina Julianas Hand.

Gegen ihren Willen begann Julianas Herz bei der federleichten, zarten Berührung zu rasen. Oh nein, das hier entwickelte sich völlig falsch. Sie wollte sich nicht verlieben, ihre Freiheit nicht aufgeben für die Bindung an eine Frau, die sie ohnehin nicht haben durfte. An mehr als ein paar leidenschaftliche Nächte hatte sie sowieso nicht gedacht. Und sie hatte ihrem Bruder versprochen, genau darauf zu verzichten.

Liebe war ohenhin ausgeschlossen. Selbst wenn Juliana bereit gewesen wäre, sich zu binden, würde das nicht funktionieren, denn Salinas Eltern wären niemals mit einer solchen Verbindung einverstanden. »Salina, ich …«, begann Juliana, unschlüssig, ob sie die Hand der anderen Prinzessin wegnehmen sollte oder nicht.

»Wusste ich es doch«, ertönte in diesem Moment eine keifende Frauenstimme.

Wie von der Tarantel gestochen sprang Salina auf. »Mutter, es ist nicht das, wonach es aussieht.«

Ein dröhnendes Lachen, das die Erde zum Beben brachte, entfuhr der Zauberin. »Vergiss nicht, ich kann in dein Herz blicken. Mir machst du nichts vor. Ich sehe deine widerwärtigen Gelüste. Und die ihren.« Ein langer spitzer Fingernagel wies in Julianas Richtung, die wie erstarrt auf ihrem Platz saß. »Aber so etwas dulde ich nicht.« Die Stimme der Königin nahm einen hallenden Klang an. Finstere Wolken erstickten den warmen Sonnenschein. Die Vögel in den Bäumen hörten auf zu singen. »Ich verfluche dich, Salina. Du sollst in einen todesgleichen Schlaf fallen, aus dem dich nur der Kuss der wahren Liebe erwecken kann. Und alle in diesem verdorbenen Königreich sollen dein Schicksal teilen. Nur du«, wieder wies ein krallenartiger Fingernagel auf Juliana, »sollst als einzige verschont bleiben. Frei, wie du es so unbedingt sein willst, doch ewig umherirrend auf der Suche nach dem, was du verloren hast. Verachtet und heimatlos. Rastlos und unglücklich. Und ich persönlich werde dafür sorgen, dass du nie wieder einen Fuß in dieses Königreich setzen wirst, um zu versuchen, es zu befreien.«

»Mutter, bitte, nein«, flehte Salina mit dünner Stimme, aber schon wurden ihre Bewegungen langsamer, begannen ihre Lider zu flackern. Wie in Zeitlupe sank sie zurück auf die Bank, wohingegen Juliana endlich ihre Starre überwinden konnte und aufsprang.

»Was hast du ihr angetan? Sie ist deine Tochter«, zischte Juliana die Zauberin an.

»Stieftochter«, korrigierte diese herablassend. »Aber selbst wenn sie meine richtige Tochter wäre, hätte ich es getan. Alles ist besser, als sie an diese widerwärtige Neigung zu verlieren. Das, was sie zu fühlen glaubt, ist eine Krankheit, die sie überwinden wird, wenn eines Tages der richtige Prinz kommt und sie wachküsst.«

»Es ist Liebe«, verteidigte Juliana die Gefühle der anderen Prinzessin. »Nichts als Liebe. Wie kann das schlecht sein?«

»Es ist gegen die Natur. Nur eine unnatürliche Leidenschaft aus Neugier oder Langeweile. Wenn es wirklich Liebe wäre, die ihr zueinander empfindet, dann könntest du sie doch aufwecken, nicht wahr? Also bitte, versuche dein Glück. Wenn es dir gelingt, wirst du sie allerdings heiraten. Das ist meine Bedingung.«

Zögernd blickte Juliana auf die inzwischen fest schlafende Salina herab. Die junge Frau war wunderschön und das Kribbeln in ihrem Unterleib verriet Juliana, wie groß ihre Begierde war. Aber Liebe? Nein, das fühlte sie nicht, erlaubte sie sich nicht zu fühlen. Sie mochte sie gern, aber das war auch schon alles. Ganz sicher!

»Siehst du, ich habe es doch gewusst«, höhnte die Zauberin. »Jetzt geh, genieße deine ersehnte Freiheit. Ich verschone dein Pferd von dem Fluch. Soll es dir Gefährte sein in deiner selbst gewählten Einsamkeit.«

Juliana warf noch einen letzten Blick auf die schlafende Salina, hin- und hergerissen, was sie tun sollte. Sie wusste, wenn sie jetzt ging, würde sie alle in ihrem Königreich im Stich lassen, aber die Vorstellung, sich ihr restliches Leben an eine einzige Frau binden zu müssen, versetzte sie in Panik. Nie wieder frei sein, keine eigenen Entscheidungen mehr treffen dürfen, weil sie immer auch die Bedürfnisse ihrer Partnerin bedenken musste, nein, das war nichts für sie. Also gab sie sich einen Ruck und rannte in Richtung der Stallungen davon, verfolgt vom gellenden Lachen der Zauberin, das sich in Julianas Kopf bohrte wie tausende winzige Nadeln.

»Was ist denn hier passiert?«, fragte Moritz sie, als Juliana den Stall betrat. »Plötzlich sind alle eingeschlafen.« Tatsächlich standen alle Pferde außer Moritz mit hängenden Köpfen schlafend in ihren Boxen.

»Ich erkläre es dir später«, versprach Juliana, während sie die Boxentür öffnete und sich vor dem Stalltor auf den blanken Pferderücken schwang, nachdem sie noch ihren Bogen und ihre Pfeile geschultert hatte, die sie stets in der Sattelkammer des Stalls lagerte. »Jetzt müssen wir erst einmal los.«

»Wohin?«

»Ganz egal. Einfach nur weg.« Erleichtert atmete Juliana auf, als Moritz nicht weiter nachfragte, sondern in flottem Trab den Schlosshof verließ. Hinter ihnen schoss eine Hecke aus Dornenranken in die Höhe, die sich rund um das Schlossgelände ausbreitete. Das Lachen der Zauberin gellte noch immer in Julianas Kopf, formte sich langsam zu einer Stimme. »Wenn du versuchst zurückzukehren, werde ich dich gebührend in Empfang nehmen und dich vernichten.« Das Bild eines riesigen schwarzen Drachen tauchte vor Julianas innerem Auge auf und sie wusste, dass die Zauberin sich verwandelt hatte.

Der Anblick auf ihrem Weg durch das Königreich war skurril. Überall waren Menschen mitten bei ihren aktuellen Tätigkeiten eingeschlafen. Der Arm einer Schmiedin schwebte unbeweglich über dem Amboss, ein Mann stand gebückt über einem Korb mit Wäsche und eine Gruppe Kinder war beim Spielen von dem Fluch erwischt worden.

Erst als sie den Wald erreicht hatten, der die Grenze zum Königreich bildete, blieb Moritz stehen. »Ich gehe keinen Schritt weiter, solange du mir nicht erzählst, was hier los ist«, verlangte das Pferd.

Juliana seufzte resigniert. »In Ordnung, ich erzähle dir alles. Aber lass uns erst zu unserem Lieblingsplatz gehen.«

Offensichtlich war Moritz einverstanden, denn er trottete wortlos noch tiefer in den Wald, bis er eine kleine Lichtung erreichte, die von einem Bachlauf durchschnitten wurde. Dort ließ sich Juliana vom Rücken des Hengstes gleiten und streckte sich im warmen Gras aus. In ihrem Kopf drehte sich alles. Sie hatte ihre Heimat verloren, ihr Zuhause, ihre Familie. Erst jetzt wurde ihr das wirklich bewusst.

Moritz trank ein paar Schlucke aus dem Bach, dann kam er zurück und stupste seine Freundin mit der Nase an. »Na los, erzähl schon! Was hast du angestellt?«

»Ich fürchte, ich habe Salinas Mutter verärgert.«

»Na, das habe ich mir schon gedacht. Hast du ihre Tochter verführt?«

»Nein«, widersprach Juliana heftig. »Salina wollte mir ihre Liebe gestehen, fürchte ich. Dafür hat sie meine Hand genommen. Und dabei hat ihre Mutter uns erwischt.«

»Und das Königreich verflucht«, schlussfolgerte Moritz scharfsinnig. »Wie kann man den Fluch aufheben?«

»Durch einen Kuss wahrer Liebe«, flüsterte Juliana.

»Dann ist die Sache doch ganz einfach. Wir gehen zurück, du küsst sie endlich und alles ist wieder gut.«

»Wie bitte?« Juliana fuhr hoch und starrte ihr Pferd entgeistert an. »Wieso sollte ein Kuss von mir den Fluch aufheben?«

»Weil du sie liebst«, schnaubte Moritz, als wäre das eine offensichtliche Tatsache.

»Ganz sicher nicht«, widersprach Juliana heftig. »Ich mag sie ganz gerne, das stimmt. Aber Liebe? Ich? Auf keinen Fall! Zumal ich sie heiraten soll, wenn ich den Fluch brechen könnte.«

»Und wäre das so schlimm?« Die Stimme des Hengstes wurde ganz weich.

Widerwillig zuckte Juliana die Schultern. »Das verstehst du nicht.«

Moritz schnaubte. »Na, wenn du meinst. Und was willst du stattdessen tun?«

»Keine Ahnung. Vielleicht die Welt erkunden?« .

Moritz blickte sie ungläubig an, aber sie war nicht bereit, sich umstimmen zu lassen. Es hatte ihr nie an etwas gefehlt, doch nun, da sie ohnehin keine andere Möglichkeit hatte, wollte sie sehen, was es außerhalb ihres Königreichs zu erkunden gab. Sie würde nicht weiter darüber nachdenken, ob sie Salina befreien konnte, da sie es sowieso nicht wollte. Zumindest nicht, wenn das eine Heirat bedeutete. Juliana war froh, dass Moritz nicht mehr widersprach, als sie sich erneut auf seinen Rücken schwang und sich mit ihm auf eine ziellose Wanderschaft begab.

Die Tage verstrichen und ließen Juliana ernüchtert zurück. Sie sah einiges von der Welt, aber es vermochte sie nichts wirklich zu begeistern. Berge, Seen und Täler wirkten leblos und öde, ohne dass sie hätte sagen können, woran das lag. Irgendetwas schien zu fehlen. Jedoch weigerte sie sich, darüber nachzudenken, was das sein mochte. Sie ernährten sich von dem, was die Natur ihnen reichlich schenkte, wodurch es ihnen an nichts mangelte. Anfangs unterhielten sie sich noch angeregt über alles, was sie entdeckten, aber nach und nach wurde Moritz immer einsilbiger und mürrischer. Als der Herbst das Land in leuchtende Farben tauchte, wechselten sie kaum noch ein Wort miteinander. Langsam wurden die Nächte draußen feucht und kühl. Es war an der Zeit, sich nach einer Bleibe umzusehen. Daher verließen die beiden Reisenden die Einsamkeit auf der Suche nach einer menschlichen Behausung. Nach ein paar Stunden entdeckte Juliana eine kleine Hütte, aus deren Schornstein Rauch quoll. Warmes Licht flackerte hinter den kleinen Fenstern und ein paar Hühner scharrten in den Beeten rund um das Gebäude. Alles wirkte sehr behaglich und freundlich, weshalb Juliana Moritz dorthin lenkte.

»Das ist aber schon etwas seltsam, findest du nicht?« Moritz deutete mit der Schnauze auf die lebensechten steinernen Standbilder eines älteren Mannes und einer jungen Frau neben der hölzernen Tür.

»Sie wird uns schon nicht verzaubern.« Natürlich waren diese Figuren etwas beunruhigend, aber das würde sie nicht zugeben.

Entschlossen klopfte sie an die kleine Tür. Nach wenigen Momenten öffnete eine freundlich wirkende ältere Dame. »Was kann ich für dich tun, mein Kind?«

»Mein Pferd und ich sind auf der Reise. Langsam naht der Winter. Daher suchen wir einen Platz für die Nacht.«

Das Gesicht der Frau erhellte sich. »Dann seid mir gerne willkommen. Ich bin sehr einsam und freue mich über Gesellschaft. Wenn du ein wenig mit anpackst, könnt ihr so lange bleiben, wie ihr wollt.«

Juliana war entschlossen, nicht mehr als ein oder zwei Nächte bei der Frau zu verbringen, doch immer wieder ließ sie sich dazu überreden, noch ein bisschen zu bleiben. So zogen die Tage dahin und bald tobte ein Schneesturm um die Hütte, der es ohnehin unmöglich machte, sich lange draußen aufzuhalten. Also blieb Juliana doch länger, bis langsam der Schnee den ersten Knospen des Frühlings wich. Da es der Prinzessin noch nie etwas ausgemacht hatte sich die Hände schmutzig zu machen, fiel es ihr nicht schwer, im Haushalt oder bei der Stallarbeit zu helfen. Außerdem half ihr die Arbeit dabei, nicht nachzudenken über das, was sie zurückgelassen hatte. Im Gegenzug erhielten sie und Moritz Kost und Logis. Häufig saß die Prinzessin abends mit der Bauersfrau zusammen und lauschte deren Geschichten.

»Darf ich dich etwas fragen?«, erkundigte sich Juliana an einem dieser Abende, während ein heftiger Regenschauer auf das Dach prasselte.

»Du willst wissen, was es mit den Statuen vor dem Haus auf sich hat.« Auf den Zügen der Alten zeichnete sich deutlicher Schmerz.

Betroffen senkte Juliana den Blick. »Verzeih mir, das geht mich nichts an.«

»Ich verstehe deine Neugier. Was hältst du von einer Abmachung? Ich erzähle dir diese Geschichte und dann erzählst du mir, wovor du wegläufst.«

Ohne recht zu wissen wieso, erklärte sich Juliana mit dem Vorschlag einverstanden. Aus irgendeinem Grund vertraute sie ihrer Gastgeberin. Außerdem sprach nicht wirklich etwas dagegen, ihr von dem Fluch der Zauberin zu erzählen.

»Vor drei Jahren«, begann die Bauersfrau, »hat unser König eine neue Frau geheiratet. Eine grausame Zauberin ohne Mitleid. Schnell sprach sich herum, dass sie regelmäßig durch das Land zieht und eine junge Frau mitnimmt, von der nie wieder jemand etwas hört. Angeblich nimmt sie die Mädchen mit auf das Schloss, damit sie dort für sie arbeiten, aber niemand glaubt das wirklich. Eines Tages kam die Königin auch an meiner Hütte vorbei und erblickte meine Tochter. Ein liebes, fleißiges und hübsches Mädchen. Natürlich sollte sie mit ins Schloss, aber sie wollte nicht. Als sich auch mein Mann gegen die Königin stellte, verwandelte sie beide zur Strafe in Stein. Seitdem bin ich allein und muss auch noch jeden Tag sehen, was den Menschen, die ich liebe, angetan wurde. Der Schmerz darüber, sie nie wieder im Arm halten zu dürfen, nie wieder das Lächeln meiner Tochter sehen oder die Wärme meines Mannes spüren zu dürfen, zerreißt mir das Herz, aber ich gebe die Hoffnung nicht auf, dass der Fluch gebrochen werden kann.«

»Ist denn das möglich?«

»Die Zauberin sagte mir, dass Feenstaub die beiden ins Leben zurückholen kann.«

»Feenstaub?«

»Ja. Im Wald gibt es einen verwunschenen Baum, in dem sich der Eingang zum Feenreich befindet, aber meine alten Glieder schaffen es nicht mehr, dorthin zu gelangen, und selbst wenn, könnte ich meinen Hof nicht so lange allein lassen. Außerdem würde ich sowieso keinen Feenstaub bekommen. Nur jemand von adligem Blut und mit reinem Herzen, dem es gelingt, den Versuchungen des Feenreichs zu widerstehen, kann diese Gabe erhalten. Die Königin hat also alles unternommen, damit ich den Fluch niemals brechen und meine Liebsten nie wiedersehen kann.« Tränen flossen über die faltigen Wangen der Bauersfrau.

Der Schmerz ihrer Gastgeberin rührte Juliana tief, traf auf einen ähnlichen Schmerz in ihrem eigenen Herzen, als kurz

Salinas Gesicht vor ihrem inneren Auge erschien. »Ich helfe dir«, rief sie spontan aus. Vielleicht konnte sie wenigstens dafür sorgen, dass diese gutherzige Frau nicht mehr litt. Und damit gleichzeitig ihren eigenen Schmerz wieder zum Schweigen bringen.

»Du? Wie willst du das anstellen?«

»Nun, ich bin zufällig eine Prinzessin und daher in der Lage, dir Feenstaub zu besorgen. Gleich morgen früh werde ich aufbrechen und dir deine Familie zurückholen. Es ist das Mindeste, was ich tun kann, um deine Güte zu vergelten.«

Obwohl die Bauersfrau versuchte, Juliana von ihrem Vorhaben abzuhalten, und auch Moritz nicht sonderlich begeistert wirkte, machte sich Juliana am nächsten Morgen auf den Weg zu dem verwunschenen Baum. Es hatte aufgehört zu regnen und die Luft roch herrlich frisch nach Frühling. Schon nach kurzer Zeit erreichte Juliana ihr Ziel und hieß Moritz zu warten, während sie den Eingang zum Feenreich suchte. Es dauerte nicht lange, bis sie die hohle Seite des Baumstamms gefunden hatte. Kaum war sie hineingeklettert, befand sie sich in einer anderen Welt. Alles um Juliana herum schien zu glitzern und eine fröhliche Melodie schwebte durch die Luft. Die Prinzessin kam nur wenige Schritte weit, da wurde sie schon umringt von drei wunderschönen, leicht bekleideten Frauen, die sie lachend umgarnten und dazu aufforderten, sich mit ihnen zu vergnügen. Juliana wunderte sich selbst darüber, wie leicht es ihr fiel, dieser Verführung zu widerstehen. Ja, die Feen waren hübsch und willig. Ohne Zweifel wäre Juliana ihren Reizen noch vor einer Weile erlegen. Nun jedoch schob sich ständig Salinas Bild vor Julianas geistiges Auge und sorgte dafür, dass sie die Feen nur als geistlose Ablenkung empfand. Was war nur los mit ihr? Warum konnte sie die andere Prinzessin nicht einmal dann vergessen, wenn sie derart intensiv umworben wurde?

»Komm schon«, lockten die Feen sie säuselnd. »Nur ein paar schöne Stunden mit uns. Dann wirst du alles vergessen haben, was dich belastet.«

Im ersten Moment war es eine verlockende Vorstellung. Einfach auslöschen, was sie Salina, ihrer Familie und ihrem Volk angetan hatte. Aber war es wirklich das, was sie wollte? Wenn sie daran dachte, nie wieder Salinas Lächeln sehen, nie wieder ihre zarte Berührung spüren zu dürfen, krampfte sich Julianas Herz auf einmal schmerzhaft zusammen.

Die Fee lachte leise. »Oh je, ich sehe, dass wir dich nicht für uns gewinnen können. Du bist zu sehr verliebt. Wir bringen dich zu unserer Königin.«

Juliana wollte einwenden, dass sie keineswegs verliebt war, überlegte es sich aber anders. Wenn sie so ihre Aufgabe erfüllen konnte, würde sie die Feen in dem Glauben lassen. So stand sie schon kurze Zeit später vor einer beeindruckend schönen Frau, die auf einem Thron aus Wurzeln saß. Sie hielt ein Beutelchen in ihren feingliedrigen Händen. Anscheinend verlief die Zeit hier irgendwie anders, da die Königin schon zu wissen schien, weshalb Juliana hier war.

»Du hast den Verführungen widerstanden und bist von adligem Blut. Deshalb gebe ich dir, weshalb du hier bist. Leider kann ich dir nicht geben, was du in deinem Herzen wirklich begehrst. Es ist an dir selbst, dir diesen Wunsch zu erfüllen.«

»Was meint Ihr?«, fragte Juliana verwirrt. Ihre Stimme klang seltsam verzerrt in dieser fremden Welt.

Die Fee lachte perlend. »Ihr Menschen seid manchmal so schwer von Begriff. Du musst es selbst herausfinden, aber ich gebe dir einen Rat. Kämpfe nicht länger gegen den tiefsten Wunsch deines Herzens. Sonst wirst du dein Leben lang unglücklich sein. Nun gehe, bevor in deiner Welt zu viel Zeit vergangen ist. Meine Feen werden dich zum Ausgang begleiten.«

Ohne zu wissen, wie es dazu gekommen war, hielt Juliana plötzlich den Beutel in der Hand und befand sich mit ein paar Feen auf dem Rückweg. Und nur einen Wimpernschlag später kletterte sie aus dem hohlen Baumstamm.

Moritz kam ihr entgegen. »Du hast es geschafft!«

»Ja. Die Versuchung war groß, aber ich konnte widerstehen. Es hat mich selbst überrascht, dass ich so wenig Interesse an den Frauen hatte.«

»Mich überrascht das nicht. Schließlich hast du dein Herz schon an Salina verschenkt.«

Im ersten Moment wollte Juliana heftig widersprechen, doch der tadelnde Blick in den dunklen Augen ihres Hengstes ließ sie zögern. Plötzlich kam ihr die Zeit, die sie mit Salina verbracht hatte, wieder in den Sinn. Erst jetzt, als sie die andere Prinzessin verloren hatte, wurde Juliana klar, wie gerne sie mit dieser zusammen gewesen war. Sie hatten gelacht, geredet und geschwiegen. Salina hatte in Julianas Armen geweint, als sie vom Tod ihrer Mutter erzählt hatte und davon, wie hartherzig ihr Vater nach der Heirat mit der neuen Frau geworden war. Juliana selbst hatte noch nie einem anderen Menschen so viel von sich preisgegeben und es hatte sich so gut angefühlt, alle Sorgen und Probleme teilen zu können. Juliana hatte sogar ihre Begierde kontrolliert, um die andere Frau nicht zu verschrecken, doch ihre wenigen, oft zufälligen Berührungen hatten Juliana jedes Mal eine Gänsehaut verursacht. Wenn sie jetzt an all diese Momente dachte, die sie für immer verloren hatte, krampfte sich ihr Herz schmerzhaft zusammen. Sie sehnte sich mit einer intensiven Heftigkeit nach der anderen Frau, die sie nie zuvor gefühlt hatte.

»Vielleicht hast du recht, Moritz. Sie fehlt mir sehr. Und möglicherweise zeigt das, dass ich mehr für sie empfinde, als ich mir eingestehen wollte. Aber bevor ich weiter darüber nachdenke, werden wir der Bauersfrau helfen.« Moritz war einverstanden und so kehrten sie gemeinsam zurück zu der kleinen Hütte.

Als Juliana ihrer Gastgeberin den Beutel zeigte, weiteten sich deren Augen ungläubig. »Du hast es tatsächlich geschafft.«

Juliana nickte. »Nun lass uns sehen, ob die Zauberin die Wahrheit gesagt hat.« Sie überreichte der Bauersfrau den Beutel, welche diesen vorsichtig öffnete.

»Feenstaub«, flüsterte die alte Frau, während sie eine Handvoll glitzernden Pulvers aus dem Beutel holte. Sacht blies sie gegen das Häufchen auf ihrer Hand, wodurch sich glänzender Staub auf die Standbilder ihrer Familienmitglieder legte, und wiederholte das so lange, bis der Beutel leer war.

Gebannt starrten die beiden Frauen auf die steinernen Figuren, die der Feenstaub zum Glitzern brachte. Immer stärker schimmerte der Staub im Licht der untergehenden Frühlingssonne. Bald war es kaum noch möglich, die Figuren anzusehen, so sehr begannen sie zu glitzern und zu leuchten. Schließlich, ganz langsam, ließ der Glanz nach. Dort, wo das Leuchten verebbte, kam lebendiges Fleisch zum Vorschein. Die Figuren begannen allmählich sich zu bewegen, bis sie endlich wieder ganz und gar menschlich wurden. Der Mann und das Mädchen blickten sich verwirrt um, ehe sie die Bauersfrau entdeckten. Glücklich fiel sich die wiedervereinte Familie in die Arme und alle drei weinten vor Freude. Obwohl sie sich heftig dagegen wehrte, traten auch Juliana Tränen in die Augen. Sie wusste, sie weinte nicht nur deshalb, weil sie sich freute, sondern auch, weil sie selbst sich nach so einer Liebe sehnte, wie diese drei Menschen sie teilten. Die Zeit allein in den Wäldern und auch ihr Leben mit der Bauersfrau hatten ihr gezeigt, dass Einsamkeit der Preis für Freiheit war.

Eine ewige Sehnsucht nach etwas, das nicht zu stillen war durch Abenteuer, sondern nur durch die Nähe einer anderen Person. Sie wünschte, sie könnte jetzt Salina so im Arm halten wie die Bäuerin ihre Familie, ihr erzählen, was sie erlebt hatte, während sie einfach nur ihre Hand hielt. Nie zuvor hatte eine Frau solche Sehnsucht in ihr ausgelöst. Und es war ein Gefühl, dass sie nicht mehr haben wollte. In diesem Moment, in dem sie sich so sehr nach der anderen Prinzessin sehnte, war der Schmerz, sie nie wieder in ihrer Nähe haben zu dürfen, weitaus schlimmer als die Angst, ihre Freiheit zu verlieren, wenn sie sich emotional zu sehr an einen anderen Menschen band. Es war an der Zeit sich einzugestehen, was sie für Salina empfand. Und endlich für das zu kämpfen, was sie wirklich wollte, anstatt weiter wegzulaufen.

»Ich danke dir. Du hast meine Familie zu mir zurückgebracht.« Die Bauersfrau war an Juliana herangetreten und umarmte sie dankbar, ehe sie ihr den Rest ihrer Familie vorstellte.

Auch der Mann und die junge Frau bedankten sich bei der Prinzessin, doch sie war in Gedanken schon bei der Frage, wie sie Salina retten konnte. Die alte Frau bemerkte das offensichtlich. »Ich sehe, du willst dich endlich auch deinem Schicksal stellen.«

Überrascht sah Juliana auf. War sie so leicht zu durchschauen?

»Ich habe gespürt, dass du vor etwas davonläufst und dass es etwas gibt, was du nicht wahrhaben willst. Jetzt hast du den Kampf gegen dich selbst gewonnen. Das sehe ich dir an, auch wenn ich noch immer nicht weiß, was es war, was du verleugnet hast.«

Eine einzelne Träne stahl sich aus Julianas Augenwinkel und rann stumm über ihre Wange. »Du hast recht. Es gibt jemanden, der meine Hilfe braucht und ich weiß jetzt, dass ich dieser Person helfen und sie an meiner Seite haben will. Egal, was ich selbst dafür aufgeben muss.«

»Das ist gut, mein Kind. Wir hatten zwar eine Abmachung, aber du musst mir deine Geschichte nicht mehr erzählen. Ich kann mir einen großen Teil selbst denken und du hast mir meine Familie zurückgebracht. Damit bist du mir nichts mehr schuldig. Wenn du willst, kannst du gerne noch eine letzte Nacht hierbleiben. Die Sonne geht schon unter und du hast gewiss noch einen weiten Weg vor dir. Morgen früh kannst du aufbrechen.«

Juliana sah ein, dass die Bauersfrau recht hatte. Es war schon spät und sie war müde von ihrem Ausflug ins Feenreich. Zudem schwirrten die neuen Erkenntnisse durch ihren Kopf und verlangten nach Ordnung. Also erklärte sie sich einverstanden. Gemeinsam mit der wiedervereinten Familie aß sie zu Abend. Erneut beobachtete sie, wie viel sich die drei zu bedeuten schienen, wie glücklich sie strahlten und wie verändert die Bauersfrau plötzlich wirkte, weil sie die Menschen zurückbekommen hatte, die sie liebte. Julianas Wunsch, dieses Glück selbst erleben zu dürfen, verstärkte sich mit jeder Sekunde. Sie war bereit, etwas zu wagen, ihre Freiheit zu riskieren, um nie wieder einsam sein zu müssen und alle Sorgen und Lasten teilen zu können. In der Nacht konnte sie kaum schlafen, wälzte sich unruhig hin und her, weil sie es kaum erwarten konnte, Salina zu befreien und gleichzeitig noch keinen Plan hatte, wie sie das anstellen sollte.

Früh am nächsten Morgen verabschiedete sie sich von der Familie, die ihr noch eine üppige Wegzehrung mitgab, und machte sich mit Moritz auf den Weg.

»Wo geht es hin?«, fragte Moritz, während sie sich von der Hütte entfernten.

»Nach Hause. Ich werde versuchen, Salina zu befreien. Wenn zwischen uns keine Liebe ist, wird der Fluch ohnehin nicht aufgehoben. Und wenn es funktioniert, bin ich bereit, für Salina mein Leben zu ändern. Aber da gibt es noch ein großes Problem. Um überhaupt zu ihr zu gelangen, muss ich die Zauberin besiegen und eine Dornenhecke überwinden. Und ich habe keine Ahnung, wie ich das schaffen soll.«

»Du kannst gut mit dem Bogen umgehen«, begann Moritz.

»Ein Pfeil wird einen Drachen wohl kaum ausschalten«, unterbrach Juliana ihn sofort. »Außer, ich treffe ihn an der richtigen Stelle«, sinnierte sie weiter. Plötzlich hatte sie einen Einfall. »Komm, wir müssen uns beeilen.«

Juliana trieb Moritz voran, gönnte sich und ihrem Pferd nur kurze Pausen. Erst als die Sonne schon wieder sank, entdeckten sie Julianas Königreich. Obwohl sie beide erschöpft waren, drängte die Prinzessin ihren Hengst noch einmal zur Eile und galoppierte mit ihm zurück zum Schloss bis direkt an die Dornenhecke.

Hinter dieser stieg sofort der riesige Drache auf. »War die Einsamkeit, die du dir so sehr gewünscht hast, doch nicht so schön wie erwartet?«, höhnte das Ungetüm.

Ohne auf den Spott zu achten, nockte Juliana ruhig einen Pfeil auf die Sehne, zielte schnell, aber genau und ließ das Geschoss fliegen.

Der Drache indes war schneller als jedes andere Tier, das Juliana jemals erlegt hatte. Sein dröhnendes Lachen ließ die Erde beben. »Wie lächerlich, du winziges Menschenmädchen. So wirst du deine Liebste niemals befreien können. Verkrieche dich lieber wieder im Wald. Du wirst Salina nicht wiedersehen. Das weiß ich gut zu verhindern.«

Enttäuscht und gedemütigt folgte Juliana der Aufforderung des Drachen, wendete Moritz und kehrte mit ihm auf die Lichtung im Wald zurück, auf der sie ihre Reise begonnen hatte. Schnaubend vor Wut stapfte sie dort hin und her, als sie wieder festen Boden unter den Füßen hatte.

»Das war ein großartiger Ratschlag. Vielen Dank auch«, grummelte sie.

»Ich war noch nicht fertig, aber du musstest ja unbedingt sofort los, ohne mir zu Ende zuzuhören«, sagte der Hengst schnaubend.

»Entschuldige«, entgegnete Juliana zerknirscht. Sie war wütend auf die Zauberin, aber auch ein wenig auf sich selbst, weil sie geglaubt hatte, es würde ein leichtes Unterfangen werden, einen Drachen zu besiegen.

»Eigentlich wollte ich darauf hinaus, ob es nicht möglich ist, die Zauberin zu überlisten. Du bist ausgesprochen klug. Bestimmt hast du eine Idee, was du tun kannst, um sie ohne Gewalt auszuschalten.«

»Ich weiß nicht, ob mir etwas dazu einfällt«, sagte Juliana verzweifelt, weil ihr wirklich keine Idee in den Sinn kommen wollte.

»Am besten du schläfst ein wenig darüber. Im Traum kommen einem oft gute Einfälle«, schlug Moritz vor.

Zuerst wollte Juliana protestieren, da sie nicht noch länger auf Salina verzichten wollte, aber schließlich übermannte sie vom rastlosen Herumlaufen doch die Müdigkeit und sie sank in einen tiefen Schlaf.

»Juliana.«

Juliana schlug die Augen auf. Neben ihr stand Salina. Wunderschön und strahlend. Die Prinzessin wusste genau, dass sie träumte, aber sie freute sich dennoch über den Anblick. Und es war nicht nur Salinas Schönheit, die Juliana erfreute, sondern die reine Tatsache von Salinas Anwesenheit. Sie brachte Julianas Herz dazu, fröhlich in ihrer Brust zu hüpfen. Ein erfreutes Lächeln teilte ihre Lippen. »Es ist so wundervoll, dich zu sehen, Salina. Du hast mir gefehlt.« Und das war die absolute Wahrheit. Noch nie hatte ein anderer Mensch so viele Glücksgefühle in Juliana auszulösen vermocht. Auf keinen Fall wollte sie auf dieses Gefühl jemals wieder verzichten müssen.

»Ich bin froh, das zu hören«, sagte Salina lächelnd.

»Ich würde dich gerne befreien, aber ich weiß nicht, wie ich deine Stiefmutter überwinden soll. Sie ist eine mächtige Zauberin.«

»Das stimmt. Allerdings hat sie eine große Schwäche. Sie ist sehr eitel und bildet sich viel auf ihre enormen Zauberkräfte ein. Du dagegen bist klug und besonnen. Vielleicht kannst du ihre Eitelkeit irgendwie für dich nutzen.«

»Das ist auf jeden Fall ein sehr guter Hinweis.«

»Willst du mich denn überhaupt befreien?«, hakte Salina nach.

»Aber ja, das will ich unbedingt.« Juliana musste nicht lange nachdenken. Ihr Entschluss stand fest. Sie wollte Salina befreien. Noch war sie sich unsicher, ob das, was sie für die andere Frau fühlte, wirklich Liebe war, aber sie war bereit es herauszufinden, statt für immer auf das warme Glücksgefühl verzichten zu müssen, welches Salina in ihr auslöste.

»Dann erwarte ich freudig deine Ankunft.« Salina hauchte Juliana einen zarten Kuss auf die Lippen, der einen Schauer durch den Körper der Prinzessin jagte.

Als die junge Frau mit einem Prickeln auf den Lippen erwachte, hatte sie eine Idee.

»Los, aufwachen, du Schlafmütze. Wir haben eine Mission!« Mit diesen Worten weckte sie den mit hängendem Kopf dösenden Moritz.

Der Hengst war sofort wach und fragte nicht weiter nach. Nach einem kargen Frühstück aus Flusswasser und Beeren machten sich die beiden Freunde erneut auf den Weg zum Schloss.

»Was hast du denn nun vor?«, fragte Moritz neugierig, während sie durch das im Schlaf liegende Königreich galoppierten.

»Warte ab«, sagte Juliana siegesgewiss, denn sie war sich absolut sicher, dass ihr Plan funktionieren würde.

Schließlich erreichten sie ein weiteres Mal die imposante Dornenhecke, über welcher noch immer der Drache kreiste. »Da bist du ja wieder«, rief das Ungeheuer dröhnend. »Denkst du wirklich, du kannst mich diesmal besiegen?«

»Nein, ich denke, du bist mir absolut überlegen«, erwiderte Juliana ruhig, wobei sie das empörte Schnauben ihres Pferdes ignorierte. »Ich bin hier, um dir meine Bewunderung zu zollen. Du bist wahrscheinlich die mächtigste Zauberin der Welt. Wie sollte ich kleine Prinzessin gegen dich bestehen können?«

»Da hast du wohl recht«, stimmte der Drache zu. Er klang geschmeichelt. Das war sehr gut. »Sieh dir nur meine prachtvollen Schwingen an, die glänzenden Schuppen, die messerscharfen Zähne …«

»Das ist sehr beeindruckend, aber findest du es nicht ein bisschen zu einfallslos?«, unterbrach Juliana das Untier.

»Einfallslos? Wie meinst du das?«

»Na ja, ein Drache? Kann sich nicht jeder herkömmliche Zauberer in einen Drachen verwandeln? Bei deiner überragenden Macht hätte ich mehr erwartet.«

»Vielleicht etwas in dieser Art?« Direkt vor der Dornenhecke erschien statt des Drachen eine mächtige Löwin, die drohend die Zähne fletschte.

Erschrocken wich Moritz ein paar Schritte zurück. »Was tust du denn da?«

Juliana streichelte beruhigend den Hals ihres Pferdes. »Bleibe ruhig und vertraue mir. Ich weiß, was ich tue.« Tatsächlich ging ihr Plan hervorragend auf. »Das ist natürlich äußerst furchterregend, aber noch immer nichts Besonderes«, sagte die Prinzessin gespielt gelangweilt.

»Pah, was willst du denn noch? Ich kann mich in alles verwandeln, was du willst.«

»Wirklich in alles?«

»Sage mir, was dich beeindruckt, was dich von meiner überragenden Macht überzeugt und ich werde mich darin verwandeln. Egal ob Mensch, Tier oder sonst etwas.«

»Na ja, es ist bestimmt viel zu schwierig, aber ich würde wirklich gerne sehen, wie du dich in eine Rübe verwandelst. Um dich in etwas so Kleines zu verwandeln, bist du doch gewiss nicht mächtig genug.«

Die Löwin begann laut zu lachen. »Das ist es, was du willst? Natürlich kann ich mich in eine Rübe verwandeln. Das ist ein Kinderspiel.«

Kaum hatte die Zauberin die Worte ausgesprochen, lag eine Rübe direkt vor Moritz' Nase.

»Hunger?« Juliana lächelte darüber, dass ihr Plan tatsächlich aufgegangen war.

»Immer«, schnaubte Moritz, der anscheinend sofort begriffen hatte, worum es ging. Ohne weiter nachzufragen, fraß der Hengst die Rübe vollständig auf.

Im selben Moment verschwand die dichte Dornenhecke, die den Zugang zum Schloss versperrt hatte. Juliana jubelte. »Komm, mein Freund. Es gilt herauszufinden, ob das zwischen mir und Salina wirklich Liebe ist.«

Sie ließ sich von Moritz bis zu dem Pavillon tragen, in dem Salina noch immer schlief. Juliana glitt vom Rücken ihres Hengstes und näherte sich vorsichtig der schlafenden Prinzessin, als könne sie diese durch ein zu lautes Geräusch wecken. Die wunderschönen Gesichtszüge der jungen Frau wirkten angespannt, weil sie nicht friedlich eingeschlafen war. Zögernd setzte sich Juliana neben die andere Frau auf die Bank und strich ihr sacht eine verirrte Haarsträhne aus dem Gesicht.

»Na los, küss sie schon!« Moritz schob seine Nase in den Pavillon.

»Lass mir Zeit. Und vor allem ein bisschen Privatsphäre!«

Schnaubend trottete Moritz davon.

Ein weiteres Mal wandte sich Juliana der schlafenden Prinzessin zu, strich erneut über die zarte Haut ihrer Wangen, die weichen Haare, die sinnlichen Lippen. Würde Salina erwachen, wenn Juliana sie küsste? Das Herz der Prinzessin klopfte bis zum Hals, so aufgeregt war sie. Es war ihr größter Wunsch, dass das geschah. Dass Salina erwachte und sie mit ihr zusammenleben durfte, nie wieder von ihr getrennt sein würde. Es gab nur eine Möglichkeit herauszufinden, ob das geschehen konnte. Juliana nahm all ihren Mut zusammen, beugte sich über Salina und küsste sanft deren Lippen. Erst passierte nichts. Schon wollte Juliana sich enttäuscht abwenden, doch dann ging ein Zittern durch Salinas zarten Körper. Langsam schlug sie die Augen auf. Funkelnde Bernsteine leuchteten Juliana entgegen.

»Du bist gekommen, um mich zu befreien!« Salina lächelte. »Ich wusste, dass du meine Mutter besiegen und den Fluch brechen kannst. Allerdings war ich mir nicht sicher, ob du das für mich tun würdest. Ob du dasselbe für mich empfindest wie ich für dich.«

»Es fiel mir zuerst schwer, es einzugestehen, aber es ist einiges passiert, was mich verändert hat. Und offensichtlich ist es die Wahrheit. Ich liebe dich, Salina. Auch wenn deine Mutter nicht mehr da ist, um mich zu einer Hochzeit mit dir zu zwingen, gibt es nur eine Sache, die mich glücklich machen kann.«

Erwartungsvoll blickte Salina Juliana an, während diese auf die Knie ging. »Salina, ich will niemals mehr im Leben von dir getrennt sein. Willst du meine Frau werden?«

»Es gibt nichts, was ich mehr wollen würde als das.« Salina lächelte überglücklich.

Als die beiden Frauen sich dieses Mal küssten, war es ein inniger Kuss voller Zärtlichkeit und Glück, der alles in Juliana zum Kribbeln brachte. Ihr Leben mit Salina würde wunderbar werden. Da gab es keinen Zweifel.

Nachdem Juliana den Fluch gebrochen hatte, wachten auch alle anderen Bewohner des Königreiches wieder auf. Julianas Eltern zeigten sich überglücklich mit der Entscheidung ihrer Tochter. Ein wenig fürchteten die beiden Prinzessinnen die Reaktion von Salinas Vater, doch nachdem dieser vom Einfluss der Zauberin befreit worden war, zeigte sich sein wahres Wesen. Er wurde wieder der freundliche, neugierige, offene Mann, als den Salina ihn kannte. Und da es ihm nur wichtig war, dass seine Tochter glücklich wurde, gab auch er den beiden Frauen seinen Segen. Zur großen Freude aller hatten sich auch Julianas Bruder und Salinas Schwester ineinander verliebt. Daher wurde bald eine große Hochzeit gefeiert. Als Juliana ihre Geliebte nach der Trauung küsste, wusste sie, dass sie genau das Richtige getan hatte. Nie wieder würde sie ihre Sorgen und Probleme allein bewältigen müssen, niemals einsam sein. Ab sofort hatte sie immer jemanden an ihrer

Seite, den sie über alles liebte. Glücklich strahlten sich Juliana und Salina am Tag ihrer Hochzeit an, weil sie einander gefunden hatten.

Und wenn sie nicht gestorben sind, dann tun sie das noch heute.

Über die Beteiligten

Annina Anderhalden wurde im Jahr 1997 in der wunderschönen Schweiz geboren und begeistert sich seit der ersten Klasse mit der Welt des Schreibens und Lesens. Schon früh war für sie klar, dass sie sich auch in ihrem beruflichen Leben mit der Kreativität beschäftigen möchte, weshalb sie zunächst ein Studium in Medien und Kommunikation abschloss, später eine Ausbildung in Multimedia Production begann. In ihren Geschichten erkundigt Annina gerne geschichtliche Aspekte, wie auch die persönliche Entwicklung ihrer Charaktere, taucht dabei aber sehr gerne auch in erfundene Welten ein.

Eva Andersson wuchs in der ostdeutschen Provinz auf und lebte mehrere Jahre in Berlin. Sie arbeitete als Buchhändlerin, im Zeitungswesen und als Sozialarbeiterin. Sie schreibt Gedichte und Erzählungen, von denen einige bereits in Anthologien veröffentlicht wurden. Heute lebt sie mit ihrer langjährigen Lebensgefährtin auf dem Land.
Nach dem Erzählband *Sehnsucht nach Wärme* erschien im März 2017 ihr erster Roman *Der Traum vom Lesbencafé*. Es folgten weitere Erzählungen und zusammen mit J. Walther die Reihe *Weihnachtsküsse*.

Bettina Barkhoven wurde 1969 in Essen geboren. Sie ist Lehrerin für Biologie und Latein und lebt mit ihrem Mann und zahlreichen Tieren in einem alten Haus in Bochum. Seit 1991 schreibt sie aktiv, hat in den 90ern an Lesungen teilgenommen und eine Lesung organisiert. Zwei Kurzgeschichten wurden in Anthologien der »Initiative junger Autorinnen und Autoren Essen« veröffentlicht. Ihren 1992 begonnenen Roman hat sie 2019 nach langer Pause wieder hervorgeholt und vollendet. Unter dem Titel »Der Fuckepott« wird er voraussichtlich im Herbst 2021 beim MAIN-Verlag erscheinen. 2020 erschien eine Kurzgeschichte in einer Anthologie »Tierisch verliebt« der Homo Schmuddel Nudeln. Eine Seite bei Facebook findet sich unter ihrem Namen.

Mercy Cunningham wurde Ende der Siebziger geboren. Derzeit lebt sie mit Katz' und Kegel im Dunstkreis von München. Ihre große Liebe zu einer guten Geschichte hat sie schon früh entdeckt. Bisher waren ihre Werke nur für einen kleinen Kreis zugänglich. Mit ihrem Märchen rund um die gestiefelte Katze gibt sie in dieser Anthologie ihr Debüt als Schriftstellerin. Sie freut sich sehr, auf diesem Wege mehr Leser aus dem tristen Alltag in die Welt der Märchen zu entführen.

DasTenna, 1983 im Saarland geboren, baute Carmen Keßler, die auf DeviantArt, Instagram und Patreon als DasTenna und Das Nixblix unterwegs ist, schon von Kindesbeinen an, frei nach dem Motto: Hauptsache bunt. | Veröffentlichungen:

- *Du bist – du warst.* – Beitrag zum Vorwort von: Diana Kinne / Fabienne Siegmund / Isa Theobald (Hrsg.), Dunkle Ziffern (Edition Roter Drache 2019).
- *Wie die mutige Mäh-ggie zu ihrem Adjektiv kam.* In: Diana Schlößin (Hrsg.), DeLIGHTful – Anthologie, die Gutes tut (Schönschrift Verlag 2019)
- *Fremd. Bekannt.* In: Christoph-Maria Liegener (Hrsg.), 5. Bubenreuther Literaturwettberwerb 2019 (tredition 2019)
- *Antworten, unter Staub begraben.* In: Spuren. Johnny X. Literaturzeitschrift der Goethe-Universität Frankfurt (2019)
- *Talente – oder: Nützlich ist relativ.* In: Kinder auf dem Bauernhof (net-Verlag 2020)
- *Dunstengrubers Tal.* In: Andrea Kammerlander (Hrsg.), Schreib Was. Limitierte Sonderausgabe Halloween 2020

- *Vergebung auf Ägyptisch.* In: Uwe Tiedje (Hrsg.), Geschichten unterm Tannenbaum (telegonos publishing 2020)

In eine Schublade passte **Nadine Engel** noch nie. So besuchte sie während der Studienjahre eine Schauspielschule und ließ sich zur Tierphysiotherapeutin weiterbilden. Nach dem Bachelorabschluss in Archäologie und English Studies erhielt sie eine Anstellung als Projekt Managerin. Schreiben war schon immer ein Teil von ihr. Sie veröffentlichte seit 2004 mehrere Artikel in Fachzeitschriften. Seit 2013 ist sie ehrenamtliche Referentin für Pressearbeit des IPZV Landesverbandes Rheinland und betreut in dieser Funktion die Homepage des Verbandes. Sie schrieb, während sie eine Schauspiel AG einer Grundschule betreute, verschiedene Theaterstücke für die Kinder.
Bisherige Veröffentlichungen: Erinnerungen | Grey Gull Puplications Anthologie: Winterkälte und Weihnachtsgrauen, November 2020
Die Muse Musica | net-Verlag Maria Weise Anthologie: Lebendige Noten, Dezember 2020
Instagram: nadine_h_engel

Serena C. Evans (Jahrgang 1988) hat aus ihrer Leidenschaft zu Büchern im doppelten Sinne ihren Traumberuf gemacht. Sie arbeitet als Bibliothekarin und als Autorin für lesbische und schwule Liebesgeschichten. Ihre Bücher sind gerne dramatisch und mit viel Herzschmerz, und doch gibt es immer ein Happy End. Dabei liebt sie bunte und ungewöhnliche Charaktere und Ideen. Gerne beschreitet sie in ihren Geschichten Fantasywelten oder interpretiert bekannte Märchen auf einzigartige Art und Weise neu.
Sie hält Schildkröten für Glücksbringer, ist süchtig nach Lakritz und würde gerne mit Alice im Wunderland einen Tee trinken und dort leben. Ihre große Liebe gilt der Farbe Lila und sie glaubt zudem, dass jeder ein Notfallfläschchen mit

Glitter bei sich führen sollte. Serena C. Evans hat u.a. *Seth & William*, *Regenbogentränen*, *Vielleicht sind wir lila* und *Die Wölfin und ich* veröffentlicht.
Kontakt: SerenaEvans@web.de
www.facebook.com/AutorinSerenaCEvans
www.instagram.com/serena_c_evans/

Jan Jürgenson, geboren 1976, aus der Nähe von Hamburg. Bisher ist er nur Hobbyautor, aber das möchte er gerne ändern. Buch Eins von ihm in einem Verlag wird voraussichtlich 2021 erscheinen. Tolle Ideen hat er aber noch jede Menge, und ständig kommen neue hinzu. Er schreibt über Dinge, die er erlebt oder gerne erleben würde. Happy ends sind nicht immer garantiert oder muss man(n) sich verdienen. Neben dem Lesen und Schreiben ist er gerne im Garten, im Kino oder auch mal auf Reisen an eher ungewöhnliche Orte. Besucht ihn gerne auf https://www.facebook.com/jan.juergenson.7543 oder unter buch.boy bei Instagram.

Geboren 1987 in Ulm hat **Mo Kast** nach ihrer Ausbildung zur Comiczeichnerin in Barcelona, Kommunikationsdesign in Wiesbaden und Augsburg studiert. Heute lebt sie mit Mann und Kind in der Nähe von Hamburg und arbeitet als selbstständige Designerin und Illustratorin. In ihren Geschichten widmet sie sich stets Menschen mit Ecken und Kanten, die ihren Weg im Leben erst finden müssen. Und letztendlich schreibt sie darüber, dass Liebe für jeden ist, egal wie verschroben und ungewöhnlich sie sich zeigen kann.
Mehr Informationen über Mo gibt es unter www.mokast.de.
Veröffentlichungen u.a.: Sechs Kurzgeschichten bei den Verlagen WortKuss Verlag, Wendepunkt Verlag, Muc Verlag und p.machinery Verlag, 2010 – 2013

- Illustrierter Jugendroman Nullpunkt, Eigenverlag, 2017
- Illustrierte Novelle Der Norden ruft, Eigenverlag, 2018 –

Hörbuch Ausgabe 2019 über Hörbuchmanufaktur Berlin

- Comickurzgeschichte Schall & Rauch, Eigenverlag, 2018
- Anthologie Eine Handvoll Geschichten – vom anderen Ufer, Eigenverlag, 2019
- Illustrierte Novelle Die Kunst Butterbrot zu schmieren, Eigenverlag 2020

Julia Kohlhaussen wurde 1989 geboren und lebt mit ihrer Ehefrau in der Nähe von Köln. *Die Königstochter und die Drachenzähmerin* ist ihre erste Veröffentlichung. Die Kurzgeschichte entstand aus dem Wunsch heraus, etwas zur LGBTQ+-Sichtbarkeit in der Medienlandschaft beizutragen.

Als Leistungssportlerin in Cottbus aufgewachsen, kam **Anja Lehradt** 1992 zum Studium nach Berlin. Nach einem Abschluss in Betriebswirtschaftslehre beschloss sie, zur Polizei Berlin zu gehen. Dafür hängte sie noch ein Studium der Verwaltungswirtschaft daran. Seit mehr als zwanzig Jahren arbeitet sie nun als Kriminalbeamtin in der Polizei Berlin.
Schon als Jugendliche hat sie erste Schreibversuche unternommen, die aber durch ihre Studien etwas ins Stocken geraten sind. Danach bot ihr das Schreiben, insbesondere im Fantasy-Genre, den entsprechenden Ausgleich zur Arbeit.
Ihre erste Veröffentlichung war *Dark Road*, der erste Band aus dem Otheiá-Zyklus, den sie 2020 noch einmal überarbeitet und erneut veröffentlicht hat. Unter dem Pseudonym Claire Ashburne veröffentlichte sie *A Cup of Tea, please*, eine Geschichte über eine ungewöhnliche Reise voller Überraschungen. Derzeit arbeitet sie am zweiten Band aus dem Otheiá-Zyklus, übersetzt den ersten in die englische Sprache und arbeitet parallel an einer zweiten Geschichte für Claire Ashburne.

Jobst Mahrenholz war unter anderem als Friedhofsgärtner, Putzhilfe, Café- und Hochzeitskellner, Postbote, Regisseur und Barkeeper tätig. Nach einem Studium der Literatur, Journalistik und Kunst arbeitete er als leitender Rundfunkredakteur und freier Autor im Hörspielbereich.
Die Liebe zur Sprache gewann am Ende. Heute widmet er seine Zeit ganz und gar dem Schreiben von Büchern. Zu seinen Veröffentlichungen zählen die Romane *Lucas Rezepte*, *Der linke Fuß des Gondoliere*, *Eine Ahnung von Pan* und zuletzt *Tullio.*
https://www.facebook.com/jobstmahrenholz.de/

Sarah Natusch hat ihre Leidenschaft für das Lesen zum Beruf gemacht und ist gelernte Buchhändlerin. Sie hat das Glück in einer Buchhandlung im Norden Deutschlands arbeiten zu können, wo sie von zwei Dingen umgeben ist, die sie liebt: Bücher und das Meer.
Bis jetzt hat sie eine Kurzgeschichte im Bundeslurch Verlag (*Traumwächter* in: Einen Rosengarten versprach ich nie, Bonn 2018) veröffentlicht und mehrere kleine Texte in Anthologien aus ihrer Heimatstadt (*Das Ritual* in: The A-Files. Talawah Verlag, Berlin 2019).
Wenn sie mal nicht liest, schreibt sie an neuen Geschichten, hört Musik oder lebt ihre Kreativität im Backen und Basteln aus, manchmal auch alles zusammen.
Nebenbei führt sie einen Blog, den man auch auf Facebook und Instagram finden kann: https://samenature.de/

Nikki Reva, 1991 in Zwickau geboren, gehörte bereits in jungen Jahren Nikkis ganze Liebe den Büchern. Lesen war schon immer ein wichtiger Teil von ihr und der Traum, später einmal ein eigenes Buch zu schreiben, begleitete sie stets. Die Sommerferien nutzte Nikki, um verschiedene Schreibkurse für Kinder und Jugendliche zu besuchen und Kurzgeschichten zu verfassen.

Derzeit lebt sie mit ihrem Mann und ihren beiden Kindern am Rande des Erzgebirges und arbeitet hauptberuflich als Personalsachbearbeiterin.
Nach einer längeren Schreibpause widmet sich Nikki seit Anfang 2019 wieder intensiver ihrer Leidenschaft. In dieser Zeit sind mehrere Kurzgeschichten sowie zwei Romane entstanden. Ihre ersten Veröffentlichungen erscheinen im Dezember 2020 und Anfang 2021.

Saskia Rönspies, Jahrgang 1981, hat zunächst Rechtswissenschaften in Berlin studiert und als Anwältin gearbeitet, ehe sie begann in Berlin Deutsch und Religion auf Lehramt zu studieren. Neben dem Studium arbeitet sie als Lehrerin für Deutsch an einem Gymnasium und gibt Reitunterricht. Sie lebt mit zwei Pferden und vielen Katzen auf einem Hof im Spreewald, wenn sie nicht bei ihrer Partnerin in Rostock ist. 2017 und 2019 veröffentlichte sie die ersten beiden Bände ihrer Fantasy-Trilogie *Die Melodie des Lichts* um eine junge Kriegerin in einer patriarchalischen Welt als Selfpublisherin bei BoD.
www.facebook.com/Die-Melodie-des-Lichts-811278849057212
www.instagram.com/autorin_saskia_roenspies/

Kuro Umi – Spitzname, Künstlername und seit 2020 auch Autorenname. Geboren wurde sie 1982 in Düsseldorf, doch nach zahlreichen Umzügen hat sie in dem kleinen Städtchen Detmold ihre Liebe gefunden und eine glückliche Familie gegründet. Seit einigen Jahren ging sie erst ihrem Hobby als Bastlerin nach, doch mit der Zeit wurde sie als Betaleserin und Lektorin gebraucht. Nachdem 2020 dank Corona vieles nicht mehr wie gehabt war, nutzte sie ihre Chance, um in der Cosplay-Boy-Anthologie von Akira Arenth ihre erste Kurzgeschichte zu veröffentlichen.
Bis jetzt gibt es von ihr nur zwei Kurzgeschichten in Anthologien, doch das nächste Projekt ist schon für 2021 geplant.

Wer ihr auf Social Media folgen mag oder die eine oder andere Frage hat, findet sie bei Instagram und Facebook unter Kuroneko_umiume
www.facebook.com/KuronekoUmiume/
www.instagram.com/kuroneko_umiume/

Katharina Ushachov zog im Alter von sechs Jahren aus dem sonnigen Odessa nach Deutschland. Zwanzig Jahre später machte sie Vorarlberg zur neuen Wahlheimat. Sie schreibt seit der Schulzeit, weil sie ohne das Geschichtenerzählen nicht leben kann und Schreiben dabei schneller und einfacher geht, als das Ganze als Comic zu zeichnen. Wenn die freie Lektorin nicht gerade an einem ihrer Romane arbeitet, erzählt sie auf ihrer Homepage vom Alltag als junge Autorin, zeichnet ihre Charaktere und zockt uralte Videospiele.
Letzte Veröffentlichungen: Roman/Novelle: *Stahllilie und der mechanische Löwe* (Littera Magia), August 2019 und *Nur eine Mutprobe* in *Verzaubert – mein Herz schlägt QUEER* (Hrsg. Sabine Brandl, muc Verlag), November 2020
https://feuerblut.com
https://www.facebook.com/katherina.ushachov.autorin
https://twitter.com/evanesca

J. Walther wurde 1977 in der Oberlausitz geboren, wo sie immer noch im Haus ihrer Vorfahren lebt. Nach dem Studium der Sozialpädagogik Arbeit mit Suchtkranken und Straffälligen.
Seit 2008 erschienen Beiträge in verschiedenen Anthologien, darunter in zahlreichen Ausgaben von *Mein heimliches/lesbisches/schwules Auge* (Konkursbuchverlag) sowie in der Queer-Reihe des Größenwahnverlages (*Liebe und andere Schmerzen*).
Ihr erster Roman *Benjamins Gärten* erschien 2010 im Debütverlag, 2011 folgte *Im Zimmer wird es still* (B. Gmünder Verlag) und *Phillips Bilder* (dead soft Verlag 2013). Im August

2014 erschien ihr letzter Roman *Nur eine Frage der Liebe*. Die letztgenannten bilden mit dem Debütroman eine locker verbundene Trilogie. Mittlerweile erschienen ihre Veröffentlichungen im Selfpublishing. Mit der Anthologie *Sein schönster Sommer* (Mai 2017) sammelte sie Erfahrungen als Herausgeberin.
www.janas-seiten.de
https://montechiaro.blogspot.com/

Printed in Germany
by Amazon Distribution
GmbH, Leipzig

21949257R00235